# 圈

## FIFTY FIFTY

# 套

[英] 史蒂夫·卡瓦纳
—— 著

闻若婷
—— 译

天津出版传媒集团
百花文艺出版社

图书在版编目（CIP）数据

圈套 /（英）史蒂夫·卡瓦纳著；闻若婷译. —天津：百花文艺出版社，2024.12. — ISBN 978-7-5306-8964-6

Ⅰ. I561.45

中国国家版本馆 CIP 数据核字第 2024JN5879 号

FIFTY FIFTY
Copyright © Steve Cavanagh 2020
This edition arranged with THE MEARNS PARTNERSHIP c/o Rogers,Coleridge & White Ltd.
Through BIG APPLE AGENCY, INC., LABUAN, MALAYSIA
Simplified Chinese edition copyright:
2024 Jiangsu Kuwei Culture Development Co.,Ltd.
All rights reserved.

著作权合同登记号：图字 02-2024-091

## 圈套
### QUANTAO

[英]史蒂夫·卡瓦纳 著；闻若婷 译

| 出 版 人： | 薛印胜 |
|---|---|
| 选题策划： | 胡晓童 |
| 责任编辑： | 胡晓童 |
| 出版发行： | 百花文艺出版社 |
| 地 址： | 天津市和平区西康路35号　邮编：300051 |
| 电话传真： | +86-22-23332651（发行部） |
| | +86-22-23332656（总编室） |
| | +86-22-23332478（邮购部） |
| 网 址： | http://www.baihuawenyi.com |
| 印 刷： | 天津鑫旭阳印刷有限公司 |
| 开 本： | 880毫米×1230毫米　1/32 |
| 字 数： | 282千字 |
| 印 张： | 11.75 |
| 版 次： | 2024年12月第1版 |
| 印 次： | 2024年12月第1次印刷 |
| 定 价： | 48.00元 |

如有印装质量问题，请与天津鑫旭阳印刷有限公司联系调换
地址：天津宝坻经济开发区宝中道北侧5号1号楼106室
电话：（022）22458633 邮编：301800
版权所有 侵权必究

前纽约市市长法兰克·阿韦利诺被发现陈尸家中,身上有多处刀伤,还有深可见骨的齿印。而几乎同时报案的是死者的两个女儿。

两姐妹相互指责,而谋杀现场及死者身上的伤显示,两人都有作案嫌疑。

到底她们谁在说谎,真相究竟如何?

…………

## CONTENTS
目录

第一部 **姐妹** —— 001

第二部 **开局** —— 043

第三部 **骗子与律师** —— 147

第四部 **殷红之夜** —— 185

第五部 **审判** —— 199

# 一月

## 艾迪

身为庭审律师,有一句话每每听到或看到,总会让我特别胆战心惊。现在,这句话就在我的手机屏幕上,跟我大眼瞪小眼。它是我几秒钟前收到的信息。

他们回来了。

陪审团才离开法庭48分钟。

48分钟其实可以做很多事,可以吃顿午餐,可以给汽车换好机油,甚至可以看完一集电视剧。

可是有一件事是无法在48分钟内办到的,那就是针对纽约市有史以来最错综复杂的谋杀案庭审作出公平而不偏颇的裁决。那是不可能的。大概是陪审团有什么疑问要提出来,我心想,并不是作出裁决了。

不可能是。

马路对面的拉斐特街转角,有家科尔特咖啡馆。它的外表还挺有模有样的,不过进去之后却只能在塑胶桌椅上喝咖啡、吃早餐三明治。通常会有至少三名律师在这家店的椅子上给屁股散热。谁在等陪审团作出裁决,一眼就看得出来。他们食不下咽、坐立难安,简直像是在腿上放了把砍刀，把整家店都搞得人心惶惶。以前我在等候裁决时会去那里，可是看到律师同侪悬着一颗心等候陪审团的样子，足以让任何人对科尔特咖啡馆的咖啡失去胃口，而他们的咖啡可是很棒的。

所以，我选择不待在店里啃家具以发泄焦虑，而是外带一杯咖啡，去广场散散步。我在弗利广场上已经不知道徘徊过多少遍了，最高纪录是三天，有一个陪审团足足花了三天，才给我的客户带来无罪的裁决，那次我他妈都快把人行道刨出一条沟了。这一次，我手里握着咖啡杯，才刚跨出科尔特咖啡馆，就收到了信息。

我丢掉外带的咖啡杯，过马路，绕过转角走向曼哈顿刑事法院大楼。大门上方9米高的位置有根旗杆，上面飘着星条旗。那面旗子很旧了，强风、暴雨和光阴都不曾手下留情。国旗已褪色，几乎破裂成两半。星星部分有几块布料已经散开，被风带走了。红白条纹的部分有大把丝线向外飘扬，几乎要垂到地面上。换新国旗的钱不是没有，经济是不景气，而且只会越来越不景气，不过通常即使屋顶在漏水，国旗也会保持簇新。我认为他们应该留着这面老国旗——它被晒白的颜色以及大大小小的撕裂伤，在这个时局似乎莫名地适切。我只能猜想法官们也心有戚戚焉。边境的牢笼中关着孩童，对某些人而言，这面星条旗也失去了昔日的荣光。我从未见过我的国家处于如此严重的分裂状态。

有只渡鸦伫立在旗杆末端。那只黑色大鸟喙部很长，鸟爪锋利。2016年，市民观察到第一批返回纽约市的渡鸦。渡鸦通常在纽约州北部出没，没人知道它们为何回来。它们将巢筑在桥梁与高架道高处的角落，有时候甚至筑在电信塔或输电塔上。它们靠垃圾以及蜷缩在城市各处巷道里的死尸填饱肚子。

我经过渡鸦底下时，它发出嘎——嘎——的叫声。我不知道它是在打招呼还是在示警。

不论是哪一个，我听了都心神不宁。

在我接这个案子之前，我并不相信世界上有邪恶这回事。在我的人生到这个时间点为止，我和许多做出邪恶之事的男男女女相遇且斗争过，但我将他们归类为纯粹的人性弱点——贪婪、色欲、愤怒或欲念。此外有些人是病了，心理疾病。可以说，他们不需要为自己犯下的可怕罪行负责。

警卫挥手让我进入法院大楼的大厅时，这些念头止不住地在我脑中翻腾。它们侵入我的心智——甚至可以说是毒害了它。每个念头都像一滴血，落入玻璃杯中沁凉的水里。过不了多久，整杯水都被染红了。

就我交手过的凶手来说，大部分我都能试着针对他们的行为提出某种解释，例如他们的过去或是心理状态的蛛丝马迹，像一把钥匙，让我破解了他们的思考模式和犯罪行为。我总是有办法作出合理的解释。

这一次，没有简单的解释。没有钥匙。

对于这个案子，我提不出合理的解释，凭良心来讲，我做不到。在案情的核心有某种黑暗的东西。

邪恶的东西。

而我感觉到它的碰触了。它就悬在这个案子上方，如同盘旋在城市上方的渡鸦。

冷眼旁观。

伺机而动。

然后俯冲而下，用锐利的爪子和刀般的鸟嘴夺命。阴暗邪恶，迅疾致命。

再没有别的方式能形容了，没有更好的词汇了。人可以很善良，善良的人是存在的。有些人会做善事，因为他们乐在其中。那么同理，反面的说法为什么不能成立呢？为什么一个人不能因为喜欢邪恶就变得邪恶呢？我先前不曾从这个角度思考，不过现在我想明白了。邪恶是真实的，它生活在黑暗的地方，能像癌细胞一样侵蚀人类。

已经死了很多人了。也许在事情结束之前，还会有人死去。我小时候住在布鲁克林区一间寒碜的小房子里，当时母亲告诉我世上没有怪物。我小时候读过怪物和巫婆从父母身边抓走小孩，将他们带进森林的故事，母亲说那都只是童话。世上没有怪物，她说。

她错了。

刑事法院大楼的电梯很老旧，慢得让人抓狂。我搭乘电梯到我要去的楼层，出电梯沿着走廊到法庭，跟着大家进门。我走到被告席，在我的客户旁边坐下。大批旁听民众都坐定之后，门关上了。法官已经坐在法官席上了。

陪审团鱼贯而入，窸窸窣窣的说话声安静下来。

他们已经将书面资料交给书记官了，那是他们在陪审团室里就准备好的文件。我的客户说了什么，但我没听清楚。我听不清楚，血液奔流的声音塞满我的耳道。

我相当擅长判断陪审团会倾向哪一边，我看得出来。而且我每一次都是对的。我在接下案子之前就知道我的客户是否有罪。

我当了多年的骗子，之后又将一身绝活转而用来当律师，这期间倒是不需要太长的适应期。从毒贩手里骗到20万美金，与用计促使法官作出正确裁决，在本质上并没有太大的不同。无辜者去坐牢是司空见惯之事——但在我的监督之下不会。不会再发生了。我在酒吧、餐馆、街头学会了如何看透一个人，我很厉害。所以，在法庭施展我的

专业时，我第一次见面就知道我的客户是否有罪。如果他们有罪却想在法庭上假装自己是清白的，我会祝他们好运，与他们挥手道别。多年前我曾走上那条路，结果代价大到我无法承受。当时我忽略自己的直觉，任由客户逍遥法外。他明明有罪，我却纵虎归山。后来他伤害了某个人，于是我伤害了他。就某方面来说，我到现在仍在为那个错误受罚。人不可能永远不犯错，每个人都可能上当。

即使是我。

看透客户与陪审团是我的专长。这个案子非比寻常，它所有的一切都跟正常沾不上边。

这是我第一次说不准裁决结果会如何，我陷得太深了。在我心里，我觉得是五五分。裁决结果的概率简直可以用掷硬币来比拟，百分之五十。我知道我希望有什么结果，现在我知道凶手是谁了，我只是不确定陪审团是否看得清真相，我摸不透这个陪审团。

而且我好累。我已经有好几个星期没有好好睡一觉了。自从殷红之夜后。

书记官站起来，对着陪审团主席发言。

"就这些事项，你们是否全体达成共识并作出裁决？"书记官问道。

"是的。"陪审团主席回答道。

# 第一部
## 姐妹
（三个月前）

## 911报案电话文字稿

案件编号：19 — 269851

时间：2018 年 10 月 5 日 23:35:24

接线员：纽约市911报案专线，你需要警力、消防还是医疗协助？

报案者：我需要警察和救护车，快点！

接线员：地址是？

报案者：富兰克林街152号。拜托快点，她刺伤了他，现在她要上楼来了。

接线员：屋内有人被刺伤了吗？

报案者：对，我爸爸。哦，天啊，我听到她在楼梯上。

接线员：警队和急救人员都已经出发了。你在屋内的什么位置？你爸爸在哪里？

报案者：他在三楼的主卧。到处都是血。我……我在洗手间里。是我妹妹，她还在这里。她好像有刀。哦，天啊……（声音不清楚）

接线员：请保持冷静。你锁门了吗？

报案者：锁了。

接线员：你有受伤吗？

报案者：没有，我没受伤。但是她要杀我，拜托叫他们快来，我需要救援。拜托快点……

接线员：他们快到了，保持冷静。如果可以的话，请用双脚抵住门。好了，你现在应该很安全。深吸一口气，警察已经在路上了。尽量保持冷静，不要发出太大的声音。你叫什么名字？

报案者：亚历山德拉·阿韦利诺。

接线员：你爸爸叫什么名字？

报案者：法兰克·阿韦利诺。是我妹妹索菲亚干的，她终于他妈的完全疯了。她把他撕成了碎片……她……（声音不清楚）

接线员：屋内有超过一间洗手间吗？你在哪一间洗手间里？

报案者：我在主卧的洗手间里。我好像听到她的声音了，她在卧室里。天啊……

接线员：保持安静，你不会有事的。警察再过两三个路口就到了。别挂电话。

报案者：……（声音不清楚）

接线员：亚历山德拉……亚历山德拉？你还在吗？

通话于 23:37:58 结束。

## 911 报案电话文字稿

案件编号：19 — 269851

时间：2018 年 10 月 5 日 23:36:14

  接线员：纽约市 911 报案专线，你需要警力、消防还是医疗协助？

  报案者：警察和急救人员，我爸快死了！我在富兰克林街 152 号。爸爸！爸爸，拜托不要昏过去……他被攻击了，他需要急救。

  接线员：你叫什么名字？

  报案者：索菲亚，索菲亚·阿韦利诺。天哪，我不知道该怎么办。他流了好多血啊。

  接线员：你父亲被攻击了？他人在屋内吗？

  报案者：他在卧室。是她干的，这是她……（声音不清楚）

  接线员：屋内还有别人吗？你所在的位置安全吗？

  报案者：她好像走了。拜托赶紧派人来，我好害怕，我不知道该怎么办。

  接线员：你父亲在流血吗？如果是的话，试着用布或毛巾压住伤口。用力按住。警察应该随时会赶到，我看到该地址已有另一通报案电话。

  报案者：什么？还有别人打给你们？

  接线员：屋内还有其他人吗？

  报案者：哦，天啊！是亚历山德拉，她在浴室里。我从门底下看到她的影子了。该死！她就在那里！我得逃出去，她会杀了我的。拜托救救我，拜托……（尖叫声）

通话于 23:38:09 结束。

## 00:01

## 艾迪

我讨厌律师。

大部分律师。事实上几乎是全部，只有极少数值得注意的例外。像是我的导师哈利·福特法官，还有几个在曼哈顿刑事法院大楼流连不去的老屁股，他们简直就像出席自己丧礼的鬼魂。我十八九岁，还在进行长期诈骗的时候，我认识的律师比现在多得多。大部分律师都很好骗，因为他们心术不正。

我从没想过自己会成为其中的一员。我裤后口袋中的名片上写着：艾迪·弗林，法律事务代理人。

我父亲是个很有天赋又努力实干的骗子，若是他仍在世，看到现在的我，肯定会以我为耻。我可以当拳击手、骗子、小偷，甚至是赌徒。但他会看着他这个当上律师的儿子，摇摇头，纳闷自己怎么会是这么失败的家长。

主要问题出在律师往往把自己看得比客户更重要。他们入行时满怀志气：他们看了《杀死一只知更鸟》的电影，甚至可能读过哈珀·李的原著小说，他们希望自己能蜕变为阿蒂克斯·芬奇。他们想为那个小家伙辩护，发挥圣经故事中大卫扳倒歌利亚、以小博大之类的精神。后来他们意识到走这个路线无法为他们赚得优渥的报酬，并且发现他们的客户全都有罪，即使他们写出一篇足以媲美阿蒂克斯的陈词，法官也不会听进他们说的半个字。

脑筋够灵光、看得出这一开始就是痴人说梦的人，发现自己需要加入大型事务所，在那里做牛做马，努力在第一次心脏病发之前爬上合伙人的位置。换言之，他们搞懂了法律也是一门生意。而对某些人来说，他们的生意可是好得很。

我站在艾瑞克森街 16 号外面，联想到顶级刑事律师赚了多少钱。这是纽约市警局第一分局的地址。建筑外的停车场通常是留给警车的，现在却被一排昂贵的德国车队占据了。我数了一下，有五辆奔驰、九辆宝马、一辆雷克萨斯。

里面有状况发生了。

分局入口是漆成蓝白色的双扇桃花心木门，上面每一格装饰性的嵌板上都镶着铁铆钉。进了这道门后是运输安全人员的柜台，再往里是行政警官的登记柜台。我就是在那里看见争执现场的。有个穿黄色衬衫的便衣警探用一根手指对准一位名叫布考斯基的警官的脸。而柜台另一侧的等候区那里，则有十来个律师另辟战场，争吵不休。等候区的面积不过 6 米乘 3 米，墙上铺着黄色瓷砖。那些瓷砖可能曾经是白的，不过七八十年代的警察烟瘾很重。

20 分钟前我接到了布考斯基的电话，他叫我赶快过来，有案子，大案子。这表示我欠布考斯基一张尼克斯队的门票。我们事先谈好条件，若是他的桌上出现什么好案子，他就通知我。问题出在布考斯基不是局里唯一一个私下捞油水的警察，从眼前律师的规模可以判断出，消息已经传开了。

"布考斯基。"我喊道。

他又圆又胖，肌肉、体毛和脂肪把纽约市警局的深蓝色制服塞得满满的。天花板上的灯光照亮了他光头上的汗珠，他转过身来，朝我俏皮地眨眨眼，然后愉快地告诉警探把手指挪开。我没认真听。

"我受够了，布考斯基。他们每人可以和嫌疑人谈一分钟，就这么决定了。所有人谈完之后，她挑出律师人选，然后我们就直接录口供。

圈套

你听到没有？"穿黄色衬衫的警探说。

"我没意见，感觉很公平，这我能处理。你去休息半小时，喝个咖啡，或是打给你妈，跟她说我下班后会过去一趟。"

警探退后，朝着布考斯基不断点头，然后猛然扭转脚跟，穿过等待区后侧的铁门走了。

布考斯基对他面前这一群律师发言，活像他是宾果游戏主持人在解释游戏规则。"好了，接下来要这么做。你们这帮混蛋每人各抽一张号码牌，等我喊到你的号码，你有一分钟时间可以跟嫌疑人谈。她如果没签你的委任契约书，你就出局了。懂吧？我顶多只能这样安排了。"

有些律师两手往空中一抛，然后开始在手机上用力打字；其他人则继续抱怨，同时争先恐后地挤向取票机取号码牌。那些号码牌是给排队等着申诉的民众用的——不是给等着见客户的律师用的。

"布考斯基，搞什么鬼啊？"我不满地说，"如果你向曼哈顿所有该死的律师通风报信，那我帮你买尼克斯队门票是在买心酸吗？"

"抱歉啦，艾迪。我跟你说，这案子可要命了，你一定想要。明天早上我们带那些女孩去提审时，就会有狗仔大军出现在门外等着拍照，到时候这地方可就没这么平静了。"

"什么女孩？这案子是什么情况？"

"紧急行动组在午夜带回了两个女孩，她们是姐妹，都二十来岁。她们的老爸倒在楼上的卧室里，被撕成了碎片。姐妹俩都报警指控对方，都说是对方杀了爸爸。这个案子——会闹得很大。"

我看了一下等候区。曼哈顿刑事辩护律师界的佼佼者都到齐了，这些名律师身穿价值千元的西装，他们的助理跟在他们身后。

我低头看。我穿的是黑白色的飞人乔丹低筒鞋、牛仔裤和AC/DC

乐队纪念衫，外面套着件黑色的休闲西装外套。我的客户大部分都不关心我在半夜打扮成什么样。我注意到有些西装男用手肘互碰，然后朝我的方向示意。显然我看起来不是他们的对手。不过我好奇的重点在于这案子为何那么了不起。

"姐妹俩都说是对方干的，那又怎样？她们是富家女之类的吗？是什么因素在今夜把狮群引到河岸边了？"

"见鬼，你没看新闻，对吧？"布考斯基问。

"没有，我睡着了。"

"这两个女孩是阿韦利诺家的索菲亚和亚历山德拉，法兰克的女儿。"

"法兰克死了？"

布考斯基点点头，说："我跟紧急行动组的一个组员聊过了，法兰克像鱼一样被开膛破肚，被刀子扯烂了。那个组员跟我说场面很惨，而你了解紧急行动组——他们什么没见过。"

隶属纽约市警局的紧急行动组在运作上就像是灵巧利落的特警队，他们几乎见识过所有状况——包括恐怖分子的暴行、银行抢劫案、人质危机、疯狂扫射。如果紧急行动组成员说场面很惨，那就说明现场犹如噩梦。不过将曼哈顿一流刑事鲨鱼引来的，并不是这起犯罪中极致血腥的暴力程度，而是被害者以及嫌疑人的身份。

法兰克·阿韦利诺是前纽约市市长，去年11月卸任。

"我排在队伍后面，哪有什么机会抢到这个案子啊？"

"现在你排在队伍前面了，卡罗尔没能说服客户签合约，现在在里面的家伙也毫无胜算。我马上就带你进去。"布考斯基说。

"等一下，我排第三？"

"卡罗尔·西普里亚尼塞给我1000美金要排第一，但她没能说服

009

客户签字。抱歉,艾迪,我得填饱肚子。"

"喂,你把我们当空气吗?现在是什么状况?"一个西装男嚷道。

"别担心,放轻松,他并没有插队,会轮到你的。"布考斯基说,"没事的,艾迪。这些混蛋大多是来找亚历山德拉的,但你要见的人是索菲亚。"

"等一下,我们排队不是为了等着见两姐妹吗?"又一个西装男质疑道。大伙纷纷拉高嗓门抗议。

布考斯基是我的内线,此外还有另外六个行政警官,如果他们得知有重要的嫌疑人被捕,就会向我通风报信,而作为报答,我也会照应他们。这一回纽约市警局嗅到了大案子,结果每个靠律师赚外快的警察都拿起了手机。这种状况我见过。负责此案的警探会对警官们抱怨,不过只要他们别占用太多拘留时间,那些警探也拿他们没辙。警探是不会向上级告状的,因为那么一来他们就成了爱打小报告的人。

在纽约市警局,爱打小报告的人会被人在暗地里弄死。这里的一些律师能得到机会上场试试运气,没机会的人也不会废话太多。要是他们死缠烂打,以后就别想再接到电话了。客户也不会有意见,因为她们能挑选最优秀的律师。对穿制服的警官来说,引人注目的凶杀案简直就像过圣诞假期。如同这座城市中的大部分事情,私底下的一点贪腐和金钱流动,能让每个人都比较顺利。

欢迎来到纽约市。

"我拿个钥匙,然后我就带你去见索菲亚。"

"我为什么要见索菲亚?"我问。

布考斯基凑过来,说:"我了解你,要是客户想要否认他们犯的罪,你是不会接案的。我对亚历山德拉有些疑虑,至于这个小妞索菲亚嘛——嗯,你看过就知道了。每天有二三十人进出我的牢房,我跟你一样能看出真正的犯罪者。她不是罪犯。但我得警告你，在这小姐面前别突然做什么动作，什么都别拿给她，也别把纸和笔留给她。"

"为什么？"

"嗯，拘留所医生认为她疯了……但她不会攻击你，毕竟你可是她未来的律师。"

## 00:02

### 凯特

凯特·布鲁克斯穿着健身服，外面套着她的泰勒·斯威夫特睡衣，脚上穿了两双加厚的白色小腿袜，身上裹着好几层羊毛毯，正睡得香甜。不管她多么努力调整公寓里的老旧电暖器，都无法使它们的温度更高一点。这间套房公寓当初招租的宣传词写的是："这是个小而美的生活空间，配有中央供暖系统。"房间两端各放了一台电暖器，严格说来，确实算是提供了全面性的暖气，结果凯特每晚就寝前都得全副武装。等寒冬真的来临时，她不知道自己该怎么撑过去。

她的手机开始发出警示的声音——这种电子铃声会随着时间变得越来越大声。凯特的手臂从床铺挥向床边柜，摸到手机后，在屏幕上滑了两下让铃声停止。接着，她迅速将手臂缩回毛毯下，翻了个身，其实没有真的醒过来。

手机又开始响。

这次她奋力睁开眼睛。手机传来的声音听起来不像闹铃声。她突然意识到这是她上司西奥多·利维打来的电话，而且，她还挂掉了他

的第一通来电。

"喂,利维先生。"她用沙哑的声音接听了电话。

"快去换衣服。听着,我要你先去办公室拿一份文件,然后到翠贝卡街区的第一分局找我。"利维说。

"哦,没问题。你要我带什么文件过去?"

"斯科特现在正在办公室里调查一些线索,但我这里需要他。我要你去取给亚历山德拉·阿韦利诺签的委任契约书,把它带过来,我45分钟内要拿到。千万不要迟到。"

说完,他就挂了电话。

凯特掀开毛毯爬下床。这就是刚通过资格考试的律师的生活。这份工作她做了快半年了,新执照上的墨水还未完全干呢。斯科特是另一个菜鸟律师,他人已经在办公室了,却不能顺道把利维要的文件带过去,其中究竟有什么见鬼的理由,凯特并不在意。利维吼叫着发出命令,人们便要跳起来服从。或许有更省力或更快速的办事方法,但那并不重要,只要所有人忙得团团转,利维就开心了。

她看了一下表。她需要打个出租车。从公寓到办公室要20分钟。她试着估算从律师事务所到第一分局要多久,结论是大概也要20分钟。

没时间冲澡了。

她脱掉睡衣和健身服,穿上正式的上衣和商务套装。她的裙子有点皱,不过她管不了那么多了。她套丝袜时,右小腿有地方抽丝了,这可是仅剩的一双。她骂了句脏话,又继续跑去找鞋子。公寓里除了床铺之外还有另一小块区域,她设法在那块区域内放进一张沙发和一个书架,充当她的客厅。一道拱门将床铺和"客厅"隔开,而她在拱门上撞到额头。伤口虽小,却传来阵阵刺痛,迫使她用力吸气。

"该死。"她咒骂道。

公寓门边摆着一双阿迪达斯多功能运动鞋,她穿上后,抓起大衣和手提包便出门了。

20分钟后,她在华尔街下了出租车,请司机等她一下,然后冲向公司大楼入口。她用通行证打开大门,奔进有玻璃墙的接待区,柜台后坐着一名保安。电梯发出叮的一声,接着门缓缓打开,凯特跨向前,已经准备好踏进去了,结果斯科特从电梯里冲出来,手臂下夹着一个档案袋。他的肩膀撞上凯特的肩膀,使她转了半个圈。

"抱歉,凯特,我赶时间。利维的秘书还在印委任契约书。我已经没时间拿了,利维要我现在就去分局。"

"等我,我2分钟就好。我让出租车在外面等着。"她说。

斯科特点点头,转身奔向大门。

凯特不停地按着二十五楼的按钮,按了二十五次;随着电梯往上移动,她每按一次就数一次。当凯特到达办公室时,利维的秘书莫琳正从打印机中快速取出纸张,放进文件夹后递给凯特。

"是委任契约书吗?"

莫琳点头。刚从打印机中取出来的纸张还热热的。

斯科特就不能多等一下把这个一起带走吗?

她老早就放弃弄清楚这类疑问了。在大型律师事务所的世界里,只要能比对手多占那么一点点优势,没人会考虑雇用二十个律师加上五十个律师助理有什么不妥。她被差遣来拿委任契约书,就只因为她是个可供差遣的人力。凯特回到电梯里,按下一楼的按钮,然后用中指狠戳关门钮。门合上时,她压低音量喊"快点,快点,快点"。

电梯门在一楼打开时,凯特冲了出去。保安在她靠近时用自己的通行证刷开门禁,握住门把手替她拉开门。

013

凯特气喘吁吁地道了声"谢谢",然后奔进冷空气里。

可是接着,她不得不急刹住脚步。

她的出租车不见了。

斯科特。

真是个小人。

她焦急地环视四周。没有出租车。她点开手机上的打车软件。她爸极度讨厌这个软件,并多次警告她不要使用。手机显示两个路口外有一个司机。

那辆车转眼就到了,凯特坐进后座。这是一辆金属蓝的福特。车子很旧,闻起来有股狗味。车内太暗了,看不清楚司机长什么样,不过她看得出他是金发、很瘦,两条手臂都布满刺青。

斯科特真是个彻底的小人。

斯科特比凯特晚四个月进公司,担任律师助理。利维、伯纳德与格罗夫联合事务所是综合型的律师事务所,这表示他们能够替你藏起几百万美金,让你不用付半毛钱给国税局;用离婚协议把你的配偶榨干;随意捏造任何理由控告惹毛你的人;要是事情真的很严重了,他们还有杀手锏——西奥多·利维,金牌诉讼律师和刑事律师。先前凯特在两三个部门间转了一圈,才终于选定了刑事案件部门。明眼人都看得出来,她在这方面有天分。利维的小组里有十二个律师,但他更喜欢在自己的案子中与新同事密切合作,让经验丰富的老鸟可以专心赚可计费工时的钱。

凯特注意到利维特别喜欢跟年轻的女同事合作。

一个月前,斯科特进到刑事案件部门,与上司一拍即合。他是利维宠爱的亲信,凯特看得出来。她比斯科特早两个月进到这个部门,但她至今才跟利维一起吃过一顿午餐而已。斯科特进来后的这四个月,已经和利维共进过四次午餐了。利维个子矮小，长得像癞蛤蟆，斯科特则像竹竿一样高瘦，颧骨有棱有角到可以用来捶牛排。这位同事棱角分明的脸上嵌着两颗深蓝色的眼珠，不知怎地有种背光的效果，仿佛两粒球体后方各有一颗通电的明亮小灯泡。

既然他抢走了自己的出租车，那么等他们有机会独处时，她就找他兴师问罪，凯特这么暗自决定。

司机很沉默。没过多久她便下了车，走进第一分局。

这时候的警局，可以说像是个马戏团。

一大群曼哈顿顶级事务所的律师都在这里等候。

她瞥见了利维和斯科特，他们坐在房间后侧的铝质长椅上，正专心地交谈着。为了走到他们那里，她不得不在塞爆了的等候区挤过另外十几名律师。有些人她在电视上见过，因此知道是谁，有些人的照片曾登上过广告或《美国律师协会月刊》。每次纽约州律师公会办活动，这些律师都是吸引镁光灯的焦点。他们全都年过四十，都是有钱的男性白人。

他们都不把她放在眼里。

"不好意思。"凯特边说边努力钻过人群。有些人聚在一起聊天，聊高尔夫。有钱的白人律师都热爱高尔夫。有些人在争吵，有些人在打电话。没人与她有眼神交流。她一直低着头，客气地往前挪移，轻声咕哝"不好意思"。来到摩肩接踵的人群中心时，几只手轻轻扶上她的后腰推动她经过，随着她前进，那些手离开了；很快她又感觉到另一只手擦过她的背部，接着她感到几根手指先是捏了一下她大腿顶端，然后又捏了捏她的臀部。

凯特咳了一声，猛力突破人墙冲到另一侧的空旷地带，在这一过程中被她前方的一名白发律师推开了，力道远超她的意料。她身后传来一阵笑声，有两三个男人分享着心照不宣的笑话。大概是觉得捏她屁股很好笑吧。利维和斯科特都没抬头。凯特转回身，望着那群人，脸涨得通红。白发律师已经回到原位，补齐她挤出人群时造成的缺口。她没办法指认是谁碰了她。她脸和脖子上的皮肤都因难堪而烧得火红。要是她指责，只会自取其辱。

她听到利维爱发牢骚的嗓音从后方传来："凯蒂，你到哪儿鬼混去了？斯科特10分钟前就到了。"

凯特闭上眼睛，再睁开。她在调整自己的状态。今天晚上一点都不顺，她不想在利维面前情绪失控。他只会叫她坚强一点，并且不满她害他丢脸了。她让刚才的不愉快就这么过去了。她需要心平气和才能应付利维。世上只有两个男人会叫她凯蒂，一个是她爸爸，一个就是利维。尽管她很爱听爸爸这么叫她，但她对利维使用这个昵称有着同样强度的憎恨。

她退后一步，原地转身面向上司。他接过她递出的文件夹，粗声说："对我们来说，对事务所来说，这都是个超级大案子。我们一定要得到这个客户。我要你拿出最好的表现，知道吗？"

凯特点点头，说："我懂。可这是什么案子？"

利维嘴巴微微张开，维持了好几秒这个表情。他看起来像是在等飞虫经过，好迅速射出爬虫动物的舌头、在空中逮住猎物，再卷回他粉红色的口腔里。

"前纽约市市长法兰克·阿韦利诺死了，他在自己的卧室里被谋杀。被刺了……几刀，斯科特？"

"53刀。"斯科特说。

"被刺了53刀，亲爱的。而我们要为他的大女儿辩护。他的两个女儿都在现场遭到逮捕，两人都指控对方是凶手。其中一人在说谎，我们的任务就是证明说谎的不是我们的客户。懂吗?"

利维的话中有一种高高在上的意味,凯特刻意不往心里去。

他那声"亲爱的"并不是出自绅士风度。她已经设法习惯了大部分她必须忍受的鸟事,不过"亲爱的"或"小丫头"仍然让她咬牙切齿。她强压下愤怒,因为她从进到事务所以来,就一直在等待这种机会。酒吧里猥琐的男人以及街头日常的性别歧视,她都能面不改色地应对。不过涉及掌控她事业前途的男人时,情况就不同了。她知道不该有此心态,这样不对,但她觉得最好还是闭紧嘴巴、委曲求全。暂时是这样。权力都握在他们手中。若是她敢对这些狗屁倒灶的事发出怨言,她猜想自己马上就会丢掉饭碗——她的事业尚未开始就要画下句号了。

这几个月来,她都在写案件摘要、虚情假意地招呼客户以及在事务所的聚会上分发开胃菜。现在她可以参与案子了,一个真实的、备受瞩目的谋杀案。她胃里有种扑腾般的兴奋感,她抚平外套前襟,润了润干燥的嘴唇,然后清了一下喉咙。她想要做好准备。她感觉自己已经做好准备了。

"我懂了。"凯特说。

利维上下打量她,说:"你穿的是什么?那是跑鞋吗?"

凯特张开嘴想回答,但没机会了。

"利维!轮到你了!"有个嗓音说。那是个警察,站在敞开的铁门边大喊。

"到我们上场了。"利维说。他站起来,把裤子往上拉。他的裤子经常滑到小腹之下,就算系皮带或吊带也没用——利维似乎总是在提他的裤头。

凯特看到一小群律师从铁门里走出来,显然他们刚才在里面与潜在的客户谈话。他们垂着头,看起来很疲惫。利维会拿到这个案子的,不论客户是谁。那不重要。这是利维的强项,他很擅长跟客户打交道,很快就能博得他们的认可。他简直是一名拥有律师执照的公关机器。他们会得到这个案子的,凯特将从一开始就站在辩护的最前线。她努力忍住很想在她唇上绽开的微笑,她既兴奋又紧张。

"好吧,我们走吧。"利维说。

斯科特朝凯特点点头,凯特点头回应。他们三人一同朝铁门跨出一步。这时有一份档案直接朝凯特的脸挥过来。她抬起手阻挡,同时那份档案往下移,重重按在她胸前,硬是让她停下了脚步。凯特用双手接过档案。

"斯科特的这份档案里有些东西不能让客户和警方看到,"利维说,"拿去放到我后备厢的文件保险箱里,我的车就停在外面,金色的奔驰。"

一串钥匙在她脸前摇晃。凯特接过钥匙,吞了吞口水,感觉喉咙一阵刺痛,像是她吞下了一捧尖利的碎石头。

"我们不会花太长时间的,你可以趁机思考一下自己为什么会迟到这么久。我们办完事以后,我可以载你回家。"利维说。

之后,斯科特和利维便大步走向敞开的铁门。

凯特僵立在原地。

"别介意,亲爱的。你可是得到了最重要的工作——去看管利维的车。"她身后有个嗓音说。是某个竞争对手。

这足以让整群人发出低沉的哄堂大笑,笑声传遍整个空间。

凯特涨红了脸,她不敢再穿过中央,而是从人群外围挤过去,走向出口。烧灼感蔓延到她的脖子,她想起利维的最后一句话:等他办完事,他要载她回家。这表示他又想试探她的底线。

凯特用力跺着脚走出大门，来到街上。

## 00:03

### 她

他们把她带进第一分局时，负责登记的警官上下打量了她一番，说明她的权利，然后告诉她接下来会发生什么事。

"你的随身物品会被收缴作为证物，包括外衣和内衣裤。两位女警会陪你去一个隐蔽的房间收取证物。我们会给你提供一套衣服。负责调查这个案件的警探想要提取你的DNA（脱氧核糖核酸）、齿模，还要剪一些指甲样本。你只要配合就行了，不要试图反抗，那样对你没有好处。两位女警也会为你拍照并采集指纹。接着你会被移送到审讯室，警探会问你一些问题。有没有什么不懂的地方？"

她摇头。

"你有律师吗？"

她摇头，一言不发。

"嗯，等你走出审讯室的时候就会有律师了。"他说。

那个警官说得没错，一切都如他所说的那样发生了。她沉默地在两名女警面前脱掉衣服，将染血的衣物交给她们，看着她们将衣物放进透明的大塑料袋里。她们给了她内衣裤，以及一套橘色的连体服。她穿好衣服后，她们将她指尖的指甲剪下来放进袋子里，再用棉棒在她口腔内部抹了抹。棉棒在她嘴里留下了怪异的味道。

然后她被带进一间审讯室里，一个人待着。房间一侧有一面镜子，

019

圈套

她猜他们正在镜子后面监视她。

她把两只手肘撑在膝盖上，身体前倾，头部下垂。她的目光聚焦在他们给她的白色橡胶鞋上。她安静地待了一会儿，一动不动，沉默不语。

从警察在富兰克林街逮捕她到现在，她没说过半个字。之前她听到有个警察提过"惊吓过度"，便顺水推舟地演了下来。

她并没有惊吓过度。

她是在思考。

以及聆听。

她面前的钢桌布满凹洞以及刮痕，她想要伸出手，用手指沿着纹路滑过去，想嗅闻桌面，摸它，感觉它。

这是从小时候就开始的类似强迫症的症状，对妈妈来说又是另一个小烦恼，每当妈妈逮到她在触摸和嗅闻周围的东西时，就会扇她耳光。她拿着一片树叶、一块石头、一颗桃子，就可以消磨1个小时。那些气味和触感几乎让她难以招架，然后妈妈来了——啪——不要碰那个；不准再东摸西摸的，你这个肮脏的小丫头。

对触感的爱好成为她必须隐藏的另一个秘密。音乐帮助她阻隔了那股冲动。当她爱上某一首歌曲时，她就会看见色彩与形状，音乐在她眼中变得更为真实具体，这能帮助她让双手老实待着。

那首歌还在她的脑海里播放着。那天晚上，她走进富兰克林街152号爸爸的家时，她听到了那首歌。那是她妈妈最爱的歌——《她》，法国传奇歌手查尔·阿兹纳弗原唱的版本。不过她最喜欢的还是英国创作歌手埃尔维斯·卡斯特罗对歌曲的诠释。那首歌在她脑中浮动回旋，响亮而喧嚣，淹没了所有其他的思绪。她坐在狭小的、散发着难闻气味的审讯室里，跟着只为她播放的旋律无声地唱出几句歌词。

她可能是我无法忘怀的面庞……

音乐响起时，她的脑海里也闪过一个个转瞬即逝的画面。她爸爸的领带。领带结仍紧系在脖子上。她爸爸胸部露出来的森森白骨。还有随着她的动作，刀面反射出许多美丽的光点，她把刀子从他胸口拔出，举高，再插进他的肚子、脖子、脸、眼睛，一次又一次，一次又一次……

她……

一切都是计划好的。当然，这件事她已经幻想很多年了。幻想着把他撕碎的感觉会有多爽。毁掉他的身体，蹂躏他。她想到，所有其他的杀戮其实都只是预演，这才是真正的重头戏。

练习。

一开始，看着被害者眼中的光彩逝去让她很兴奋，就像亲眼见证某种蜕变的过程。由生到死，全都出自她的手。她没有悔恨，没有愧疚。

早在她们很小的年纪，她妈妈就用体罚让她们姐妹俩身上的这种情绪荡然无存了。妈妈曾是个优秀的象棋棋手，也期许两个女儿青出于蓝。妈妈年轻时曾见到匈牙利的福尔加三姐妹纵横棋场，于是希望自己的女儿也能有这样的荣光，因此很早就开始了对她们的象棋教育。从4岁开始，她就被逼着坐在房间里，面前摆着棋盘，在妈妈的注视下移动棋子，并指导她一些经典的象棋技巧：如何观察棋局的变化、棋局进行到一半时有哪些策略可以快速绝杀。她们一练就是几个小时，每天都要练。她跟自己的姐妹各练各的，妈妈从不让她们跟对方下棋，即使只是练习。要练就跟妈妈练。而妈妈在她下午的练习开始前从不让她吃东西，不能吃午餐，早餐吃的一碗麦片或水果已像是遥远的记忆。她与妈妈在小房间里度过了无数的时光——困惑、害怕、饥饿。

要是她的策略出了差错，或是她把棋子捏在手里太久，在抚摸光滑木头上的沟纹，或是试着嗅闻木头的味道，妈妈就会一把抓住那只不规矩的小胖手，举在半空，朝一根手指咬下去。那些场景，她到现在还历历在目。妈妈握着她的手腕，这种感觉像她的手臂被某种可怕的机器夹住，那机器将把她的手慢慢送到圆锯的刀刃上。只不过迎接她的不是刀片，她看到妈妈咧开鲜红色的嘴唇，露出两排洁白的牙齿。她的手指在颤抖，然后——啪。她被咬得很痛。

那是惩罚，目的并不是要咬到流血，只是为了吓吓她，为了确保她不再犯同样的错误。她想知道是不是所有的母亲都是这样，都是有一口利牙的冷酷无情的女人。

她在下棋时总是觉得很饿。妈妈说饥饿能帮助大脑保持创造力和活力。她每次看到那口牙齿逼向自己的小手指，就觉得又想吐又好饿，并且恐惧着将要到来的疼痛，那种恐惧感总是比实际被咬的感觉更可怕。

她从错误中吸取到了教训。

她回想起妈妈摔下楼梯那天她亲爱的姐妹脸上的表情。她的姐妹哭个不停，直到爸爸终于回家。她的姐妹始终没能从阴影中走出来。这使她认为，即使妈妈会咬和打她们两个，会逼她们每天花好几个小时下棋和研究棋谱，她的姐妹仍然会怀念母亲的某些部分，怀念某种永远断开的联系。

即使现在，过了这么多年，她的姐妹看到妈妈尸体时的哭声仍回荡在她耳边。她的姐妹站在楼梯底部，手里攥着那只愚蠢的玩具兔，双膝紧紧并拢,酒红色的紧身裤上有一块深色污渍在渐渐扩大,从她胯下往双腿蔓延。她姐妹的哭声变得好难听,惊慌、喘息、断断续续的哭声,让她无法呼吸。

现在,那些啃咬、殴打还有眼泪都已成回忆。它们成为她的养分,帮助她塑造成现在这个完美的生物。

今晚真是太完美了。现场看起来凌乱而又疯狂,亲爱的爸爸的尸体被留在他倒下的地方。疯狂的杀戮。

看起来就是这样。这就是她想要营造的效果。说实话,她当时很享受。她在杀戮时总是冷静自持,执行过程令她心满意足,不过什么都比不上第一次的感觉。直到今晚。她真的毫无保留了。她一直用意志力与药物抑制住的冲动,全都发泄在最亲爱的爸爸身上。感觉就像松开了脑中的加压阀门——这种如释重负的感觉真是太美妙了。

在此之前,执法部门从未将她与自己犯下的任何罪行联系起来。现在她坐在警局里,面临一桩她确实犯下的谋杀指控。

她正待在她想去的地方。

她本来打算要去的地方。

## 00:04

### 艾迪

布考斯基带着我穿过一条由更多沾满尼古丁的瓷砖围成的走廊。我听到后方有个警察高声叫下一组律师去接受客户面试。我放慢脚步,想看看是谁来了。

西奥多·利维和一个金发孩子跟着一个高大的警察沿着走廊而来。我在中央大街的走廊中曾与他错身而过,不过从未在法庭上打过擂台。我们都是辩护律师,而且利维走的是上流路线,他服务的对象是愿意拿钞票砸他的白领罪犯。利维知道这个案子会登上头版头条,而他需要偶尔接下这类案子来提高自己的知名度。让他的脸出现在报纸头版上六个月通常代表更多的工作,他可以在接下来的一年里把时薪上调百分之二十。

我继续走,但让利维追了上来。到了走廊尽头,布考斯基右转,我们爬上两层楼。一直到两三年前,这层楼都还有四间牢房,后来纽约市警局把旧的单人牢房打通,腾出空间拿来办公。原本装在牢房上的那些 300 公斤重的铁门都被拆掉了,然后就不知去向。到底是被警察还是承包商顺走了,这谁知道呢?总之有人靠卖废铁捞了一笔,而钱绝对没交给市政府。现在,除了警探们有额外的办公空间之外,还多了一排新盖的审讯室。

只有两间有人,门板中央的白板上有纪录。白板上方是整扇门上唯一的窥视窗。我忍住往里偷瞄我的客户的冲动,等着利维走过来。

"艾迪·弗林对吧?我是西奥多·利维。"他边说边伸出手。

我们握了手。利维将两根拇指塞进裤头,把裤子提上去盖住肚子。他的黑发剪成平头,戴了副粗黑框眼镜,镜片后的大眼睛热切地扫视我的全身,从头到脚,好像他是殡仪馆的工作人员,要帮我目测棺材的尺寸。

"幸会。"我说。

"今天是便服日吗?"他问。

"我在提审之前会换衣服的。我的客户雇我不是因为我的穿着。"

"幸好如此。所以说你分到了妹妹？"他说，"祝你好运了。"

"我需要好运吗？听起来你似乎知道什么内幕啊。其实我也很好奇，为什么曼哈顿半数的刑事律师都要争取你那位小姐当客户。你愿意告诉我一下，为何大部分人只青睐姐姐吗？"

"我跟你说，索菲亚是个问题人物。认识法兰克·阿韦利诺的人都会这么说，这是常识。亚历山德拉才是他的宝贝千金，她在曼哈顿是代表性的公众人物，在这案子里稳操胜券。索菲亚则是家族中的害群之马。这案子只会有一种结果。我建议你跟索菲亚商量认罪协商的选项，好让大家都省点时间。"

"我还没跟索菲亚谈过，先谈谈再看会怎么样吧。"

"好吧，祝你好运。"说完，他朝高大的警察做了个手势。警察打开审讯室的门，让到一边。利维带着他的同事进去了，那个英俊的青年抱着一沓纸。我靠近了一点，好看看亚历山德拉·阿韦利诺。

即使她坐在审讯室的桌子后面，我仍看得出她是个个子很高的年轻女子。金发是染的，不过染得很讲究。她眼眶发红，口红也淡掉了。除此之外，亚历山德拉看起来匀称而健康，肤色介于乳白和小麦色之间。就她的处境而言，她看起来还不错，表情带着某种程度的自信。这女人能够自处，也能处理他人。门打开时，我闻到尚未完全挥发的香水味。

那名高大的警察关上门，背对着门站岗。

"好了，艾迪，这位是索菲亚。"布考斯基边说边将钥匙插进门锁，打开门。

我走了进去。

索菲亚·阿韦利诺看起来个子比她姐姐矮，但没差太多。她一头黑发，与苍白的肤色形成强烈的对比。眼睛一模一样：两个女人都遗传了父亲的眼睛——眼形细窄，但眼神明亮而又热切。她的眼中没有笑意，嘴唇比姐姐的薄，鼻梁也比较细。她们看起来年龄差不多，我依稀记得法兰克的两个女儿相差不到一岁。我不确定这个消息是从哪里得知的，不过我很可能在杂志或新闻报道中看到过她们，或是其中一人。

她狐疑地望着我，却没说什么。她对面坐着一个我不认识的律师，看起来和其他人一样，有钱又有成就。他收拾好桌子上的文件，说："你不雇用我是你的损失。"然后就气冲冲地走掉了。

我没管他，将注意力放在眼前的年轻女子身上。

"嗨，索菲亚，我叫艾迪·弗林。我是个辩护律师。布考斯基警官说你没有律师，我想跟你稍微聊一下，看能不能帮上忙。你觉得可以吗？"

她迟疑了一下，点点头，手指开始在桌面上画出想象中的线条和圆圈。我走近一点，看到她是在用手指描摹那些凹洞和刮痕，探索桌子的材质。这是有点孩子气的紧张反应。她似乎惊觉自己做了不该做的事，于是赶紧将双手收到桌面下。

我坐到她对面，刻意张开双手且微微抬高，用肢体语言的暗示鼓励她开口。

"你知道自己为什么在这里吗？"我问。

她咽了口口水，点头，说："我爸死了，我姐杀了他。她说是我干的，但我向你发誓不是我做的。我做不出来。她是个说谎又杀了人的婊子！"

她的双手倏地抬高，又啪的一声拍在桌上，来强调"婊子"二字。

"好，我知道这么说很蠢，但我需要你保持冷静。我会尽我所能帮助你。"

"布考斯基警官说我应该跟律师们都谈谈,但在跟你聊过之前别随便作决定。我不知道该怎么办……"

她摇头,眼中充盈着泪水,那眼睛比我原本以为的要绿得多。她别开目光,吞下哭声,颈部肌肉从喉咙鼓出,吸了一大口气到肺里。她闭上眼睛,让眼泪滚落到地上,说:"对不起,我不敢相信他已经不在了,我不敢相信她对他做了什么。"

我点点头,没说话。她抬起双膝抵在胸前,抱住自己的腿,边哭边微微前后晃动。

"我很遗憾你父亲的事,真的。说实话,你现在处于最糟糕的状况下。警察盯上了你,你姐姐可能也是。你们其中一人或两人都可能面临谋杀的罪名。也许我能帮你,也许不能。我只需要确定一件事,就是你并没有杀你父亲。"我说。

听到这里,刚才一直流着眼泪听我说话的索菲亚用纸巾把脸擦干,吸了一下鼻涕,努力让自己平静一些,使自己能够好好交谈。如果她是装的,那她可太厉害了。我在桌子对面看到的不是演员,而是一名痛苦不堪的年轻女子。这是真的,这是实情。不过她的痛苦是源自父亲之死,还是恐惧自己的凶手身份可能会被揭露,抑或另有原因,还不完全明朗。

"你为什么要问我?其他律师都没问我是不是凶手。难道你不相信我吗?"

"我对所有客户都会问同样问题。如果我相信客户是清白的,我会竭尽全力为他们辩护。若是他们告诉我他们没犯罪,我通常能抓出谁在说谎,然后我们就不会再联系了。要是他们举手投降,承认自己有罪,我会帮他们在法庭上把来龙去脉讲清楚,让法官理解他们的犯案理由,判断如何给予他们适当的宽赦或减刑。我不会为想要脱罪的凶手奋战，那不是我的风格。"

她重新打量起我来，仿佛我卸下了某种伪装，她现在才看到本尊。

"我喜欢你问我，"她说，"我想要你当我的律师。我没有杀我爸，是亚历山德拉干的。"

我不慌不忙，在她说话时仔细观察她。她的眼神、口气、表情都蕴含着真诚。没有任何警告信号，没有可能代表谎言的破绽。我相信她。

该工作了。

"告诉我事情的经过。"我说。

"当时我在位于富兰克林街的爸爸的房子里。我自己住在不远的地方，常过去看他。最近去的越来越多了，因为他变得越来越健忘了。我去了他的房子，一开始还以为他不在家——"

"先停一下，告诉我你是怎么进去的。"

"我有钥匙，亚历山德拉也有。"

"好，抱歉打断你。你刚才说以为他不在家……"

"我进屋以后，发现他不在休息室。他通常会待在那里看电视或工作。他不在那里。我朝楼上呼喊，他没回应。我猜他可能是出门了，所以我在休息室的吧台调了杯饮料，喝完之后，才上了楼。"

"你为什么要上楼呢？"

"我听到一个声响，心想他应该在家，也许没听到我进门。我爬上二楼，而他不在那里。"

"房屋的二楼有什么？"

"三间卧室和一间健身房。他不在健身房里，我也没察看卧室。他没有理由待在那些卧室里。然后我又听到了那个声响，是从上面那层楼传来的。"

"那是什么声音？"我问。

"我不知道，很难形容。听起来像闷哼，或哀鸣之类的。也许是有人在说话。我不知道，真的记不清楚了。我记得我上楼去查看他的状况，他这阵子有记忆丧失的问题，让他迷迷糊糊的。不知道是因为年纪大了，还是，唉，失智症的前兆。我心想搞不好他跌倒了。我看到他躺在主卧的床上，房间里的灯没开，但我记得我当时感觉很奇怪。那画面里有什么地方不对劲。"

"你的意思是？"

"在黑暗中我没办法看清楚他，但我看得到他的一只脚搁在床上，而他还穿着鞋。这很不寻常。我爸总是提醒我不要穿着靴子躺在沙发上。"

"你有把灯打开吗？"我问。

"没有。我只是走到他旁边，问他身体有没有不舒服。我以为他只是小睡一下。他没回答，到那时我才看到他遭受了什么事。我扶起他的头，看到他整张脸都……"她没把话说完，停了一下，然后又说："那时候我才惊慌失措地打了报案电话。"

"昨晚你亲眼看到你姐姐或别人攻击你父亲吗？"

"没有，我没看到。但我知道是她。她就躲在浴室里。我看到浴室门底下透出灯光，看到她的影子在里面移动，准备跳出来把我也杀了。我知道是她。我尖叫着跑出了房子。"

"你怎么知道是你姐姐杀了你父亲？"我问。

"因为她是我见过最贱的婊子，我知道就是她没错。她在全世界面前戴上一副假面具，有钱又成功，那全都是谎言。她其实是个变态。我们的妈妈让我们从小到大都很痛苦，亚历山德拉被摧残得比我更严重，她只是掩饰得比较好罢了。我告诉警察我看到她在浴室里，他们也逮捕她了。我坐在警车后座时，看到警察给她戴上了手铐。"

有人敲门。索菲亚越过我的肩膀张望时，眼中闪现出了恐惧。我站起来，看到门外有两位警探。

"索菲亚，没事，你做得很好。我先去跟他们讲一下话。"

索菲亚呼吸有点困难，眼睛瞪得很大。看得出来，她在回忆发现父亲的那一刻。我再度试着安抚她，她点点头，闭上眼睛。她的指尖又探向桌上的沟纹，开始滑动。我起身打开门，跨进走廊，将门带上。

第一位警探就是我先前看到与布考斯基吵架的身穿黄色衬衫的那位警探。他和我身高相近、体格类似，不过比我年长十岁，有一撮斑白的头发。他的搭档穿着三件式深色西装，搭配深蓝色衬衫和浅蓝色领带，年纪比我小，两侧的头发剃得很短，头顶一片厚重的头发油亮地往后梳。这两人的组合一点都不搭。

"索姆斯警探。"穿黄色衬衫的男人边说边用拇指戳自己的胸膛，然后他指着较年轻的男人说："这是泰勒警探。"寒暄就到此为止了。

泰勒用死寂的空气填补尴尬，没有点头或微笑，就只是瞪着我。这是老派的纽约警察——律师是你的敌人。两人都没伸手，看起来都因为我的存在而憋着一肚子火。

"那你呢？"索姆斯问。

"我很开心认识二位。"我说。

"废话少说，你叫什么名字，朋友？我们准备给这名嫌疑人录口供了。"泰勒说。他说话的时候，那片油头不动如山。不论他用的是什么品牌的发胶，想必都是超强效的。他说"朋友"二字时的语气显然并不是那么的友好。

"我是艾迪·弗林。我刚跟客户见面，如果二位不介意的话，我需要多一点时间。"我尽可能客气地说。他们其实不配，但我想要大度一点。

"我们要加快进度了,时间不多了。给你5分钟,然后我们就要进去了。"索姆斯说。

"5分钟可能不太够,我的客户刚失去父亲,她现在的状况不太好。"

"医生说她没事,可以录口供。"泰勒说。

他们就像摔跤比赛中进行车轮战的队友。泰勒挥舞着一份标准的拘留报告,提供报告的是一名随时待命的医生,时不时会帮助警方检查嫌疑人,并且在一个小方框里打钩,表示根据他的医学经验,该嫌疑人适合录口供,然后他就能领到400美金的酬劳。万一日后律师声称他们可怜的客户惊吓到神志不清,或是莫名地丧失心神,以致于胡言乱语,想借此翻供,警方就有了一些后盾。这是保险,不是医疗检查。

我别开身体,背对着恶犬泰勒,直接对付握着牵绳的家伙。"索姆斯,医生有检查一下你的屁股吗?这时髦小子一有机会就把头塞进你的屁股里,一定很痛吧。"

"5分钟。"泰勒说。他从我身边经过,还刻意撞了一下我的肩膀,然后敲开了亚历山德拉那间审讯室的门。

我没有回去找索菲亚,而是两手插进口袋,靠在墙上。

利维走了出来。索姆斯用了同样的介绍词,没有握手。利维看到我站在索姆斯后面。

"我说,你们先给索菲亚录口供怎么样?我的客户还没准备好。"利维说。

"你的意思是她还没签你的委任契约书?"索姆斯问。

"不是,她签了。她懂得分辨什么是高质量的法律服务。我需要

20 分钟记下她的指示。"

亚历山德拉那间审讯室的门微微敞开,利维的同事留在里面,我能听到亚历山德拉在和他说话。她在哭,并反复对那律师说:"不是我做的,是我妹妹!她完全疯了!我为什么在这里?我跟我爸一样是受害者啊!"

"利维先生,我想声明,我们只想取得初步的供词。你的客户今晚看到了什么?她做了哪些事?我们并不打算谈她父亲遗嘱的复杂问题。"索姆斯说。

"什么问题?"利维问。

索姆斯退后一步,交叉起手臂,说:"我们接到了法兰克的律师迈克·莫迪恩的电话,但现在我只能透露这些。"

我用背顶了一下墙壁站直,想打开门回到我那间审讯室。我得问问索菲亚知不知道她父亲遗嘱的事,不过我也很清楚那两个警探知道我在偷听。他们可能只是在扰乱我们——对辩护律师施加压力——让我们盲目地追着自己的尾巴跑。尽管如此,我还是得确定一下。我不认识迈克·莫迪恩,从来没听过他,这表示他大概率不是诉讼律师。既然他是法兰克的法律代理人,也许法兰克的遗嘱就是他写的。我无法肯定,但如果莫迪恩向警方透露了一些消息,代表遗嘱里一定有什么玄机。要我猜的话——遗嘱就是杀人动机。

我需要跟索菲亚谈一谈。

门被拉开一半。

然后我硬生生地刹住了脚步。

"对不起。"索菲亚说。

"天啊!快去叫医护人员!"我大叫。

索菲亚的嘴巴、脖子和胸口都沾满了血。她把手腕咬破了。她的眼珠向后翻，从椅子上瘫倒，摔在地上昏迷不醒。

## 00:05

### 凯特

寒风中的凯特拿着钥匙站在利维的奔驰旁，犹豫了30多秒。钥匙圈上除了汽车遥控器之外，还有家用钥匙。她在犹豫要不要用家用钥匙绕着奔驰刮一圈，看一条价值1万美金的金属烤漆能否真像缎带般卷成螺旋状。

她可以声称她来的时候车子就这样了。

尽管这种幻想令人陶醉，她还是将它推到一边，用遥控器打开车门，坐进副驾驶座。坐驾驶座的话感觉怪怪的。她倾过身去，摸索了几秒，想把钥匙插进点火开关，可找了半天才发现根本没有点火开关。这是那种只要把钥匙靠近车子就能感应发动的车。凯特根本不可能拥有这种车，也开不起任何一种车。她因为常负责搬运一箱箱档案到利维装在后备厢的小文件保险箱而认得这辆奔驰。

那是她不愿仔细回想的记忆。每个星期五晚上，她会和利维一起搭电梯去地下停车场。他会倚在电梯另一侧的墙边，假装刷手机；凯特则站着，脚边有一箱档案。她能感觉到他在看她，盯着她的屁股和腿。她弯腰抱起箱子时，几乎能感觉到他的目光变得更热切了。

利维从不拿比手机重的东西。

那些记忆让她浑身发抖。她触碰仪表板上的控制面板，锁上车门，然后调整暖气选项。几秒后，她感受到了暖空气的吹拂。今晚她需要温暖。

她低头望着自己的运动鞋,看到刚才在警局里从利维手中接过来的资料夹。她应该把它收进后备厢里的保险箱才对。他刚才是怎么说的?亚历山德拉看到这份文件可能会不高兴?

从利维停车的位置可以看到警局入口。凯特仔细瞄了一眼,确认上司没有突然冲出来。他搞不好大半个晚上都会待在里面。凯特拿起资料夹,打开,开始翻看。

斯科特整理了法兰克·阿韦利诺和他两个女儿的资料,大部分都来自网络。阿韦利诺第一次胜选时的照片。他站在讲台上,一侧是第二任妻子希瑟,另一侧是年纪比现在小好几岁的亚历山德拉。这篇报道中没有提到索菲亚,也没有她的照片。阿韦利诺主打的政见是反贪腐,他要扫荡工会、政治说客以及市政府。

熟悉的故事。凯特知道后续情节是如何发展的。

阿韦利诺第一届任期上任六个月后,因为涉嫌收受两个建筑工会以及一个资助赌场的投资基金的贿款而面临调查,可他没花多少时间就把这事压了下去。

对一个反贪腐的人而言,脏东西仿佛紧跟着法兰克·阿韦利诺不放,就像《史努比》漫画里的那个小孩。一张张照片拍到法兰克在餐厅和社交场合,与电影明星、编剧、导演、地产大亨以及吉米·费里尼(绰号帽子)之类的帮派分子过从甚密。他的翻新计划似乎总是出现财务问题,例如他在布朗克斯区推行的预算200万美金清理计划,其中30万美金下落不明。负责纽约市警局第一分局整修工作的是一间与"帽子"吉米有关系的建筑公司,因此在动工的过程中,装在旧牢房上的值钱铁门莫名其妙地消失,也就不值得意外了。

还有另外二十几篇文章,凯特快速浏览,寻找与其家人有关的信息。

她找到一份从流行杂志网络版页面上截取下来的完整人物介绍，详细描述了阿韦利诺在布鲁克林的平凡出身，以及他在商界靠着炒房越爬越高，直接爬到连任市长。有几张照片是在富兰克林街的大宅拍的。这篇报道发布的时间是三年前，没看到第二任妻子希瑟。就只是一连串法兰克在家里的照片，除了一张照片。

照片是在一间像书房的房间里拍摄的，画面中一张长书桌旁有个吧台，对面的墙上装着电视。法兰克坐在书桌后头，左右各有一个年轻女子。其中一人个子高挑，金发碧眼，另一人稍矮，黑发。明与暗的对比。图注写道："与法兰克在家中：（由左至右）亚历山德拉·阿韦利诺，法兰克·阿韦利诺，索菲亚·阿韦利诺。"凯特注意到两个女孩都背向法兰克，也背对着彼此。

报道中几乎没提到家人。法兰克只说亚历山德拉在商业方面大有前途，且已经在曼哈顿房地产界闯出一番名气。此外，他也很看好索菲亚的艺术发展。他知道两个女儿都能够自立自强——她们很聪慧，且均为象棋神童，虽然现在两人都不再下棋了。

凯特继续研读这家人的资料，却找不到关于法兰克第一任妻子，也就是亚历山德拉与索菲亚生母的只言片语。希瑟是他的第二任妻子，但她也去世了，报道中也没提死亡原因和日期。有一件事很明确：希瑟太年轻，不可能是两个成年女儿的母亲。

凯特合上档案，打了个哈欠，然后把资料夹放回汽车地板上。暖气让她昏昏欲睡。她拿出手机，看了一下推特。好嘈杂，好愤怒。那里有时让她想吐。她关掉手机软件，头靠在温暖的椅背上，纳闷世界是什么时候变得如此疯狂的。

咚！咚！咚！

凯特惊醒过来，一时间不确定自己身在何处，或现在是什么状况。吹着舒服的暖气，她一定是睡着了，但睡了多久？她看向右边，看到斯科特在用指节敲副驾驶座的窗户。她甩头让自己清醒，然后打开门下车。

"你工作好认真啊。"斯科特说。

凯特张嘴想高明地反击，但被他打断了。

"轮到你上场了。西奥多要你进去做纪录。事情有了新进展，我得马上去确认。跟法兰克的律师迈克·莫迪恩有关，还有遗嘱什么的。我跟你说，我顶多两三个小时就会处理好，一会儿再回来接手。"

"不用，不需要。做纪录我还是应付得来的，你就专心去跑腿吧。"凯特说。

她看得出来，面谈到一半被打发去做苦差事让他火冒三丈。他走到街上，拦了辆出租车，急匆匆地去执行利维心血来潮想到的另一个点子了。

凯特把档案放进后备厢里的文件保险箱，用遥控器锁好车门，正准备走进警局，就听到救护车响亮地绕过街角，急刹在警局外。有个穿黑外套配牛仔裤的男人跑出警局，他怀里横抱着一个年轻女子。那名女子身穿连体囚服，黑发，胸前和脖子都沾满了血。那是索菲亚·阿韦利诺，她在档案中的照片里见过她。男人后面跟出两个便衣警探、一个行政警官和另一个制服警察。

救护车后面的双开门打开了，两名急救人员将轮床推到柏油路上，然后奔向抱着索菲亚的男人。凯特看到索菲亚手腕包扎着一大团东西，也注意到她此时呈现半昏迷状态。穿黑外套的男人轻轻将索菲亚放在轮床上。他弯下腰，手按在她头顶，用拇指温柔地抚摸她的额头，拨开被汗水和血黏在皮肤上的发丝。同时他一直在轻声说话。他的语气很温柔,有安抚作用。

"不会有事的,索菲亚。我会帮你。我保证我会竭尽全力。"他说。

女人似乎微笑了一下,然后闭上眼睛。

其中一名警探走上前,亮出一副手铐,将一头咔嗒一声铐在轮床的栏杆上。

"只要那副手铐碰到她,我就会让你把手铐吞下去。"穿黑外套的男人说。

"泰勒,别管她了,她的情况很糟糕。我会派一个警官跟着过去。"穿警官制服的男人说。

"别碍事,布考斯基,我跟她去。"拿着手铐的泰勒警探说。

"你不行。"穿黑外套的男人说,"让布考斯基的人跟着她,他没在办这案子,不会趁她躺在救护车后面时问她问题。"

泰勒抿紧嘴唇,取下铐在轮床上的手铐,退到一旁。制服警察握住轮床的一端,协助急救人员将她搬上救护车。布考斯基警官与两名警探走回警局,边走边继续争执。

凯特瞪大眼睛旁观这一幕。

其中一名急救人员对穿黑外套的男人说:"你要跟我们一起来吗?"

"我到医院跟你们会合。"他说。

"你可以跟着我们。"急救人员说。

"不用了,没关系。我朋友要来接我。以她那种飙车方式,我估计会比你们先到。"

急救人员扑哧一笑,说:"最好是。"

救护车车门关上,警笛响起,车子开走了。接着,凯特听到另一辆车快速绕过街角而来。那是辆红色道奇挑战者。凯特一时间以为车

子会刹不住，但它的轮胎唧唧作响，最终车子扭转方向，滑进警局外的一个空位。一个留着棕色短发的女人跨下车，她穿着黑色牛仔裤和棕色紧身皮夹克。她轻巧地移动到穿黑外套的男人面前，两人拥抱在一起。

"怎么这么慢？"穿黑外套的男人问。

"慢个屁。"女人说。

他们相视而笑，接着两人都突然感觉到凯特的存在，于是停住动作转头看她。

凯特把嘴合上，说："刚才救护车上的是索菲亚·阿韦利诺吗？"

"你是记者？"男人问。

"不是，我是凯——凯特。凯特·布鲁克斯，我是利维、伯纳德与格罗夫联合事务所的人。"

刚才目睹的场景让她很紧张，也有点吓到她了。

男人朝凯特伸出手，说："嗨，我是艾迪·弗林，这位是哈珀。"

凯特盯着艾迪的手，看到上面的血迹，犹豫了一下。

艾迪顺着她的视线看过去，注意到自己掌心的血迹，便擦擦手。

"这种事对你们两人来说好像司空见惯？"凯特问。

艾迪和哈珀心照不宣地互看一眼。那眼神中包含着鲜血与杀人凶手的共同记忆。

两人都点点头，并开始走向哈珀的车。

"很高兴认识你，凯特。"艾迪回头说道。

两人坐上车，哈珀启动了汽车。她转动轮胎，将凯特笼罩在一团烟雾中，然后车子以不可思议的速度冲了出去。

5分钟后，凯特进入审讯室，在利维身旁坐下。利维对面坐着客户——亚历山德拉·阿韦利诺。凯特在进入审讯室之前，先跟利维低声交谈了几句，就他们两人。利维对警局外面上演的事件似乎并不惊讶，只是叫她别再去想那件事，他需要她保持专注。客户已经签了委任契约书，此刻对利维来说，这似乎才是最重要的事。他要求凯特在审讯过程中翔实地做笔记，内容务必准确。警方不小心透露遗嘱的事，他已派斯科特去查明。

凯特刚才在外面看到与艾迪争执的两名警探走进审讯室。凯特趁他们在准备文件以及架设摄影机来录下审问过程时，好好打量了一番客户。

她看起来像护肤产品的模特儿。一位处境很糟的年轻貌美有钱女人。凯特看得出来，她哭过了，因为她眼睛周围又红又肿。偶尔亚历山德拉抬起手放在桌上或是顺一下头发时，凯特看到她的手指在颤抖。警方一定是剪了她的指甲，因为她的指甲参差不齐还很锋利，如此费心打理外表的人是不会让指甲呈现那种状态的。像亚历山德拉这样的女人，做一次美甲的钱势必比凯特全身的行头还要贵。

"在此纪录，我是布莱特·索姆斯警探，这位是我的搭档伊塞亚·泰勒，我们现在在纽约市警局第一分局，要为亚历山德拉·阿韦利诺录口供。在场的还有律师西奥多·利维以及……"

凯特正在笔记本上狂写，圆珠笔迅速滑过纸页。她写下"利维以及"，然后停住，等着下一个字。

没人讲话。她抬起头，发现两名警探还有利维都盯着她，在等她。

"女士，请说出你的姓名以供纪录。"索姆斯说。

"哦，抱歉，凯特·布鲁克斯。"

索姆斯点头，噘起嘴唇，好像吃到了什么很酸的东西，然后继续说。

"阿韦利诺小姐，在这个阶段，我们只想针对你父亲凶杀案相关的一些最新事件，向你取得初步供词。你要告诉我们事发经过吗？"

"索菲亚残忍地杀害了我爸爸。这就是你想让我说的吗？"她的下巴在抖动，声音也在震颤。

利维挺身而出。

"警探，等我们拿到证据开示，我的客户自然会呈交一份完整的供词。你听到她告诉你是谁杀了她父亲，目前就先这样吧。顺便纪录一下：我知道你握有关于死者遗嘱的信息，而你并没有分享信息的内容。如果迈克·莫迪恩向警方作了供述，我要看他说了什么。在有完整的证据开示之前，我的客户不会再回答问题。"

"利维先生，既然你的客户宣称她妹妹杀了法兰克·阿韦利诺，难道她不想让她妹妹被起诉吗？你的言下之意是她是目击者。"泰勒说。

"我发现他躺在床上。"亚历山德拉说。利维用拳头按住她的手臂。他并不想直白地叫她闭上嘴，但他必须温和地提醒她。凯特则有不同的感受。光是看到他将手指搁在女性身上，就让她感觉皮肤上像有东西在爬。亚历山德拉将手臂从桌面移开，委婉地摆脱了利维的碰触。

"继续说。"泰勒说。

"我走上楼，看到他的卧室门敞开着。他躺在黑暗中。我喊了他，但是……"她摇头，潸然泪下。现在凯特想安慰她，想握着她的手，告诉她自己很遗憾她失去至亲。

"他没动。我大声喊'爸爸、爸爸……'，他都没回应。我一开始以为他睡着了。我走过去，看到他身上沾满黑黑的东西。我摸他，手上湿湿的。等我的眼睛适应了黑暗，我才看出那是血。我不知道出了什么事，只是抱住他。我无法呼吸，随后我尖叫出声。我一定是尖叫了，因为我听到了自己的叫声。然后……然后我听到她上楼的声音。

她杀了他,她很坏。她一向不太正常。我跑进洗手间——关上门,打了911。"

"你说你妹妹很坏,说她一向不太正常。确切地说,指的是什么?"泰勒问。

"亚历山德拉,够了,别忘了我们讨论过的事。"利维说。

凯特低头瞥着纸页,发现自己没写下最后一句提问。现在她用速记法写了下来。她刚才太沉迷于亚历山德拉的供词了。这个女人非常痛苦,也很愤怒。当亚历山德拉提到索菲亚时,她便看出来了。她有刚硬的一面——像是用钢铁做成的——而她提到妹妹的名字时,那种特质便会闪现。利维想让她闭嘴时,同样的情绪再度闪现。

"也许回答完最后一个问题就好。"凯特说。

亚历山德拉快速瞥了凯特一眼,目光转为柔和。亚历山德拉是个位高权重的年轻女人,并不习惯接受男人的命令。她需要不同的应对之道。利维对凯特擅自发表意见很不满,从他杀气腾腾的表情看得出来。

"我只能这么说,"亚历山德拉说,"索菲亚自认为很聪明,比我聪明。但她错了。我们从不跟对方说话,已经冷战很多年了。从妈妈死后就没交谈过。她恨我。她并不恨爸爸,但为了伤害我,她什么都做得出来。她很病态。你们懂吗?她想要赢,她认为这是我们之间的比赛。你们一定要相信这不是我干的。"

"最后一个问题:你去你父亲家之前,人在什么地方?还有,你是几点抵达他家的?"

"天啊,我想不起来是几点了。去之前我在公园慢跑,然后我跑去爸爸家。我得去第二大道的一家店帮他买水果奶昔。我不知道买回去是几点。"

凯特把所有重点都记下来，然后抬起头，正巧看到索姆斯和泰勒在窃窃私语。

"利维先生，我们要以一级谋杀罪起诉你的客户。她会与她的妹妹同时遭到起诉。根据法兰克·阿韦利诺的律师所言，他名下共有4900万美金的遗产，包括动产、不动产和现金。他在五年前立了一份遗嘱，将遗产平分给两个女儿。在我们正式起诉你的客户之前，我们还有最后一个疑问。阿韦利诺小姐，你是什么时候发现你父亲找他的律师讨论修改遗嘱一事的？"

第二部

# 开局

## 00:06

## 艾迪

对律师而言，每个案子都像一场赌局。

就刑事案件来说，赌局从逮捕开始，以裁决结束。赌局刚开始的时候，你无法掌控事态的变化，但你会拟出对策，采取一些行动。到了最后阶段，你得一个人站在陪审团面前。检察官不重要，你得忽略他们。就只有你和那十二个陪审员存在。一旦说完最后一个字，整件事就结束了。裁决结果应该不重要，你已经尽了身为律师的责任。

问题是裁决结果确实很重要。

裁决结果攸关一切。即使你过程中讲得再好都是屁，只有陪审团的决定才算数。那些赚得荷包满满、开着奔驰回到有九间卧室的豪宅与家人相聚的律师，并不在乎裁决结果对被告、被害者家属、社会以及社会上每一分子有什么意义。他们不在乎。

我身为律师最大的问题在于我希望有罪之人受到惩罚、无辜之人获得自由。但法律并不是这么运作的。从来不是，往后也绝不会是。

有时候我可以让天秤朝某一端倾斜，有时候却不行。重要的是我得努力。如果哪一天我也不在乎了，那就是我该转行的日子了。索菲亚·阿韦利诺需要我的帮助。现在断言我认为她姐姐杀了人，还言之过早。阿韦利诺两姐妹看起来都不像是能伤害别人的人，更别说是将自己的爸爸撕成碎片的凶手。就目前来说，我虽然接了案子，但我需要确定索菲亚说的是实话。在审讯室里，我很同情她，我觉得我能跟她建立联系，觉得她对我是开诚布公的。那是我的直觉，而我得确认自己的第一印象是否靠得住。

索菲亚在警局咬破自己的手腕后，由纽约市警察看守，在医院过夜。虽然当时她的手腕看起来很可怕，但其实并没有流太多血，这种伤看起来总是比实际上严重。她不需要输血，不过医生想确保不会发生低血容量性休克。他们给她注射了等张溶液①和抗生素。她的伤口缝好了，各项数值也都稳定了，被判定可以出院。我在医院不能跟索菲亚交谈，但我找机会跟医生聊了一下。医生姓迪特里希，是名个子很矮的金发女人。她跟索菲亚谈过了，以她的判断，索菲亚这次的举动并不是想自杀，而是缘于失去父亲以及遭到逮捕所做出的极端反应。

她以谋杀罪名遭到起诉，于中午时分被带到法庭参加提审。保释不成问题。早在1个小时前利维就让亚历山德拉获得保释了，这替我省了不少工夫。检察官卫斯理·德雷尔提出同样一番反对保释的理由，但知道法官会给姐妹俩同样的保释条件——50万美金的保释金。有前例可循，何必另作新的决定？法官开出一样的保释条件时，德雷尔看起来垂头丧气。检察官是个年轻的男人，表情很认真。他身材瘦弱又矮小，打扮得干净清爽。他字斟句酌，放慢速度好让嗓音能有力地传出去。一名勤勉的检察官绝对是令人可畏的对手。

索菲亚付了保释金。

她出来了，但她一言不发。在保释听证会前的协商会时，她就没对我说任何话，只是点头。她拒绝认罪。等听证会结束，她回到拘留

---

① 是指渗透压与红细胞张力相等的溶液。也就是，与细胞接触时，使细胞功能和结构保持正常的溶液。

室中,让人带她去法院办公室等待保释金存进账户,然后她才能签字交保释金,获得释放。

我在中央大街中央刑事法院大楼的阴影中等待索菲亚,并趁机在莫里热狗摊吃了个午餐,热狗包装纸上印着我的名字和电话号码,但已经有点糊掉了。破烂的星条旗在我身后被微风吹得翻飞。

我好像听到了渡鸦的叫声,回头便看见了索菲亚。

索菲亚从法院大楼后侧的卸货区走了出来,避开外头的大批媒体。她穿着黑色毛衣、黑色牛仔裤和廉价的鞋子,这是我帮她买来然后请惩教部门的人转交给她的。警方昨晚收走她染血的衣物去进行鉴识了。我问她还好吗,她点头。我们默默走向我的车。我载她到她的公寓,一路上她都没说话。我停在公寓外,熄火,靠向椅背。

"索菲亚,我们来谈个条件吧。我会帮你辩护,但我需要你试着振作起来。我不知道审判会怎么发展,至少现在还无法判断。我们得等收到检方所有的证据后再说,我不希望你现在就担心那个。先回家休息吧。再过一两天,你就会想到一百万个问题要问我了,到时候我们再见面吧。现在我找了个朋友来帮你安顿下来,确保你没事。她叫哈珀。别担心,她不是律师。她协助我处理案子、照顾证人……做诸如此类的事情。"

哈珀坐在公寓外面的台阶上,身旁搁了个牛皮纸袋。她将目光从手机上移开,朝我的方向点头打招呼。

索菲亚转向我,我看到她满脸都是泪痕。她抹掉眼泪,苍白的手掠过惨白的皮肤。我想到了她姐姐亚历山德拉:高挑、小麦肤色、健康。感觉每缕阳光都被亚历山德拉接收了,而索菲亚一辈子都苍白饥饿地活在姐姐又长又冷的阴影中。

"我昨天晚上并不是想自杀。"她说。

我没说话。这是好几个小时以来,她对我说过最长的句子了。如果她想谈,那我愿意聆听。

"昨晚我也是这么告诉圣文森特的医生的。有时候压力会累积——在我脑子里,我得用某种方式把它释放出来。我没有自杀倾向。"

为了解释,她撩起袖子让我看她的两条手臂。

她的前臂内侧布满细细的疤痕。有的仍是粉红色,且微微肿起,还在蟹足肿①的状态,其他的则比较旧,比她的肤色还苍白。印记是横过手臂的,位置从手肘以下一直蔓延到手腕。两条手臂都有,加起来有几百道割痕,其中两三道看起来特别深。她手腕上包扎的纱布遮住了一些伤疤。

"我不是要吓你。对不起。谢谢你帮我。"她说。

然后她倾向前,越过我望向哈珀。

"她是你的女朋友吗?"索菲亚问。

一时间我不知道该说些什么。索菲亚像小孩一样直接,从不说一句废话,她会直接告诉你她在想什么。

"啊,不是,我们只是朋友。"我说,突然感觉脸颊涨红。

我们是朋友,但我不时会惊觉自己凝望着哈珀的眼睛,或是刻意让她的气味萦绕在鼻腔里。我们以朋友的身份拥抱时,她用双臂搂住我,我却有种异样的感受。我的前妻克莉丝汀已经在发展新恋情了,而从我女儿艾米透露的零碎线索判断,恋情进展得很顺利。克莉丝汀跟凯文在一起很开心,她处于我永远给不了她的满足状态。

我迷失在思绪中,开车门的声音让我瞬间回到现实。索菲亚关上

---

① 又称"巨痕症",西医称"瘢痕疙瘩"。是指人体在受到外伤或者是开刀手术后的位置,伤口愈合后所遗留下来的"疤痕"组织在皮肤上出现高出皮面而且坚实的瘢痕,形如蟹足,就称为蟹足肿,属于皮肤纤维增生性疾病或真皮纤维化疾病的范畴。

车门,绕过车头,哈珀站起来跟她打招呼。我下车,试着帮忙介绍,但我动作太慢了。

"这位是——"

"我们已经搞定这一步了,艾迪。"哈珀说完又把注意力转回索菲亚身上,"我们会相处得很愉快的。我这里有奇多①、糖果、冷冻比萨和汽水,午餐不成问题。"

"还好我最近没有特别注重健康饮食。"索菲亚说。

"哦,那些垃圾食物是我要吃的。我帮你准备了芹菜和无脂鹰嘴豆泥。"哈珀忍着笑意说。索菲亚一时间不知该做何反应,然后她露出紧张的笑容,渐渐地笑得更愉快了。

索菲亚似乎马上就放松了。她原本紧绷耸起的肩膀垂了下来,表情变得柔和,眼睛稍微睁大,眼神也更明亮了。

"你先把东西拿上去,我们等一下去楼上找你。我得先跟这家伙讲几句话。"哈珀说。

索菲亚听命照办。哈珀和我一同望着她走进公寓。

"她很痛苦。"哈珀说。

"她刚失去父亲。"

"我要让她先静静待几个小时,确保她没事。既然她会自残,想必是承受着某种心灵上的创伤。"

"在她出院之前,有个精神科医生为她作了完整评估。他们不认为她会危害自己,我要你也确保她不会伤害自己。别挖得太深,不过试着了解了解她是什么样的人。我们需要知道她能否撑过庭审过程。"

"我会尽可能引导她开口。干脆就趁着这段等待检察官搞清楚状况

---

① 美国知名膨化食品品牌。

的时间,抢点进度好了。"

"我同意,不过不用着急。纽约市警局至少还要再过一周才会开放犯罪现场。看看你对她有什么感想。她说她是清白的,目前我是相信她的。"

哈珀挑起一眉,"我还不会下这种结论。我会告诉你我的想法。"

"对她温和一点就是了。吃点东西,聊聊天,让她住一晚,然后你就可以离开了。"

哈珀是联邦调查局最优秀的探员之一。事实上,她有点太聪明了。她与她的搭档乔·华盛顿离开联邦调查局后转入私营部门,现在只要我需要私家侦探时,她就是不二人选。我们一同经历了许多事,我相信她的判断。我们一起往公寓里走,搭电梯去索菲亚住的楼层。她那间公寓的门微敞着,哈珀敲敲门,然后将门整个推开。

这是一间以米白色为主色调的公寓,比我能够负担得起的房子要大得多。杂货袋放在厨房台面上,而索菲亚站在茶几旁,低头盯着棋盘。

"我不下棋。"哈珀说。

"其实我也是,已经不下了。听我说,我不会做傻事的。"

"很好,哈珀想跟你稍微聊一聊,只是了解一些背景信息。既然我们要替你辩护,我们就需要知道你是什么样的人,这样才能把你的本质呈现在陪审团面前。"我说。

索菲亚点点头,说:"我超爱糖果和黑白老电影。"

"加一。"哈珀说完,轻轻把我赶向门口。

我放在西装外套口袋里的手机振动起来,我看了一下来电号码,是地方检察官办公室。

"抱歉,我得接这通电话。我们明天晚上在哈利的派对上见吧,过

会儿打给我，告诉我状况如何。"

哈珀说好，说她一会儿会打给我。

于是我转向索菲亚，说："努力保持镇定，一切都会没事的。媒体可能会跑来，或打给你，别跟他们说任何话。"

"我不会的。一会儿我可能会出门，我会戴棒球帽，穿连帽衫，保持低调。谢了，弗林先生。"

"叫我艾迪就好。"我边说边走出公寓。

出了公寓，我接起电话。

"弗林先生？"一个女性嗓音问。

"是我，如果这是关于停车罚单的事——"

"您说什么？嗯，不是，跟那无关。"

我知道跟停车罚单无关，但我就是不可能不耍一下检察官，我忍不住。身为辩护律师，我花了很多时间追在检察官屁股后面，想要讨论我的案子。只有遇上重大案件且发生重大问题时，他们才会打给我。

电话另一端的人清了清喉咙，说："我是德雷尔先生的秘书，他希望约你明天见个面，谈谈阿韦利诺一案。"

"具体而言，是阿韦利诺案的哪方面？"

"他有个提案想与你讨论。"

00:07

她

提审后，她付了保释金。她亲爱的姐妹也是。

这天剩下的时间都过得很忙碌。

非常忙碌。

她得无所不用其极地掩盖自己的行迹,并嫁祸给自己的姐妹。凌晨 1 点她终于筋疲力尽地倒在床上,这才意识到前一天自己几乎没吃什么东西。

她睡得很不安稳,清晨 5 点就醒了,做了个花生酱三明治,就着牛奶吃掉,然后又去睡回笼觉。在接下来的睡眠中,她又醒了好几次。断断续续的睡眠并不是源于担忧或焦虑,在牢房度过余生的想法并未带来任何恐惧。

因为那种事不会发生。

完全不可能。

干扰她睡眠的主要是亢奋。她终于要获得自由了。自由代表财富,她父亲的所有财富。若是她的姐妹被定罪,就不能继承父亲的那一份遗产,她就可以独占全部。财富代表自由和权力。她考虑过先杀了自己的姐妹,再杀死爸爸——但是两起死亡会让她成为巨额遗产的唯一受益人,而那看起来太可疑了。那会使她永远提心吊胆,不知人生中的哪一刻会突然为他们的死亡而面临审判。还是这种做法比较好,比较干净利落。爸爸死了,她的姐妹会以谋杀的罪名进监狱。没有悬而未决的麻烦,没有落在她身上的怀疑。

她将会获得自由。

她上午 10 点左右起床。淋浴时她用粗糙的浮石摩擦皮肤,这块石头上的凸起令她惊奇不已。要是她不留神的话,可能会花上半个小时抚摸这块石头,探索表面的每一条纹路。

她擦干身体,扎起头发。在完成昨晚的任务之前,她先去采购了一番。她买了食物和必要物品,包括从事手头工作需要的工具。大门边仍放着从药店和五金店带回来的三个购物袋,她太累了,还没有力气把东西拿出来整理。

她穿上衣服,吹干头发,这天剩下的时间她就窝在沙发上,边吃薯片边看了好几部老电影:《卡萨布兰卡》《三十九级台阶》,最后是《后窗》。一套衣服正躺在床上等着她。黑色莱卡紧身裤,以及安德玛牌运动上衣。她换上这套装束,穿上跑鞋,将头发塞进黑色耐克棒球帽里。离开公寓前,她先伸展双腿、背部、手臂和肩膀。

她在街上迈腿慢跑,让肌肉变暖,并找到节奏、调整呼吸。妈妈死后,她和她的姐妹就被送到不同的寄宿学校。两间学校都在弗吉尼亚州,却相隔160公里。她就是在寄宿学校培养出跑步这项爱好的。妈妈死后一年,她刚满13岁。两姐妹周末都不会回家。她的体育老师年轻时是越野冠军,结果似乎把这一癖好传染给了她。她热爱在星期六早晨到开阔的郊外跑步,看着太阳升上一望无际的麦田,同时感觉肺快要爆开。四周一个人也没有,只有她的思绪和计划。好几年的时间,跑步有助于抑制黑暗念头,不过现在已是年轻女人的她,不认为需要再管束那些恶魔了。14岁时,她认真考虑要勒死班上另一个女生:梅兰妮·布鲁明顿。光是这名字就让她作呕。梅兰妮留了一头长发,扎成复杂到不可思议的辫子,皮肤粉嫩又完美,正如同她的考试成绩——梅兰妮·布鲁明顿的一切全都无可挑剔。

她觉得若是在厕所隔间里把梅兰妮勒死,一定很有趣。把她引到隔间,抓住制服领带,又拉又扭又拽,直到梅兰妮完美的粉色脸蛋变成红色,接着变成紫色、蓝色,最后死翘翘。然后,她就能摸摸梅兰妮的脸、眼睛、嘴唇。可是这事不能在学校里进行,会引起恐慌,会有太多人关注了。不过她还是很难抗拒那股诱惑力。

一个星期日的早晨,她发现自己闲逛到广阔校园边缘的一片小树林里。她停下来察看一朵花，它鲜黄色的花瓣看起来就像丝绒，她刚要伸出手，就听到一个声响。沙沙的摩擦声和呦呦的叫声。她小心翼翼地跨过一棵横倒在地的巨树树干，在前方的空地看到一只幼鹿。它被卡在旧桩子与残余的铁丝围篱中，那围篱是以前用来标识界线用的，后来林木长得太茂密又无人修剪，围篱就被吞没了。那只幼鹿已经奄奄一息了，一只杀气腾腾的大渡鸦正站在一段距离外的大石头上，它和她一样能敏锐地嗅到血的气味。它在等幼鹿断气——从幼鹿的状态来看，不用等太久了。它的三条腿都缠在生锈的带刺铁丝里，而在挣扎着想脱离的过程中，它几乎把自己的一条前腿整个扯断了。

现在血腥味很浓烈。她走向那只动物，靠近时压低身体慢慢移动，轻声呢喃。幼鹿并没有惊慌，如果不是它希望获救，就是已经没力气反抗了。她从背包里拿出一把小折刀，这是她拿零用钱在当地商店买的。刀柄是珍珠材质，小小的刀片很锋利。当刀片反射的阳光照进幼鹿的眼睛时，它开始剧烈挣扎，但她安抚了它。

杀死幼鹿是一种慈悲，她也知道。

然而，她一边颤抖着呼吸，一边兴奋的用手指抚摸这只动物。它的毛皮在她手下的触感，它的气味、它的心跳——纷乱而急促。

幼鹿拖了很久才死。

事后，她在小溪里把手洗干净，跑回学校宿舍，她知道幼鹿的牺牲救了梅兰妮·布鲁明顿。她的胃口暂时被填饱了，她的欲望获得了餍足。

跑步能控制住那些欲望，使她几乎感觉自己像个正常人。她以前总觉得自己被诅咒了，觉得那些想法与感觉都是一种疾病。直到她从学校毕业，才意识到自己想要在他人身上施加痛苦且能从中获得喜悦，并不是一种残疾、诅咒或是病态的思想，而是一种天赋。毕业后六周，她与梅兰妮·布鲁明顿相约在曼哈顿喝咖啡和逛街。幼鹿已是遥远的回忆,她的胃口又在汹涌成长。梅兰妮对自己的暑假计划很兴奋,她的暑假已开始一周,她准备背着背包在全美国环游一个月,试着在9月开始读大学之前"找到"她自己。她与梅兰妮碰面后的隔天,她到曼哈顿进行了第一次长跑,途经前一天她和梅兰妮一起喝咖啡的餐馆时她面露微笑。

现在又过了好几年,她仍然喜欢在城市里跑步。这只是她众多爱好中的一项而已。在纽约跑步几乎和在乡间跑步一样有趣,城市中是一连串的钢铁、玻璃和混凝土山谷,而这些全都是她的游戏场。

她加快速度,没过多久便跑到了第二大道。她经过那间果汁吧,先前她会去那家店为爸爸外带特制的水果奶昔。快到特朗普大楼时,她过了马路,望着大楼外的增援警力与武装警卫。

她并不喜欢这种程度的政治。对有权有势者以及敢为人所不为的人,人生只是一场游戏罢了。她是从爸爸身上学来这个道理的。

再跑远一点,她来到中央公园。她选择沿着公园东侧铺设的人行道跑。她抬手看了一下表。

晚上 10 点 28 分。

她再度加速,仿佛切换到新的档位。她的腿开始动得越来越快,直到全速冲刺。这是必要的,她要确保不错过目标。这并不是排毒性质的跑步,而纯粹是为了业务与休闲目的。她再次想起自己第一次在曼哈顿跑步的情景,也就是梅兰妮趁暑假出发寻找自我之前,她与梅兰妮碰面的隔天。可怜的梅兰妮在那个夏天并没有找到她自己。

梅兰妮的尸体始终未被找到。

10 点 40 分,她来到大都会艺术博物馆的入口前,放慢了脚步。一些身穿小礼服和燕尾服的男男女女正从正门离开。她坐到台阶上让自己喘口气。

过了几分钟,她看到他了。

中等身高,偏分的灰发,燕尾服外穿着克什米尔羊毛大衣。他正与两位年长的女士交谈,并伸出两臂让她们挽住,护送她们走下台阶。他名叫哈尔·科恩,十五年前就是她爸爸的政治幕僚、市长竞选理事、募资主管以及共犯。

他们走到台阶底部时,两位女士向哈尔道谢。她颇为突然地站起身,快到足以吸引他的目光。

哈尔见到她时,脸上的笑容淡去。但他迅速恢复笑容,朝着走向斑马线的两位女士挥手道别。他在原地站了一会儿,双手插在大衣口袋里,思考接下来该怎么办,呼出来的气在夜风中凝结成雾。

他低下头,若无其事地走向她。

"你今晚还算愉快吗?"她问。

"这是为一个朋友办的募款活动,愉快不是重点。"哈尔一手搭在她肩上,有种父辈的意味,"你父亲的事我真的很遗憾,小家伙。"

他总是这样叫她:小家伙。哈尔刚开始协助她爸爸从政时,会来家里找爸爸谈话、与她妈妈见面、认识全家人,好确保没有什么见不得人的秘密。他说如果家里藏着骷髅,他需要知道,这样他才能将骷髅连同装着骷髅的壁橱整个埋在东河河底。

"谢谢。他一向很喜欢你,说你什么都搞得定。哈尔,我有事要跟你谈。"她说。

"唉,关于你父亲的事,我很抱歉,法兰克不该这么惨的,可是——"

"我就是要谈这件事,我没时间等了,必须得马上就谈。哈尔,我要你知道,我没有杀我爸。"

他叹口气,点点头,指向停在马路对面的一辆流线型宝马。他们默不作声地走向那辆车,接着她坐进副驾驶座,而他开车。

"我载你回家,你想谈什么尽管说吧。"他说。

她一言不发。

"你不是想谈吗?我们来谈啊。"他说。

她把身体倾向驾驶座,一只手放在他的大腿上。他变得紧绷。她悄声说:"我知道你会录下发生在这辆车里的所有对话,我爸跟我说过。我们到我的公寓里再谈。"

她抽身回到自己那一侧,双手放在腿上。哈尔只是点点头,说:"好。"

她喜欢哈尔绷紧神经的感觉,那让她感觉自己很强大。刚才她凑向前对着他耳边说悄悄话时,刻意把手按在他大腿顶端。这个动作太过亲密,不过她知道哈尔被年轻女人的手碰触,肯定有股快感。

他们默默开车,直到他开到她那栋公寓外,把车停在街对面。这栋公寓与曼哈顿这一侧的许多建筑类似:优雅、气派,却已有了岁月的沧桑。大厅里的监视器从几周前就故障了。城市里这一区的犯罪率很低,所以那不被当成什么需要优先处理的事。唯一重要的就是老电梯还跑得动。

电梯门开了,她带着他来到她的公寓,那是这层楼里最大的一间,位于走廊尽头左侧最后一道门内。进来之后,小小的门厅引领他们来到餐桌以及开放式厨房。

"小心别被我买的东西绊倒了。"她说,指着搁在门边一沓尚未拆封的包装盒。哈尔绕过它们,跟着她走。她把钥匙丢在桌上,脱下棒球帽扔向房间另一侧的沙发,并走进厨房。她从冰箱里拿出水,倒了一杯后,问:"你要喝什么吗?"

哈尔摇头,倚在一张餐椅的椅背上。

"好了，来谈吧。"他说。

"好。你要坐下吗？"她问。

"恕我直言，我还得赶着去别的地方。而且老实说，我不太自在。我知道你在保释中，还知道你可能与你的姐妹一同受审，而我或许会以证人的身份被传唤出庭。"

"警方认为爸爸打算修改遗嘱，真有这件事吗？"

他吸了口气，憋住，俯身压向椅背，然后摇了摇头。接着他一推椅背站直身体，将回答释放进空气里，仿佛那是他在水底下紧紧憋住的一大口气。它从他口中迸发而出，戳破了对话表面的平静。

"我听到的说法也是这样。"他说。

"是谁告诉你的？"

"警方告诉我的，他们想知道你父亲有没有跟我谈过修改遗嘱的事。我说没有。你也知道，你父亲临走前那段日子已经和以前判若两人了，他很健忘，我不知道是因为年纪大了还是什么别的原因。我们大部分时候还是会在吉米的餐厅一起吃早餐，除此之外，我们的联系不算太多。他并没有提到遗嘱的事。我一听说法兰克遇害，还有遗嘱的事，就马上打给了迈克·莫迪恩。"

她把剩下的水喝完，把空杯子放在台面上，全神贯注地看着哈尔·科恩。他的指关节像黏在手背上的一团团白色脂肪，因为他死命地握着椅背。他看起来充满戒备，生怕说出什么以后会反咬他一口的话来。

"莫迪恩怎么说？"

"他说你父亲跟他约好星期一要讨论他的遗嘱，结果他在周末之前就去世了。听着，我只知道这些——"

"莫迪恩有没有说我爸为什么想修改遗嘱？你应该记得，他最后的日子有点疑神疑鬼的。"

"这不用你说我也知道,甜心。你父亲觉得每个人都要整他。他能记起 1953 年以来世界棒球锦标赛每一届的冠军是谁,却想不起自己在吉米的餐厅都点了什么早餐。莫迪恩没告诉我你父亲想修改遗嘱,那或许与你和你的姐妹都无关。"

"莫迪恩和你保持联系吗?"

"从你父亲遇害当晚我打给他之后,就没再联系过了。我是遗嘱执行人之一,所以我需要知道遗嘱里写了什么、还有没有效力。即使你的姐妹也是遗嘱受益人,但假如她谋杀你们父亲的罪名成立,法律也规定她不能因犯罪而受益。对你来说也一样。我今天打给了莫迪恩,但他的秘书说他出国度假了。按理说,我必须帮忙监管你父亲的遗产,但我却像只无头苍蝇。莫迪恩半点忙都没帮上。"

"他什么时候度假回来?"她问。

"秘书也不知道,说她其实没有能耐盯住高级合伙人的动态。莫迪恩什么都不在乎——这些企业律师都是这副死样子。他大概正在某个沙滩上喝着鸡尾酒,你父亲却躺在冰冷的板子上,他的……"

他想起自己在跟谁对话,生硬地止住了话。

"没关系,哈尔。你觉得我爸去世前有在跟什么新的对象合作吗?他到最后感觉很冷淡。当他不乱骂国税局或其他想要抓他的人时,他看起来——很苦恼。"

"嗯,两三个月前他确实问我认不认识什么厉害的私家侦探。我不知道他想干吗,而且他也不告诉我。"

"我知道你跟我爸在合作时赚了一些钱,你对他很忠心。"

哈尔点头。

"我要你也对我忠心。等这件事结束,我会继承我爸的所有遗产。"

"你似乎很有把握。"哈尔说。

"我是清白的。我要你帮我,我会报答你的忠心。"

金钱的承诺使得空气里多出了一股电波。哈尔为她爸爸做过许多肮脏的事情,他贿赂了市议员、工会主管、记者。她猜想那些金钱无法打动的对象,则遭受了不同形式的游说。政治是个很龌龊的游戏,而她爸爸不但能胜利,还能保持体面。把手弄脏的人只有哈尔而已。

"我可以拿出忠心,小家伙,但那种忠心可不便宜。"

"你帮我爸办事能赚到的钱,一年大概不超过100万美金吧?我可以开更高的价。300万美金——供身为遗产执行人的你支出,等我获判无罪、我的姐妹以谋杀罪被定罪,我就可以付给你。"

"而我具体来说得做什么呢?"

"忠于我爸的遗愿。既然他打算修改遗嘱,势必有某件事促使他作出了这个决定。我要你查出是什么事。"

他足足思考了3秒,才说:"我会尽力而为。警方还不会让我进到房子里,那里仍是犯罪现场,不过我会打听一下,查查你父亲都跟谁谈过话。我也会找到莫迪恩。"

"谢谢你。"

"不客气。好了,我真的得走了。我可以借用一下洗手间吗?"

她绕过厨房中岛,挽住哈尔的手肘,轻轻将他带往大门。

"太尴尬了。这栋大楼很老了,真的很老,马桶堵住了,我等到天荒地老,水电工就是不来。公寓管理员也是个混蛋。"

"要我帮你找水电工吗?"

"没关系,我已经找了人,他明天一早就会过来。我可以的。"

走到大门口,她拥抱了他。

"如果你联系上了迈克·莫迪恩,应该会告诉我他说了什么吧?"

她边说边抬头凝望哈尔的双眼。

他点点头，说："明天我会努力调查莫迪恩的行踪。"

她向他道谢，关上门，而他则沿着走廊前往电梯。她的门有五道独立的锁，她不疾不徐，确保每一道锁都上好了。锁好门后，她背靠着墙，听电梯门隆隆地关上，接着是电梯降到一楼时平衡锤移动发出的砰砰声。

她的目光落在大门边那些包装盒上。她动手整理起来，掂着个别的重量。她找到最重的一盒，那盒子的尺寸跟大比萨盒差不多，不过比比萨盒厚一倍。她拿起这个盒子走到厨房，将盒子放在台面上，从抽屉里取出剪刀，开始剪开包装胶带。打开盒盖，里面是一个较小的普通盒子。她用指甲打开这个盒子，朝里面看了一眼，然后把盒子放回台面。

她回头看了一眼，确认百叶窗关上了，接着便在厨房里脱了个精光。她将衣物整齐折好，把跑鞋放在衣物上，然后拿起盒子。

她打开浴室门，坐在马桶上。白色的瓷砖地板很快就让她的脚底变得冰凉。她一边排空膀胱，一边取出盒中物品端详。它是银色的，闪亮反光，闻起来有股油味。她擦拭下体，站起来，冲马桶，找到这个装置上垂挂的电线末端。她将插头插进洗手台上方的插座中，用脚关上浴室门。

她转而面向浴缸，拉开浴缸周围的浴帘。

浴缸中装满了一袋袋冰块。

在冰袋的环绕之下，迈克·莫迪恩失去生命的脸庞仰望着天花板。他仍带着当时惊讶的表情。把他弄来她的公寓可真不容易。她没有时间慢慢等，所以昨晚就将他引到这里。她告诉他，她爸爸去世前一晚立了另外一份遗嘱，它是用手写的，有人见证，能够推翻她爸爸几年前在迈克的办公室里所立的旧遗嘱。她说她担心要是自己的姐妹知道有这份新遗嘱存在，会想杀了她——说她的姐妹就是认为法兰克还没有改立将她排除在受益人之列的新遗嘱，才先下手为强，残忍地杀了他。她除了迈克以外谁都不信不过，他必须立刻和她见面，她在他的办公室外面等他。他去街上找她，然后两人一起回到她的公寓，因为她说她把遗嘱藏在家里。

当迈克走进她公寓大门时，他就等于自绝生路了。她用电击枪制伏了他，把他弄进浴室，捆住他的手脚。1个小时后，迈克死了，她的片鱼刀也几乎磨钝了。她很满意她爸爸并没有告诉迈克，他打算将她从遗嘱中剔除的想法，她爸爸只是约了见面时间，就这样。从很多年前开始，她就以爸爸和自己的姐妹为对手，进行着一场心理上的博弈。法兰克察觉到了，她对此颇为肯定，或至少他也心存某种无法轻易破除的怀疑，因此，爸爸非死不可。她得确保在她找到机会除掉他之前，他还没告诉任何人。到目前为止，她有相当的把握确定他把这种怀疑带进了坟墓。考虑到她用刀子在莫迪恩身上下的功夫，她确信他说的是实话。

迈克并没有提到私家侦探。她已经知道了他们的存在，不过他们没向法兰克提供任何有价值的信息——拜她所赐。

现在她俯在浴缸上方，开始取出她用来给迈克的尸体降温的冰袋，那些冰块已经有些融化了。她把冰袋丢进洗手台。迈克的皮肤好冰，但她仍用手指抚摸他，享受那种触感。她摸他的舌头，还有眼睛。她意识到自己分心了，便弯下腰拿起那部全新的装置。她停住，犹豫了一下，啧了一声。她忘了一件事。

"艾莉克萨！播放埃尔维斯·卡斯特罗的《她》。"她发出指令。

"正在播放埃尔维斯·卡斯特罗的《她》。"她的智能音响用嘶嘶作响的嗓音说，接着整间公寓盈满她心爱的歌的曲调。今晚她想听卡斯特罗的版本。

音乐会盖过她制造的噪声。她按下新买的外科骨锯的电源键，一边干活一边跟着旋律哼唱。

## 00:08

## 艾迪

哈珀下午5点左右离开索菲亚的公寓后，马上就打给我了。她没从索菲亚那里得到多少信息，而索菲亚也累了。我们约好隔天等我先跟检察官见过面后，再一起吃早餐。

自从我当律师以来，从没有哪次觉得认罪协商是个好选项。即使检方给你的客户提供很优渥的条件，借由缩短刑期为市政府省下审判的花费，我仍然会因此感到一抹挥不去的遗憾。若走认罪协商这条路，就等于是由检察官为客户判刑，而不是法官。当然，你有一点讨价还价的空间，不过通常在那种状况下，你的力量很有限。哈利·福特当上法官之前曾告诉我，会让你和客户产生嫌隙的正是认罪协商这东西。没错，他们一开始喜欢这个交易：用认罪协商换一年刑期，还是冒着被定罪且获判十五年的风险走上法庭？即使对那些脑袋不太灵光的客户来说，这也是用膝盖想就知道如何选择的问题。然而你会惊讶地发现，在新新惩教所双人囚室接受惩教部门殷勤招待的六个月后，遥望剩下的六个月，竟有这么多客户开始埋怨律师逼他们接受认罪协商——毕竟他们是清白的啊！不幸的是，很多人说的是实话。美国每座城市每天都有无辜的人接受认罪协商，因为检方拿着交换条件利诱，只要接受，他们只需要牺牲一小段人生，然后就能继续过日子。接受协商坐一年牢，或是冒险被判二十五年到无期徒刑？不难理解大家为何会选择认罪协商。

相比我对认罪协商的倒胃口，我对于造访这个昵称为"霍根路"的地方更为反感。地方检察官的办公室感觉像是敌军领土，一向如此，以后也不会改变。

电梯门打开，外面就是地方检察官办公室的接待区，柜台后面坐着赫布·戈德曼。有时候我不禁觉得他也是一件家具，不只是因为他已经在这个岗位上待了几百年。要是把他的皮肤绷紧当作沙发皮，你会误以为那是上好的意大利皮革。不过别看他年纪大，几乎没有什么事能逃过赫布的法眼。他对办公室里的八卦了如指掌，而且他比上帝还老，很可能也比上帝更睿智。我走向赫布俗艳的紫领带与灿烂笑容。他靠向椅背，交叉起双臂。

"艾迪，你怎么还没被吊销执照啊？"赫布问。

"他们还没逮到我的小辫子啊。我以为你挂了哎。"

"我？不会啦，只有好人才不长命。"

"既然如此，你的领带会活得比你久哦。那上面是什么图案啊？乌龟吗？"我边说边凑向前仔细察看赫布的领带，然后迅速判定我可不想离它太近，于是赶紧退后一步。

"这领带是我老婆送的。"

"你应该跟她离婚。"

"你认识什么不错的律师，可以给我介绍一下吗？"他说，然后用手掌搭在眼睛上方扫视办公室，像是牛仔在眺望荒凉的草原。

"你应该去住佛罗里达那种疗养中心，骚扰跟你同一个年龄层的人。"

"不要诱惑我,我真的很想退休,但我不能。地方检察官办公室每隔一阵子就扬言要送我纪念退休的黄金时钟,而我的回答永远都是同一句话——我不能退休。那是在给我判死刑啊!要是我整天待在家里,我老婆肯定会杀了我。把我扫地出门的地方检察官等于是谋杀从犯。"

"如果你老婆杀了你,地方检察官一定会给她送鲜花和感谢卡。"

赫布的笑声从腹部某处起始,隆隆地往上通过嘶嘶作响的气管,最后冲出他的嘴唇,化作尖锐刺耳的咻咻声。就像卡通里的小狗穆特利一样。

"我带你去见德雷尔,跟这群人一起。"他用笔指着房间另一侧,说。

我进来时没注意我左侧的沙发上坐着利维,旁边还有我在警局外遇到的那个年轻律师——凯特。另一把椅子上坐着另一个年轻人,那男人眼神热切,年龄肯定不到25岁,是几天前我见过和利维一起进入亚历山德拉审讯室的律师。

利维的团队在场,表示即将出现大麻烦。

我走近时,他们都站起身。

"艾迪,很高兴又见面了。"利维说,语气完全称不上诚恳,而且他也不在乎,"这位是我的同事斯科特·赫尔姆斯利。"他指着他左边穿着合身西装的金发小孩儿。

我在阿韦利诺姐妹俩被捕当晚于警局见过他,但没机会仔细观察他。他看起来还没成熟到长出胡子,却充满自信地秀出堪比电影明星的笑容,从丝质衬衫袖口中伸出手。

"幸会。"斯科特说,他像某些男人一样使劲跟我握手。我始终觉得那种用力握手的男人是想要弥补什么,事实上,真正能够不假思索捏碎你手骨的人,才不需要趁着打招呼时证明自己的力量。

利维右边的女人，也就是凯特，低着头，将鞋尖竖直，以鞋跟为轴心旋转鞋尖。她身穿灰色套装裙，搭配白上衣与黑外套。她的双手交握放在身前，我只能看到她的头顶。她忽地抬头看向我。

接下来是一段尴尬的停顿，并不久，大概四五秒，但足以让利维装作忘了她。他把凯特旋转鞋尖的动作看在眼里，他只是想确保凯特和我都很清楚，在他心目中员工的尊卑顺序是如何。

"哦，抱歉，这位是——"他说，并没有转头看她，只是朝她的方向伸出手，强调这介绍有多么顺便。

"凯特·布鲁克斯。"我大声说，向前越过利维和斯科特，"我们在警局见过面了。你好吗？"

"很好，谢谢你，弗林先生。"

"叫我艾迪就好。"我说。

利维咬住嘴唇。我一眼就看出谁想玩办公室权力的垃圾游戏。

"你的客户还好吗？"她问。

"好多了。她已经出院了，也出狱了。据我所知，你们的客户也是。"

"对——"

"没错。"利维边说边站到我们之间，打断凯特的话。他把裤头往上提，一边拉起来盖过肚子一边左右调整，好像是要对准螺丝孔位置好把它锁紧似的。

"所以你打算怎么应付德雷尔？我建议我们让他唱独角戏，然后把所有资料带回去仔细研究，千万不要当场决定任何事。我们唯一确定的就是要分开审判。我们一定要分别上法庭——我们的客户互相指控，我们别无选择。"利维说。

我点头，一言不发。越过他的肩膀，我看到凯特退后一步，又低下头，斯科特则蹭到利维身旁，点头附和他说的每句话，好像他的上司字字在理。两秒前我还在跟凯特交谈，现在这些男的算是从她身上踩过去，直接霸占了空间与对话。

我好奇利维的私处究竟有多小，才会从贬低女员工里得到这么大的快感。

我的结论是：非常他妈的小。

这时赫布在柜台处大吼："德雷尔先生要在会议室跟你们所有人会面了，进去吧，他在等着你们。很高兴见到你，艾迪。"

"我也是，赫布。"我说。

利维转向接待区沙发后方的双扇门，一只手抬到肩旁向前挥了挥，好像在吆喝部队跟上。斯科特小跑到他身旁，凯特则跟在他后面，手里还抓着一本笔记本。她抬起手从发髻里抽出一支圆珠笔。利维拉开会议室的门，示意斯科特先进去，但连看都没看他一眼。凯特经过他时，我看到利维的目光垂到她的小腿位置。他从后面盯着凯特，肥厚的嘴唇令人反感地噘起，显示他对自己看到的东西很满意。

他松手放开门，正准备进入会议室，我一个箭步窜上前，抓住关到一半的门，并且撞上他。他踉跄着倒退了好几步，挥舞着短短的手臂保持平衡。他侥幸扶到一张椅子，刚一站稳，马上怒瞪我一眼。他看起来恼羞成怒了。我看到凯特掩着嘴努力憋笑。

"抱歉啊，西奥，我以为你抵着门呢，是我的错。"我说。

他气呼呼地转开身，拉开一把椅子坐了下去。

围绕这张椭圆形的会议桌可以坐十个人，两侧各四人，两端各一人。房间后侧的门打开，卫斯理·德雷尔走了进来。他的步伐缓慢而有自信，薄唇，发际线正在后移。卫斯理一定是在二十出头时就开始显现出男性遗传型秃顶的征兆了。现在他头顶仅剩的发丝虽然看起来

稀疏到近乎透明,却仍经过精心梳理。他今天穿着的西服套装与索菲亚提审那日上午的不同,这套是浅蓝色的,搭配颜色相近的衬衫和深蓝色领带。

"请坐下,各位男士,以及女士。"德雷尔说,不忘向凯特客气地点头致意。

德雷尔拉出主位的椅子。我绕过桌子,选了利维团队对面的座位。德雷尔坐下前先解开了西装扣子,抚顺领带,再优雅地将臀部放进椅子,简直像个芭蕾舞者。他从西装口袋拿出一支自来水笔,扭开笔盖,开始在笔记本上流畅地写字,仔细记笔记。他先是写下会议出席者都有谁,接着将手臂扫到面前,根据他手腕上的星辰表记下时间,然后放下笔,仔细调整袖口,再文雅地将十指交错。他的某些动作尽管很优美,却有种爬虫类的感觉。像是一条蛇蜷起身体,准备攻击。

"我会简短说明,而且只说一遍,所以你们最好记个笔记。"德雷尔说。

凯特、斯科特和利维都已经备好笔,悬在笔记本上方,他们的笔记本内页顶端用金字印着事务所的名称。

我交叉起手臂,喷了一口气,等待着。德雷尔的头没有动,只有眼珠向左移,锁定我。其他人都低着头准备写字,我则持续跟德雷尔对望。在我的剧本里,只要是能用来让检察官不安的任何做法都必须试试看。但这似乎没有见效。德雷尔直直回望着我,仿佛他拿着好几张 A,而他知道我只有一对 8。

"庭审会定在 1 月,我们已掌握大部分证据,动机也有了。你们手上现在已经掌握了基本的证据开示,我希望很快能有完整版。我现在就只需要等着完整的鉴识报告以及死者的律师莫迪恩先生的证词了,而我手边已经有了初步的鉴识结果。之后你们会拿到完整的报告,不过简单来说,我手上的鉴识证据能将你们双方的客户都与谋杀案联系起来。而且也只有你们的客户。"

"什么叫'只有'我们的客户?"凯特问。

她一说话,利维就喷了一声,凯特马上低头望着笔记本,用力吞了一口口水。利维不喜欢员工在与检察官开会时主动开口。我认为这个问题很合理,我脑中也马上蹦出这个疑问,凯特的直觉很敏锐,我喜欢她,但对利维而言,她问的是否是好问题一点都不重要,重点是她竟然有这个狗胆张嘴说话。

"嗯,布鲁克斯小姐,我要请各位等会议结束前再集中提问,不过既然你问了,我就先回答这个问题。"德雷尔说,眼睛没看着凯特,反而看着利维,似乎是因为尊重他的资历,"你们双方的客户都在犯罪现场的房屋内被捕,屋内没有其他人。法医推测死亡时间差不多就是那两通报案电话拨入的时刻。我们并不打算再寻找别的嫌疑人——鉴识结果不但将你们的客户与犯罪现场联系起来,也与谋杀案联系了起来。"

凯特写下回答,然后肩膀低垂到桌面的高度,仿佛想尽可能缩小自己。她用嘴形对利维说"对不起",后者翻了一下白眼,用食指抵住嘴唇。要是我替利维工作,肯定老早就一拳塞进那两片肥唇了,我才不管这是不是白白浪费时间和力气。

我思考刚才得到的新信息,以及它与索菲亚的说辞是否吻合。法兰克的房子算得上是豪宅,在三层挑高的楼层间,分布着很多个房间。亚历山德拉和索菲亚完全可能同时身在房子里,却没察觉到对方也在。

"你们其中一个的客户,或者两人合力,谋杀了被害者。在这种情况下,考虑到鉴识证据与检方的证人,这将是一场合并审判。所有证据都有重叠的状况。"德雷尔说。

在这样的案件中进行合并审判，对检察官而言简直就像做春梦一样爽。看着两名被告互相指控，陪审团很可能谁也不相信，最后两人都被定罪。就算其中一人创造奇迹，设法说服陪审团相信自己是无辜的，另一名被告也会揽下罪名。这能保证检方无论如何都不会空手而归。

利维率先开炮。

"天塌下来你都别想进行合并审判。根据刑事法典和判例法，当其中一名被告牵连到另外一名被告时，我们就该分开审判。弗林先生不是一定得传他的客户作证，而假如他选择不传客户作证，就等于侵犯了我的客户可以面对指控者的宪法权利。这不公平。我拒绝进行合并审判——门儿都没有。听清楚了吗？"利维抗议道。

就算这波炮火对德雷尔造成了什么冲击，他也没有表现出来。

他又拉了拉衬衫袖口，确保它们从西装袖口露出来，然后才拿起笔，记下利维的反对意见。

"事实上是我们将必须针对你们的客户进行几乎一模一样的两件起诉案，这为市政府带来了不必要的财务压力。我们就是要走合并审判。我目前正努力推动这个结果。"

"你在向什么人施压？"我问。

利维倒不介意我问问题，甚至还点头附和。我们等着听答案，但他并没有回答。

"弗林先生、利维先生，如果你们有谁想要分开审判，就得向法院提出正式申请，而我们会抵制该项申请。这部分我言尽于此。如果你们不介意的话，我想切入本次会议的重点了。"

他望了望桌子两侧。利维的团队默不作声，我倾身向前，准备听他后面要说的话。

"谢谢。地方检察官办公室了解到你们的客户互相指控对方犯下谋杀案。我们认为采取合并审判的方式最终将'至少'有一人被定罪。陪审团有权将两名被告都定罪,不需要我说你们也知道,最可能出现的结果就是两人都被定罪。我现在要提出限时协商的条件。十二年的刑期换一份完整的供词,外加一份指证另一名被告的证词。如果两姐妹其中一人认罪,在表现良好的情况下,她只要在牢里待六年甚至是四年就能出狱,而另一人则会在牢里蹲到死。这是限时协商的条件,只提供给其中一名被告。这个交易只在48个小时内有效,从现在开始计时。"

普通市民为了自己没犯的罪接受认罪协商,很难理解吗?德雷尔解释得很漂亮。在合并审判中,很可能两个女人都会被定罪。其中一人胜诉的概率十分渺茫,因为两人势必都会控诉对方是骗子和凶手。大部分合并审判中的陪审团不相信任何一名被告,因此会判定两人都有罪。在这种情况下,接受认罪协商是有道理的——坐四年牢,而不是坐一辈子牢。

利维和我都没有说话。我看着德雷尔摁下手表两侧,过了一秒才意识到他还真的在计时。真是够了。利维和我都有义务让客户知道这份协商的存在,让她们作决定。我不想让索菲亚承受那种压力,至少别这么早就承受,但是看起来我别无选择。

"如果两名被告都不认罪、不提供供词、不协助起诉另一名被告,我们就上法庭。不会再有别的提案,这次的提案也不会延长,就是48个小时。要是没人认罪,我们就进行合并审判,然后我希望你们双方的客户都接受测谎仪测试。"

"什么?"利维问。

"你听见了。"

"在这个州,测谎结果并不是可采信的证据。"我说。

"老式的测谎方法确实不被采信,但科技日新月异,现在已有18个州将测谎结果列为可采信的证据了。我们颇有把握能在纽约州证明我们的测谎师足够专业。现在的情况是,测谎已经被视为执法单位的重要调查工具。这件案子中有太多部分取决于你们客户的诚信问题,陪审团会相信谁?其中一人,还是两人都不信?我们会告知法庭我们会提供测谎仪测试,如果我们的要求遭到拒绝,我们也会利用这一点。法官可以在对陪审团作出总结时提起这件事。"

我低估了德雷尔。这招聪明得要命,就像是下象棋。如果姐妹俩其中一人拒绝测谎,那她看起来就会嫌疑重大。如果两人都拒绝,看起来会像是两人共谋杀人。要是一人通过测谎,一人没通过,德雷尔就能利用结果将没通过的女孩定罪。

我将手放进外套内侧的口袋中,同时看着利维的脸色变紫。他的模样跟我的心情差不多,只不过我没表现出来。我把手上的牌守得密不透风。谋杀案审判需要用上极致的扑克脸。利维提高嗓门对德雷尔噼里啪啦说话,嘴巴喷射出唾沫,在桌上堆成小小的白云。我将两只手肘放在桌面下的膝盖上,也就是德雷尔与亚历山德拉的律师团看不到的位置,翻开利维的皮夹,开始检查起来。先前我撞上他时将他的皮夹偷走了。我原本真的没打算那么用力撞他的,但我把手伸进口袋的时候不够灵巧,要是没把他撞到失去平衡,他就会感觉到我的小动作了。结果他完全没察觉到异状。其实我的目标是他的手机,但我的手指靠近时感觉到手机开始振动。我绝不可能摸走正在振动的手机还不被他发现,只好退而求其次,摸走了皮夹。

我在棕色皮革材质的皮夹里找到四张百元大钞、两张二十美金以及一张五美金的钞票；五花八门的信用卡和签账卡[①]；某家健身房的会员卡、不同店家的贵宾卡，以及一张写着"提供自由裁量权"的名片。就名片来说，它看起来十分高级且具有设计感。大写的 D 和 S 字体很大，用的是弯弯曲曲的花哨字体。名片本身是塑胶材质，摸起来有浮雕的纹路。名片上并没有电话号码或网址，只在背面有一个供智能手机扫描的条形码。我将名片收进口袋，然后在桌子底下合上皮夹，把它丢到 1 米外的地上。

我抬起头，看到利维仍火力全开，一根手指对准德雷尔，而后者沉着而淡然地望着他。

"利维先生——"德雷尔说。

"我还没说完，我还有很多话要说，我会让市长知道这种滥用——"

"利维先生，你说完了。这场会议结束了……"德雷尔边说边将椅子往后推。

"等一下，利维，你先闭嘴。"我说。

利维的表情太逗了，足以使德雷尔留在座位上。我看到利维的马屁精斯科特皱起眉头，隐隐以我为目标摆起个臭脸。凯特咬住嘴唇，压抑着满足的笑容。

趁着利维还在张着嘴抓苍蝇，我直接丢出我来这里的主要原因。

"如果你不多分享一些检方的证据，不管你提出什么条件，在法庭上都没有用。被告有权了解自己受到控诉的案件。让我们瞧瞧你有什么，这样我们的客户才能作出明智的抉择。"

"我同意。"德雷尔简单地说，然后站起身，拉开门。此时门外走廊上聚集了六个助理检察官，他们一定是听到了利维在大吼大叫，便

---

[①] 类似于信用卡，但是没有循环信用，每月账单金额必须全额偿还。签账卡的额度通常比信用卡高出许多，其年费和发卡标准也比信用卡高。

跑来偷听。德雷尔走出去时，除去一人，其他人一哄而散，而那人交给了德雷尔两个厚厚的牛皮信封。他向那个助理道了谢，然后走回敞开的门内，将其中一个信封交给我，另一个给了利维。没再说任何话便又出去了。

我离开桌子，说："有人的皮夹掉在会议桌下了，最好赶快捡起来，这栋大楼里可没有半个正直的人会把它拿去失物招领处。我们大家回头见啦。西奥多，我会打给你的。给你个建议：如果你想要什么，就直接提出要求，那比你用小拳头捶桌子要简单多了。"

他想说什么，但我已经走出房间了。我希望西奥多处于战斗模式中。只要律师血脉偾张，就无法思考，只顾着发飙。而我需要时间思考。西奥多看起来不像庭审律师，我觉得他更像个游说者。他会把协商条件往客户面前一放，跟她说很划算。

我想看看索菲亚对这个交易的反应。我需要确定索菲亚与她父亲的死无关。我内心深处感觉她是无辜的，但某些案子里总会有小小的怀疑火苗在燃烧。我希望她吹熄那抹烛焰。

这桩审判可想而知会是一场噩梦。不过德雷尔也遇上了一些麻烦——他的一个证人踪影全无，他没能找到法兰克的律师迈克·莫迪恩。当他说他没有那份证词时，我从他的语气里捕捉到一丝挫败。不论莫迪恩是谁，都不想蹚这个浑水，成为谋杀案审判中的证人，可能是刻意逃避地方检察官办公室的消息。不用说，卷入这个案子绝对没好处。

最糟糕的情况全都取决于谁在说真话。

在这样的案子里，测谎像一枚手榴弹，它势必会在某人面前爆炸，要么是亚历山德拉，要么是索菲亚。不管从什么角度思考，其中一人都是凶手。我只希望凶手不是索菲亚。

我颇有把握我马上就要知道答案了。

`00:09`

## 凯特

在"霍根路"外面的人行道上,利维提了一把裤头,说:"凯特,你刚才在里面搞什么呢?"

凯特感觉血液涌向脸颊。

"在地方检察官办公室,由我负责发言。你是初级律师,应该知道自己的身份。刚才在里面你让我很丢脸,你知道吗?简直是在扯我的后腿。要是你再干出这种事来,就给我滚蛋。小丫头,你懂我的意思吗?还是要我说慢一点?"

利维这番话带来的冲击,在她心里炸开各种情绪。好一阵子前,凯特就怀疑自己是不是不够格,做不好这份工作。利维对她工作的小小奚落让她不自卑也难。最近她倒是想通了,这根本与她的工作表现无关,至少不是完全相关。但刚刚的话满是恶意。她望着斯科特,他垂下头,思绪开始飘离现场。她感觉像被家长责骂的孩子,不太确定自己到底犯了什么错。她张开嘴,却说不出话。她快速眨眼,结结巴巴,然后紧抿住嘴,被下一种情绪席卷——愤怒。她想说话,她想告诉利维他可以带着这份工作去死,说他是目中无人的仇女混蛋。她咬牙切齿,口干舌燥。街上的路人都看得到这里发生了什么事,他们经过时好奇地张望这里,而他们三人默默站着,利维在等着她的回应。

凯特摇头。

"如果你想继续做这个案子,就跟斯科特多学着点。我们要回办公室,不过我建议你上午剩下的时间去休个假,好好把事情想清楚。根据游戏规则来,凯特,午休结束后再进办公室,做好准备,集中精神。

如果这案子你做不来,也许你该调去别的部门。华勒斯一直在找做遗嘱认证工作的初级律师。走吧,斯科特,开我的车。"

说完,他们就自顾自地走了。凯特对这种事早就习以为常了,可胸中空洞的感受还是在不断扩大。她想讨利维欢心,他是个厉害的律师,也是她的上司。他能让她平步青云,但他同时也想跟她上床,这一点凯特很确定。她越是拒绝他的试探,他对她的态度就越跋扈。第一个月的时候,利维主动说要送她回家,当时她觉得难以推辞,他毕竟是自己的上司。到了她家大楼外,坐在车上,他便开启了一段尴尬的对话。

"不错的地方。"利维说。

"去年它差点被列为危楼。"凯特说。

"真的吗,一点都看不出来呢。它看起来好……古色古香。"他努力挤出赞美的话,"我刚搬来纽约时也住过这样的建筑,这附近的公寓都长得差不多。要是能进去参观一下就太好了,重温青春时光。"他说,眯着他的黑眼睛微笑。

"抱歉,西奥多,我家很乱。我不能请客人到脏乱的公寓里做客。"凯特边说边握住车的门把手。

"不用难为情,我们很熟啊,我们是同事,更应该了解彼此才对。"

凯特拉开车门,快速下车,转身说"谢谢你送我",然后赶紧关上车门。她将包包甩在肩上,用最快的速度走进大楼,边走边竖着耳朵听利维的汽车引擎——希望它发动,希望他开走,希望远离她。她耳中只能听到自己的心跳声,以及利维的汽车动也不动地停在路边时发出的沉闷的嘎吱声。

她能感觉到他的目光停在她身上。

从那一天开始,凯特就带跑鞋去上班。到了下班时间,利维要回家时,她会恐惧地绷紧僵硬的肩膀,在座位上等待。

"你工作太认真了,走吧,我送你回家。我们还可以顺路去吃点东西呢。你喜欢吃寿司吗?欸,我在说什么傻话,每个人都喜欢吃寿司。我知道一家很棒的餐厅,就在——"

"不用了,西奥多,谢谢,我带了鞋子,我要慢跑回家。这年头一定要自己找时间维持自己的身材才行啊。"她边说边弯腰从运动包里取出跑鞋,将其高举过头,证明她的意图。

"你不用跑步,我觉得你的身材已经很好了。"他说。

她听了真想吐。

有些晚上利维会死缠烂打,坚持问两三遍,就比如想喝杯小酒,或共进晚餐吗?有人送他百老汇演出的票,或是招待他住一晚四季酒店的豪华套房……想不想一起去?

凯特每次都拒绝了,但似乎没有用。他会碰她的肩膀,手指擦过她脖子侧边,然后叹口气走开。每晚他走进电梯后,凯特都会如释重负地打个冷战,活动一下肩膀,感觉紧绷感泄去。

开会时,他经常坐在她旁边,他向案件另一方的客户或律师介绍她时,一只手就放在她的膝盖或大腿上。这种感觉很不对劲,像是他在宣示对她的主权,把她当成他的财产。

凯特每晚回到家都会冲澡,不是因为跑步回家流了一身汗——她从未跑回家过,那些运动装束只是借口罢了。她洗澡是为了去除他的气味,以及他碰触她时她感觉到的腐败。那种感觉已开始侵蚀她的健康。

最近她经常头痛。她知道是紧张造成的,不是源自工作,而是源自上司。星期五最糟,因为她要把档案搬到他的车上,他在电梯里站在她身后时会用目光剥除她的衣物,而她心脏狂跳,等着他做出某种行动,或是碰触她。

她越是避免跟利维单独相处,并找各种借口不去吃晚餐,利维就会变得越挫败。他假借"反馈与指导"之名批评她的工作,凯特不禁注意到,她越是回绝他的追求,他批评的力道就越猛烈。

她考虑过向公司申诉,但不论她把公司内部网络上的性骚扰规范读了多少遍,她都不觉得利维曾经越线。有时候他会逼近那条线,凯特知道要揭发他不能只靠一次事件,必须证明他有一套行为模式,可是大部分事件都发生在他们两人独处的时间里,她究竟该怎么证明呢?到时候会变成凯特与利维各执一词。况且,申诉高级合伙人的初级律师经常会被扫地出门,且拿不到推荐信,这基本代表没人会雇用他们了。凯特不想走上这条路,她付出了十分的努力,才取得现在的位置。

凯特望着利维和斯科特沿着霍根路走开,利维的责难仍在她的耳边回荡,然后她往反方向走回自己的公寓——虽然她家其实不在这个方向。她遇到第一条小巷时,马上躲进阴影中。她没有流泪,但她很想哭。若是凯特不压下阀门,让压力全都释放出来,她胸口那股扑腾到痉挛、扼住她呼吸的感觉是不会消除的。哭泣对人有好处,她很清楚,她读过很多心灵励志书,但凯特天生不是这种人,她哭不出来。从那天以后,她就再也哭不出来了。阀门紧闭上锁,将所有的情绪关在里面,让它们不断翻搅。不过有个念头使她平静下来。她的心跳减缓,呼吸变得缓慢而深沉。

她想回家。不是回她租的公寓,是回家。

45分钟后,她走下从市中心出发的艾奇沃特渡轮。她9岁时住在新泽西州的艾奇沃特,那时她会和玩伴梅丽莎·布洛赫在废弃的家乐氏工厂里玩。现在工厂已经不在了,原本的位置成了现代化的码头。

时代在进步，工厂把位置让给了豪奢的河滨公寓，只剩一两家公司还在，因此现在的艾奇沃特算是时髦的黄金海岸类型城镇。应该说其中一半是这样。这座城镇被河流一分为二，靠河的房产价钱都很高。至于河流的另一侧，那些在山丘上的房屋价钱直接砍半。凯特一走出码头，马上穿越这条马路进入艾奇沃特西区。她经过街区尽头的房地产经纪公司，在哈德逊大道右转，沿着陡峭的上坡路爬向她爸爸位于阿德莱德街的家。

路易斯·布鲁克斯是70年代搬来艾奇沃特的，当时他是城里的一名警察，搭档是梅丽莎的爸爸格里·布洛赫。正是格里说服凯特的爸爸搬到这里来的。由于这片土地从一个多世纪前就被玉米油与化学物质生产商污染，地价很便宜。两家人在阿德莱德街比邻而居。那是一段美好的岁月，在小镇中与亲如姐妹的好友共同度过童年，生活非常开心。直到格里·布洛赫被逮捕，一切画下了句号。

等凯特能看见自己从小住的那栋殖民时期的房屋时，她已经爬坡爬到小腿灼热，脚底板也又酸又痛了。她是穿着高跟鞋爬上来的，她的跑鞋被安全地锁在公司的抽屉里。她正踏上夹在用油漆漆过的木头扶手之间的砖头台阶时，房屋前门打开了。

凯特期望见到她的爸爸，那是个白发苍苍的70岁老头，却仍自认为才45岁。路易斯·布鲁克斯，名字一定要念出那个"斯"，不能省略成"路易"。他会穿着棉质衬衫、工作裤，满是皱纹却和煦的脸庞上总是会有星星点点的油漆或机油，或是两者皆有。

然而开门的并不是她的爸爸。她发现自己正仰望着一个高挑而慑人的年轻女子。对方两侧的黑发剃短了，顶部留长并向后梳高成蓬松式的油头。她身穿黑色的牛仔外套、深蓝色牛仔裤和绿色上衣。素面朝天。凯特的挚友梅丽莎·布洛赫的脸上只有大大的笑容。

布洛赫曾搬走了好几年，她当上警察，在全国各地轮调。六个月前她提早退休，搬回凯特爸爸隔壁的老房子。这对凯特来说是一大安慰，布洛赫走后她好想她。现在布洛赫担任纽约市警局的自由职业培训讲师，提供进阶版的驾驶、擒拿、调查等在职进修课程。她的空闲时间则被路易斯占满了，他说他需要第二双手帮忙各种手作项目。凯特和布洛赫都知道路易斯其实根本不需要帮忙——他只是想有人陪伴。

"你不是应该在上班吗？"布洛赫问。

"我上午休假。"凯特说。

布洛赫歪着头定定地看了凯特几秒，才站到一旁让她进门。她知道自己骗不了布洛赫。虽然凯特的工作困扰无时无刻不占据着她的思绪，但她还没向任何人倾诉过——甚至是布洛赫。这是凯特的问题，她打定主意要低下头、闭上嘴、挺过去。路易斯在厨房，已经忙着在倒咖啡了。他的脸颊和衬衫领子上溅了某种深色的物质。就算他对女儿在上班时间来访有所怀疑，也没表现出来。凯特觉得他也许看到她就很开心了。他将两杯冒着汽的马克杯分别递给凯特和布洛赫，她们坐到厨房的桌子旁边。

凯特喝了一口，感觉打心底里暖和起来，不光是咖啡的作用——与爸爸和好友一起待在家里感觉很安心，令人精神一振。除了互为邻居，双方的爸爸也是好友，凯特一向觉得自己与布洛赫心灵相通。她们都是书呆子，智商也都很高，却又有微妙的差异。凯特可以毫不费力地通过大大小小的考试，布洛赫则是全校唯一看得出某个老师是否在搞外遇、对象是谁、持续了多久的人。

"你为什么没上班？"路易斯问。

"我上午休假。"凯特说。

布洛赫和路易斯互看一眼，没说什么。

"刚才布洛赫和我在聊木头,她今天要去买些木板,因为我们要做柜子。她那栋房子里也该有家具了。"

"我需要的不多。"布洛赫说。

凯特微笑。布洛赫大可以买些家具,但路易斯已经快没活儿可做了。手作橱柜可以让他忙上好几个星期。

"你爸告诉我你要代表亚历山德拉·阿韦利诺辩护。"布洛赫说。

"哦,不是,嗯,是我的事务所代表她辩护,我只是团队中的一员而已,其中一个隐身幕后、负责撰写案件摘要的人,研究、做笔记之类的……"

凯特还没说完,下嘴唇就抖了起来。她爸爸出于本能地伸手按着她手臂,结果这几天来的事件就这么泉涌而出。她不敢告诉爸爸自己被上司性骚扰,路易斯在家里放着好几把枪,其中一把甚至是有执照的。而且他是老派的纽约市警察,他很可能会直接去敲利维家的大门,拿"点三八"手枪对准他的脸,提醒他要放尊重点。

凯特告诉他们当天早上发生了什么事,以及利维发出的威胁。她爸爸望向别处,右脚鞋跟在地上弹跳。她看到布洛赫一脸热切地倾身向前。

"他叫你'小丫头'?哦,这可精彩了——你说了什么?"布洛赫问,她把双肘支在桌上,凑上前准备聆听她笃定凯特绝对有做出的大反击。

凯特摇摇头,"我什么也没说。我不能说什么。"

布洛赫显然搞错了故事的重点,一时间面露疑惑,然后她狠狠瞪着凯特,仿佛纳闷当初那个只凭一个眼神就能吓死男孩们、在唇枪舌剑中无往不利的好友究竟怎么了。想当年,凯特才是两人中强硬的那个,都是她在照顾布洛赫,谁也别想让她吃半点亏。凯特从很年轻时就懂得用言词伤人——那是她的武器。

她爸爸将剩下的咖啡喝完,然后一向避免涉入有深度,甚至只是稍具意义谈话的他说道:"我们去喂鸟吧。"

凯特跟着好友和爸爸走出后门,进入铺着地砖的院子里,爸爸在那里设置了两个大型喂鸟器,其中一个喂鸟器的木杆上站着一只绿鹦鹉。这在艾奇沃特并不是什么异常的景象,它是一只和尚鹦鹉,没人确定这种鸟怎么会飞来艾奇沃特筑巢,它们绝对不是新泽西州的原生鸟类。有人说它们是60年代从肯尼迪国际机场一个破损的运输笼里逃出来的,可没人能确认这是不是真的。

凯特协助爸爸将喂鸟器装满种子和坚果,她朋友则在一旁看着。几分钟后布洛赫说:"我得先走了,路易斯,我能不能拿一下——"

"当然,没问题。"路易斯说。他将手臂深深插进桶子里,在鸟饲料里翻弄,直到找到他的目标。他的手抽出来时握着一个黄色信封,他将它交给了布洛赫。

"你爸爸的钱就只剩这一笔了,只有2000美金。希望它能带来好运。"他说。凯特别开目光。格里·布洛赫不是黑警,他只是不肯出卖贪污的警察同僚,而在无人可追责的情况下,纽约市警局高层便拿格里来开刀。全部门的人凑出了一笔钱给格里的家人,这钱大概并不干净,可是等格里被推上风口浪尖之后,他也就不在乎了。这事凯特早就知道了,但她现在是律师,是司法体系人员,她有义务举报这件事。但她不会的,打死她都不会。

这是她的家人。

"我今天会跟仓库订木板,"布洛赫说,"谢谢你给我这个。"

路易斯点点头。

凯特把布洛赫送到前门。

"我知道这不关我的事,"布洛赫走到门廊台阶最底层时转身对凯特说，"但你有资格待在那家事务所中，别忍受任何乱七八糟的事。你可是新泽西州艾奇沃特出身的凯特·布鲁克斯哎。"布洛赫叹口气，摇摇头继续说道："你老妈不会容忍这种事的。"

凯特看着布洛赫骑上摩托车，听到引擎发动，目送她骑走。布洛赫话不多，但她开口时总是一针见血。现在布洛赫的话像雪花一样落在她周围，每一片都冰凉而轻柔地提醒她：她还活着，她是真实的，她能感受到生命的每一刻。一波回忆蓦然压得她弯下腰，她伸出手将双手撑在地板上。击垮她的不是痛苦，而是惭愧。她好惭愧自己隐瞒所有事，假装一切都很好，什么都不敢说。她的泪水在褪色的灰色门阶上溅出深色的圆形斑点。

自从她妈妈去世后，凯特就再也没哭过了。在凯特将要从法学院毕业的前一年，妈妈被诊断出癌症，医生说她还有一年寿命。凯特上网搜寻，找到一位愿意提供第二意见的专家。在与那位肿瘤学家预约看诊的那个下午，妈妈却跟她说自己决定爽约了——说人生无常，她已无憾，放手的时候到了，她说她已经受够不停地看医生了。在凯特毕业的前一周，苏珊娜·布鲁克斯去世了。妈妈要她保证在丧礼上不哭，而凯特遵守了承诺——她在守灵时眼泪就没停过，到了告别式的时候已经哭不出来了。后来她以该年度第二的成绩通过了律师资格考试，成功在利维、伯纳德与格罗夫联合事务所谋得一职。

就职一个月后，为了一件正在进行的临床过失案，她不得不联系两位肿瘤学家，与他们安排会面，以寻求法医学方面的意见。其中一人正是当初她为妈妈预约看诊的专家。他们打了电话，凯特提起两人曾联系过的事。

"是的，我记得。我并不会装作能记得所有的病患，凯特，但我记得你的父母。这是很常见的情节，保险公司是世界上最恶劣的败类。"

"抱歉,我不懂。我妈说她爽约了。"

"嗯,并没有,他们确实来找我看诊了。我跟你母亲说我们有一种新药,应该可以让她再活三到五年。但她的保险不给付这种药,而这药又很贵。我真的很遗憾你痛失亲人。"

"这说不通啊,我爸明明有存款,我爸有钱付治疗费,我知道他有,因为我的学费就是他付的——"

凯特恍然醒悟,于是客气地结束了对话,感谢医生抽时间与她交谈。她回家,爸爸坦承了真相。苏珊娜不希望女儿被永远还不完的学生贷款拖累,于是爸爸拿出家庭积蓄让她读完法学院。原本可以买药延续妈妈寿命的钱,花在了凯特的学费上。他们没有能力鱼与熊掌兼得。对凯特的父母而言,她才是最重要的。这是她妈妈的坚持。

凯特的法律学位和在事务所的职务都来之不易,所以凯特每天都第一个到、最后一个走。妈妈为女儿放弃了好几年的生命,凯特不能任意挥霍这种牺牲,它成为她的动力,也使她闭紧嘴巴。她不想惹是生非。

她思考妈妈现在会说什么。妈妈不会希望凯特忍气吞声,她会希望凯特为自己争取权益。她在利维面前一次又一次哑巴吃黄连——那种羞愧像火一样侵蚀着她,又很快地冷却,转化为更加坚硬的东西。

于是她对自己发誓:下一次在办公室再发生什么状况,她就公开揭发。时候到了。不要再逃了,不要再躲了,不要再咬嘴唇忍耐了。下次她会用到她的声音。

因为她是苏珊娜·布鲁克斯的女儿。

她是他妈的新泽西州艾奇沃特出身的凯特·布鲁克斯。

法兰克·阿韦利诺

日记，2018年8月31日，星期五

上午7点55分

　　我讨厌写这鬼玩意儿，从来没写过。我可不是想出回忆录的那种人。要说起不可告人的事，我橱柜里藏的骷髅多到能装满一座墓园呢——甚至是两座。是医生叫我写这个的，只是写给我自己看的，还有古德曼医生也会看。我可不知道他到底希望我写点什么。

　　最近我有一些——失误。现在是上午8点半，我4点就醒了。我那时候想小便，结果尿完就再也睡不着。我已经习惯了。若不是我的前列腺有问题，就是我的大脑有问题。哈尔·科恩终于说服我去看看这两科的医生了。我现在在吃治疗前列腺的药，大脑则得写这鬼玩意儿。医生问了我一些问题，我回答了，他说我好得很。可是为了让他高兴，他要我写下我的想法以及我注意到的任何症状。过几个月他会再看看我。他会读这本垃圾，我知道他会读到打瞌睡。

　　也许他是对的，也许根本没什么。或许只是老了。我最近老是忘东忘西的，像是晚上该吃的药。有时候我在看电视，却想不起自己吃没吃过晚餐。或是我会忘了关水龙头，让热水一直流。我生平最痛恨放别人鸽子。如果我说我会去某个场合，我就一定会出现，没有例外。我简直不敢相信上周我错过了四场会面，把它们忘得一干二净。也许我该请一个私人助理，但私人助理总不会打来电话提醒我要穿袜子吧。上周我也忘了穿袜子。

　　都是小事情。

　　没什么好担心的，医生这么说。

今天我感觉挺好的，没什么问题。我记得我该做什么，我该去什么地方。一切都很好。

现在要跟哈尔·科恩一起吃早餐了。


### 晚上11点

亚历山德拉今晚来了，贴心的孩子，人又聪明。她又去公园跑步了。我跟她说她不该一个人晚上去公园跑步，这样不安全。她说她能保护自己，我相信她。她带了我喜欢喝的那种水果奶昔，从第二大道那家店买的。

她说她今天给我打电话都打不通，我想也许是我的手机坏了。手机上显示好多未接来电，可是我发誓它根本没响过。今天我错过了跟会计的会面。

又一次错过。

亚历山德拉拿我的药给我吃，然后跟我说她谈成了一笔房地产生意，是十三街和第三大道交叉口的公寓。很棒的交易。很棒的孩子。索菲亚来电，亚历山德拉在我这里的时候，她是不会过来的。这两个丫头还是不跟对方说话，我已经放弃劝和了，但我真心希望索菲亚能多跟亚历山德拉学着点。

我总有一天会被索菲亚害死。

我现在在床上，我不知道我刷过牙没有。

今天我在街上看到一个人，穿得一身黑。我觉得那人在跟踪我。那时候我在公园大道上，看到那人在马路对面。我突然想不起我要去哪儿，所以就搭出租车回家。我跟出租车司机说了这件事，他说也许是我在疑神疑鬼。我说我会问问简。

  我回到家时大声喊简，不懂她为什么不在家。

  然后我才想起来，简已经死了。我看到她死在楼梯上。她的脖子卡在楼梯扶手里，扭曲折断了。

  还有另外那件事……

  老天啊。

  也许这是一种恩赐？有些事情我并不想记得。

  这太可怕了，我讨厌写这个。

## 00:10

## 她

　　低温慢煮机上的定时器开始发出规律的声响。她起得很早，准备了丰盛的早餐，然后又回去补眠。今天会很忙。她掀开被子，光脚走进厨房，关掉低温慢煮机，揭起盖子。里面有大概4升水，机器让水温刚好保持在54摄氏度，持续45分钟。她把手伸进去，水很烫，但不至于烫伤她的皮肤。她从水中取出密封袋，放在干净的盘子上。在"泡澡"之前，这块肉先撒了盐并抹上30克的烟熏奶油，再密封到真空袋里。

　　她拿刀沿着袋子边缘划开，释放出一团热气。她从膝盖旁的橱柜里拿出一只铁煎锅，放在炉盘上并开火。一大块奶油砸进煎锅中，发出嘶嘶的声音。她伸手到密封袋里触摸那块肝脏。它是热的，但没有烫到不能触摸，它不会灼伤她。手中热肝脏和奶油的触感几乎美妙到让她难以承受。

　　她细心地将肝脏两面都煎到微焦，同时舔着手指上的黏液。她将煎锅里的东西倒到另一个盘子上，那个盘子中已经摆好抹有鳄梨酱的酸味吐司。再洒几滴意大利葡萄醋、放上一片血橙，整道菜就大功告成了。扑鼻而来的香气增添了她的饥饿感。她将盘子端到餐桌上，坐下来大快朵颐。

　　她放下刀叉，从摆在桌上的电子录音笔旁拿起手机。这是一支抛弃式手机，随用随丢。她点进来电转接手机软件，拨号，然后打开扩音功能。电话接通了，铃声一直响，但没人接。她并不期望有人接电话，早上7点办公室没人是正常的。她在等电话转入语音信箱。

我是检察官卫斯理·德雷尔，我现在不方便接电话，请在哔声后留言……

她等到哔声响起，然后按下录音笔的播放键。

我是迈克·莫迪恩，听说你在找我。抱歉，时机很不凑巧。我从很多年前就开始存钱，现在该是用到这笔钱的时候了。随便你称之为中年危机还是什么，都行，反正我是不回来了。法兰克·阿韦利诺死了，下一个搞不好就是我。他打来电话说要修改遗嘱，但没说怎么改，也没说为什么要改。我怀疑他有被害妄想症，而且打电话时已经显现出失智症的早期症状了。我就只知道这些。别再来找我，我不会跟你谈的，德雷尔先生。别骚扰我了。

她挂断通话，但让录音笔继续播放录音。下一个嗓音是她的。

好乖。
行了吗？现在可以放我走了吗？拜托，让我走吧。不，不要这么做。不，不要……

录音里，迈克的惨叫转为静电杂音，因为音量太大了，麦克风无法清晰地收音。

这块鹿肝非常鲜美，令她想起那只幼鹿。幼鹿的肉温热且散发着野性的气味，却一下子就变冷了。她不久后就会了解更多的起诉内容，包括他们要用来对付她的人证和物证。她也需要知道有哪些对她的姐

妹不利的证据。律师能做的事有限，最终还是得靠她让天秤倾向对自己有利的一端。例如留给德雷尔的那条语音留言，它会将他带往特定的方向。

要确保她以自由之身走出审判法庭的方法有好几种。审判中某些参与者绝对不会改变心意，这些倒霉鬼需要她的特别关照。

她将最后一口肝脏送入口中，觉得这顿饭似乎少了什么。或许是雅文邑白兰地吧。早餐喝这酒有点过了，不过放到晚餐就很完美了。迈克·莫迪恩已被分解成好处理的尸块，每一块都用黑色塑料布与一片重量适中的哑铃圆盘紧紧包在一起。在纽约，弃尸的手段有很多，丢到河里是最简单的。通常早上 10 点以后，码头上就没什么人了，她会买一张船票从东河前往丹波区，然后在布鲁克林大桥的阴影中，背对着后甲板上的监控摄像头，偷偷从运动包里拿出一只手脚丢掉，根本没人会注意到溅起的水花。她冲了个澡，然后穿上跑步的装束。

她在身旁的笔记本上做了个笔记。等她把迈克的手臂丢到河里以后，她要去一趟烈酒专卖店，买一瓶雅文邑白兰地。

00:18

## 艾迪

我带着新增的检方证据开示离开地方检察官办公室，直接前往位于莱克星顿大道的布鲁姆熟食店跟哈珀会合，吃一顿已经不早的早餐。我提前到了，便趁她还没来之前翻了一遍证据开示。除了鉴识报告，还有法兰克·阿韦利诺的医疗档案，他死的时候身体很健康。唯一值得注意的是神经科医生做的注解，说法兰克生前发现自己出现记忆方面的问题。医生的手写笔迹我大部分都看不懂。在纪录完病史后，注解上写道：RV 3/12 DY。获得安抚，有任何变化打电话。

医生有各自惯用的简写方法，而并非所有简写方法都广为使用，甚至有些可能没被收进医学词汇缩写的词典里。我拿出手机在某个医学词典网站查询这些缩写，发现"RV"有好几种可能，其中一种是"复查"。"3/12"我已经知道代表三个月了，所以这半句话是：三个月后复查，但我猜不准"DY"是什么。这大概不重要，我对检方找来的专家和案件相关鉴识报告更感兴趣，这些部分让人越看越头疼。地方检察官办公室可以用各种方式将索菲亚与谋杀案联系在一起。

在凶器上发现了不完整的指纹，与索菲亚的指纹相符。

在被害者遭到蹂躏的尸体上找到一根毛发，据说和索菲亚的头发相符。

索菲亚的衣物沾到了大量的血迹，血液样本与被害者的血相匹配。

我以前也遇到过几个案子，被鉴识专家弄得灰头土脸，但我还从未遇到过一场诉讼有这么多不利于我客户的鉴识证据。唯一值得安慰的是，我知道有些鉴识证据也对亚历山德拉·阿韦利诺不利。若是德雷尔成功取到合并审判，让两名被告共同面对陪审团，他将创下本州史上最简单的谋杀案定罪纪录。证据全站在他那一边。

还有另一件事让我感到不安。我读了两遍法医对法兰克·阿韦利诺做出的验尸报告。我并不需要读第二遍，不过我刚读完第一遍，就觉得有必要再读一遍，好像我漏掉了什么，或是报告里漏掉了什么。法兰克被刺了很多刀，甚至有被咬的痕迹。他的胸部上缘有一个齿痕。除了行凶过程中造成的伤势之外，法兰克健康得像匹马，他的骨骼、器官、关节状态都很好。读第二遍时我把速度放慢了很多，不过我再

次感觉自己不想放下报告。这报告中有什么地方不对劲。也许我太累了，或是有个人被撕碎的恐怖细节蒙蔽了我的思路。

我不知道。我要问问哈珀，听听她是怎么想的。

哈珀来了，我们都点了咖啡和煎饼，然后我默默地坐着，听哈珀说她昨天和索菲亚待在一起的情况。在索菲亚看来，哈珀只是想确认她的公寓安全无虞，并确保她能安稳地待在家里，需要的东西都不缺。然而哈珀真正的目的是诱使索菲亚谈话，尽她所能地查探关于我们新客户的一切。我最近的两个案子都是找哈珀合作的，她实在是太厉害了，不只是才智过人，她还救了我的命。而且每次她微笑，都会点燃我内心的某种东西，我原本以为它永远都不会再燃烧了。

"我们聊了很多，"哈珀说，"对一个没能读完大学的年轻女人来说，索菲亚相当了不起。博览群书，智商不在你我之下。她和她姐姐一样，是象棋神童，他们年龄很接近，只差不到一岁，却完全不一样。据我所知，她们仅有的共同点就是象棋和同一对父母。她们的棋艺是母亲传授的。"

"我对法兰克的第一任妻子一无所知。她是什么人？"

"她叫简·马斯登，出身富裕家庭，在纽约上东区一栋漂亮的联排别墅里长大。她在法兰克事业正往上冲时认识了他。简是名社交名媛，除了坐拥一大笔财富、爱参加宴会和下象棋之外，并没有什么正业。看来她想把知识传给两个女儿，看来她也只想给她们这个。我觉得那栋房子里并没有很多爱。索菲亚告诉我，以前她下棋时如果犯错，她妈妈会咬她。"

"咬她？"

"对啊，咬手指或是手掌外侧。简显然有很多问题。"

我点头。

"她们的母亲在富兰克林街的家中跌下楼梯去世时,姐妹俩都还很小。在那之后,法兰克就将姐妹俩分别送到不同的寄宿学校。索菲亚和亚历山德拉完全合不来,她们痛恨彼此,我认为她们母亲的死更使这一切雪上加霜。索菲亚只跟我提了这些关于她母亲的事,不过我向当地的分局打探了一番,事发时法兰克出门去参加募款活动,只有两个女孩和简在家。亚历山德拉和索菲亚发现母亲在楼梯上时,两人都打了报警电话。"

"是吗?"

"挺吓人的,对吧?不管简是怎么跌倒的,总之她的头卡在栏杆之间。她的脖子断了,脚踝也是。摔得真惨。当然纯粹是意外。两个孩子发现她时她就是那副模样。这一点我不是很确定,但似乎在那不久之后,索菲亚就开始接受心理咨询,她的心理健康也随着学习成绩一路下滑。她始终没能从母亲去世的打击中走出来,成绩不佳、旷课,情况越来越严重。她几度振作起来,维持个一年左右的正常,足以让她上大学或是当上实习生,然后砰的一声,她就又崩溃了。可怜的孩子。"

"你很同情她吗?"

"我真的很同情她。你了解我,我这人铁石心肠。那孩子生来占尽优势,却根本没屁用。真是令人唏嘘。我喜欢她,艾迪。"

"所以,她不是凶手咯。"我说。

哈珀咬了一口酥脆的培根,边嚼边思考要怎么回答,然后她说:"除了遗嘱之外没有动机。如果法兰克打算从遗嘱中排除她们其中一人,对某些人而言或许足以激发杀心,但不包括索菲亚。有些人将金钱视为唯一的动力,但我从她身上没有感觉到这种特质。况且她爱法兰克。她告诉我，她父亲在她生病期间一直支持她。简去世后，法兰克疏远了两个女儿。我认为在姐妹俩中，这对索菲亚的打击更大。法兰克的支持帮助她撑过了康复中心的治疗疗程——他们原本关系融洽，法兰克却遇害了，真的很可惜。她也说自从简去世后，她父亲就像变了一个人。我感觉她指的不光是悲伤而已。法兰克的第二任妻子希瑟在4年前死于用药过量。"

"我记得读到过相关的报道，是奥施康定止痛药对吧？这令人很难接受。是不小心用药过量吗？"

"法医说有可能是。她没有留遗书。希瑟有某种疼痛方面的问题，结果对奥施康定上瘾了。这种事司空见惯。很不幸，不过索菲亚和希瑟并不亲近，虽然希瑟只比她大8岁。"

我把食物吃完，服务生帮我们给咖啡续杯。索菲亚的家庭故事太悲惨了，两起明显的意外死亡，现在她父亲又遭到了谋杀。换作是我经历这种噩梦，我怀疑自己能不能撑过去。窗外纽约市熙熙攘攘的生活仍在持续着，有个交通警察在和垃圾车的司机吵架，同时一个游民在他们周围手舞足蹈，朝两个男人做鬼脸。牵着妈妈手的小女孩也有样学样，从人行道经过现场时，对警察伸出舌头。有个头发被棒球帽盖住、穿得一身黑的女人慢跑着从窗前过去了。

"你知道吗，动机并不代表一切。你认为索菲亚能够像那样杀死一个人吗？法兰克的死状相当凄惨。"

"我认为人人都有能力做出穷凶极恶的事情来，"哈珀说，"我曾经在别无选择的状况下杀人，我没有半点懊悔。现在地底某些尸体是被'你'埋进去的。看看我们：两个受过教育、神智正常的人，在吃一顿文明的早餐。谁会认为我们能够取人性命？"

"但是法兰克被杀的手法，我们谁也做不出来。至少我希望如此。

你觉得索菲亚做得出来吗?"

"我不认为是她做的。她有什么理由下手?这是狂怒式的杀戮。她心里是有愤怒,但我无法想象索菲亚对她的爸爸做出这种事。索菲亚所有的暴力都用在她自己身上了。你看到她的手臂了吗?"

我点头。哈珀说的某句话让我深思。我在这案子中遗漏了一大块拼图,这起罪行中有某个元素格格不入。两姐妹;父亲遭到残杀,姐妹互相指控;两人都有机会下手;两人似乎都没有理由下手。有一笔4900万的遗产,警方似乎认为法兰克打算将其中一人从遗嘱中剔除,但他们不知道是哪一个,也一直找不到法兰克的律师。警方认为金钱就是杀人动机。其中一个姐妹感到自己被背叛了——她将从遗嘱中被剔除,因此在法兰克毁掉她的继承权之前先杀了他。这是检方的论证。看似有理,但其实根本说不通。姐妹俩都不缺钱。我遗漏了什么?

我刚才看到的慢跑者又一次从窗前经过,至少我觉得是她。或许是同一个人,也可能不是,纽约有一大堆人在慢跑。我甩甩头,把咖啡喝完,想驱走那种似曾相识的感觉。我需要好好睡一觉,我像《黑客帝国》里演的一样,开始看到母体出现的错误了。

"我要你看看鉴识证据。今天早上德雷尔把初步鉴识报告给我们了,仔细看一下法医的报告,那里面有某个东西不对劲——我能感觉到不对劲。这场审判的进度会很快,所以我们得做好准备。而且德雷尔打算争取合并审判。"

"在她们互相指控的时候他不能这么做,不是吗?"哈珀问。

"他认为他能避免分开审判的动议,而且他可能是对的。关于这部分我需要得到帮助,要找懂法律的人。法律论证一向不是我的强项。"

哈珀喷笑:"你倒是挺有自知之明。要是需要进行'违法'论证,你一定无往不利。"

我老早就需要人帮忙处理我的法律业务了，我需要一个我能信任的律师，某个不会借机勒索，或是抢我客户，或是更糟的——打扫我办公室的人。从好一阵子前，我就在法院里物色可能有才干的年轻律师了，但我没看到中意的人选。现在我别无选择，这个案子我需要帮助。哈珀是个很棒的调查员，但是我需要另一个懂法律的人。

"我好像认识一个可以加入你事务所的律师。"哈珀说。

"谁？"我问。

"我先问问他的意愿，一会儿在哈利的派对上再谈吧。我得走了，还有一大堆工作没做完呢。"

"那律师是谁？喂，给点暗示嘛。"

"嗯，他已经不能再执业了。"她说。

我立刻知道她说的是谁了。我不认为他会答应，但我必须试一试。哈珀说得对，他是完美的人选，即使他在法庭上不能说半个字。

我向她道谢，表示她说得有理，然后说："我要去见索菲亚，一会儿见。"

哈珀带着我给她的文件离开座位，我目送她走出去。哈珀有调皮的一面，而我才察觉到而已。我透过熟食店的大窗户看着她过了马路。斑马线人潮汹涌，我看到一个身穿黑色莱卡慢跑服、头戴棒球帽的女人走在她后面。那女人在棒球帽底下还戴了骷髅面罩之类的头套，因为我看不出她的发色。哈珀走到街对面之后，那个慢跑者便转弯往另一个方向跑了。

大概是不同的慢跑者，或顶多只是有人绕着同一个街区跑吧。我再次将慢跑者赶出脑海——我真的开始有被害妄想症的倾向了。

我的思绪飘移，我又想起了验尸报告。我想了一下，意识到自己到底是因为什么而困扰。然后那念头就像出现时一样迅速地消失了。

我打给索菲亚,但她没接。我留言请她回电话。我正走下地铁站的楼梯时,我的手机响了。

"弗林先生,抱歉我没接到你的电话。怎么了?"

是索菲亚,她听起来很慌乱——上气不接下气。

"没事,没什么大事,不过我们需要谈一谈。你听起来像是喘不过气,你还好吗?"

"我很好。"

"那就好。我们可以见个面吗?"

"好啊。5点左右可以吗?我还有些事要办。"

## 00:12

### 凯特

凯特正在利维、伯纳德与格罗夫联合事务所所在办公大楼十四楼的女厕里,将上衣衣领塞到套装外套的翻领底下。时间已接近下午2点,而她早餐之后就再也没吃过东西。她很饿,但意志坚定,不愿意为食物停下脚步。

她审视着自己在镜子中的影子。

打开水龙头,洗手后擦干。

再次观察影子。她补了点口红,呼气,朝自己点点头走了出去。

凯特走向会议室,那里已被征用,专供阿韦利诺案的律师群体使用。利维将它称为"战争指挥室",而凯特开门时,里面确实像在打仗。

房间中央被一张长桌占据,桌上摆满摊开的法律书、案件报告、笔记本电脑、咖啡杯、笔记本和铅笔。团队已经忙了一个早上，讨论证据开示以及可能的策略。他们必须在隔天早晨准备好向利维提出自己的点子。利维毫不含糊地放出消息：表现最好的人，很可能获得在庭审中担任次席律师的奖赏。凯特极其想要那个位置。这是她的机会，她不会放过。只要她能在庭审中坐在利维身边，这份工作带来的所有屁事都值得了。她现在一心一意就只有这个目标。因为凯特错过了早上的会议，房间里的团队已经领先了。现在她已读完证据开示，了解了最新情况。利维叫她早上休假去整理思绪，借此故意让她不进办公室，她心里有数。虽然这么做会害她工作进度落后，不过早上见到布洛赫和她爸爸倒像是给她打了一剂强心针。

　　斯科特坐在桌子旁边，凯特回到他旁边的空椅子上坐下，房间另一侧则有三个诉讼律师，他们先前都在刑事部门待过。他们全都是男性，都穿着看起来太紧的西装，系着细得过分的领带。他们向凯特做自我介绍，分别叫查德、布拉德和安德森。他们没有主动和她握手，不过布拉德与斯科特击了一下拳。她不知道安德森是名还是姓，那不重要。布拉德、查德和安德森看起来拥有同一种"金光闪闪"的人设：爸妈有钱、名下有信托基金的运动健将。

　　凯特回去对付她面前的那一沓纸——那是阿韦利诺家族封存的历史，透露了更多关于亚历山德拉和索菲亚的细节。凯特越是往下读，越是坚信亚历山德拉是姐妹中头脑正常、条理清晰的那一个，从很小的年纪就把自己打理好，让人生步上正轨。另一方面，索菲亚是个灾难，毒瘾、戒毒治疗、心理咨询轮番占据她的生活，还因为做出破坏行为而不止一次受到警方干预。凯特不禁庆幸自己是代表无罪的一方辩护，不过这项认知随即带来一股压力。

检方的责任是在合理怀疑①面前证明被告有罪，然而为无辜的客户打谋杀案官司而感受到的压力要更为沉重。

"无辜"的重量可比千斤。

"针对这个案子，我们来天马行空地发挥一下想象好了。读资料也读够了吧。我们至少有 41 天的时间可以向法院提出申请，我们需要证据开示、驳回起诉的申请，以及分开审判的申请。你们这些种狗有什么好主意？"其中一个金发西装男说。凯特因为在专心研究案子，已经忘了他们谁是谁了。她觉得他可能是安德森。

斯科特说："安德森，不要在这里说脏话。我们并不全都是种狗，在场还有一位女士呢。"

她猜对了，带头当老大、征询点子的人确实是安德森。安德森白了斯科特一眼，表情像是在说：你认真的吗？

"好啦好啦，"安德森说，"种狗们，还有一只母狗。这样说好点吗？"

其中一个西装男与安德森击掌，另外那个西装男笑到在椅子上弯下腰。凯特往旁边瞄，看到斯科特在努力憋笑，但失败了。

凯特感觉血液瞬间涌到了脖子根部周围的皮肤，好像长痱子一样。她感到皮肤瘙痒难忍。

安德森肯定是看到了她的反应，因为他竖起双手挡在面前，像是要阻挡一辆高速冲向他的汽车，"哇，真的很抱歉。我没有不敬的意思，这只是我们表现幽默的方式，绝对不是在针对你。"

查德、布拉德和斯科特都冷静下来，全都面带微笑道歉——没人显露半分诚意。他们道歉是因为不得不道歉。

"他真的很抱歉。"斯科特说。

---

① 排除合理怀疑（beyond reasonable doubt）为法律术语，表示罪证充足，可以证明被告有罪。反过来说，在无罪推定原则下，检方有举证的责任，必须对抗这样的合理怀疑。

"我也是。布拉德也是。"这句话想必是那个叫查德的人说的。

"我也是。"安德森边说边拼命忍住另一阵狂笑。布拉德看起来比查德反应快半拍,他咬着手指,试图平息他的笑声。

"抱歉,我又不小心说错话了。我的意思是我'也'很抱歉,不是'#MeToo 运动'的那个'MeToo'。"安德森说,他说到"MeToo"时翻了个白眼,还在空中比出引号。

"我们可以继续谈正事了吗?"凯特语气不善地问。

男人们都挺直腰板,现在真有点担心他们得罪了凯特。她已经受够这番瞎胡闹了,她只想离开这个房间,找个地方冷静一下,以免自己说出一些日后会后悔的话。布拉德、查德和安德森在这团队里比她资深,她牢牢记住这一点,并用力咬住舌头,不让一连串咒骂从嘴里溜出来。

"你说得太对了,我们谈正事吧。抱歉,请再说一次你叫什么名字?"安德森问。

"凯特。"

"抱歉,凯特。请说说你的想法吧。"安德森说。

室内有一股 200 公斤重的停顿,稠密而深沉,足以溺死一个男人。

"我读了很多这家人的事,他们有一些状况,或许也不比其他家庭严重,但不管那栋房子里发生过什么事,受到最大影响的人是索菲亚。她简直是糟糕透顶。严重的心理疾病,自杀未遂的纪录,毒品和酒精成瘾,还有仍在持续的自残倾向。对检方来说,说服陪审团相信索菲亚可能发狂杀死了父亲,会是比较容易的路线。"

凯特停顿片刻,看向桌子周围。

那些窃笑和恶意的似笑非笑都消失了,斯科特和金发西装男都在听——很认真地听。凯特将要说的事听起来很疯狂,但她相信会行得通。她只需要相信自己,就可以把话说出来。

斯科特说:"我们把审判分开以后,就管不到检察官要先进行哪一场审判了。也许他们会先审索菲亚的案子,假如她被定罪,嗯,或许德雷尔有一件战利品就够了,也许不会再冒险对付亚历山德拉。可是我们没办法安排这样的剧本。等我们分开审判的申请通过后,我们就无法左右哪一场审判先进行了。"

布拉德、查德和安德森对斯科特点头表示赞同,然后开始看着自己的笔记。

"你没弄懂,我现在是提议我们不要分开审判。"凯特说。

斯科特的表情像是挨了一巴掌。他的头向后仰,眉头深锁,额头上出现皱纹。

"你说我们不要分开审判是什么意思?如果审判的两名被告互相指控,这种行为只会毁掉她自己的信用。而且万一亚历山德拉决定不作证,结果索菲亚又上证人席作出不利于亚历山德拉的证词,我们就完蛋了。"斯科特说。

"唯有亚历山德拉作证,这方法才能成功。"凯特说,"从这个角度看吧:若是分开审判,我们得握有能击败检察官的证据。在合并审判中,我们则只需要赢过索菲亚——而她是个有暴力纪录、心理状态又不稳定的毒品成瘾者。亚历山德拉是名事业有成的年轻女人,无犯罪纪录,她说她与谋杀案无关,而这一点很有说服力。她是个理想的证人,口齿清晰、可信可靠、态度诚恳。"

"风险高得要命。"安德森说。

"你们听过那个'非洲草原上两个野生动物摄影师惊动一头狮子'的老笑话吗?离狮子较近的摄影师把靴子换成阿迪达斯跑鞋,另外那个摄影师说:就算换了那双鞋子你也跑不过狮子。第一个摄影师说:谁管狮子,我只要跑过你就行了!"

会议又持续了1个小时,法律理论与策略隔着桌子来回抛射。现在他们将各自离开去准备笔记。他们不但要把自己的策略呈现给利维,而且还要挑出彼此策略中的漏洞。一切都取决于凯特现在要撰写的文件。明天早上和利维的会议是她争取审判中次席律师的机会。

凯特一个人在座位上吃晚餐,并用笔记本电脑快速打字,以合并审判为前提建构她的理论。她不时会翻看和参考自己为利维所写的备忘录,以及他们的调查员针对亚历山德拉制作的档案。

要是凯特有机会选择拥有亚历山德拉的生活方式,她会毫不迟疑地接受。在被逮捕之前,亚历山德拉一直是曼哈顿一位高挑、金发碧眼、富裕的社交名媛。派对、豪华轿车、晚宴,以及凯特只能在幻想中买得起的衣服。她的房地产事业经营得很好:她为超级有钱人列出房产清单,而那些超级有钱人就买下那些房产,有时候甚至连看都不看。杂志的八卦与社交生活版面拍到她的名人男友,列出来也是一长串名单:篮球运动员、演员、星二代、电视主持人,甚至还有夸张低俗广播节目的主持人。而且她很聪明。亚历山德拉的条件得天独厚,拥有美妙的人生和美妙的衣服。天啊,那些衣服,凯特心生羡慕。

公园大道的生活方式,有钱,安全和极致的奢华。亚历山德拉·阿韦利诺完全没有杀害父亲的动机,他给了她梦幻人生,引领她走上那条路。她是全世界最不可能伤害她父亲的人。

6点下班时间已过,没人离开办公室。这家律师事务所依靠可计费工时而存在,若是你没有尽责地做满目标工时,很快就会被扫地出门。凯特早上6点打卡上班,通常晚上9点打卡下班。星期六早上也会来4个小时。星期日则在昏睡。

过了 7 点，第一个律师下班了。凯特望着他离开，然后靠向椅背，手臂伸向天花板，伸展背部。这时她听到利维办公室的门打开，她背后的地板有匆忙的脚步声。斯科特从利维的办公室走出来，他步伐轻快，上镜的面孔上挂着大大的笑容。他走进电梯下楼了。

凯特继续盯着面前的屏幕，又读了一遍最后一句话，仔细检查有没有打错字。这时她听到利维的门又发出声音。他鲜少离开办公室，通常只会出来开会或是回家。他的办公室里有私人洗手间，还有一小群秘书负责为他送上午餐、晚餐和源源不绝装在玻璃杯里的冰杏仁奶。她转头看到利维朝她走来，边走边把裤子往上提。最终，他停到她的椅子后面。她感觉到他的一只手搭上了她的肩头，她努力压抑着打冷战的冲动。

"地方检察官办公室有没有回应我反过来提出的条件？"利维问。

"没有，还没。"凯特说。

"好。我说啊，凯蒂，你干脆明早再把这个做完吧。"他说。

她感觉他的食指滑过她的锁骨，由于不想尖叫或是转身揍他的下体，凯特直接把椅子转了 180 度面向他，迫使他把手移开。

"我不能，我需要为明天的策略演示准备笔记。我应该很快就能弄完了。"凯特说。

"但你总得吃东西啊。你应该休息一下。我知道一家很不错的意大利小餐馆，与我住的公寓在同一条路口。最棒的是它有外卖服务，我们可以回我的住处，点个外卖，开一瓶好酒，然后你把对案件的理论讲给我听。"

有一秒的时间——整整一秒——和利维一起回他公寓的念头闪过凯特的脑海。她想要次席律师的位置，真的很想要。但那一刻过去了，而且莫名地在她嘴里留下一股以前从没有过的恶心感。

"我的笔记进度有点落后了,还要做些法律研究才能完成。抱歉,我真的很想先把这个做完,明天表现得好一点。我有个算是不太寻常的策略,但对亚历山德拉来说可能真的行得通。我真的觉得我有资格争取这次庭审中次席律师的位置。"

利维退后一步,嘴唇做出"哦"的形状,然后皱着脸说:"我刚才已经把次席律师的位置给斯科特了。抱歉,木已成舟。我相信你的策略很大胆,但它不可能胜过斯科特的理论。他的理论可谓天才。很冷血,这一点我喜欢,但重点是能跳脱框架思考。一开始我简直不敢相信他说的话,但他说服了我。我们不打算向法院申请分开审判,而是要走合并审判。我们要让亚历山德拉对上索菲亚,而亚历山德拉会轻松击败她的怪妹妹。斯科特是怎么形容的?当我们在丛林里看到一头老虎时,要赶紧穿上耐克运动鞋。这双鞋不会帮我们跑赢老虎,但只要我们快过另外那个人,我们就能安全回家。你不觉得这很好笑吗?"

凯特的心跳开始加速——她能感觉血液在一条横跨胸腔的大血管里推挤着前进。

"斯科特是什么时候跟你说这些的?"

"就在刚刚。这太聪明了,我不认为有必要延迟决定,斯科特拿到次席律师的位置了。如果我们配合检方走合并审判,我还能向德雷尔施压,替亚历山德拉谈条件。她很快就会在轻罪和重罪之间做出选择。所以你懂了吧,你不用急着在明天早上之前做完这些工作,来跟我一起吃晚餐吧。你知道吗,我的公寓真的很棒,空间很大,同时又很……私密。"

凯特的嘴里涌上胆汁。她觉得头晕,于是转身背对利维好扶住桌子。当下她必须攀住某样东西,否则她知道自己会吐得满地都是。

如果她告诉利维这个策略一开始是她的主意,他很可能不相信她。即使她拿出自己写的笔记,斯科特也能说是"他"在会议中提出想法,而他的狐朋狗友百分百会包庇他。凯特察觉利维仿佛从很远的地方说道:"嗯，如果一会儿你改变心意的话，欢迎过来坐坐。我最近刚装了按摩浴缸，它大到可以同时容纳两个人哦。我们可以喝点香槟放松一下，讨论你的案件理论。这场审判我搞不好需要三席律师呢，这种事很难说的。"

她把头埋进手里。

可能采取的各种行动像蒙太奇画面在她脑中闪过，没有一个是进入利维的公寓。

"不用了，谢谢。"凯特说。

利维离开了，也许他察觉自己现在已经越线了。

凯特真想把她的笔记本电脑塞进利维的屁股里。

然而她只是用指尖滑了一下鼠标，唤醒屏幕，查看电子邮件。她收到了布拉德、查德和安德森的会议笔记。她把这些笔记以及另外两份文件打印了出来。她从打印机里取走这些文件，抓起大衣，然后按了电梯按钮。她在等电梯时，心生迟疑。她想做的事很危险、很离谱，可能会彻底断送她的事业。

电梯门开了，凯特一个人走进去。人力资源处在下面那层楼，她考虑按下那层楼的按钮，去找人事部门主管，申诉性骚扰和不公平的待遇。电梯门开始关闭。

她提醒自己，她可是凯特·布鲁克斯。

凯特按了一楼的按钮。她受够了，该是选择发射核弹的时候了。对利维的申诉绝对经不起检验，当你公司的信纸信头印有某人的姓氏时，要证明那个人做错事几乎是天方夜谭。

她不会主张自己被性骚扰。

她在盘算着比性骚扰杀伤力更大的事。

## 00:13

## 艾迪

我在我的办公室等到了 5 点半,然后打给索菲亚。我们约好了时间见面,但她已经迟到半个小时了,我想确认她会不会来。

这次她接了电话。

"天啊,真的很抱歉,我一定是不小心睡着了。我现在过去行吗?"

我看了一下表。半个小时后我就要出门去参加哈利的派对了,那场聚会我不能缺席。

"改到明天早上可以吗?"我问。

"好啊,谢谢。真是对不起。"

"没关系。对了,明天我可以去你家——"

"不用了,"她立刻打断我,"我去找你,我更想这样。"

我挂断了电话,一想到接下来的夜晚,不禁骂了句脏话。我一向觉得大学派对很无聊,我从法学院毕业时,就暗自发誓要避开所有派对,尤其是规定必须穿正式服装的那种。我收到的所有写着"请着半正式礼服"的邀请卡都直接进了垃圾桶。

但这场派对我躲不掉。

我没有燕尾服,也百分百确定自己不会特地去租一件。我穿着黑西装、白衬衫、打着黑领带出现在"方式中式餐厅",这身打扮比较适合参加鸡尾酒派对或葬礼。我口袋里恰巧放着我出席的上一场葬礼的请柬。死者是名叫比利·班斯的老骗子,他在 70 年代时将拉斯维加斯黄金地带半数的店家都洗劫一空。那场葬礼有够悲惨的,世上最卑贱的莫过于老后的骗子了,这种职业会让人晚景凄凉。我致意之后就赶快离开了。

现在我在中餐厅门口,有人从银托盘里拿了杯香槟给我,女侍者带我穿过用餐区进到内室。房间很长,光线充足,四处挂着中式灯笼,天花板上还挂了两座龙头造型的吊灯。派对6点开始,而我到的时候已将近7点。我推不掉这场应酬,但我不必准时到。哈利·福特知道我来得心不甘情不愿。

我看到哈利在房间另一端,那里有很多穿燕尾服的家伙以及他们身穿闪亮礼服的老婆。他们是资深律师、法官和法庭职员,全都是为哈利来的。其中大概有百分之九十九的人是碍于社会期待不得不露面,剩下的百分之一则是来确保哈利能撑完全场。我属于那百分之一。

我来是为了我朋友哈利·福特。

我看到房间另一头的讲台后面站着斯通法官,哈利在他左侧。斯通的致词已接近尾声。

"福特法官对本市的贡献无与伦比,他是我们极受敬重的法官同僚。他曾是一名优秀的律师,后来更是名出色的法官。各位纽约南区联邦地区法院的女士们和先生们,请举起酒杯,让我们敬哈利·福特。祝你长命百岁,并享受你应得的宁静的退休生活。敬哈利……"

人群附和"敬哈利",然后每个人客套地抿着香槟。而我一饮而尽,之后四处张望哪里可以放空酒杯,这时我看见了她。

那个女人穿着一件背部布料开到脊椎底部的长礼服,头发束成精致的发髻,发间镶着晶亮的宝石。她转过身,仿佛感觉到了我的目光。

"哈珀?"我问。

她微笑,向围绕着她的四五个男人告辞,朝我走来。

"我就知道你会迟到,我也刚到。"她说。

"你看起来……很棒。"我说,无法或者是不愿再多说什么。哈珀挽住我的手肘，将她的红唇凑向我的耳朵。我感觉她的呼吸拂在我的脖子上，犹如野火。

"我从来没跟这么多混球共处一室过。我们去救哈利吧。"她说。

我们一起穿过人群。我没见过这种打扮的哈珀，她真是令人意外，而我不能告诉她我的感觉，我什么都不能说。我的喉咙里好像有个塞子，堵得死死的。也许这样最好吧，哈珀值得比我好的人。

"接下来让我们欢迎——哈利·福特。"斯通法官说，他离开讲台的麦克风，让位给哈利。这是两周以来我首次见到哈利，他看起来瘦了。哈利一向有点肉肉的，那很适合他。现在他站在台上，看起来苍老而瘦弱。他的脸颊都塌下去了。

我们前方只剩两三个人时，哈珀和我站定了脚步。

"我当过洗碗工、快餐厨师、报童、美军中最年轻的非裔美籍上尉、律师助理、律师、法官。真要说起来，这五十年来我的事业一直在退步。我做过的最好工作就是在罗可美式餐厅洗盘子，我13岁时得到这份工作，只花了不到30秒就学会需要知道的一切。脏盘子会送进厨房，而我的工作就是确保有足够的干净盘子再送出去。这事没有灰色地带，盘子要么是干净的，要么是不干净的。当上律师后，我的工作变复杂了，等我坐上法官席，情况又变得更糟了。"

我望向四周。大家刚开始以为哈利在说笑话而发出的礼貌笑声已渐渐沉寂。现在律师和法官组成的听众间出现了许多严肃的脸孔，正瞪着哈利。有的人面露反感，有的人不可置信。

还有一个人脸上满是愠色。

刚才斯通法官跨下小小的平台后，便站到检察官卫斯理·德雷尔身旁。德雷尔仔细观地察着斯通法官，仿佛在判读他的每个手势、感应他的情绪，就像扑克牌牌局中的玩家一样。对德雷尔这类检察官而言,每段对话都是一场牌局——唯一的变量就是他能从中获得什么。而你不必拥有瞬间洞察人心的读心术,也能看出斯通的表情充满不屑以及越来越强的敌意。

"既然斯通法官要接我的位置,我有几句建议想送给他。"哈利说,现在他转过来直接望着斯通。

"我尽力秉持公正,维护法律和宪法精神,履行我对市民所承担的责任。我服完我的劳役了,现在有种终于走出牢狱的感觉。斯通法官,我希望你做得比我好,我是说真的。我们都必须拿出更好的表现,纽约市民值得更好的法官。谢谢各位莅临,我们稍后在酒吧再聚吧。"

哈利走下讲台,迎来稀稀落落的掌声。这是一篇奇怪的致辞。我参加过一场退休派对,是为哈利的老朋友福尔谢法官举办的。那场派对充满贺词、自己当年的英勇事迹以及歌功颂德。哈利并不来这一套,他把责任扛在身上,就像他在战场上将受伤的美国大兵扛到安全地带。哈利有一项特质,让他不受司法部门欢迎:他真心在乎每一个人。他在乎被害者,也在乎被告。哈利几乎将来到他法庭上的每个人都视为被害者。世界上只有极少数人真的坏到无药可救,多半是因毒品或酒精或生活而搞砸事情。而这种狗屎会黏在你一部分的灵魂上,它如影随形、阴魂不散,不论你多么努力用各种工具试图把它抠掉:规则、职业道德,或更有效的——波本威士忌。

哈利看到我和哈珀,便穿过人群朝我们走来,途中短暂停顿与致意者握手。在他能走过来之前,已经有讨厌鬼找上了我们。

"好一篇不同寻常的致辞。"有个嗓音在我身旁响起。我转头,看到是斯通法官,德雷尔站在他旁边,两人都绷着脸。如果说哈里在法官席上作出的每一个决定都带着同情和人性,那么斯通就为司法系统提供了一些人所说的制衡力量。他并不是个有慈悲之心的人。他的法官资历已超过十年，现在却仍有人会谈论他审的第一个案子。当时他拒绝接受检察官安排的认罪协商，将一名有五个孩子的游民母亲判了六个月刑期。她的罪行是从街头小贩那里抢了一个热狗。她的孩子全都被社会服务机构安置了，她原本正拼命想租到公寓、谋得工作，好把他们接回身边。她抢热狗的时候已经三天没吃饭了，在此之前她没有案底。根据认罪协议，她将被判处已服刑期（自被捕起拘留21小时）加缓刑。

在斯通给她判了六个月刑期的第二天晚上，她就在牢房里上吊自杀了。

隔天斯通刚好要出庭，他在法官办公室里对书记官表示，他已经读了那名女子自杀事件的新闻报道，他说："世界上又少了一只蟑螂。"书记官们议论纷纷，每个法官都知道这件事。斯通是个冷血的种族歧视混蛋，如果你出现在他的法庭上，那就只能求上帝保佑你了，而他也巴不得所有人都知道这一点。书记官将故事说出来，他的名声就此传开了。

他的脸长而苍白，干燥的皮肤总像是扑着一层细粉。相比之下，他粉色的嘴唇则又湿又亮，藏住了老鼠般的小牙齿。他的眼睛犹如黑珍珠，身上散发出一股难以形容的体味。那是种化学物质的气味，但并不干净，像是他试图用枯死的花来掩盖的臭味。

他看着我，等我回应。我把脸别开。

"我说那是一篇'不同寻常'的致词。"斯通重复道。

"你说第一遍的时候我就听到了，"我说，"我是出于礼貌才没反驳你。那篇致辞很真诚，哈利为这份工作奉献了很多时间和精力，他并不希望你接手之后，他的所有努力都付之东流。"

德雷尔上前一步，脸上带着期待的神情，就好像他即将看到一场车祸，而他已经迫不及待想要看到血腥屠杀的场面了。

"你认为我不够资格接替他的位置吗？"斯通问。

他问这问题时有些沾沾自喜，那双黑色小眼睛尽显得意之色。

我没回话。

"弗林先生，斯通法官在问你问题。"德雷尔说，毫不犹豫地站到法官那一边。

"我听到了。我以为这是个反问句，但如果你真想让我回答他，我会的。"

哈珀轻扯我的手臂，说："嗨，我是哈珀。"

她比我聪明，法官和德雷尔都花了点时间用赞赏的目光上下打量她。

"如果两位男士不介意，我要把艾迪偷走一下。"她说。我看得出她憋了一肚子火，也很不喜欢德雷尔和斯通肆无忌惮地在她身上看来看去。

我也不喜欢。

她拉着我的手臂，想把我从麻烦中带走。

"那么，哈珀小姐，你觉得我有资格接替福特法官的位置吗？"斯通问，不肯放过任何一遭受批评的机会。

"斯通，怎么回事？"哈利问，赶在我说出会后悔的话之前打断了我。

"弗林先生正准备告诉我们，他认为斯通法官有资格接替你的位置，法官大人。"德雷尔说。

哈利说："艾迪没喝得那么醉，还没有。斯通，你连接手公厕清洁员的资格都不够。我知道你的政治倾向，我知道你是哪种人。"

哈利伸出手，指着斯通燕尾服的翻领。他的领子上有个金属别针，很小,在哈利指出来之前,我完全没注意到。它的造型是个圆圈,中间有个数字"1"。

"你的时间已到,福特。你已经用完你的机会了。不要逼我盯上你。"斯通说。

"我们去喝一杯吧。"哈利说,催促哈珀和我走开,"这里有股难闻的气味。"

我们离开时,我回头瞥了一眼,这才注意到德雷尔的外套上也别着一个同样的别针。

我们走向房间后侧,哈利向几位法官和律师道别,然后我们就去了位于下一个路口的高级酒吧。哈利对派对的想法和我一样,即使是以他自己为主角的派对。这间酒吧附设在酒店内,穿着企鹅礼服的我们看起来或感觉起来并不会太突兀,至于哈珀,穿着那身礼服的她不管待在哪里都是巨星。

我帮大家点了啤酒和威士忌,然后在角落的雅座坐定。

"斯通戴的是什么别针?"哈珀问。

"它属于一个差不多每年都会换名称的组织,这组织最初是从田纳西州发起的白人帮派团体,后来变得政治化,先后用过'国家优先''美国人的生命优先''美国男儿'等名称,他们不断分裂重组又分裂,次数多到我已经搞不清楚他们现在自称为什么了。那不重要。他们不收女人、犹太人、黑人、西班牙裔入会,应该说,他们就只接受有钱又无知的白人当会员。"

"我以为法官在任时不能有这么明显的政治倾向。"我说。

"规定是规定,斯通绝对有遵守法律的字面规范。按照宪法第一修正案,当他没在法官席上的时候,他有自由表达的权利。只是我实在难以忍受那个王八蛋接替我的位置。我没想到他会受到任命,要是早知道的话,我就不走了,可是我知道的时候已经把文件送出去了。"

"地方检察官办公室新来的大人物卫斯理·德雷尔也戴着那种别针。"我说。

"我看到了。德雷尔和斯通的关系很好。艾迪,种族歧视者很懦弱,他们都靠人数壮胆。我不确定德雷尔是不是真的相信那个别针代表的鬼话,他主要是为了无所不用其极地讨好一个位高权重的法官。就某方面来说,这样更糟。斯通是愚昧到看不出自己心存偏见,而德雷尔则是根本不在乎,只要他能抓着梯子往上爬。你要当心,他们是很危险的组合,规则手册里并没有任何一条禁止德雷尔出现在斯通的法庭上。你若是敢提出斯通有司法偏见之嫌,他会请你滚出去时别忘了带你的屁股。"哈利说。

我们默默地啜饮了一会儿酒,之后我要侍应生帮每个人续杯。

"哈珀和我聊过了,你暂时还没有安排好什么退休计划,对吧?"我问。

"你说计划是什么意思?我觉得听起来不太妙啊,艾迪。"

"嗯,你又不会驾船,也没有任何嗜好,也没打算替大型事务所担任顾问。你现在算是个自由人士,对吧?"

"我想我们好歹先安分一个星期,再去拉斯维加斯被逮捕吧。"哈利说。

"艾迪应该不是那个意思。"哈珀说。

哈利推着桌子往后坐,越过酒杯上缘看着我。

"艾迪……"他的语气仿佛知道我闯祸了。

"我想让你跟我合作。我知道按规定你不能执业,但没有任何因素能阻止你当顾问。我需要帮助,我需要对法律条款滚瓜烂熟的人。或许这能游说你:我的对手是德雷尔,我要代表索菲亚·阿韦利诺辩护。哈珀负责调查工作,我会处理证据和证人,但我还需要法律专家。我旗下可没有十个律师 24 小时不间断地写案件摘要。"

哈利将酒杯凑到唇边，若有所思地啜饮了一口，当他放下酒杯时，脸上已挂上了一抹坏笑。

"艾迪，你的案子往往会变得……乱七八糟。你已经被痛揍、恐吓或被逮捕过了吗？"哈利问。

"再给我一点时间，我们还没真正开始呢。"

哈利举起酒杯，哈珀和我也是。我们碰杯，哈利说："好吧，至少我们不必大老远跑去拉斯维加斯就能惹麻烦了。"

## 00:14

## 凯特

凯特抽出她在办公室里打印的其中一页文件、确认顶端列出的地址时，外面开始下起大雨。她望着大楼上方的门牌。内凹的门廊设有一块对讲机按钮面板。雨滴溅在纸页上，她折起文件，将它收到大衣口袋里。她在按下对讲机按钮的前一秒，手指顿住了。一旦按下去，就没有回头路了。

她几乎在无意识中按下了按钮。哔哔声响起，让她知道楼上公寓的住户已接收到通知。凯特抚平大衣，清了清喉咙，将几缕湿头发从脸上拨开。

"喂。"对讲机里的声音说。

"阿韦利诺小姐，我是利维、伯纳德与格罗夫联合事务所的凯特·布鲁克斯，我是被指派负责你案子的律师之一，我们在第一分局见过面。很抱歉打扰了，但情况紧急。你介意我们谈一谈吗？"

"上来吧。"对方回应。

凯特听到咔嗒一声。她拉开大门，找到电梯，摁了亚历山德拉·阿韦利诺公寓楼层的按钮。这座电梯的空间大概就有凯特公寓的一半大。电梯门打开，外面是典型的曼哈顿公寓走廊，整条走廊都装饰着有艺术风格的拱饰和挂灯。空气中弥漫着松果和肉桂的气味。她走到亚历山德拉的公寓前，敲门。亚历山德拉一定已经在等了，因为门马上就打开了。

亚历山德拉站在门口，凯特再次震慑于她的外貌。高挑、金发碧眼、素颜，身穿白色棉质浴袍。她刚洗过澡，头发还是湿的。她仍然是凯特见过的与好莱坞明星和名人勾着手臂的那个美女。

"请进。"亚历山德拉说。

凯特进屋，亚历山德拉表示要替她挂起大衣。她递出大衣前先从口袋拿出潮湿的文件，并为大衣很湿而道歉。她匆忙离开办公室，没带伞也没用资料夹。

凯特不想让任何人知道她从办公室带走了文件。她不该将案件中的任何资料带回家，更不该跑来这里。

"要喝点什么吗？"亚历山德拉问，"水，还是花草茶？"

"有茶就太好了。"凯特说。

亚历山德拉光着脚走进厨房开始泡茶，凯特跟了过去。

"外面好像真的下起大雨了。你要不要毛巾？"亚历山德拉问。

"不用，没关系。"凯特说，与此同时，一滴雨水坠到她衣领上，四溅开来。

"我帮你拿条毛巾。"亚历山德拉说。她离开厨房走进浴室。凯特环视厨房，以及她能看见的起居空间。这里很漂亮，能从很棒的视野欣赏城市景观。亚历山德拉的品位绝佳——整间公寓的配色精挑细选，也考虑到了与沙发和椅子的协调性。放眼望去毫无瑕疵，只有一张厨房椅子的椅背上披着一条黑色莱卡跑步裤。裤子下方的座位上摆着一顶黑色棒球帽，帽子底下是件折好的黑色上衣。前门旁边放着一些包装盒，有些已经拆封，纸箱就留在原地，箱口微微探出包装用的材料。

茶几上摆了一组象棋棋盘。从棋子的摆放来看，亚历山德拉似乎正在下一盘棋。

"抱歉，我是不是打扰到你下棋了？我不知道你有客人。"凯特说。

亚历山德拉拿着一条柔软的白毛巾回到厨房，将它递给凯特。

"不，没关系，我一个人在家。我现在并没有在下棋，那是一盘旧棋局。"她边说边朝棋盘点点头，"你刚才说有紧急状况？"

"对，我们最好坐下来谈。"

亚历山德拉在两个马克杯中倒入热水，将一杯递给凯特，她正用毛巾吸干头发上的水。她还没喝，洋甘菊的香味就已经让她整个人暖和起来。亚历山德拉在餐桌旁坐下，凯特坐在她对面。

"怎么了？检察官提出了另一个方案吗？测谎的事我还没拿定主意呢。利维先生说由我来决定。"

"我就是为了这个来的。"凯特说，"我可以直接叫你亚历山德拉吗？"

她点头同意。

"我在利维、伯纳德与格罗夫联合事务所并没有工作很久，即使在这短暂的时间内，我都必须对很多事装聋作哑，但我再也无法过这种日子了。利维先生会把测谎的决定权交给你，是因为他根本不在乎测谎结果。他真正的目标是让你接受协商。"

"什么？"

"他要你告诉检察官，说你和你妹妹联手杀了法兰克·阿韦利诺——说你只是从犯，索菲亚才是主谋。这样一来，等你出狱以后还可以重新做人。"

"但他知道我没杀我爸，我当面告诉他了，当时你也在场。"

"我知道。他会尽可能拖长庭审前的程序，用文书作业对检方疲劳轰炸，作为一种谈判策略，再设法为你谈到最好的协商条件。这种做法唯一的错误在于你必须承认你参与了谋杀。"

"不，我不能这么做。"

"如果他能让你全身而退呢？不用坐牢。这是他向地方检察官提出的最新条件。"

凯特拿出一份通信内容交给亚历山德拉。

凯特看着她在扫视页面时目光移动的样子。利维是个好律师，若是有必要的话他也会上法庭，但只要有条件可谈，哪怕折断客户的手臂他也要逼客户接受协商。

"这封信上说我会承认过失杀人罪，可是我没犯这个罪啊。他是被谋杀的，是索菲亚谋杀了他。"亚历山德拉说，"谁给他做出这种提案的权力？"

"是你。"凯特说。

"什么？何时？"

"当你签下委任契约书时，你就授权利维代表你去谈判了。在契约的细则里这么写的。"

"我不知道有这条内容，我没有仔细读。那时候我人在警局，我爸刚被谋杀，我哪有时间……"

"我知道。"凯特说，伸手轻触亚历山德拉的手。

"他无权这么做，我跟他说过我是清白的，天啊！"亚历山德拉提高了嗓门，胸口剧烈起伏，眼看恐慌症就要发作，"万一这消息传出去该怎么办？那我就毁了。我的名声、我的事业，天啊，我简直无法……"

"所以我才会来找你，"凯特说，"我相信你，我知道你没有杀害你父亲。我不想要我的事务所去谈判。我认为有一个万无一失的方法能让你获判无罪。"

"你觉得你能保证让我获判无罪？"

"我愿意赌上我的毕生积蓄。"凯特说。亚历山德拉有所不知的是，凯特的毕生积蓄只有412美金，她存放在公寓内的一个饼干罐里以备不时之需。凯特将查德、布拉德和安德森写的笔记递给亚历山德拉，笔记上的第一步都是详细陈述分开审判的申请理由。

"我在警局见到你的那一晚，你很害怕。我并不会装作了解失去父亲是什么感觉，而且凶手还是自己的妹妹。我完全无法想象你是什么心情。我不只是要让你获判无罪，我还想确保你妹妹能因为她对你父亲做的事而付出代价。"

亚历山德拉手中的纸开始颤抖起来。

"你想怎么做？"她问。

"检方想让你和你妹妹在同一个陪审团面前一起受审。我读遍了关于你们家的所有资料，我知道你是清白的。我知道你妹妹非常病态——她很暴力又会自我伤害。我认为在陪审团同时看到你们两人时，也会看出这一点。基本上，利维想要协商，而我想要胜诉。"

凯特概述了她的计划——她要如何证明亚历山德拉不可能犯下这起罪行，并同时巩固检方对她妹妹的指控。

"这应该行得通。"亚历山德拉终于说。

"这话得跟事务所的其他人说才有用，你也看到他们的策略了。我觉得我的方法才是最好的。他们手上案件很多，对他们来说这只是一项普通的工作。对我来说，这是有私人情感在里面的。"

亚历山德拉倾身向前，她很认真地在听凯特说的每个字。凯特说她能胜诉是真心的，但事务所不肯采用她的策略是谎言，她说得很心虚。利维和斯科特会窃取她的点子，据为己有。凯特希望为亚历山德拉争取到最好的结果，而她有自信能赢。

"我妈不久前才去世——癌症。我从小到大家里都不是很有钱。她和我爸有两个选项：他们可以送我去读法学院，也可以买药来延长她的生命。而他们选择送我去读书。等她去世、我也毕业以后，我才知道这一切。我跟你说，我能体会失去父母并带着那种伤痛生活是什么感觉，尤其是你在那种情况下失去他……天啊，我不知道谁能承受这种事。我想帮你。我愿付出任何代价来换回我妈，我也会做任何必要的事来送你妹妹进监狱。"

她们两人沉默了一会儿。凯特不敢打破沉默，她觉得现在自己与亚历山德拉产生了联系：这两个年轻女人的人生中都经历了超出她们承受范围的心痛。就算原本凯特对亚历山德拉是否清白还有任何疑虑，也在这几秒静默的心灵交流中消散无踪。

亚历山德拉抹了抹脸，叹口气说："我该怎么做？"

"雇用我当你的律师。我刚从利维、伯纳德与格罗夫联合事务所辞职，你原本要付他们多少钱，只要付我一半就好。我会确保你们得到正义，你和你父亲都是。"

凯特在纸上写了一份授权书，授权将档案由利维、伯纳德与格罗夫联合事务所转移给律师凯特·布鲁克斯。这项授权也任命凯特成为亚历山德拉唯一的代表律师。她将纸页转了个方向，连同圆珠笔一起递给亚历山德拉。凯特知道若是亚历山德拉签名，这将是她事业的起

圈套

点,也是她与老东家大战的开端。

"你是什么时候辞职的?"

"在你打开大门让我进来的时候。我放弃了在本市数一数二的事务所的梦幻工作,我这么做是为了你,也是为了我自己。如果我让利维打输这场官司,或更糟的是,若是他强迫你接受检方的认罪协商,我应该会受不了。相信我,我们可以合力办到。在这案子结束前,你会是我唯一的客户。我保证会不眠不休地为你工作,为你父亲尽力。我不会让你失望的。"

亚历山德拉花了一些时间仔细阅读授权书。她放下纸张,盯着凯特,然后她拿起笔签名,并越过桌面朝凯特伸出手。

"你让我想起……嗯,我自己,五年前的我。"亚历山德拉说,"我们都失去了母亲,都在对抗那种痛楚,我知道你会用它来战斗,因为我就是这么做的。我觉得你既聪明又热情,我正需要这样的人来替我辩护。我们一起打这一仗吧。"

她们握手,两个女人都露出某种安心又兴奋的笑容。接下来的10分钟里,凯特滔滔不绝——进一步说明了她的策略,告诉亚历山德拉下一步要做什么。她的客户认真地听着,凯特从亚历山德拉的表情里知道她很满意。

"我做过很多慈善工作,帮助游民还有一些动物收容所。我该去申请一些证明吗?或者找人以品格证人的身份出庭作证?我爸认识很多好人——前市长、国会议员、他的昔日竞选总干事哈尔·科恩?"

"把这些细节都寄给我。品格证人对己方有利,因此他们必须是有良好声望之人,要能经得起交互诘问。"凯特说。

"我可能有合适的人选。"亚历山德拉说。

她们又讨论了一会儿。凯特发现自己很喜欢和亚历山德拉相处的感觉,她亲切、果断又积极,凯特很怀疑若是自己处于亚历山德拉的境况下,是否能维持同样的态度。谈完之后,凯特喝了一大口茶,继续把头发擦干,亚历山德拉则聊起父亲的为人,以及在她成长过程中他是个多么好的爸爸。

"我妹妹就像家族中的瘟疫,很久以前就伤透了爸爸的心。她是个疯子,在我们小时候我就发现了。她跟我认识的所有人都不一样,她很冷漠,也很怪。"

"你们两人已经不交谈了,对吗?"

亚历山德拉越过凯特凝视着窗外,遥望曼哈顿那些钢铁和玻璃材质的大楼——凯特知道她并不是在欣赏风景。她的心远在千里之外,迷失在几十年前的思绪和心情中。

"妈妈去世后我们就没说过话了。那是一场可怕的意外,在楼梯上……"

"我有读到。"凯特说,"当时你几岁?"

"11 岁还是 12 岁?我不确定。有一部分的我自那天起就封闭起来了。我无法确切地想起妈妈的脸,我描绘不出来,没有清晰的记忆。她现在跟爸爸在一起了,他们终于回归正常状态,又在一起了。"

"你跟你母亲很亲近吗?"

"是又不是。我妈并不慈祥和蔼,不太算,她用不同的方式表达爱。如果我赢了象棋比赛,她会给我买礼物,或带我去吃好吃的。除非有利于她的目的,她是不会表现出爱的。她心里有爱,但她鲜少让它流露出来。"

"这点我能体会到。"凯特说。

这几天来,凯特已经数不清她在网络上看过多少次亚历山德拉的照片了。这个活跃、新崛起的曼哈顿名媛,有财富、美貌和某种程度的名气。然而现在看着她，凯特并没有看到那些东西。她只看到一个痛苦的年轻女人，因为家庭问题备受折磨，也怀有悲伤与愤怒。亚历山德拉不是个令人眼红的人，或许从来就不是。悲伤在她的脸上突显出来，仔细凝视她的眼神就看得出来。

一开始，凯特抢走利维的头号客户主要是出于个人的报复心。凯特想借这个案子开启她的职业生涯，并对利维竖起两根中指。可是当她坐在亚历山德拉的公寓里听她说话时，她的动机改变了。

亚历山德拉是清白的，凯特立马就知道了，她不光是为了自己、为了事业想打赢这场官司，她还想帮助亚历山德拉。她必须救她，以及将杀人犯送进监狱，让她一辈子都不能出来。

"索菲亚毁了我的生活，她从根本上就有问题。我从小就讨厌她，现在更加痛恨她。很抱歉，我不喜欢谈她的事。我希望你能揭发她就是杀害我爸的凶手，她很早就该被关起来了。"

凯特起身准备告辞，说："我保证会为你父亲，还有你，讨回公道。今晚太感谢了，茶很好喝。哦，我来把这条毛巾放回浴室吧？"

亚历山德拉温柔但坚定地从凯特手里拿走毛巾，说："你还是别进去的好，你来的时候我刚冲完澡，里面还有点凌乱。"

## 00:15

### 艾迪

我们站在酒店酒吧外的人行道上等出租车，哈利挽着哈珀的手臂。哈利家就在两三个路口外，但他非要送我们上出租车才肯走。我回家时可以顺路让哈珀先下车。

我站到马路上,沿着第二大道张望。哈利和哈珀在聊天时,有只狗朝他们冲去。那是只混血小型犬,毛色淡黄,左一块右一块地被泥巴和曼哈顿马路上的污渍染黑了。小狗坐在哈利脚边,面朝马路。哈利往下看,拍拍小狗,摸摸它的头。

放眼望去,没有任何出租车。

5分钟后,一辆黄色出租车停在路边。这时候,哈利和流浪狗已经成了挚友。哈珀亲吻哈利,向他道了声晚安,又对哈利新交的狗朋友说再见,才坐上出租车。我钻进后座坐在她身旁,车子开走时,我们都看到哈利往他家走去,小狗跟在他旁边。

"他好喜欢流浪者。"哈珀说,眼睛直盯着我。

我想她说得没错,我也曾是个流浪者,状况很可能比那只狗更糟,结果哈利带我去吃午饭,把我从骗子变成了律师,我的人生就此发生了翻天覆地的变化。

剩下的车程里我们默不作声,彼此坐得很近,靠着对方的肩膀。当出租车在哈珀家停下时,我从车窗望向房子。几年前她父母在遗嘱中给她留了些财产,现在她的事业做起来了,她就把住处从公寓升级成联排别墅。与某些褐石建筑相比,这栋别墅很小,不过它很雅致,而且保存得很好。

她靠过来,我迷失在她的眼神里。我的感官被她占满。

"我今晚过得很开心。"她说。

"我也是。我们应该……"但我不能再多说任何话了,我对自己嘴里会吐出什么内容没有把握。

我们是朋友,离开克莉丝汀后,她是我最在乎的女人。我的婚姻之所以失败,我本人和我的工作各占一半因素。我那一天天长大的女儿，与她母亲以及另一个男人同住在某间房子里。我为克莉丝汀感到开心，因为我无法让她幸福。但是老天啊，我好想我女儿。艾米长得很快，这个少女只能有个兼职老爸。

问题的关键在于恐惧。我害怕跟哈珀交往——我不能再次搞砸别人的生活，而且我很珍惜我们的友谊，我不想毁掉它。这是不对的，我们是合作伙伴。要是我让她不舒服，或是以任何方式损害了我们的友情，我都无法原谅自己。她完美的鹅蛋脸离我很近，她凝视着我的眼睛。她用舌尖润了一下上唇，一瞬间，我觉得她跟我有同样想法。我不想把事情搞砸，我们的关系太重要了。哈珀喝了六杯威士忌——她没醉，但也不是完全清醒的。我不能主动出击，现在不行。时机不对。

她亲吻我的脸颊，道了声晚安，走下出租车。我挪到她那一侧，好目送她走到大门。我想确保她安全进屋。她进了家门，回头挥挥手，然后把门关上了。

出租车没有动。我看向司机，他仍望着哈珀最后站的位置。他一定感觉到我在瞪他了。

"老兄，那位女士超想把你打包带回家的。可怜的家伙，你真太不懂女人了。"出租车司机说。

我无力反驳他。

半个小时后，在给我提了好几条关于如何识别女性信号的建议后，出租车司机把我放到了西46街。我给了他比平常更丰厚的小费，并感谢了他的金玉良言。我走了一小段路，走到通往我家的台阶上时，猛然刹住了脚步。

有人坐在台阶上，穿着一身黑。

路灯并不怎么亮，而且现在已经是凌晨1点左右了。我看不清楚那是什么人。看起来绝对不像找地方过夜的游民，那个身影更黑、更小。

我走到台阶底部时，看到了黑色棒球帽下的脸孔。

索菲亚。

她穿着黑色莱卡慢跑服，还套上了一件黑色连帽衫。

"嗨，弗林先生，我给你打过电话。我在电话簿查了你的名字，只查到这个地址。我不知道这里是你的办公室，我还以为是你家。我只是坐在这里思考该怎么联系上你，因为我不能等到明天才跟你谈。"

"怎么了，出了什么事吗？"

"所有事渐渐超出我承受的范围了。"她说，并撩起上衣一边的袖子。我看到她前臂上有一道深色的伤口——她割伤了自己。

"先进屋再说。"

我们上楼进到我的办公室，我把索菲亚带到位于后侧的浴室里。她脱掉连帽衫，我再次看到她裸露的双臂，但这次她嘴唇颤抖，垂着头，很难为情。上一次她给我看她的手臂是情有可原——为了证明她没有自杀倾向。现在我看着她的手臂，却是因为她无法控制自己的冲动，她为此感到羞愧。

"没关系的，索菲亚。"我说。

她手臂上有一道新的割伤，盖过许多白色和粉色的疤，伤口还在流血。伤势并不严重，她没割到动脉，不过它看起来比其他大部分的旧伤都要深。

我从浴室壁柜里拿出一些纱布和邦迪创可贴，清洁并把伤口包扎起来。血浸透了创可贴。她另一边的手腕仍因为她在警局咬伤而包扎着，在那一刻，我着实不知道该说什么好。我猜她现在不需要听人说教。

"这里有毛巾,用力压住伤口。"我说,然后把创可贴撕掉了,现在还不适合贴创可贴。

她向我道谢。我们回到办公室。她坐到沙发上,我给她倒了杯波本威士忌。

"我没有咖啡,今天刚好喝完了。小口喝这个吧,等你准备好我们就来谈。"

她点点头,摘下棒球帽,让黑发散开。她一口气喝掉半杯酒,我帮她续杯。

"喝慢一点,小口喝。"我说,给自己也倒了一杯。

我坐进客户用的椅子,把它转过来面向她。我们就这样坐在一起,默默喝着威士忌。

"所以,你就住在这附近吗?"她问。

"我就住这里。后面有张行军床,还有几本书,有一间浴室,我需要的就这些了。但我得准备个像样的住处,我女儿周末才能来和我待在一起。"

"你常和你女儿见面吗?"她追问道。她说话时眼睛有种遥远的幽光,仿佛这个问题其实与我无关。

"我们每个周末都会见面,周六去购物中心,或是周日去公园。她已经 14 岁了,我发现,比起公园,现在她更喜欢去购物中心。"

"你会给她买东西?"她问,眼神还是很朦胧。

"会啊。嗯,应该说我给她零花钱,然后她自己花掉。我可不懂化妆品或是她最近爱看什么杂志。不过我倒是会给她送书,她有阅读的习惯。目前她正在啃罗斯·麦克唐纳和帕特里西亚·海史密斯的推理小说。"

"真是个聪明的孩子。我没办法专心看书,那得安静地待着不动……我就是坐不住。我总是很躁动,你懂吗?"

我点头。

"我在你女儿这个年纪的时候,我爸帮我开了个账户,在里面存了一笔钱。妈妈去世后我就被送去寄宿学校,他抽不出时间来看我。生日、节日,他都汇钱给我。我成长过程中有一段时期,一年顶多只能见到他两三次。"

"那你姐姐呢?你经常见到她吗?"

"更少。我觉得这样很好。"

"信件或电话呢?"

"爸爸从不写信,也不打电话。"她说,眼神又迷离起来,"妈妈还在世时,亚历山德拉和我会偷偷互传纸条,趁妈妈不注意时跟对方下棋。每张纸条都是一步棋。我们下了好几个月。"

"谁赢了?"我问。

索菲亚将注意力转回我身上,直视我的眼睛,说:"谁也没赢。我们还没下完,妈妈就死了。她的脖子卡在楼梯的栏杆里……"

"我知道,很可怕的意外。"

"是意外吗?有时候我怀疑会不会是亚历山德拉推的她……"

"真的吗?"

"我记得她站在那里,一脸惊恐。她紧抓着她的蓝色兔子玩偶,哭个不停。但也许她不是为了妈妈而哭?也许她是为了自己干的好事而哭?"

"你跟警方说过这件事吗?"

"没有,我没看到妈妈摔下来的过程,我不能乱说。对不起,我不该拿我的家庭问题烦你——"

"什么?我跟你说,我是你的律师,索菲亚,这全都是我的分内工作。我很庆幸你告诉了我这些事,我也很抱歉没能早点让你联系上我。我把手机关掉了,我猜哈珀也关机了。你打给我们的时候,是否已经……"

"割伤自己了?对。伤口一直在流血,我觉得我可能需要看医生,但哈珀又说过别打给别人,要是发生什么事应该打给她或你。她说我的医疗纪录上不需要添加更多条目了。我知道伤口看起来很糟。我只要一想到我爸、想到案子,一切就都累积起来了,你懂吧,像是压力。有时候跑步会有所帮助。我划开皮肤时,感觉能把'一切'都释放出来。我不想去挂急诊,我不想把事情弄得更糟。"

我不愿意在这个节骨眼证实她说得没错,时机不对。不过确实,她的心理健康病史会成为德雷尔痛击她的武器。

"索菲亚,你的案件还处于相当初期的阶段。等我们拿到检方的所有证据,我们就会搞得更清楚了。目前他们掌握的鉴识证据可以将你、你姐姐和你父亲的遗体以及凶器联系起来——凶器是一把料理刀。"

"可是我用那把刀来切鸡肉和蔬菜,我们都会帮我爸做饭。嗯,其实应该说是亚历山德拉会帮爸爸做饭,我是做给自己吃,他一向不太喜欢吃我帮他做的食物,他吃东西很挑剔。不过到最后那段日子,他倒是马马虎虎了。他生前最后几个月有点……糊里糊涂的。老实说,我觉得他可能是得了失智症。"

"你为什么这么认为?"

"他很健忘。有些日子他很正常,有些日子他会弄错我的名字。有时候他会呼唤简。"

"你母亲?"她望着地板,抿了一口酒,低声嘟囔"对啊"。索菲亚有时候跟小孩一样,若是我提起令她难受的话题,她几乎会退化成儿童状态,以孩子的视角去处理那些悲伤情绪。就拿此刻来说,她手中握着烈酒,手指滑入靠近酒杯底部的雕花沟纹,抚摸着每一道割痕与凹槽，感受它的图案。她将酒杯举到唇边，深深闻了一下，又长饮一口，然后抚摸自己的嘴唇，仿佛要证实酒液摸起来确实是又湿又黏的。她惊觉我在看她，甩甩头，放下酒杯。

"哈珀说她跟你聊过了，说你有提到你父亲，包括他用尽方法帮助你。还有你母亲很严格。我想再问问关于你姐姐的事。"

"你想知道什么呢？"

"和你姐姐一起长大是什么感觉？"

"地狱，彻底的地狱。她让我的生活悲惨无比。我们不聊天，不一起玩。感觉就像一场战争。妈妈去世后，爸爸送我们去了不同的寄宿学校。以我的学习成绩读不了亚历山德拉那所学校，而他也无法一边应付两个年幼的女儿一边处理市政。在我们的世界里我们就只剩下了自己，你懂吧？"

我不懂，我其实无法想象。

"这样的成长过程一定很辛苦。"我说。

"你有跟敌人生活在一起的经历吗？我有。我恨她，我真希望她死掉。离开那栋房子是个解脱。除了那盘秘密的棋局之外，我们毫无交流。就连我们的纸条上也只有棋步，没有对话。我始终没能在那盘棋中打败她，这我很遗憾，但我们分道扬镳时我还是很高兴。我能跟你说很多会让你想吐的故事。不，我姐姐和我并不亲近，我们可以说是最疏远的两个人。她说妈妈是因为我才死的，说爸爸也是因为我才冷落我们的。当然，我知道这不是真的。我始终不能原谅她说这种话、害我有罪恶感。妈妈真的是个奇葩，但她毕竟是我妈，我爱她。我不知道她是不是也爱我，不过那不重要，其实不重要。我经常想起她，我很怀念她。"

我们又聊了一下关于审判的事。我解释检方有一些鉴识证据，能将索菲亚和她姐姐与犯罪现场联系起来。

"我当时在检查他还有没有呼吸,所以抱着他,我身上当然会沾到血。那是他的血没错,但我没有伤害他,我做不出来。"

"我相信你。有件事你应该知道,我本来打算明天跟你讨论的,不过干脆现在说好了。检察官提出了一项方案,他要努力促成合并审判,让你和你姐姐在同一个陪审团面前因谋杀罪受审。我要试着阻止这事发生,改为分开审判。我不知道我能不能做到,但我会尽力而为。有一位退休的法官要帮我。检察官提议给你们两人测谎,如果你不接受,他会拿这一点来攻击你。若是你姐姐接受测谎并且通过了,对你会很不利。假如你接受测谎又没通过,那你的麻烦就大了。除此之外,他还提出了一项认罪协商。你只要承认犯下谋杀罪,并且向法庭表示你是和你姐姐共谋犯案,你就能在还年轻时出狱。我不能让你承认自己没犯的罪,但我有义务告知你这项协商的存在。"

"我没有杀我爸。要是我知道亚历山德拉要杀他,我会先宰了她。"

这是她第一次用自信且清晰的语气说话。她直视着我的眼睛,发言时没有迟疑。视线没有上下乱飘,说话时没有结结巴巴。她的双手放松且平静地放在腿上。没有破绽。这是实话。

"既然如此,我们就只需要思考测谎的事了。这由你来决定。测谎并不是一种精确的科学,如果你拒绝,我应该可以将伤害尽量减低。如果你做了但没通过,就会身陷麻烦。我的建议是:让检察官吃屎。我觉得冒这个险划不来。"我说。

"不,跟他说我要测。我没杀我爸,我说的是实话。他会看出真相,然后他们就会撤销告诉了。"索菲亚说。

"你必须了解,他是不会撤销告诉的。他只会拟一份认罪协商以及对你姐姐不利的证词,让你来换取减刑。"

"我要接受测谎,我没什么好怕的,我又不是凶手。"

如果测谎时她有这样的表现,她大概能通过吧。我突然间对这个案子乐观多了。索菲亚内心深处有一股力量的泉源,我只需要发掘它,并让它在审判时保持活力。

我说要帮她叫出租车回家,她拒绝了。她说她感觉好多了,她的手臂不再流血,她想慢跑回公寓。

她说跑步有助于厘清思绪。

跟索菲亚谈话绝对厘清了我的思绪。她是清白的,我感觉得出来,我确定。不仅如此,我现在还意识到法兰克·阿韦利诺的验尸报告有哪里不对劲。

就是法兰克·阿韦利诺本人。

法兰克被杀害时,生理状态极佳。除了可能是攻击造成的呼吸系统压力迹象之外,他的状态很好。他的心、肺、肝、脑、胃、肠——以他这年纪的人来说都毫无问题。

索菲亚走后,我在书桌上的文件底下找到了验尸报告。我已经给哈珀和哈利复印了几份,但我希望哈利能马上看一看。我把文件放进传真机,拨了哈利的号码。10分钟后,我又喝完一小杯威士忌,我的手机响了。

"你要给我看什么?"哈利问。

"你觉得那份报告有哪里怪怪的吗?"我问。

"除了手段凶残、齿印以及外科般的技巧,没有。"

"如果我跟你说,法兰克·阿韦利诺死前两三个月就显露出失智症的症状呢?"我又问。

我听到哈利在翻报告。他停顿了片刻。电话另一头传来微弱的犬吠声。

"你把那只狗带回家了,对吧?"

"什么狗?"

"今天晚上在街上把你当肥羊的那只狗。"

"它是我的好伙伴,它喜欢牛肉干还有牛奶。我们可能会成为好朋友。"哈利说。

我给他一些时间阅读。

哈利说:"除了刀子捅进眼窝时对他脑部造成的损伤外,他的大脑很正常。"

"法兰克没有得失智症。"我说。

"我赞同。"哈利说。

我们两人都读过大量的验尸报告。凡是罹患失智症,或是其他退化性脑部疾病的人,在验尸过程中都会有肉眼即可看出的病灶。他们的大脑长得就异于常人。但法医说法兰克的大脑完全正常,这就是令我困扰的地方了。失智症患者的大脑看起来并不正常,这种疾病会破坏大脑,破坏得很明显。法兰克的大脑没有被疾病损伤,表示他根本没有罹患失智症。

"他的律师迈克·莫迪恩跟警方说,法兰克打给他约时间,要讨论修改遗嘱的事。"我说。

"怎么修改?"哈利问。

"我们不知道。迈克·莫迪恩什么都没说就跑了。"

哈利重重叹了口气,我听到他书房那张旧椅子在嘎吱作响。然后我听到哈利对那只狗说悄悄话,说它好乖。我想象那只狗蜷在哈利脚边,感到一阵欣慰。他需要一个伴,而那只混血狗看起来也需要哈利。

"你应该知道我刚退休吧? 就在2个小时前,老天啊。"

"得了,哈利。你有没有注意到证据显示呼吸系统有受到压力损伤？这是很有力的指标。你跟我有同样的想法吧？"

"嫌疑人不止一个，我们需要毒理学报告。"

"好吧，去睡一会儿吧，替我跟狗狗说声晚安。"

他挂断了电话。

哈利和我心有灵犀。据我所知，检方并没有注意到这件事。若是德雷尔发现了，他会做更多检测，也会修正死亡证明上的死因。亚历山德拉的律师团可能也没注意到，至少我没看出他们注意到了这点。

现在我知道法兰克·阿韦利诺不光是被刀刺死的。

早在他遇害的数个月前，就有人处心积虑地给他下药。那种药能让他的大脑变迟钝，使他既糊涂又顺从。他呼吸系统的损伤表示这个下药计划大概是有尽头的，到最后，法兰克会中毒而死。

可是毒害他的人是谁？

第一个问题的答案范围很小。要持续在一段时间内给法兰克这样的人下毒，你必须能频繁且近距离地与他接触。

有两个嫌疑人。

亚历山德拉和索菲亚。

我有种猜想：不管给法兰克下毒的人是谁，都决定在他修改遗嘱之前，拿一把 30 厘米长的料理刀加快他的死亡过程。

00:16

她

快要凌晨 2 点了，路面在她脚下变得一片模糊，风吹拂在她脸上，

133

她的双腿因卖力而灼热。

夜跑是她的乐趣之一。

今晚跑步不是为了乐趣,而完全是为了办事。之前与她的律师进行的对话相当有收获。那个律师很能干,而且深信她是清白的。如果陪审团和她的律师一样好骗,她就高枕无忧了。

她沿着第三大道跑到了东 33 街的路口,并且右转进去。她加快速度,感觉心跳很快,现在她得专心控制呼吸才行。她的背包背带拉得很紧,这样就不会在她背上弹跳了。她摆动手臂,找到呼吸的节奏。吸、呼。迈开双腿。集中精神。

停车场的标识出现在前方。她放慢速度,然后停下来,弯着腰喘气。汗水从她额头上滴落。她环顾四周,街上空无一人,她走进去,爬楼梯到五楼。五楼停车场后侧的灯坏了,那个角落很暗,正合她意。她穿过左右两边成排的车辆,有些停车位空着,但空位不多。她在黑暗的角落里找到了自己的摩托车,这个停车位上方的灯仍是坏的。两星期前,她把摩托车停进来时,站在车上拿安全帽敲破了灯泡。愿上帝保佑廉价停车场的老板。

她把背包放到地上,拉开拉链,摊开一件折好的凯夫拉材质的摩托车骑行服。这个材质的要比皮革款的贵多了,但她需要能便于收进背包的款式。她脱下跑鞋,将腿穿进摩托车骑行服的裤子中,然后将衣物拉上来,套在莱卡慢跑服的外面。拉链一路拉到脖子,接着粘好领子部位的魔鬼毡。她从背包里取出一双无鞋带式的骑行靴,靴子的鞋底很硬,靴面却是可折叠的凯夫拉布料。她套上靴子,再戴上手套。虽然凯夫拉的摩托车骑行服很实用,却不像真皮那么有美感。它缺乏皮革的美妙气味。对她来说,真皮的气味与触感就像上等的红酒一样令人沉醉。

她把跑鞋收进背包，拉起拉链，背到肩上，扯紧背带。接着她从坐垫的扣锁上解下安全帽，戴上。护目镜是深色的，在停车场的黑暗角落里影响了她的视力，使所有东西都几乎变得一片漆黑。她一腿跨过本田摩托车，发动引擎、打开车灯，缓缓骑出停车位，穿过停车场，骑下一层层斜坡来到街上。

10分钟后，她骑上埃德·科赫昆斯伯勒大桥。她先走了皇后大道、范达姆街和瑞威大道，然后开始随机转弯。她一下左转一下右转，尽量保持朝西南方前进。最后，她来到哈伯曼。

这是一个工业区，美国联合包裹运送服务公司、联邦快递等公司的大型仓库和物流中心都设在这里。工业区位于一条很宽的收费高速公路路肩下方，那条高速公路将长岛高速公路、皇后区-中城高速公路以及278号州际公路衔接在一起。许多货运和物流中心选择设在这里并非偶然，这个地点非常便于前往曼哈顿、新泽西以及他们需要到达的任何一个目的地。

这些公司需要工人，而工人需要吃东西、休息和购买生活必需品的商店。这里有两家三明治店、一家麦当劳、一家汉堡王、一家开市客和一家药店。

当初她之所以挑中这家药店，是因为它从不打烊，而且位于方便脱身的地点。跟物流公司打的算盘一样。离开药店半小时后，她就可以到达方圆240公里内的任何地方。太完美了。

这家药店坐落在一座路边的购物商场内，由于沉重的货车24小时不停地摧残柏油路面，这条街总是在修马路。这座商场内还有一家改衣店、一家中式面馆和一家干洗店，这个时间这三家店都打烊了，只有药店还开着。

她慢慢停下摩托车，关掉车灯和引擎，踢出支撑架。这是知名连锁药店的分店，长长的橱窗将光线洒向停车场，不过没能照到她的摩托车。她能从这个有利的位置看到一进门左边柜台后的收银员，她的名牌上写着"佩妮"，二十几岁，金发碧眼，眼睛盯着手机，粉红色的厚唇吹出口香糖泡泡。

她隐约能看到店铺后侧的药剂师阿夫扎尔·贾特，他一边盯着电脑屏幕，一边啃着奶油夹心蛋糕。

一切都如她所料。她只跟这两个员工打过交道。她每次来取货，佩妮都会在她经过时吹破口香糖泡泡。她会走向阿夫扎尔，拿她订的东西，付钱给佩妮，然后离开。

每个月一次，规律无比。每次都是周四的晚上。周一到周四，阿夫扎尔和佩妮总是值夜班。有一次她来的时候，柜台里的人不是佩妮，于是她就改天再来。没必要让更多员工看见她，并且可能记住她。

今晚的事情注定要发生，她从一开始就知道。一旦她爸爸死了，她就得采取一些措施，这些措施既是必要也很麻烦。

她跨下摩托车，掀开坐垫下的置物箱。选择要在这里面存放什么东西还真是费了她一番脑筋——它已经比大部分重型摩托车的置物箱更大、更深了：一般置物箱只有将近 2 升的置物空间，这辆摩托车则有 7.5 升。

她伸手从里面取出牛皮纸袋，然后盖上座垫，转身向药店走去。

她走到离药店只剩不到 1 米时，自动门开了。位于 3 米外柜台后的佩妮暂时将目光从手机移开了一秒，又继续盯着屏幕。

药店的扩音系统在播放 90 年代的热门金曲。自动门在她身后关闭时，她听到小甜甜布兰妮的经典歌曲《爱的再告白》的开头旋律。

她快步走到伞架旁墙上的门控面板前，按下画有挂锁图示的按钮。阿夫扎尔和佩妮都没看到她的举动，因为挂在那里展售的雨伞是很好的掩护。除非佩妮按下解锁按钮，否则她身后的自动门不会再自动开启。她从佩妮面前走过，眼睛盯着货架上的零卡饮料和巧克力棒，直到抵达过道尽头，接着她直接走向阿夫扎尔。他吃下最后一口奶油夹心蛋糕，搓了搓掌心好去除黏黏的残渣，然后双手抵在柜台上。

"女士，请问您需要什么吗？"他问，仍端坐在柜台后的凳子上。他虽然向着顾客发问，眼睛却怎么也不愿离开他的电脑屏幕。她猜他是在追剧，以消磨漫漫长夜。

柜台高度低于她的腰，因此坐着的阿夫扎尔虽然与她隔着柜台的宽度，却比站着的她矮。

非常理想。

她的右手探进纸袋，将里面的那把小型手斧快速抽出来，高举过头，然后使出她的全力，用最快的速度将其往下劈。斧刃嵌入阿夫扎尔头骨顶部两三厘米深时，发出一个声音。那声音很特别，像是中空的树干被敲出一个开口。一道鲜血喷溅在她护目镜的左侧。她不想擦拭它，镜片可能会被弄脏，那她就什么也看不见了。

斧头很轻易就拔出来了，再砍一下，头骨就被剖开了。这是一种湿湿的破裂声，她迅速转身跑向佩妮。

佩妮听到了异响，从柜台里走出来，喊着："阿夫扎尔，你没事吧？"这时佩妮看到她拿着手斧，斧头还在滴血。佩妮转身，全速冲向自动门，边跑边尖叫。可门没开，她一头撞上玻璃，在玻璃上制造出一道裂痕，而尖叫声也因此戛然而止。佩妮踉跄着仰跌在地，晕头转向，一手摸向额头。

她站在佩妮面前，佩妮翻身成趴跪姿势，试图爬起身。

她双手持斧，高高举起，并加入布兰妮，一起唱出副歌的最后一句："……我其实没那么无辜。"

斧头切过空气时咻咻作响，最终劈进了佩妮的颈后。佩妮的身体立刻瘫软，平趴在地上。斧头并没有嵌在里面，砍完就顺势带出，不过它留下了一个很大的伤口，她能在伤口中看到白骨。她又再次挥斧，这次砍的是脖子侧面。

斧头嵌得很深，而且固定在骨缝里。她抗拒着将它拔出来带走的冲动。上过油的刀片气味、山胡桃木握柄的手感，即使已经成年，她仍有触摸和嗅闻特定物品的癖好。

她跨过佩妮还在微微抽搐的尸身，按下门控的解锁按钮，穿过顺畅滑开的自动门。

她骑上摩托车，发动引擎，快速离开购物商场，朝收费高速公路走。州际公路车流稀少，她打开排气管阀门，让屁股底下的摩托车嘶吼驰骋了将近20公里。然后她关掉阀门，慢慢绕回曼哈顿。

回到停车场。

她用摩托车骑行服将安全帽擦拭干净。把摩托车骑行服、靴子、手套放进背包，换回棒球帽和跑鞋。她沿着岛的外围跑回公寓时，会把背包丢进河里，然后她要好好冲个澡。

今晚真是干得漂亮。要是检方有能力发现法兰克被下毒，他们或许有办法追查到这家药店，以及阿夫扎尔·贾特。那会使他们离她更近一步，她可不允许这种事发生。

可是还有更多事要做呢，还有另一个可能将案件与她联系到一起的人。一个男人，一个不容易接近的男人。他受到了保护，他很聪明。

他会等着她上门。

**00:17**

## 凯特

凯特刷新了一下手机,看着屏幕改变,然后她看到了。

5万美金进了她的户头。这是律师费的首付款,之后还会有更多笔款项进来,总额高达25万美金。这是她以律师、以独立执业者的身份领到的第一笔费用。

服务生送上她的咖啡。她没有碰那杯黄瓜莴苣汁,面前的胡萝卜杏仁松饼也仍然和服务生15分钟前放在桌上时一样完整无缺。她太兴奋了,什么也吃不下。

她看了一下表。

布洛赫迟到了,但也只晚了几分钟。这时,她刚走进店内。

好友身穿同一件皮夹克、蓝色牛仔裤和靴子。上衣换成深蓝色T恤,现在还围了一条黑白色围巾。她坐在凯特对面,拿起那杯翠绿色的蔬菜汁。

"这是什么啊?"布洛赫问。

"黄瓜莴苣汁。要不要尝尝?"凯特问。

"你说这是喝的?"

"对啊。"

布洛赫露出作呕的表情并摇了摇头。

凯特向布洛赫说明了最新进展,告诉她昨天在办公室发生了什么事——斯科特偷了她的点子,借此将阿韦利诺案次席律师一位弄到手。然后,她说了自己如何反将一军。

"干得好啊,"布洛赫说,"你告诉利维了没?"

"我想说我们可以一起去找他。"

布洛赫点头。

"我不是要你用朋友的身份陪我去,"凯特说,"我得自己面对。但我需要一个调查员。你当过警察,你负责训练警方查案,我需要帮忙,而我要的人就是你。你觉得怎样?"

布洛赫点头。

"这是答应吗?你愿意做这件事。"

"对啊,只要费用谈得拢,还有——"

"哦,我会照你的正常收费标准付你薪水,或是我们平分我的律师费也行?我好兴奋哦,也有一点害怕。我需要你陪我。"

布洛赫点头,说:"我们去毁掉利维一整年的好心情吧。"

红发保安坚持要把布洛赫登记为事务所的访客,布洛赫不得不出示证件。取得访客证后,两人才一起搭电梯到十四楼。她们走进走廊时,办公室非常热闹。律师助理、秘书、受雇律师都绕着利维和斯科特打转,他们两人则只穿着衬衫,待在玻璃墙围起来的会议室里,一边发号施令,一边堆起成沓的文件。他们已经在如火如荼地准备申请的内容了。

凯特带着布洛赫进入会议室。凯特穿着商务套装外套,但下半身是牛仔裤和靴子。

利维注意到她走进来,用力一拍桌上零散的纸张,使它们散落开来。

"凯特,你跑到哪儿去了?而且你为什么穿得不三不四的?你把这里当成什么了?牛仔竞技场?"

"我不干了。"凯特说,递给利维一张打印的文件,是亚历山德拉·阿韦利诺签好名的授权书。

"这是什么鬼东西?"利维问。

"这是给你的回报。那些申请事项你可以留着,我只要带走起诉书和检方的证据开示。"

斯科特从利维手里拿走那张纸,阅读时脸色变得苍白。这倒是与利维相映成趣,利维的头看起来快要爆炸了。

"你不能这么做!你的合约禁止你从这家事务所抢走客户。我会告到让你赔不完,也会向律师公会检举你。你简直是不想活了。"利维说。

"你这是恐吓。"布洛赫上前一步说道。

两名年近三十的秘书,都身穿事务所制式的灰蓝色员工服,走进会议室叉起手臂旁听。

"你是谁啊?"利维不满地问。这时他注意到那两名秘书,挥挥手要她们出去。她们却纹风不动。

"我是跟凯特·布鲁克斯一起的。把文件拿来,我们就不打扰你了。"

"你们别想从这办公室拿走一张纸。斯科特,叫保安来。"

斯科特弯下腰,抓起会议桌上的电话,按下对讲按钮。

"如果你不遵守这份授权书,我可以向律师公会检举你。现在就把文件拿来。"凯特说。

利维吹胡子瞪眼睛,拳头握紧又松开,然后他竖起一根手指,绕过桌子,直冲向凯特,大吼大叫时唾沫不断地从他嘴里飞出来。

"你完蛋了!我会毁了你……"他的手指戳在凯特胸前。

布洛赫上前,用手掌包住利维的手指,微微一弯,一道很小的骨折声传来,但他的手指并没有断。这足以让利维闭嘴,却不至于造成严重伤害。

凯特听到她身后的秘书之一发出"呜呼"的惊叹。

斯科特焦急地跟保安通话,叫他们马上赶过来。

"你到底给不给我们文件,好让我们放你一马?"布洛赫问。

利维既尴尬又害怕地瞪大眼睛。

"放开我,这是故意伤害罪。"

她将手指又折弯了一些。

"把文件给她们。"利维说。

两个秘书掩嘴偷笑,不过她们从会议室另一头拿来两组文件,交给凯特。

"哪天你要找秘书,记得打给我。"其中一人悄声说,并谨慎地避免让利维听见。她叫简,凯特在心里暗暗记住。凯特连办公室都租不起,更不要说请秘书了,不过有朝一日……谁知道呢?

凯特听到会议室外的走廊传来匆忙的脚步声。五名保安冲进来,差点把简撞倒。

其中一人又高又魁梧,理了个寸头,年龄至少有 55 岁,只听他说:"布洛赫?是你吗?"

布洛赫转身看清对方是谁,不禁叫道:"嘿,雷吉。"她仍握着利维的手指,在他想抽走手指时,又用力了一些,让利维不禁膝盖一软。

其他几名保安都望着那名凯特现在知道名叫雷吉的男人,他想必是他们的主管。布洛赫抓着利维,他们却只站着不动,看起来既愚蠢又无能。

"把她弄走,马上!"利维命令道。

"你在执勤?"雷吉问向布洛赫。

"我现在是平民了,跟你一样。"

"布洛赫,那是我老板。麻烦你放开他。"雷吉说。

"他得先道歉。"布洛赫说。

刚才在大厅找麻烦的红发保安作势朝布洛赫移动，结果雷吉迅速伸出粗壮的手臂，抓住他的上衣把他拖回去。

"别动，让我来处理。要是你进了医院，可就值不了班了。"雷吉说。

斯科特似乎胆子大了起来，开始挪向他的上司。利维的困境只是给了斯科特另一个巴结的机会，展现出他有多努力救上司脱离苦海。只见他双臂张开，试着从背后偷偷靠近布洛赫，打算一把抱住她。

布洛赫一定是感觉到了，她瞪了斯科特一眼，说："大英雄，我有两只手。"

斯科特僵在原地，然后退了回去。

"利维先生，我想你应该道歉。"雷吉说。

"什么？！我付你钱是干什么吃的？把她弄走！"利维说。

"先生，在我退休前一个月，布洛赫带我们警队上了进阶驾驶进修课以及擒拿课。现在她离我们将近2米远，我们又只有五个人。我觉得你应该道歉，先生。"

"她弄痛我了。"利维在疼痛中咬牙挤出了这句话。

一众保安望向雷吉。雷吉努力憋笑，嘴唇都禁不住抖动起来。

"先生……我会照她的话做。"

"对不起，行了吧，我很抱歉。"利维说。

"布鲁克斯小姐，你要的文件都有了吗？"布洛赫说。

"都在这里。"凯特说。

布洛赫放开利维的手指，他退开，护着自己的手。雷吉站到一旁，留出空间让凯特和布洛赫离开。

"这事没完，凯蒂。"利维说。

"你应该叫我布鲁克斯小姐。"凯特说。

圈套

法兰克·阿韦利诺

日记，2018年9月5日，星期三

上午7点30分

　　有人在跟踪我。

　　昨天就发生过了，是一个骑黑色摩托车的女人。也许就是我上星期见到的那个穿得一身黑的人。

　　我并没有神志不清。

　　今天我吃完早餐走出吉米的餐厅，她就在马路对面。两天以来，我已经见到她两次了。她一踩油门就骑走了，哈尔正好从餐厅前门走出来。他说他没注意到她。

　　也许哈尔的脑子快要坏掉了。

　　我马上打给迈克·莫迪恩，叫他雇用哈尔推荐的私家侦探。

晚上10点30分

　　索菲亚带了鸡肉汤面来，我们一起看了益智问答节目《危险境地》。看完以后她做了烤乳酪三明治，配着牛奶放在托盘上端给我。她的厨艺不如亚历山德拉，但我不敢告诉她。

　　昨晚亚历山德拉做了意大利面给我吃，味道好极了，留下的余味倒是有点怪。我喝了一杯水果奶昔，所以也不确定是意大利面还是水果奶昔造成的。不过没关系，反正餐点很可口，饭后我睡了1个小时。

　　我很担心索菲亚，她跟她姐姐不一样。亚历山德拉坚强、条理分明，能在这个世界闯出自己的一片天。索菲亚连工作都没有，也没有男朋友，虽说这年头这倒未必是件坏事。

她以前交往的一些男人都是瘾君子，我一看到他们就知道了。她跟我说她不再吸毒了，我相信她。

她收走空托盘时，我看到了她的手臂。

她的袖子上有一块血渍，在前臂处。

她不再吸毒了，但她仍会自残。每次事情都是这样开始的。再过六个月，我又得送她进戒毒中心戒毒。

她说她在按时吃药。我说她姐姐从来漏吃过抗焦虑药，看看她现在过得多好。索菲亚不愿意谈亚历山德拉，这两人永远不会和好，就是不可能。我考虑过提醒她要小心骑摩托车的女人，但后来又改变了主意。索菲亚已经够疑神疑鬼了。

她在这里时做了某件事，一个手势，或一个动作，或我想不起来的什么事，总之它让我联想到她母亲。我想告诉她，可是当下我却记不起她母亲叫什么名字。我竟然连亡妻的名字都记不住了。

也许我真的快疯了。

# 第三部
# 骗子与律师

00:18

## 艾迪

没人去找卫斯理·德雷尔做交易,没人接受认罪协商。这是一场正面交锋,而今天就是第一战。

我跟哈利一前一后走进法庭。申请摘要大部分都是哈利准备的,我上星期才把它送出去。今天要进行论证及判决,不需要带客户到法庭,为此我深感庆幸。索菲亚来过我办公室后稍微冷静了点,哈珀和我轮流,几乎每天都在确认她的状况。昨天她邀我们去她家喝咖啡,哈珀和我坐在她的沙发上,她则忙着加热饼干。

"有时候她真像个孩子,"我说,"谁会请自己的律师吃饼干?"

"你自己看,"哈珀指着走廊,"去瞄一眼就好。应该在她床上。"

我悄悄起身,走到走廊,看到索菲亚的床上有个陈旧柔软的玩偶。它的假毛皮都打结了,有些部位则光秃秃的。那是一只蓝色兔宝宝。我趁索菲亚注意到我在偷窥前坐回了原位。

哈珀悄声说:"那是她小时候的玩偶。她说她妈妈去世前给她和她姐姐各买了一只,她到现在还抱着它睡觉呢。"

我点头。我听过她提起她姐姐发现母亲死在楼梯上时,手里抓着一只兔子玩偶。

"是她自己向你提起这个玩偶的吗?"

"对啊。她抱着它睡觉，说她和她姐姐小时候走到哪里都带着这只兔子。我知道它有情感价值啦，可是她都二十好几了，她需要某个人照顾她。"

即使在正常情况下，索菲亚也不具备面对生活的抗压能力。

我毫不怀疑，要是她被定罪，她是熬不过在贝德福德山监狱二十五年到无期徒刑的漫漫长夜的。以监狱的标准来说，那座监狱还不算太糟，还有更糟糕的，但它仍属于最高安全级别的设施，是纽约州唯一一所最高安全级别的女子监狱。从外面可以看到顶端设有带刺铁丝的围篱，以及围篱后方像是维多利亚时代古宅的房子。进去之后你会发现它规模很大，圆形建筑围绕着运动场和训练区。索菲亚在狱里会受到监视，以防她自杀——但不会永远维持下去。我知道她一有机会就会"退房"离开，要么是故意自杀，要么是自残时割得太深，小命休矣。

索菲亚从厨房端来一托盘饼干。我们吃吃喝喝，同时我向她说明了最新进展，以及隔天在法院会发生什么事。看起来她明白（但可能不是完全理解）若是听证会不顺利，案子可能会出现什么转折。

哈珀和我对她的饼干表示感谢，便留她在家抱着蓝兔子寻求安慰了。

那是昨天的事。今天则是避免让她入狱的第一战，揭开序幕的小冲突。我们必须拿下胜利。

她现在命悬一线。唯一能救她的方法，就是确保陪审团给我们"无罪"判决。过往实现那项判决的各种因素，今天早上将在这个法庭中发挥作用。

我原本将申请书的复印件夹在腋下，现在我把它们丢在被告席的桌上。哈利自己有一份复印件，他将它放在我的复印件旁，然后坐到我身边，环视了一下法庭。

"待在法官席的这一侧感觉真怪。"哈利说。

"你才退休四周，别告诉我你现在开始后悔了。"我说。

"我没说后悔，我只说很怪。"哈利说，然后他用脚撑着椅子往后仰，两手手指交错，搁在肚子上。他养回了一些体重，这让我很欣慰。他看起来结实多了，脸上的皱纹也变得更平滑了。为了这些申请书我们熬了很多夜，那些夜晚通常都以威士忌和凌晨3点的比萨画下句号，我们在我的办公室，哈利的狗利落地接住我们丢给它的比萨饼皮。那只狗什么都吃。

法庭里没有别人。我喜欢提前到，坐进我的位子里，熟悉一下环境。再加上我也喜欢看对手出现时，发现我已经在了，而且还一副胸有成竹模样时的反应。这是心理战，很微妙的手段。我希望对手感觉自己走进了我的地盘。

"你觉得今天会如何发展？"哈利问。

"那要看法官。"我说。

"我向以前的书记官打探了三次，她就是不肯告诉我审这个案件的法官是谁。说她不能透露，她发誓要保密。这年头忠诚不值钱啰。"

法庭后方的门开了，我听到有脚步声靠近。一双脚穿着高跟鞋，一双脚穿着靴子。我转头，看到凯特·布鲁克斯大步通过过道，身后跟着一位身穿皮夹克的高个子女士。这绝不是我期望中的利维、伯纳德与格罗夫联合事务所派出的代表团。

凯特在隔壁的被告席入座，离中央过道比我们这一桌远。过道另一侧是留给检方的桌子。我们前方有一块架高的基座、一张桃花心木法官席以及后面的高背皮革扶手椅，椅子两侧有美国国旗。

凯特经过我的座位时说了声"嗨"。

哈利起身做自我介绍："我是哈利·福特，艾迪·弗林的顾问。请问你是？"

"布鲁克斯事务所的凯特·布鲁克斯。你身后那位是我的调查员布洛赫。"

哈利转身，身穿骑士夹克的黑色短发高个女士与哈利握手。"我猜你以前是执法人员。"哈利说。

布洛赫点头。

"抱歉，我没听清你的全名，布洛赫小姐。"哈利说。

布洛赫只是点头表示同意，哈利识相地坐下了。

我站起来走到凯特的桌边。她正站在桌子后面整理文件，从包包里拿出五本不同颜色的便利贴以及五种颜色的荧光笔，开始整齐排放。我不想干扰她，但我想确保刚才没听错。

"你刚才说的是布鲁克斯事务所吗？"

"对，我大约一个月前离开利维、伯纳德与格罗夫联合事务所了。"

"真是倒霉，而你现在是亚历山德拉的律师？"

"对。"她说。

我后退一步，好好看了一眼凯特。她似乎是挺直了腰板，面带紧张而兴奋的微笑。现在的她看起来有律师的样子了，不再是那个被打压的律师助理，每隔10分钟就被上司当猴子耍一回。

"恭喜，我真心为你高兴。不过我要问你一件事。我没收到你向法院提出的任何申请书，你应该要申请分开审判吧？"

现在凯特也好整以暇地望着我。她在评估我，试着搞清楚我是否是个威胁，抑或在耍什么花招。

"我们并不反对检方合并审判的做法。"她说。

我听到哈利从齿缝吸气的声音，他的椅腿啪地落在瓷砖上。这招凯特用的很漂亮，她已意识到在合并审判中，她的胜算较高——陪审团更可能相信亚历山德拉而非索菲亚。这个策略很聪明，但有一个缺点。

"我了解你的想法，可是这么做风险很高，这个策略有很多种伤及自身的可能。"我说。

"它不可能伤到我们，只会伤到你的客户。"她说。

"如果你毁掉我客户的信誉，那我也会同样毁掉你客户的信誉，这就有可能两败俱伤。到时候陪审团不会相信任何一名被告，两人都会被定罪。这叫割喉式辩护：检察官只需要递出刀、靠向椅背，坐等我们互割对方喉咙就行了。"

"我想过这一点，但我不认为你能攻击到我的客户。"

"别太自信。我觉得这做法不太明智，我们应该对抗检方，而不是彼此。"

"我的客户知道有这种风险，但我们有把握。我问你，索菲亚要接受测谎测试吗？"

"亚历山德拉要接受测谎测试吗？"我反问。

凯特交叉起手臂，换了个站姿。她用舌头顶着脸颊内侧。她可不打算轻易透露这项信息。

"听着，在我看来，走合并审判是让检方捡便宜。我们会互斗，而不是对抗德雷尔。"

她拉出一张椅子，在被告席坐下，将三支一模一样的圆珠笔整齐地在面前排成一列。对话已经结束了。照现在的情况来看，索菲亚将面临两条战线，我促成分开审判的结果就变得更为重要了。

"凯特，我真的很高兴你出来自立门户，你很勇敢，这也是你应得的。我觉得利维很变态，这对你是好事，但我担心检察官会渔翁得利。

至少别反对我分开审判的申请好吗？别来搅局。"

"我必须做我认为对我客户有利的事情。"她说。

"好吧，那我们就看着会发生什么吧。"我说。我不想跟凯特吵架，我喜欢她，她很聪明，我很庆幸她甩掉了利维，还设法从他手里抢走了最大的案子。

我回到自己的座位上，哈利忧心忡忡地看着我。

"如果我们没能分开审判——"他压低音量说。

"我知道，我知道。"

卫斯理·德雷尔是最后一个到场的运动员，他看起来像是特地为了今天去商场大肆购买了一番。淡黄色的领带打成温莎结，平贴在雪白的衬衫上；利落的蓝色西装与衬衫和领带形成鲜明的对比，西装当然是量身定做的。他看起来像是准备去为杂志拍照，从某种角度来说，听证会结束后确实会发生这种事，我毫不怀疑德雷尔已经从地方检察官办公室宣布在听证会后立即召开记者会。他身边跟着一名助理，是个年轻男子，身上的西装几乎和德雷尔的一样帅气。

不过我倒是注意到德雷尔服装方面的另一项特征。

"我发现你没戴别针。"我说。

"我今天不需要戴别针。"德雷尔说，粉红色的脸上挂着得意的笑容。

书记官走进法庭，说："全体起立。"

我跟哈利一起站了起来。德雷尔本来就站着。斯通法官穿过门走进来，腋下夹着我们的申请书。

我听到哈利压低音量嘟囔："该死，我们完了。"

王八……

"德雷尔先生，你代表人民。弗林先生代表索菲亚·阿韦利诺，而这位女士……"

"我姓布鲁克斯，"凯特说，"我代表亚历山德拉·阿韦利诺。"

"很好。"斯通说，"弗林先生，我读过你的法律摘要了。你提出的三项证据开示申请我都批准，检方必须在今天下班前，将你宣誓书中列出的证据及文件都提供给你。我也批准你对犯罪现场进行检查的申请，这同时适用于两名被告。检查时必须单独进行，警方不会在场，只会有一位法警负责录像存证，以确保现场不会遭到破坏。这些视频会向双方揭露，且经过剪辑删除声音，让你们能在现场放心地讨论案情。"

德雷尔的助理从检方席的桌上搬起一个纸箱，放到我的桌上。然后他又搬了另一个纸箱放在凯特的桌上。

"所有的文件和证物报告现在都已提供。我们已经让一位法警带着摄影机待命，随时可以陪同你们前往富兰克林街现场进行检查。"德雷尔说。这一切都在他的预料之中，我毫不怀疑他在今天之前就跟斯通私下谈过。这种行为严重侵犯了法律伦理，但木已成舟，而且我们无法证明。

"布鲁克斯小姐，我同样批准你的申请。其实弗林先生要求的文件比你多，不过现在你要的全都有了，还拿到了更多。"

凯特站起来向法官道谢。

"现在只剩下最后一件事了。弗林先生，你提出申请要个别起诉，让两名被告分开受审——我读过你的申请书和摘要了。文章写得……很有法官味。"斯通说，对哈利露出了恶心的笑容。

哈利用嘴形向斯通回了某句话。我不擅长读唇语，不过看起来哈利说的第一个字是"去"，最后两个字是"妈的"，或类似的音。

"你的法律论据很有道理，你的客户确实有受到偏见影响的可能。

然而，正如你在申请书中提及的，刑事法典本身即载明我就此事有处理权，只要我向两名被告都说明偏见的可能影响，我就能作出我视为适当的判断。即使两名被告互相指控，只要两人都愿意作证，就能抵销你的客户无法获得公平审判的任何宪法论证。我也可以提醒陪审团注意你担心偏见的问题，这些措施和提醒应该足以避免任何实质性的不公平或偏见了。布鲁克斯小姐，你的客户应该会作证吧？"

"是的，法官大人。"

"嗯，弗林先生，这岂不是表示你的客户也应该提出她自己的证词来反驳吗？"

"法官大人，恕我直言，那表示理论上我的客户就无法实践宪法第五条修正案所赋予的'不被迫自证其罪'的权利了。"我说。

"你要怎么打这场官司由你决定，弗林先生。你的客户可以随便援引第五条修正案，我知道你会事先向她解释后果。你得先说服我你的客户会受到严重的偏见影响，我才会决定分开审判。这句话的关键词是'严重'。任何合并审判都带有一些潜在的偏见元素，不过就我看来那并不严重。此外，我也必须权衡两场独立审判对纳税人的负担。基于这些理由，我驳回你的申请。合并审判将在两周后开始，我们会在即将到来的星期一让陪审团宣誓成立。休会。"

"法官大人……"我试图争辩一下，但他已走向法官办公室的门。他理都没理我便径自离开了。

"该死，"我压低音量说，"我们今天可以提出上诉吗？"

哈利交叉起手臂，闭上眼睛，眉头深锁，"不行。审判还没开始，所以我们没有理由声称真的受到了偏见的影响。要想提出上诉，我们就必须证明法官在行使自由裁量权时有不正当行为。当一名承审法官在作决定时拥有固有的自由裁量权时，就很难让上诉法院推翻他的裁决。在这个案子里是行不通的。他承认我们的论据有道理,但他说那不代表就一定要分开审判,他可以提醒陪审团注意证据的特定部分,借此避免被告受到严重的偏见影响。扎菲罗案①算是为他的理论背书了。真可恶……"

"但刑事法典说如果被告之间彻底对立——"

"我知道法典是怎么说的,你也知道,他也知道。但他仍然有处理权。除非他的决定有违常理,不然我们不能对他提起上诉。"哈利说。

"那主张有预设立场怎么样?斯通和德雷尔这么一联手,两个被告都要被整死了。"

"你有什么证据说他有预设立场?尤其是你其他的申请他全都批准了,那算是证明了他没有预设立场。我相信他给我们那些证据开示时,就已经打着这个算盘了。如果在审判过程中出现了明确又严重的偏见,我们的客户就有充分的上诉理由了。只能这样了。"

"可是那种偏见会导致她被定罪,我们不能让那种事发生。索菲亚在牢里面撑不了多久的。你也知道上诉要花多长时间,就算成功,也只能是重审。到时候她又得重新经历这一切。"我说。

哈利摇摇头,喃喃道:"他是个王八蛋。"

"福特先生,你刚才说什么?你是不是提到了可敬的承审法官?"德雷尔一本正经地说。他想让哈利下不来台,让他知道谁才是赢家。这是个威胁。你竟敢对德雷尔白人至上主义的好友不敬,而那人又刚好是法官,德雷尔一定会向法官通风报信的。

---

① 指的是1989年,格罗丽娅·扎菲罗(Gloria Zafiro)、荷西·马丁内斯(Jose Martinez)、萨尔瓦多·加西亚(Salvador Garcia)、阿方索·索托(Alfonso Soto)涉嫌贩运毒品被捕。在合并审判时,四人均供称自己不知道搬运的箱子中装的是毒品,最后四人都被判刑。承审法官不愿意分开审判,上诉法院则表示"除非合并审判会严重影响陪审团可靠地评断一至多名被告是否有罪",才能进行分开审判。

哈利没回话，只是咬牙切齿地瞪着德雷尔。

"我好像听到你说他是'王八蛋'？你说了吗？"德雷尔问。他穷追猛打，仗势欺人。

"我没说他是王八蛋。"哈利说。

"很好，真是个乖孩子。"德雷尔说。

哈利站起来，"乖孩子"三个字激怒他了。

"我说的是：'他是个新纳粹主义混蛋，而你是他的婊子。'我是这么说的，卫斯理，你一定要完完整整地给我把话带到。你们两人可以穿上你们的白袍①，好好地笑个够。"

德雷尔皱起鼻子，退后了一步。哈利已经不是律师，也不是法官了。他没办法向任何单位检举他出言不逊，因为他不归任何单位管，再也不可能了。

"你可能还没搞清楚，合并审判让我胜券在握。那两个女人其中之一杀了阿韦利诺，陪审团会判其中至少一人有罪。我不在乎是你们的客户还是凯特的客户，我会努力让她们两个都被定罪，但即使有一个人获判无罪，我还是能给另一个人定罪。我稳赢。你和布鲁克斯小姐嘛——你们其中一人或两个人都会输。二位男士，我们法庭上见了。"德雷尔说完就走了。

"哈利，这可不是个明智的做法。我们可不需要法官对我们存有比原来更大的偏见。"我说。

"已经没办法更大了。"哈利说。

凯特收起她的档案，离开时经过我的桌子，小声说："我的客户要接受测谎。"然后她就走了。

---

① 暗指三K党的服装。

该死。

现在出现更大的麻烦了。

**00:19**

## 凯特

凯特看着德雷尔跟老法官起冲突的这一幕。她久闻哈利·福特的大名,大部分年轻律师都知道那些故事。他是个传奇人物,聪明、公正、无畏。每个法官都应该如此。

她听到德雷尔叫哈利"乖孩子"。

在那一刻,她真希望哈利一拳揍在德雷尔脸上。当哈利上钩,直接出声痛骂斯通法官时,凯特不禁偷笑。斯通法官跟哈利完全是相反的类型。她立马就知道了,如果她的策略奏效,艾迪的客户会去坐牢,而她则会是德雷尔的帮凶。她的胃里扭了一个结。布洛赫抱起装有检方证据开示的纸箱,凯特收好档案,她经过艾迪时透露了一项信息。

那是一件小事,只是让他知道亚历山德拉已决定接受测谎,这让艾迪可以更确定他的客户该怎么选择。如果姐妹俩都拒绝测谎,检方将两人都定罪的概率就比较高了。凯特知道,如果亚历山德拉通过了,那对她的客户将大为有利,尤其若是索菲亚没通过,或是不接受测谎。

凯特完全没有想过索菲亚能通过测谎这种可能。亚历山德拉十分有说服力,就连布洛赫都竖起了大拇指。凯特对客户的清白有百分之百的信心,而这自然说明索菲亚就是凶手。凶手被定罪后送进监狱是天经地义的事,她是这么告诉自己的。然而她内心深处对于指证另一个人为凶手,是有所迟疑的。那是检察官的工作。她认同的其实是辩护律师的精神,检察官完全是另外一种生物。

布洛赫在她身旁默不作声地抱着那一箱检方的证据开示,她则思索着这个念头,两人沉默地走出法庭,通过走廊,搭电梯到一楼。凯特站到户外中央大街冷冷的阳光下时,原本令她微微困扰的思绪已发展成重大的忧虑。

万一她的客户在说谎怎么办?万一是亚历山德拉杀了法兰克·阿韦利诺呢?自己的策略可能让一个无辜的女人坐一辈子牢啊。

凯特停下脚步,甩甩头。她仿佛想用这动作把这个念头抖掉,让它从耳朵里掉到人行道上。

"凯特·布鲁克斯。"有个嗓音在她耳边响起。她抬起头。有个身穿黄褐色大衣、头戴黑色羊毛帽的男人朝她走来。他表情和善,眼神有询问的意味。他就这么突然出现在她的面前。

"凯特·布鲁克斯?"他又说了一遍。

他一定是记者,凯特心想,想要抢先报道这个案子。记者通常不会出现在听证会上,除非他们能引用当事人的只言片语,再配上被告痛苦且恐惧到动弹不得的照片。

"对,我是凯特。"她说。

男人撩开黄褐色大衣,取出一只信函大小的信封,往凯特面前一送。凯特困惑又微微吃惊地接过去,男人马上说"传票已送达",然后就走开了。凯特撕开信封。

凯特的脸颊立刻涨红。她吞了吞口水。她被告了。

对方要求她赔 200 万美金。

布洛赫从她手里拿走那些文件,快速浏览了一遍。

"这事迟早会发生的。"布洛赫说。

由于凯特从任职的公司抢走了重要的案子,她已经跟利维、伯纳德与格罗夫联合事务所缠斗了好几回合。对方先是客气地打给亚历山德拉,而亚历山德拉一诺千金,拒接利维的每一通电话,也不答应他出席会议的请求。一阵子后,事务所改变战术,不再打给亚历山德拉。第一封装在牛皮纸袋里的信寄了过来,上面盖着各种红色印章,严正警告收件者若是不立刻拆阅这封该死的信,它很可能会烧掉他们的房子。

那封信说凯特违反了她合约中的竞业条款和禁止招揽条款,因为她窃取了事务所最大的客户。第二,她也侵犯了她的保密条款,因为她利用属于事务所的信息去招揽客户。换言之,她查询客户数据库,找到亚历山德拉的住址,然后才得以去她家找她。信的最后一段说若是她辞去亚历山德拉的律师一职,以上都可一笔勾销。她有七天时间可以考虑。

七天后来了另一封信,这封信复述了第一封信的主张,不过这次它说事务所要告她违反合约、造成收益损失和其他伤害。

凯特了解这种游戏。她寄出一封简短的回信,表示由于她是因为持续的性骚扰和不平等待遇而被迫离职,她不认为自己仍受到合约条款的约束。既然事务所打算无视其反骚扰政策,她也会无视限制她执业的合约条款,因为是事务所的错,她才不得不走。

然后就不再有信件寄到她手上了,从那以后再也没有了。

她猜测是另外两名高级合伙人执行了彻底的内部调查,认定不值得再追究下去。

"我以为他们就那么算了。"凯特说。

"才怪,"布洛赫说,"好歹也要打一架看看。"

这事肯定会演变成一场战争,这点没有疑问。凯特立刻就知道自己必须反告对方，举出利维那些色胆包天的行为，而尽管她将在这场诉讼中将要陈述的内容都是真的，却无从证明。

布洛赫把证据开示的纸箱放在人行道上，拿出车钥匙，用遥控按钮打开她的卡车门锁。凯特坐在纸箱上，双手捂着脸，试着镇定下来。

"好了，"布洛赫说，"我们可以一会儿再处理那件事。现在我们要打赢的是一场谋杀案官司。我有预感，所有的答案都在你的屁股底下。"

凯特微笑着站起来。

她们合力将纸箱抬上卡车，关上后车厢的门。凯特坐进副驾驶座，布洛赫坐驾驶座。凯特扣好安全带，注意到自己的手在发抖。她抓住膝盖，跟自己说不会有事的。她根本不相信自己的鬼话。

引擎轰地发动，布洛赫将车驶入车流。前方50米左右，信号灯由绿转黄。凯特听到旁边有摩托车的声音，她转头，看到它的骑士戴着附有深色护目镜的黑色安全帽。那骑士直直地盯着凯特，她从紧身摩托车骑行服看出对方是名女性。突然，摩托车猛然加速，轰鸣着冲出去，引擎声在她耳中犹如涡轮机的声音。那个一身黑的摩托骑士闯黄灯穿过十字路口，在红灯前一秒抵达路口对面，接着就穿梭进车流中，消失得无影无踪。

布洛赫停下卡车等红灯，说："好帅的摩托车。"

凯特和布洛赫在凯特的公寓研究证据开示，耗掉了接下来的一整个白天，直至深夜。她们点了外卖，凯特还不停地煮着咖啡。凌晨2点，布洛赫放下最后一页文件，按揉太阳穴。

"你看完了？"凯特问。

"我想两个女孩都完了。"布洛赫说。

检方的论据以鉴识证据为依据。

被害者的尸体上有两名被告的 DNA。

凶器上有两名被告的指纹和 DNA 证据。

被害者的尸体上有索菲亚·阿韦利诺的毛发。

被害者的尸体上有亚历山德拉的齿印。

两名被告都有行凶动机,两名被告都有下手的机会。

两人的衣服上都沾到大量被害者的血。

"很难分割责任归属,到时候会取决于陪审团相信谁。"凯特说。

布洛赫指着整沓的鉴识报告,说:"那些证据会把她们两人都关进大牢。"

双人座沙发中央的骨架断了,因此沙发中间往下凹。两侧也没舒适到哪里去,不过凯特直接坐在中间,因为她凭经验知道,不管她挑哪个位置坐,最后都会滑到中间。她双肘撑着膝盖,用手指绕着头发,眼神发直。

"明早再看看她怎么说吧。"凯特说。她送布洛赫出门,然后连衣服都没换,倒头就睡,到凌晨 5 点才终于冷得受不了,起身裹着毛毯走到电暖器边,缩在地上又睡着了。

等到早上 11 点,凯特已洗过澡并换上干净的套装,到亚历山德拉的公寓找她。她的客户让她进门,请她在小小的餐桌边坐下。

"我好喜欢你的套装,是新衣服吗?"亚历山德拉问。

"对,谢谢。"

她们一同坐在桌旁,边啜饮热花草茶边闲聊,然后凯特切入正题。她向亚历山德拉解释鉴识证据,说证据看起来很不妙。也许唯一的好处,是证据对姐妹俩都很不妙。

"也许有一种方式可以将证据的影响降到最低。"凯特说,"我想明确一下我们不会去质疑 DNA、血迹和指纹证据。你告诉警方当时你赶到父亲身边,并且抱住了他。刀子你也在烹饪时用过。这些证据全都不代表你杀了你父亲,只代表凶手'可能'是你。我认为如果陪审团必须坐在那里听专家解释这些证据,罪证确凿的重量会使他们认定你必然是和妹妹联手杀了他。这方法的重点则是将对你不利的影响降到最低。处理它的最好方式就是说证据符合你的说辞。"

"那么,如果我们不去质疑那些证据,会发生什么事?"

"我们要告诉陪审团这些证据确实存在,但我们暗示它不重要,也并不能证明任何事。齿印那项证据就不一样了,那一项我们要力驳到底。"

亚历山德拉别过头,眼中冒出泪水。

"你觉得怎么好就怎么办吧。庭审的事真是让我烦恼极了。我……我……我不能看着她,我不想跟她待在同一个空间里。她杀了我爸,她想毁掉我的生活。我不想见到她。能不能架个屏幕之类的,让我不用在每个开庭日都跟她见面?"

"据我所知并没有这种做法……我会去问问。我知道这很难熬……"凯特看到亚历山德拉的手指在颤抖,便没再说下去了。凯特忽然发现她客户最关心的并不是自己会不会被定罪,而是丧父之痛,以及父亲遇害造成的那道难以愈合的伤口。

"交给我吧,我会尽量想办法。如果实在不行,请你一定要坚强。你不用看着她,看着陪审团就好。让他们看到我现在看到的你。"

亚历山德拉迎向凯特的目光,下巴抖动着,她舔掉嘴角的一滴眼泪。

"我会尽力而为。"亚历山德拉说,她深吸一口气然后憋住。她呼气时手指按压桌面,然后滑绕出图形,像是在触摸木头所有不完美之处并加以探索。

她释放出胸中的空气后,从上衣的袖子里抽出一条手帕,秀气地擦拭着湿漉漉的脸颊。凯特闻到空气中有薰衣草和香料的气味,这个气味大概来自手帕。亚历山德拉嗅了一下有香味的手帕,用食指和拇指搓揉棉布,然后摊开手帕,将它举高给凯特看。

布料一角用黑线绣着"FA"。

"这些手帕上还留有爸爸的味道,"亚历山德拉说,眼角又冒出新的泪水,"我只剩这个可以怀念他了。"

凯特握住亚历山德拉的手,她们互相露出苦笑。

"明天就要测谎了,记住这种感觉。这会帮助你通过测验的。"凯特说。

## 00:20

### 艾迪

"我的房东规定狗不能进这栋楼。"我说。

"是喔。你昨天就说过了,前天也说过了。事实上,同一句话你已经说了好几星期,打从我带克拉伦斯到办公室来你就唠叨个没完。我开始觉得你不喜欢它了。"哈利说。

他正在读检方证据开示的最后几页资料。一捆捆文件摊放在我的沙发上,哈利退休派对当晚遇见的狗趴在他脚边。哈利给它取名叫克拉伦斯,他们相处起来非常自在。狗侧躺着,哈利每次垂下手去拿下一捆文件时,它的尾巴就会敲打一下地板。哈利每隔一小时会从口袋

圈套

的塑料袋里拿出一根法兰克福香肠,用手喂给克拉伦斯。它一定是在街头流浪很久了。哈利刚收留这只狗时,它骨瘦如柴,毛也光秃秃的,现在它身上那些缺毛的部位渐渐消失了,这只可怜动物的肋骨也不再凸出。

哈利放下最后一沓纸,拍拍狗伙伴,给它一根香肠。我从桌子后起身,收拾散落在沙发周围和地上的文件,在桌上码整齐。我们先前将证据开示分成两半,我跟哈利各读一半。现在我们交换。

又过了2个小时、吃掉两根半香肠后,我们三个看起来都需要喝一杯。我从浴室的水龙头里接了一碗水,放在地上。克拉伦斯饥渴地舔舐着。

"它看起来不像叫克拉伦斯的人。"我说。

"它本来就是狗啊,我又不是因为长得像才给它取丹诺的名字。克拉伦斯·丹诺①是有史以来最伟大的辩护律师,也是名幸存者,就跟这个小家伙一样。"

"那么这位克拉伦斯·丹诺有没有什么妙计,可以为我们的客户辩护呢?"

哈利根本没看我。我们都读完了检方的证据开示——那些资料构成检方对我们客户的所有控诉论据。哈利的注意力似乎更集中在克拉伦斯身上,他揉着狗肚子,克拉伦斯则开心地猛蹬短短的后腿。

"克拉伦斯说它还在思考。这案子不简单啊,来杯喝的可能有所帮助。"

我拿咖啡壶帮哈利和我各倒了杯咖啡。我把马克杯递给他时,他明显不悦地瞪着杯子,好像我给他的是从克拉伦斯狗碗里舀出来的它

---

① 克拉伦斯·丹诺(Clarence Darrow, 1857—1938)是美国律师,曾负责多项著名案件,也提倡公民自由权,被誉为美国最伟大的律师。

166

喝剩的水。

"我们不是要喝一杯吗?"

"这是一杯喝的没错啊。"

"那玩意儿会害死你的。给我倒一大杯威士忌。"

他在不离开座位的前提下尽可能地把咖啡推远了,然后继续揉捏克拉伦斯,我则帮他倒了一杯像样的饮料。他接过威士忌小口啜饮,克拉伦斯发出满足的低吠。

我们沉默了一会儿,我伸展背部,脊椎底部又酸又麻的感觉在逐渐消散。

"你说说看,"哈利说,"检方的主要支柱有哪些?"

这是准备辩护工作的入门课。检方有权决定要怎么用证据构筑梁柱,他们希望在屋顶放上"判决有罪"的结果。我们越是能削弱底下的支撑结构,那座屋顶稳稳撑住的可能性就越低。

很简单。

"犯罪现场调查员从阿韦利诺的其中一个伤口中提取到一根头发,他说这根头发有一部分卡在伤口中。它是一根长发,约23厘米。他说这根头发进入伤口的唯一可能,就是刀子刺入时刚好将头发夹了进去。这个说法算是符合逻辑。"

"这项证据本身倒不是太致命,"哈利说,"负责检验头发的是山德勒教授,他才是真正给我们制造麻烦的人。"

检方找的毛发及纤维专家山德勒教授检验过这根头发后,判定它符合由索菲亚身上取得的头发样本。

"毛发及纤维分析并不是一门精确的科学,或许有办法攻击他的发现。就这项证据而言,这是唯一一个能攻击的点了。"

"我同意。"哈利说,"我们请哈珀去研究研究那个优秀的教授吧。"

有那么多定罪案件因为不可靠的毛发及纤维分析而翻案,势必已经有人质疑过山德勒的调查结果了。"

"我会让她也挖一挖教授的个人纪录,也许他会有什么不可告人的秘密。"

"很好。还有什么?齿印专家说被害者胸前的伤口符合亚历山德拉的牙齿造成的印记。这不错,也许我们可以利用。若是齿印专家没问题,这对索菲亚有帮助。"哈利说。

"是啊,但如果毛发及纤维专家也没问题,我们就会是两败俱伤。我们可以就那一点支持检方的论证,在交互诘问时对他们的专家放水,让亚历山德拉受到重创,但你知道吗,那让我感觉怪怪的。"

"什么东西感觉怪怪的?"哈利问。

"我们是辩护律师,我若做出任何帮助检察官的事,都会让我很想吐。"

"可是那对你的客户有帮助。"

"也许吧,但这种感觉不对。从现在起,我们把焦点放在对索菲亚的指控上就好。我们必须忘了亚历山德拉。"

"我以为你希望犯罪者受到惩罚,你不是一向走这个路线吗?"

这是体制的一部分,也是我 DNA 里的一部分。无辜者自由离开,犯罪者为罪行付出代价。如果索菲亚是清白的,亚历山德拉势必就是凶手。我应该像猎犬一样,追着亚历山德拉的鲜血跑才对。

但这个案子不同,感觉不一样。我相信索菲亚没杀她父亲。但那天晚上在警局看到亚历山德拉时,我觉得她看起来也不像杀人犯。

"你相信索菲亚是清白的吗?"我问。

"我相信什么并不重要,她是我们的客户。我知道那对你来说很重要。只是我刚好相信索菲亚,我无法想象她会对她父亲做出那种事。"

"那就说明凶手一定是亚历山德拉了。"我虽这么说,但其实缺乏信心。我相信索菲亚是无辜的,问题出在我还不能断定亚历山德拉就是凶手。有一些证据对她不利,但我还没有产生那股直觉。

哈利倾向前,问:"你呢?想法动摇了?"

我摇头,不确定是想说服哈利还是我自己,说我心里没有任何疑虑。克拉伦斯从地上站起来,蹭到哈利身边,用鼻子把他放在腿上的手拨开,然后跳上他的腿。克拉伦斯想要一点哈利的时间。

哈利轻柔地抚摸着狗,啜饮威士忌。

"凶器上提取到的两组指纹,与亚历山德拉和索菲亚两个人都匹配。这很容易解释,她们都有为父亲烹饪的习惯,所以两人都拿过那把刀。我不太担心这个。案发当晚亚历山德拉和索菲亚都在屋子里,所以作案机会是相等的,不过……"

"不过只有我们的被告有明确被纪录在案的心理健康问题、毒瘾和暴力史,而亚历山德拉是代表稳定与成功的模范生。这桩凶杀案看起来像是出自一个暴怒的疯子之手,这是另一个大问题。"哈利说。

"我该找一个精神病学家来降低伤害吗?"

"那纯粹是在浪费时间。我觉得我们不用太把她的心理健康当回事,那应该证明不了什么。我们越是把注意力引到它上面,它就越像真的有问题。"

哈利言之有理。

这时哈珀推开办公室门走进来。她没理睬哈利和我,只是弯腰逗弄克拉伦斯。它跳下哈利的腿,开始用身体侧面蹭着哈珀。哈珀温声对它说话,跟它说它好乖,它兴奋地低哼,尾巴直摇。

"喂,辩护律师也是人,你知道吗?"我问。

"别胡说了,连你自己都不相信。"哈珀说。

"索菲亚为明天做好准备了吗？"我问。

她站直身体说："她要接受测谎。她很平静，我教了她我在联邦调查局学过的压力管理技巧。"

"你觉得她能不能挺住？"我问。

"测谎的重点在于管理压力，以免测出伪阳性结果。有些天生紧张的人会让结果失准——数据其实无法判别精神脆弱者与骗子有什么不同。我们等着瞧吧，她已经处于最佳状态了。明天是个大日子。我刚才接到警局的电话，他们让我们明天晚上去阿韦利诺公馆看看现场。"

"太好了。"哈利说。

"这是一场联合检查，只允许律师与工作人员进入。在现场不能讨论案情，检察官会派人全程录像。"

"他很谨慎。"我说。

"难道你不会吗？这是个棘手的案子，他绝对不希望任何一名被告破坏现场，或是更糟：偷放什么东西，以栽赃给对方。对方律师能够看到我们检查现场的视频，我们也能看到对方的视频。至少我们能看到他们把检查的重点放在哪里，或许可以得到一些提醒。"

"凯特·布鲁克斯大概也打着同样的主意。"我说。

"啊，我已经想到这点了。"哈珀说。她的肩上挂着背包，现在她卸下背包，递给哈利一部装了长镜头的大相机。

"要是我们发现什么东西想要仔细看，又不想让检察官注意到，我们就分头行动。哈利可以用这部相机，我们用手机。录像的人不可能同时跟紧我们三个人。"她说。

"我爱你，哈珀。"说完我马上就后悔了。

我说这话的语气是很俏皮的，只是想告诉她我认为她是在场最聪明的人。可是说出来的感觉却不如我预期中的那样，感觉像别有深意。

"我是说,我、我……"

"毛发及纤维专家是谁?"哈珀无视我的窘态问道。

"山德勒教授。"哈利说。

哈珀摇着头说:"该死,他很守规矩,据我所知没犯过什么错。不过我会再查一查他。"

在上诉法庭,毛发及纤维分析经常会受到一些批评,有好几位毛发及纤维分析师必须为错误的定罪判决负责。随着他们的名声一败涂地,他们经手过的所有案件也都会被重新审查。我们原本期望地方检察官找的专家也是这染上污点的少数人之一。哈珀已做过功课,她知道东岸所有名声败坏的毛发及纤维专家的名字。而山德勒不在其中。

哈珀从包包里拿出笔记本电脑,坐到哈利旁边的沙发上。

"他有个人网站,"她说,"有很多关于他研究成果的文章。他的名声很好,是美国顶尖的鉴识纤维专家。他曾协助设计匡提科一间光谱仪分析鉴识实验室,基本上联邦调查局的实验室就是他盖的。我们没办法挑出这家伙的任何毛病——他是货真价实的。"

我把咖啡喝完,但我没伸手拿咖啡壶续杯,而是拿起那瓶威士忌。拔起瓶塞,开始倾斜瓶身,想要往我的杯子里倒一些。酒液流到瓶颈处时,我停住了。戒酒似乎是很久以前的事了,我现在可以适度饮酒,但我总有倒了一杯威士忌后,就再也停不了手的可能。我站起身,面带微笑替哈利重新斟满酒杯,然后将酒瓶放回我的书桌上。

"成功的诈骗全都建立在一项原则上:每个人都想不劳而获,贪得无厌,见钱眼开。既然山德勒这么纯净无瑕,那我们只好把他弄脏点了。"

"怎么做?"哈利问。

"我们诱使他做他最擅长的事。"

哈珀抬头看我，一时间困惑不解。

"我可不想涉入什么违法行为，如果你在动这种歪脑筋的话。"

"别担心。"

她一脸忧虑，垂下头，发丝盖住眼睛。我不想害她不安。我想都没想就伸出手，手指轻轻拂开她脸上的头发。

不管她现在在想什么、有什么感觉，当她惊觉自己在直直盯着我时，那些似乎都飘走了。她目光快速闪向地板，身体向后缩，紧张地笑了一下。

这下我们两人都尴尬了。

我看到她的喉咙上有条血管在搏动。她总是戴着一只垂在细金链上的金色十字架，那条链子看起来很廉价，十字架也很旧，底部有点发黑。我认为那是某个特别的人送的礼物，因为她每天都挂在脖子上。我不知道是谁送给她的，以及其中的缘由，但我想要知道。我想知道关于她的所有私人小事，所有细节。

恐惧让我踟蹰不前。我知道有一条线我不该跨越，不论我多想跨过去，不论我多么强烈地怀疑她也想我跨过去。

"克拉伦斯，我们去散步吧。"哈利说。

克拉伦斯马上跳起，跟着哈利走到门口。哈利离开前说："你们应该试着去约会。"

我笑了，感觉像变回 16 岁青少年。好难为情，紧张到想吐。

"他得先约我出去啊。"哈珀隔着门对哈利嚷嚷。

我听到哈利在走廊上的笑声，还有克拉伦斯的脚爪踩着木地板的声音。随着他们逐渐接近楼梯，声音越来越小。

"只是假设，如果我约你出去，那是件好事吗？"我问，我紧张到胃都变成了果冻，努力想挤出笑容。

"看情况啰。"哈珀说,"你得下一番功夫才行。我爸人生中就只买过一次花——在他第一次约我妈跟他出去的时候。他不是个浪漫的人,所以他一定是真的爱昏头了。我妈常提起那束花,她不在意那是从加油站便利商店买来的便宜玫瑰,重点是心意。"

"我看看我能做些什么。"我说。

## 00:21

### 凯特

进行测谎的当天早上,凯特坐在检测员办公室外的铁椅上,一心只希望自己能躲进一个没人找得到的洞里。她的左手无法控制地颤抖着,所以她把手塞到膝盖后面。

"你比我还紧张哎。"亚历山德拉说。

她的客户坐在她身旁,捧着2升的水瓶在喝水。凯特注意到她每次跟亚历山德拉见面,这个女人几乎都会随身携带一大瓶水,每隔5分钟就往喉咙里灌。她是凯特见过最常补充水分的人。亚历山德拉在喝水时,凯特发现自己客户的手臂在微微颤抖。亚历山德拉靴子的鞋跟正在用三拍的节奏敲打着地板。

布洛赫靠在对面的墙上,冷静、漠然、警醒。没有任何事情能逃过布洛赫的眼睛,她就像机器,四周的一切都是必须吸收以及或许要记下的资料,永不遗忘。布洛赫轮番打量着凯特和亚历山德拉。

"保持冷静就好,实话实说。"布洛赫说。

亚历山德拉点点头,又喝了一口水。

凯特点点头,啃着右手指甲。

布洛赫犹如一尊石像。

凯特左侧的门打开,走出一名身穿西装的男人。他向她们打招呼,介绍自己是一名持有执照的测谎专家,名叫卡特·约翰逊,并请她们进去。

那个房间没有窗户,只有角落的桌子被台灯照亮,而台灯四周3米范围外一片漆黑。台灯旁放着一台笔记本电脑和一台台式电脑,台式电脑上方架了三个屏幕,桌子旁有一把椅子,它面向房间,背对着墙壁。

约翰逊示意亚历山德拉坐进椅子,然后开始将监测器固定在她的拇指、手臂、额头和颈部。

"我只是来旁观的。"黑暗中有个嗓音说。

凯特锁定声音来源,看到卫斯理·德雷尔的半张脸被他手机屏幕的光线照亮。

"我并没有同意你待在这里。"凯特说。

"你也没说过不准我出席啊。我已经来了,我不会妨碍你们的,我会待在角落里,跟老鼠一样安静。"德雷尔说。

凯特渐渐习惯了昏暗的光线,现在她看出房间的角落里有一排椅子。凯特和布洛赫坐在一起,看着亚历山德拉让自己镇定下来,用鼻子深深吸气,再从嘴巴吐气,悠长缓慢,然后短而急促。她伸展脖子,闭上眼睛。

亚历山德拉准备好了。

检测员约翰逊向她说明,他将问她几个问题,得到的回应会作为判读的基准。

"你是亚历山德拉·阿韦利诺吗?"他问。

"是。"

"你是金发吗?"

"是。"

"你住在纽约吗?"

"是。"

她在回答问题时,眼睛直视前方,整个人尽可能保持静止。她唯一的动作是用手指抚摸一条手链,那是串在皮绳上的黑珍珠手链,还夹着几个金属小饰品。亚历山德拉并没有紧张不安地转动腕上的手链,她只是摩擦皮绳、滚动珍珠、捏着小饰品感觉它们,仿佛第一次探索它们的触感。

"希拉里·克林顿是现任美国总统吗?"

"不是。"

随着一道道问题累积,屏幕上快速画出线条,约翰逊边做笔记边按鼠标。这是新的技术。凯特觉得这和那种上面有针跳来跳去画出波纹,同时底下送出一长串纸张的机器已有了天壤之别。

"今天是星期三吗?"

"不是。"

"你进大楼时外面有没有下雪?"

"没有。"

"法兰克·阿韦利诺是不是你杀的?"

"不是。"

"法兰克·阿韦利诺是你妹妹杀的吗?"

"是。"

"你目前的作答有没有撒谎?"

"没有。"

约翰逊回头瞥了一眼德雷尔,并朝他点点头。德雷尔呼出一口气,对约翰逊比了个大拇指。约翰逊左手往下探,拎起一个装在透明塑料袋里的东西。

"你是否用这把刀杀了法兰克·阿韦利诺?"

停顿。亚历山德拉盯着面前的东西,凯特则起身朝德雷尔发飙——每说一个字,她的音量和怒气都增添一分。

"这是偷袭。这场测试到此为止。我只答应让你的检测员问问题,并没有同意让你把凶器拿给我的客户看——这实在太过分了。你不感到羞耻吗?"

德雷尔举起双手安抚她。布洛赫大步走到亚历山德拉身边,她仍没有回答那个问题。她别开头不看刀子,还遮着眼睛。她的胸口剧烈起伏。布洛赫扯掉固定在她皮肤上的监测器。

"这种事我们不能接受。我们受够了,现在就要离开。我的客户是受害者,你怎么敢把杀她父亲的凶器送到她面前?什么病态的禽兽才做得出这种事来?"凯特问。

"除非陪审团的十二个人说她无罪,她才是受害者,布鲁克斯小姐。你心知肚明。在这里发生了什么实际状况,都能在交互诘问时被提出来。跟你的客户说我不会被她的假眼泪唬住了。"

布洛赫陪亚历山德拉走到门口,凯特跟着她们出了门。到了走廊上,凯特撞上布洛赫的背。布洛赫站着不动,直直盯着前方。要不是凯特站在她们后面,她肯定不会注意到布洛赫抬起手,牢牢抓住了亚历山德拉的右手臂。

凯特往旁边跨了一步,看向前方。

走廊另一头是布洛赫停下脚步的理由。艾迪·弗林、哈利·福特和哈珀正陪着他们的客户索菲亚朝这里走来。

凯特迅速转回身子,看到德雷尔走出检测室。他走到她们前方,然后停住。她们若想离开大楼,就得先经过德雷尔,再经过另外那支辩护团队。

凯特不希望亚历山德拉这么快就得面对这一刻。

亚历山德拉的恐惧之一就是与妹妹置身同一空间。与杀父凶手面对面是一回事,但是当凶手是你妹妹时,痛苦就会加倍。

"亚历山德拉,眼睛看地上,跟我一起走。别看她,别跟她说话。"布洛赫说。

她们开始走。

"这是你设的局。"她们经过德雷尔时,凯特恶狠狠地对他说。

他一言不发。亚历山德拉的保释条件跟索菲亚一样,两人都不能与案件证人或彼此有任何直接或间接的接触。

"只要你对她说一个字,德雷尔就会逮捕你,要求法院撤销你的保释令。别跟她说话,别看她,头低下。"凯特说。

看起来艾迪·弗林也在对他的客户说着同样的话。他找到一扇门,跨了进去,哈珀也把索菲亚拉进门。

他们只相隔3米了,索菲亚巴着门框,艾迪挡着她不让走廊上的人看见。索菲亚在对他们说:"不、不、不……"她们经过时,凯特看到索菲亚从艾迪身体旁探出来偷看。凯特永远不会忘记她的表情。

索菲亚目光如炬,眼周泛红,眼中闪着泪光、憎恨以及悲哀。她们经过时,索菲亚没再说什么。哈利·福特贴向墙壁,凯特点头致意。他点头回应,然后望向凯特的客户。

亚历山德拉遮着眼睛,好像她妹妹是日食,光是直视她都会弄瞎自己的眼睛。

姐妹俩都没开口。凯特一手按着亚历山德拉的背,轻轻催促她加快脚步。凯特感觉到一股紧绷的气氛，仿佛有一团毒雾从那道门飘了出来。

她们平安无事地通过了，绕过转角，走向出口。

布洛赫替她们拉开门，然后带头走向亚历山德拉停在停车场的SUV车。亚历山德拉在包包里翻弄一阵后，把车钥匙掉在地上。凯特捡起钥匙，打开车门，让亚历山德拉坐进驾驶座。车门仍开着，凯特陪伴着哭出来的亚历山德拉。

"我不知道要怎么撑过这一切。"亚历山德拉说。

"我们会在你身边，陪你走过每一步。你比你自认为的要更坚强。"凯特说。

亚历山德拉发出一阵神经质的笑声，说："我简直一团糟。明知道索菲亚做了什么——我不能跟她待在同一个空间里。我就是不能。"

"你能，你也要这么做。"布洛赫说。

一时间没人说话。亚历山德拉点点头，用餐巾纸擤鼻子，向布洛赫和凯特道谢。凯特说她一会儿会用电子邮件寄出检查犯罪现场的视频，看亚历山德拉能否发现什么有用的线索。凯特关上车门，看着亚历山德拉开走。

"德雷尔想看她的反应，包括对刀子，还有见到妹妹时的反应。很聪明。"布洛赫说。

"他不确定是哪一个杀了法兰克·阿韦利诺，他在评估她们。我觉得他是刻意要扰乱她们的心智。他希望姐妹俩互相厮杀，然后他就能坐收渔翁之利，将两个人都定罪。希望索菲亚的测谎结果比亚历山德拉糟得多。"凯特说。

当天晚上，凯特和布洛赫按照规定的时间准时抵达富兰克林街去看犯罪现场，亚历山德拉没去。她们不希望亚历山德拉和索菲亚再有更多的接触。

地方检察官办公室派的录像人员在大门口跟她们会合，有一位年轻的身穿纽约市警局制服的警察开门让她们进屋。

凯特原本期望见到房屋内部能给她更多的辩护灵感，以为她能看出什么有助于证明亚历山德拉无罪，或者说，证明索菲亚有罪的东西。

她们拍了照片，也拍了自己的视频。

1个小时后她们离开房屋时，两人都很失望，因为她们没能发现什么打赢官司的制胜点。不过两人确实都更了解房屋的格局以及它到底有多大，所以倒也不能说完全白来这一趟。

等凯特回到家，检察官已将双方的视频都寄来了。凯特点进电子邮件，将它转寄给亚历山德拉。

也许她会看出凯特没发现的东西？

00:22

## 艾迪

我确定凯特和她的客户已经安全地经过储藏室后，便放开了索菲亚。她原本就因即将接受的测谎而焦虑，而这只会让状况更糟。我看到她们朝我们走来时，知道自己一定得把她拉开。我们身处的房间角落堆着纸箱，剩下的墙面被置物架占据，架上摆满各种文具。一开始索菲亚不配合，我看出她涌现一股怒气，也有受伤的情绪。最初她抵抗着，不断对我说"不"，并且巴着门框。她想去找她姐姐。亚历山德拉夺走了索菲亚的一切。然后，她的情绪压垮了她。

索菲亚抓着我，抱住我，把头埋在我胸前，呜咽着紧紧揪住我。我用双臂搂着她的肩膀，低声说不会有事的。现在我放开她，告诉她亚历山德拉已经离开了。

她松开抱住我的手臂，退后一步，顺了顺头发。她刚才哭了，我的衬衫口袋上湿了一块。

"对不起。"她说。

"没关系，这件衬衫已经沾过很多眼泪了，不过大部分是我的。别担心，她已经走了，你很安全。"

"危机解除。"哈利在走廊里说。我们出去找他，沿着走廊进入检测室。入内后，我看到德雷尔以及穿着实验袍的检测员，检测员在电脑上打字，上方有一排屏幕，旁边有一张给受测者坐的椅子。我要索菲亚放松心情坐下来。哈利陪她过去，以确保她心情稳定，也顺便确认检测程序。

"希望你觉得刚才是值得的。"我对德雷尔说。他当作没听见。他已经在写笔记了。

"到时候就知道了，不是吗？"他回答。

穿白色实验袍的检测员在给索菲亚安监测器时，哈利对她轻声细语，提醒她如实回答，最重要的是放轻松。

检测员开始用一些简单的问题测谎。几分钟后，索菲亚便上手了。她回答时更有自信，且坚持自己的说辞。

"你有没有杀你父亲？"检测员问。

索菲亚直视他，然后看向德雷尔，表情无动于衷。她握有掌控权。另一方面，德雷尔看起来像是那种突然发现自己可能搭错了公交车的人。他啃着食指指甲，不时地调整一下领带，接着又把已经啃到秃的指甲送到嘴里。无论他为今天安排了什么把戏,都没有如他所希望的那样成功。

我将注意力转回索菲亚身上,发现她并没有回答问题。她的嘴唇颤抖,说:"没有。"

现在检测员手里多了一样东西,它装在塑胶证物袋里。他将袋子放在索菲亚旁边,说:"是你将这把刀捅进你父亲的眼窝吗?"

索菲亚眼中的泪水快速滑下双颊。只听她小声说:"不是。"

"真该死,"我说,"太低级了。马上停止测验。"

德雷尔还来不及插话,索菲亚就说:"不,没关系,我没事。继续吧。"

我摇头。

"索菲亚,这是偷袭。这场测验的结果已经失准了。你对凶器的反应很自然,却会被这位混账博士纪录为数据中的尖峰,他会说你这一题撒谎了。"我指着检测员说。

他转过头说:"我只是在尽我的职责。"

"如果你的职责就是威吓、吓唬我的客户,那你做得很成功。走吧,这简直是闹剧。"

"不,没关系,我说的是实话。"索菲亚说。

除了直接走过去撕掉她皮肤上的监测器,我其实也做不了什么。我考虑了一下。那是正确的做法。我望着检测员面前三个屏幕中间的那一个,上面秀出一波疯狂线条,然后是比较有节奏又平顺的弧形。狂乱线条的部分是索菲亚看到凶器时情绪波动使得监测器暴跳如雷的结果。

情况不太妙。

"再问她一遍上一个问题。"我说。

"好吧。"检测员说,"你有将那把刀刺进你父亲的头部吗?"

"没有。"索菲亚说。

我看着屏幕。平顺的线条。

实话。

安心感整桶淋在我头上,像一波暖流将我冲洗干净。我的判断是正确的,索菲亚是清白的。但这项认知带来的安慰并不持久,正如同来时的迅速,责任的重量也使安心感瞬间消散。

如果我失败了,这个人生乱七八糟的无辜女子就会去坐牢,而她一逮到机会就会用毛毯做成绳子上吊。代表无辜的客户打谋杀案官司就像是要拯救坠落悬崖边缘的人,你抓住他们的手了,你必须撑住,你必须将他们拽到安全地带。他们的命掌握在你的手里,你的力量是唯一阻止他们坠入深渊的东西。

只剩几周就要开庭了。

虽然我很肯定,德雷尔却正好相反。我敢说他原本准备用测谎结果来将两名被告区分出一些差异,结果反而害了自己。他啃着指甲,完全无视我,盯着检测员的屏幕。他叹口气,站起身说道:"准备好出庭吧,我可不会手下留情的,艾迪。"

"放马过来吧。"我说。

当天晚上去凶案现场的检查毫无意义。除了了解了豪宅的格局之外,我什么收获也没有。开车回我办公室的路上,哈珀和哈利承认他们也没什么发现。没什么警方遗漏的线索。我们拍了照片,不过似乎没什么用处。检察官会给陪审团看他们的官方摄影师所拍的有尸体在原处的照片,我们的照片没有任何证据价值。

不过我可能还是会再仔细看一遍照片,看能不能有什么意外发现,但我相当怀疑。

回到办公室后两小时,哈珀和哈利已经离开了,这时我收到检察官的电子邮件,附有我们检查现场的视频。我看了凯特的视频,不觉得她们在看现场时有任何灵光乍现的时刻——就算有,她们也巧妙地掩饰住了反应。

我将两个视频转发给索菲亚,接着喝光了咖啡。

## 00:23

### 她

她从喉中发出动物般的吼叫声,回音在公寓的四壁间慢慢回荡散去。对面墙上的一大块污渍往地上滴着红酒,污渍下方是玻璃碎片。她刚才丢出酒杯,将它砸了个粉碎。

她滑着手机屏幕,调出视频的播放选项。她将视频往回拉了30秒,然后重新看了一遍。

两个视频她都看了。双方的辩护团队都在屋内到处查探,尤其着重在那间卧室里拍照,做笔记。她并不像自己应该做的,寻找有助于自己打官司的事情。她反而仔细观察,确保两边的辩护团队都没在那间卧室发现什么能将她与父亲凶案联系起来的线索。因为那里确实有线索,有她遗漏的东西。对细心的观察者来说,那个房间的小地毯上沾满了各种脚印,裸露的床垫上还有一大块橘色污渍。从血迹模式看,没有什么能让她与共同被告有所区别的元素。那不是她在玩的游戏。

不,直到她看了这个视频,她才发现她的计划到目前为止唯一的瑕疵。

它既明了又单纯，而且看起来其中一方的辩护团队可能只用一张照片就会揭露她的失误。他们的相机就对准那个位置亮起闪光灯。就算他们没有马上看出端倪（她相当确定他们没有），等他们洗出这些照片时也绝对会发现。从他们在视频中的反应判断，拍照者似乎没有意识到那张照片有什么了不起的。但假以时日，他们会有所察觉的。

这件事风险很高。只有一方的辩护团队拍了那张照片。那张照片不能曝光，若是有人仔细研究它，他们就会知道她是真凶。他们会恍然大悟。她得阻止此事。全世界不能有任何人知道她杀了她爸爸，她绝不允许这种事发生。因为一个愚蠢的失误以及一张幸运的照片，她的一切努力都会瓦解。

她需要行动。今晚。现在。

拿到照片。

杀了拍照者。

# 第四部 殷红之夜

**00:24**

## 她

她背着新背包,沿着那排深色房屋前行,避开路灯在人行道上投下的一块块琥珀色光圈。背包中有小手电筒、绳子、叶片型折叠刀、打火机、小型乙炔切割器、电击枪和断线钳。这次下手会很快,不需要弃尸,她会把犯罪现场布置成失控的抢劫案。

若是运气好的话,她不必用到破门工具。如果对方开门时没拿掉门链,她就得使用电击枪了。等对方倒地,再用乙炔切割器烧门链。往黄铜门链上烧个 10 秒,它对断线钳来说就像意大利面一样柔软。如果门链勾着,她猜想要花 20 秒才能进屋。站在被害者门口 20 秒是很长的时间,但是没有别的方法了,从后门进去风险更高,她从没进过那间屋子,不知道可能会触发哪种警报系统,而且后门有安全照明灯,可能搭配了动作感应器。

从屋子后面进入是不可能的。

她绕着房子转了一圈。

有只狗开始狂吠,它在室内。很难判断叫声来自目标的房子还是邻近的其他房屋。她站在屋后的巷子里。二楼有盏灯亮起,是台灯。那束灯光不够刺眼,不是天花板的灯。这是微暗而温暖的光芒。

也许那只狗把目标吵醒了。

她从巷子出来，拉起兜帽，紧紧包住棒球帽——棒球帽的帽檐让兜帽不至于遮挡到她的视线。她喜欢黑暗。她从未害怕夜晚，她跟她的姐妹不同，她们小时候，她的姐妹每晚都会哼哼唧唧地抱怨。她的姐妹睡觉时总是需要有灯光，开着台灯，不然让走廊的光线透一点到房间里也好。

她爱黑暗，感觉就像披上一件凉爽舒心的斗篷。从很小的时候起，她就知道黑暗里没有什么东西会伤害她。她一向不爱睡觉，当她家人都在沉睡时，她会在安静的屋子里游走，观察阴影中形成的轮廓——享受房间和家具被黑暗转变，呈现出既熟悉又陌生的角度。她觉得月光好美，它是恶魔的霓虹灯。

雷声轰鸣。

大雨倾盆而下，像有人打开了莲蓬头。又重又密的雨珠。她暂时仰面朝天，让雨落在脸颊上，用它冰冷的爱抚赋予她新的活力。

她脱下背包，拿在身前，拉开拉链，取出刀子。她打开刀刃，固定住，小心翼翼地放进外套口袋。

时候到了。

那只狗又叫了，同时她踩上屋子前门的第一级台阶，然后再一级。一连串的狗叫声为她喝彩。她心中默数，共跨上五级石阶来到前门。门廊的灯自动亮起，照在她身上。她瞥向周围。

街上没有人。

狗叫声减弱，只留下平静，以及林立在街道对面的那一排树和树枝间风的细语。

她再次确认街上的状况，街道是空的。她放下背包，敲门。背包半敞，准备好让她随时伸手进去拿电击枪。

她没再听见别的声音，没看到门厅的灯打开。如果有人开灯，她应该会从门上方的窄窗里看到。

她又敲了一次门，等待。

她凑近一些，转头，贴在门上。她能听到脚踩在楼梯上微弱又有节奏的嘎吱声。下楼的速度不快，很稳定，因为时间太晚而保持着谨慎。

她感觉有人朝她靠近，现在在门的另一侧，只隔了1米左右，她的心跳加速。她站直身体，硬是压抑住兴奋。她知道只要再过几秒，她就会进到屋内。当她在柔软的肉里扭转刀子，温热的鲜血会喷在她的手腕上。

## 哈利

他知道自己又陷入同一个该死的梦境。

在那个介于做梦与苏醒之间的朦胧状态里，他告诉自己他很安全，那只是梦。他并非真的跪在距离越南河内30公里远的丛林散兵坑里，将他的作战服黏在皮肤上的汗水不是真的，他的M-16步枪并没有真的从湿淋淋的手中往下滑，他的双手也没有沾满受伤副官的鲜血，副官刚才踩到地雷，在一阵巨响和火光中失去了双腿。

他在做梦。

同之前大多数夜晚一样，他气喘吁吁地醒过来。他在床上坐直，大口大口地吸着气。今晚他克制着冲动，不察看双手以确定那不是真的。哈利听到克拉伦斯发出一声呜咽，原本蜷在床尾的小狗站起来，轻柔地走向他。克拉伦斯的湿鼻头擦过哈利的脸颊，然后他感觉到粗糙冰冷的舌头舔着他的鼻子。

"没事，你好乖。"哈利拍拍小狗说。

几分钟后，哈利的呼吸恢复正常。这时他察觉自己真的满身是汗，他的白色背心都湿透了。他脱下背心扔到角落，等早上再捡起来丢进洗衣篮吧。刚卸任不久的前福特太太要是知道，肯定会为这种事修理他一顿。她现在在夏威夷，想必在和她的网球教练你侬我侬。

"那只是个梦，小子。"哈利轻抚着克拉伦斯说。

但它曾是真事，虽然是很多年前的事了。他永远摆脱不了那个阴影。不管他活到多老，哈利·福特有一部分始终未离开过那个散兵坑。

克拉伦斯猛然转头朝向卧室门，它发出低吼，然后跳下床对着房门狂吠。哈利打开床边桌上的台灯，摸到台灯旁的眼镜，戴上了它。

"克拉伦斯，怎么了？"

小狗转头看哈利，叫了一声，然后又将警觉的目光转回房门的方向。

哈利掀开被子，感觉冷空气吹拂在腿上。他跨下床站了起来。

"嗯，至少可以确定不是敌军。"他低喃。

雷声轰鸣。

哈利几乎立刻听到暴雨打在屋顶上的声音。克拉伦斯面不改色，仍定定地望着房门。

哈利感到一阵尿意。年纪大了。他在卧室里的浴室上了厕所，听着克拉伦斯继续对着门低吼和狂吠。哈利叫它安静，但现在他相信狗狗听到或感觉到除了雷声以外的事物，他应该去察看一下。他冲了马桶，洗手，顺便往脸上泼水，好让自己更清醒一点。梦中的景象已经从他的脑海里淡去，至少今晚是如此。

哈利走出浴室，看到克拉伦斯用脚掌挠着房门。事情不太对劲。一瞬间他想到以前从军时留下的枪，它安全地锁在衣柜的一个盒子里。开锁的钥匙在五斗柜上的罐子中，埋在一堆钱币底下。

他摇摇头，打开卧室的门。克拉伦斯急着将鼻子塞进门缝往旁边扭，用最快的速度挤出门，然后奔下楼梯。

哈利正准备跟过去，突然听到某个声音。他停住，再仔细听。

有了，微微的敲击声。

哈利走下楼梯时，无法判断摩擦声是来自老旧的楼梯还是他的膝盖。那不重要，反正两者都不会在近期之内得到修复。他走到楼梯底部，本以为会看到克拉伦斯站在大门前守卫。

然而克拉伦斯不在那里。

他往旁边看，看到它蜷缩在门厅的角落里。它的小头垂得低低的，尾巴夹在腿间，全身发抖。它没再低吼或喘气，它很安静，整只狗都僵住了，哈利认为它被门外不知道是什么的东西吓到了。克拉伦斯在街头混过，天知道它经历过什么事，或谁曾经伤害过它，但哈利现在才第一次在他的小狗脸上看到恐惧。显然它很怕外面的东西，因为尽管这只动物已吓成这样，它仍定定地望着前门。

哈利走向前，走向大门。他口腔发干。门厅感觉很冷，他脖子上的金链子似乎放大了寒意，犹如冰冷的吊索勒住了他。

他转开闩锁，握住门把手，开始转动。

## 布洛赫

布洛赫一向无法轻易入眠。她从小就会清醒地在床上躺上好几个小时，盯着装在天花板上的吊灯，以及外面路灯的微光透进房间而将那盏吊灯投射出的阴影。

现在她躺在父母的旧卧室里。她已经搬回来好几个月了，却还未拆开搬家纸箱，也没有把家里布置好。一块日式薄床垫、几件卧室家具和一张沙发，就是整栋房子仅有的摆设了。她开车经过三家居家园艺用品店，但想到要在儿时的家里放入新家具还是有点别扭。感觉她老妈老爸不会赞成的。她知道这想法很没道理，却足以让她暂时维持家徒四壁。万一她买了什么，结果那东西却不符合她对这个家的感觉怎么办？这让她很担心。她希望一切都是完美的。

　　床垫硬邦邦的，不过有种奇异的舒适感。她在地上放了个旧台灯，电线太短，她无法把它放在新的床边桌上。要让这栋房子像个样子还需要点时间，在那之前她只能将就点。她探过身去打开台灯，然后翻开一本埃尔莫·伦纳德的犯罪小说，这本书她很多年前读过，不过现在已经忘光了。

　　她的下巴开始疼痛，她提醒自己别再磨牙。

　　都是因为台灯放在地上而不是床边桌上，才害她磨牙磨到痛。她的台灯以前总是放在床边桌上。

　　布洛赫喜欢一切井然有序。室内有东西格格不入，会让她感觉像鞋子里有颗碎石头。她思考深夜的这个时间能去哪里买到延长线。布洛赫告诉自己，她让事情失控了。她离开床垫走进浴室。洗手台旁的玻璃杯里放着一个护牙器，她每晚就寝时都戴着它，防止自己磨牙，但它会让她牙龈疼痛，也就更难睡着。她冲了冲护牙器，正准备戴上，就听到有只狗在叫。

　　叫声并不是来自隔壁凯特的父亲家，路易斯没有养狗。一定是另一侧的邻居，从圣地亚哥来的年轻夫妻，他们开的车是福特金牛座，老是停得太靠近布洛赫的车道。

　　雷声轰鸣。

　　那只狗又发出一连串叫声，并不是太吵。布洛赫听得出那条狗是在室内某处。要是它在后院，叫声一定大得多。这附近的房子在设计时可没考虑过噪声问题。大雨像用水管喷在房子上。布洛赫戴上护牙器，关掉浴室灯，正要走回卧室，便听见雨声之外的声响。

听起来像敲打声。

是从楼下传来的。

她探出护栏，望向底下的黑暗。

她竖着耳朵，什么也没听到。

她站直身体，将护牙器顶到唇边，张开嘴，然后她又听到了。

不是敲打声。

有人在敲她的门。

已经很晚了，晚到其实应该要说很早才对。

她快步走到浴室里，将护牙器丢进杯子，再慢慢走下楼梯。楼梯旁的墙上挂着两张照片，一张是她在警校毕业式当天拍的，另一张是她父母在某个海滩的合影。他们看起来很开心。她母亲将蛋卷冰激凌举到嘴边，她父亲则吻着母亲的脸颊。那一吻使她母亲半眯起眼睛。布洛赫从母亲眼角的皱纹看得出她很欢迎这一吻——它就和冰激凌一样甜蜜。

布洛赫继续下楼，但她经过父母的合照时，弯腰捡起那天晚上早些时候她挂完照片后留在楼梯上的羊角锤。

锤子握起来手感很好。理想情况下，布洛赫应该在靠近大门前，先回楼上去拿枪。三更半夜不管来者是何人，绝对都没好事。

布洛赫穿着棉质睡衣，光着脚走到前门。她在门边站了一会儿，仔细听。她握紧锤子，让锤子垂在身侧，然后转动弹簧锁，打开了门闩。门闩缩回门板内的凹槽时发出咔嗒一声。

她一手放在弹簧锁上，将那道锁也打开，然后转动门把手，对她将在门的另一侧发现什么提心吊胆。

## 她

  她的手指牢牢扣住刀柄，取出刀子，藏在大腿后面。她将身体向左侧微倾，确保自己藏着武器的动作不至于太明显。

  她的感官增强了，她感觉与世界、自然融为一体。她是食物链顶端的掠食者。她的耳朵听到门锁打开的机械咔嗒声，门闩打开时几乎难以察觉的金属摩擦声，被转动的门把手所带动，然后门板打开一条小缝。黑暗的门厅以慢动作自我揭露，吸气，她做好猝然攻击的准备。她耸起肩膀肌肉，踮起脚尖，像是张开大口、露出利爪、即将从藏身的草丛里扑向猎物的母老虎。

  门又开大了一些……

## 哈利

  哈利慢慢拉开门，左手握着门把手，右手握成拳头。街道慢慢变得清晰，他看出有个人影站在那里。那个人将夜色像裹尸布一样披在身上。

  克拉伦斯开始呜咽嗥叫。

## 她

  没有门链阻挡她进屋。她动作很快，用右肩撞门，让猎物大吃一惊。进屋后，门厅很暗，但她的眼睛早已适应昏暗。

  有只狗在嗥叫。

  目标踉跄后退时，她谨慎而迅速地跨出三步，然后将刀子捅进肉体。

刀刃刺在肋骨下方，角度很完美。它从肋骨下方滑入，轨迹比垂直稍偏一点，刀尖直取心脏。

她的拳头紧紧握着刀柄，扭转刀身。

这一扭带出汹涌的动脉血，沿着刀身中央的沟槽流出来，漫过她的手和手腕。她放开武器，尸体倒在地上。她的被害者在后脑勺碰到地毯之前就已经死了。

她蹲下来搜查尸身。一无所获。她跑到楼上的卧室，拿到有照片的手机，又翻查抽屉并把里面的东西全倒在地上。她找到一小沓现钞，便放进口袋里。她将手机砸烂，再跑下楼。

她弯腰抓住毫无生命力的躯体，将它往门厅的方向拖近了一些。

她看到地上有个亮亮的东西。

刚才尸体脖子上松松地挂着一条细金链，当她抬起尸体时，链子一定是勾到她了。想必有个链环扯断了，链子就这么散开掉在地上。它看起来很廉价，她判断抢匪不会认为它值得带走。她离开房屋，出门后把前门带上，然后逃离现场，背包在她后腰弹跳不止。

## 布洛赫

布洛赫打开门时，夜风让她打了个冷战。当她看到门外是什么时，忍不住惊恐地捂住嘴、闭上眼睛。

有只又大又肥的渡鸦踩在一只小绿鸟身上，那是一只和尚鹦鹉。那只渡鸦狠狠地啄食着猎物，用力到鸟喙都穿透鸟身敲击到底下的木板了。大黑鸟的吃相贪婪无比，满头都是鹦鹉肉，布洛赫的门廊上血迹斑斑。

布洛赫朝渡鸦大叫，它向后退，扑着翅膀飞到门廊的栏杆上。布洛赫从为数不多的几个空包装箱中挑了一个，拆开，用底部的那片纸板将鹦鹉的残骸铲进纸箱里。她先后封起纸箱的底部和顶端，把纸箱抱进屋里。

她关门时看到渡鸦瞪着她，然后发出抗议的叫声，它的大餐被抢走了。

那只鸟死了，布洛赫无法眼睁睁地看着它的尸体在她的门口被撕碎。明天早上她会连同纸箱将鸟埋在后院。

## 哈利

站在他前门外的人影看起来很怪，扭曲地驼着背，仿佛背负着巨大的重量。

克拉伦斯再次呜咽起来。

人影快速跨向前，进入光线中。

艾迪看起来像被大雨淹到只剩半条命，他的西装和衬衫贴在身上。他抬起头，哈利看出弄湿他脸的不只是雨水。艾迪的脸痛苦到扭曲变形。他说不出话，不过嘴唇仍兀自动着。

哈利本能地抬起手去摸脖子上的金链，链子上挂着他两位挚友的军牌，在某个殷红之夜，他们再也未能离开那片炙热丛林中驻守的散兵坑。艾迪举起一只手，绕在他指间的是一条链子，链子下垂着一只古旧泛黑的十字架。即使下着雨，哈利都能看见链子和十字架上有血。

那是哈珀的项链。

这时哈利才注意到艾迪另一只手拿着什么。一束湿透的鲜花，包装纸上印着 OK 便利店①的商标。

加油站便利店卖的便宜花束。

"她不在了。我去她家给她送花,结果看到警车停在屋外。"艾迪说,嗓音如实质般展现出那道快要撕裂他的伤口,"哈珀遇害了。"

---

① 一家 1951 年成立于艾尔帕索的连锁式便利商店集团。

# 第五部 审判

（案发三个月后）

# 00:25

## 她

刚过午夜12点，再过9个小时就要开庭了。她的双脚在人行道上化为模糊的影子。她在步伐中找到了稳定的节奏，前方还有好几公里路要跑。跑步让她的心思飘向最近的一些事件。

在最初律师们为挑选陪审团而去法庭的那两天里，她没有看自己的姐妹。她能感觉到自己姐妹的目光投向了她，但她没看。她不能。她把注意力放在法官、她的律师以及陪审团身上，就这样。她知道若是自己转头看自己的姐妹，她会忍不住微笑，她可不能让任何人看到这一幕。她不能在审判期间不小心让面具滑落。她所有的努力都为了这一刻。

她公寓里的象棋棋盘完全复制了以前与自己的姐妹下的那盘棋。所有棋子都摆在她们下完上一步时的位置。在妈妈摔断脖子之前。

从那天以后，她就在脑中与姐妹对战。部署士兵，将一个骑士和城堡移动到完美的攻击位置。她的皇后蓄势待发。皇后很快就会出手，那是她军火库中最强大的武器。

要是她的姐妹没有受到惩罚，那她得到爸爸财富的甜美滋味就要大打折扣了。

这场进行了一辈子的棋局，将在9个小时后的法庭上一决胜负。

她将需要运用她手上所有的力量以确保计划贯彻始终。白天，她是姐妹俩中清白的一人,被诬告谋杀了自己的父亲。到了夜晚,她就有工作要做了。

她在接近餐厅时放慢了速度。她慢跑经过餐厅,从窗户瞥向里面。哈尔·科恩牵着坐在桌子对面的年轻女人的手。科恩身穿潇洒的黑色西装,大概是阿玛尼或拉格斐。女人穿着紧到让她血液循环不良的红色连身裙,不过这能让科恩血脉偾张。她目测这个女人的年龄只有科恩的一半,比科恩的老婆年轻至少20岁。

她在餐厅宽阔的侧窗外停住。她的手机固定在一条臂环上,上面套着一层透明的塑胶膜。她还戴着无线入耳式耳机。她按了一下耳机上的按钮,启动手机的相机。她的手臂角度正好,将那对偷情的男女全拍了下来。

她从臂环上取下手机,把那张刚拍下来的照片发给哈尔,并绕过街角走向后巷。她转进后巷之前又拍了张照,也发给了哈尔。哈尔会穿过厨房到后门来找她。

巷弄内没什么光线。她一直往里走,经过大垃圾箱,到餐厅后面的铁门外。其中一扇门开了,哈尔走出来,然后把门带上。如果他告诉她的事准确无误,现在有些事情就必须要处理。最好在黑暗中解决掉的那种事。

"我收到你的信息了,是真的吗?"她问。

"你自己看。"哈尔说,从外套内侧的口袋里取出一张纸交给她。

她用手机的手电筒功能照明,扫视那张纸,心跳加速。

"当然这是复印件,不过你看得出来我说的是实话。"哈尔说。

她点点头,说:"你在信息里说我们该来谈笔交易。难道你忘了我们已经谈好交易了吗?"

"那是之前的事。"哈尔说。

"什么之前？"

"在我发现那个之前。"他指着那张纸说。

"这又造成了什么样的变化？"

"这个嘛，我在想，你的姐妹也许愿意付更高的价钱。"哈尔说，阴沉的五官露出狡狯的笑容。在光线不足的情况下，这个表情看起来格外狰狞，像是恶犬在咬人前龇出了牙齿。

"原件在哪儿？"她问。

"在地方检察官办公室。我几天前交给他们了。"

"什么？"

"若是没有我，它毫无价值。你不懂吗？如果没有我的证词，它根本就是张废纸。"

"你跟地方检察官说了什么？"

"没说什么，不过他们很想谈谈。"

"你的证词值多少钱？"她问。

"以你的情况来说，1000万美金？当然这只是定金。"

"我没有那么多现金。"她说。

"那是你的问题。我会等到明天早上9点，然后我就会找你的姐妹谈了。我的证词偏向哪一方都行，就看谁愿意多付一点。"

他拉开厨房后门，回去餐厅找他的情妇。门在他身后关上。

她双手叉腰。她现在没有1000万美金。等她得到继承的遗产，就可以相当轻松地拿出那笔现金了，可是现在——不可能。

她迈开脚步沿着小巷奔跑，等她跑到有路灯的地方时，她已有了计划。

圈套

## 00:26

## 艾迪

"我都搞不清楚那一晚到现在已经过了多久了,"我说,"每当我想起那件事,总是不太能拼凑起来。记忆并不齐全,只有碎片。也许这是好事。心理医生告诉我这是创伤的征兆。"

我用指尖抚过墓碑上的刻字。

玛丽·伊丽莎白·哈珀

我无法再读下去了。尽管哈珀与她私人调查公司的合伙人乔·华盛顿离开联邦调查局已将近两年,联邦调查局还是为她举行了荣葬。乔不愿意跟我交谈。哈珀的前同事们比较通情达理,他们让我与其他吊丧者一起站在墓旁,也许因为我是和哈利一起来的。仪式结束后,有位探员来找我,是佩吉·德莱尼。不算太久以前,我们与哈珀合作过一个案子,佩吉和哈珀救了我一命。她是联邦调查局行为分析组的分析师,也是我认识的人里最聪明的人之一。当时她为了追查康尼岛杀手,已经在纽约待了好几个月了。

"乔会走出来的,"她说,"他很心痛,因为他没能在现场救她。"

我点头道谢,但我知道伤口永远不会愈合。乔怪他自己,也怪我,因为哈珀需要我们时我们都不在。我不怪他。该在那里的人是我。我早该告诉她她对我有多重要。如果我早点去她家的话,也许她还能活下来。凶案当晚,我站在镜子前,不断鼓励自己勇敢地去向她告白。要是我更勇敢一点,这一切都不会发生。

佩吉把一只手按在我的肩上，说："我请纽约市警局给我看档案，我正在对杀死哈珀的凶手进行侧写。如果我听到了什么消息……我是说……如果他们逮到嫌疑人，我会马上让你知道的。"

"谢谢，太感谢你了。"

说完这些，她便转身离开，去找其他探员了。佩吉五十几岁，单身，工作就是她的伴侣。她银白的发丝被风吹得在黑色套装外套周围飘动，我感觉胸口又是一震。哈珀永远活不到这个年龄了。我的婚姻宣告终结，部分原因在于我为了妻女安全而刻意疏远她们。我的工作性质使我经常会接触到坏人，但问题并不在这里。不知怎地，我的生活只会为我身边的人带来痛苦与失去，尤其是我最深爱的人。

不光是哈珀失去了生命，我感觉自己也有一部分死去了。我丧失了能与所爱之人幸福相守的机会。

哈珀之死将我内心的某种东西翻了出来，某种一直都在的黑暗事物。我原本压抑着它，用朋友、艾米、哈珀硬是把它制伏住，现在我再也控制不了它了。

我越过墓碑望去，阿韦利诺庭审首日的朝阳已从地平线上升起。

我亲吻大理石，然后站起身来。

"我会查出是谁干的，"我说，"真的很对不起。"

墓碑底部堆满鲜花，是来自朋友的致意。许多已被雪和雨淋成纸浆的卡片中有一张看起来特别新，它夹在一打玫瑰的玻璃纸包装后面，是索菲亚写的，上面写着："我很遗憾。"

走回车子时，泪水蒙住了我的视线。我驱车赶回曼哈顿，一路上紧握方向盘的指节发白。

我停在我的办公室外，走上楼。哈利和克拉伦斯已经在里面了。

哈利坐在我的书桌后,克拉伦斯躺在它的窝里。它在这里待的时间够久了,我希望它起码能舒适一点。克拉伦斯和哈利现在形影不离。哈利在浏览辩方展示的证据,我们上星期才与检方和凯特·布鲁克斯分享了这些展示证据。

"你不觉得已经够久了吗?"哈利说,"你不能再这样下去了。"

"哪样下去?"

"每天都去她的墓前看望她。葬礼已经过了好几周了,该是放手的时候了。如果你一直去抠伤口上的痂,它是不会愈合的。"

"我不想让伤口愈合,我想让索菲亚获判无罪,然后查出是谁对哈珀下的手。"

我办公室的电话响了,我接起电话。

"艾迪阿弗,我在楼下。到外面来,我们需要聊一下。"

那嗓音带着纽约意大利腔,是吉米·费里尼,也就是"帽子"吉米。现在除了他,没有谁会叫我艾迪阿弗,那是以前经常会在酒吧、赌场和台球厅听见的名字。我跟吉米一起长大,在同一间健身房里学会打拳。一旦你跟"帽子"吉米交上朋友,你就得找外科医生动手术才能摆脱他了。你有难时他随时都在。纽约各行各业的大人物,大部分都跟吉米有交情。纽约犯罪家族的首领若是跟你站在同一边,你将如虎添翼。

"嗨,吉米。我马上下去。"我说。

"艾迪——"哈利说,但我打断了他。

"我去去就回。"我告诉他。

哈利对我性格中的这一面很不认同。我当律师前,曾在法律界线的另一侧讨生活。我偶尔还是得跨回线的那一边去。

我下楼走到街上。

有一辆豪华轿车大剌剌地停在西46街路的中央，没有熄火。一辆垃圾车停到豪华轿车的后面，司机按着喇叭不放。垃圾车被挡住，过不去。豪华轿车纹丝不动。我打开豪华轿车后座的车门。垃圾车上的清洁员跳下车，有几人从后面绕过来，大叫着要豪华轿车让开。他们都是彪形大汉，总共有五个人，还有工作必须完成。被豪华轿车耽误让他们很不爽。

"移开你的屁股，花美男！"他们嚷嚷。

吉米下车，转身对着那些人问道："有什么问题吗？"

每个人都认识"帽子"吉米，就算不认识本人，也听过他的名号。那群人立刻举起双臂，一边后退一边忙不迭地道歉。

"真的很抱歉，先生。我们倒车出去就好，不用担心。我们不是有意冒犯您的。"

吉米像一颗手榴弹。我钻进豪华轿车，跟他面对面坐下。他穿着黑色长裤、擦得很亮的手工意大利皮鞋、领口敞开的白色扣领衬衫，当然，还有他爷爷的帽子。自从他接掌费里尼家族的犯罪事业后，我就没见过他不戴帽子的样子。近年来，吉米的生意已有百分之九十九都合法了。他拥有大量的不动产，也在数家合法且赚钱的私人公司握有大批股份，更是在纽约规划局有很强的人脉。曼哈顿想申请许可的开发商可以花两年时间埋首于文书作业中，也可以选择找吉米帮忙。只要付一笔钱，他们就能在一个月内破土动工。

他伸出手，我们拥抱。他放开我时用力拍拍我的背，硬汉常这样表达感情，不是用力拍你就是亲你两边的脸颊亲到你发痛，但其实他是好意。我交了吉米这个朋友之后才知道，被吻也可以让人受到皮肉之苦。

"你看起来糟透了。你有没有吃东西啊？"他问。

"最近没什么胃口。"

"你女朋友的事我很遗憾,我已经让市长办公室随时向我汇报进度了。"

"她不是我的……我们只是很亲近。"

沉默填满豪华轿车由真皮围成的内部空间。吉米点头,润了一下嘴唇。

"就像我说的,如果条子找到嫌疑人,市长办公室会通知我。"他说。吉米很务实——要是有人伤害他朋友,或是上帝垂怜,伤害他的家人,吉米会确保自己能讨回公道。他跟法兰克·阿韦利诺是老交情了,看来市长办公室里仍然有吉米的朋友。如果吉米想要本市任何一件凶杀案的信息,他一眨眼就能拿到。

"当时她在调查什么危险的案子吗?是否有人对她怀恨在心?"

我摇头。

"据我所知,当时她就只有一件在进行的案子——我的那件阿韦利诺诉讼案。她在联邦调查局的时候逮捕过一些坏人。我想警方已经彻底查过她以前的案子,以确认有没有谁最近从联邦监狱放了出来,又可能是想杀哈珀。但他们什么也没查到。"

"手法看起来很专业,"吉米说,"没人能那样杀害屋主之后,又能消失得无影无踪。至少过程很快,艾迪。"

"她立刻就死了,警方是这么告诉我的。我也不知道。你弄到我要的东西了吗?"

吉米瞥向他的左侧,那里有个牛皮纸的信封袋。

"条子说你当晚在现场。"吉米说。

"是啊,可是我没能记起多少。等我到的时候,她已经被带走了。我硬闯进门厅,发现她的项链掉在地上,我当时立刻就知道她死了。

我拿走了项链。我就是不能任由它掉在那里。"

那一刻，我不由自主地想触摸颈部。我原本为了好运而戴着挂在链子上的圣克里斯多福纪念牌，现在我把哈珀的项链修好了，跟我自己的链子一起佩戴起来。让我们的某样东西待在一起感觉很好，即使那只是些廉价的黄金。

"吉米，我需要那个信封袋里的东西。那一晚我无法理性思考，或许遗漏了什么。"我说。

"这里面的东西你看了没有好处。我懂，但我觉得你不该看。"

"我非看不可，"我说，"这件事我不能交给警察全权处理，它太重要了，她太重要了。"

吉米点点头，把信封袋递给我。

"法兰克的事你查到什么新线索了吗？"我问。

"有啊，只是我这阵子忙不过来。我餐厅的一个员工小托尼·P进了该死的医院，脑部受损。天杀的，他在过马路时被车撞了，我跟你谈完后要去看他。我有好多事要操心。抱歉拖了这么久，不过我也得等所有消息来源回到我身边来报告他们的发现才行。法兰克不仅广结善缘，还树敌无数。我得确定他不是被仇人暗杀的才行。所有消息来源都告诉我同样的说法：没有动机、没有机会、没有需要算的旧账、没有可疑的金钱交易，也没人雇杀手干掉了我们亲爱的故友法兰克。"

我也是这么猜想的，但我必须确定这一点。吉米证实了我的恐惧：法兰克不是被暗杀的。这是一桩弑父案，毫无疑问。

"你跟法兰克有多熟？"我问。

"那要看是谁问我了。你问我的话，对，我们很熟。如果是地方检察官问，那我跟他几乎不认识。"

"你认识亚历山德拉或索菲亚吗？"

"法兰克不让家人接触大部分的事。他跟我很多生意伙伴一样，最好别让国税局、联邦调查局还有其他什么什么局的政府单位知道我们的关系。他还在当市长时我们不会聚在一起，不过我告诉你，他能坐上市长的位子还不是靠我？要不是有工会撑腰，他根本赢不了初选。至于他那两个女儿？法兰克会带她们来餐厅庆生、办家庭聚会——虽说这类活动也不多。"

"你觉得哪个女孩比较奇怪？"

"你说的奇怪是指能毫无理由地砍死老爸吗？没有。我知道她们互相讨厌，法兰克老是在抱怨这件事。我知道他们家有很多钱，可是钞票并不代表一切。家人才是你最重要的资产。法兰克当了两次鳏夫，你知道吗？那会在人身上留下印记的。对那两个小孩来说，那可不是什么幸福的家庭。法兰克告诉过我……"

吉米犹豫了。

他喜欢讲话。我们是一起长大的，吉米没把我当成律师，而且我知道的内幕足以让他在监狱度过余生。但我不会那么做，永远不会。我们互相信任。他之所以迟疑，表示他不想背叛别人向他透露的秘密——那个人就是法兰克。吉米在这方面很老派。

"你可以信任我。"我说。

吉米望向窗外，仰头看我那栋楼房。

"艾迪，你怎么不找个好地方住呢？这地方不适合你这样的男人。"

"我过得很好。快说吧……"

"听着，我要跟你说的事可能没用处，也许完全派不上用场。搞不好根本没什么大不了的，不过……"

"吉米……"

"法兰克的第一任老婆摔下楼梯时,脖子卡在楼梯扶手里。两个女孩都在家,她们看到尸体了。真他妈悲惨,你知道吗?隔天法兰克来找我,而我在市立停尸房里安插了个内应,别问我理由……"

我并不想知道吉米干吗在停尸房安插内应。不过想想就知道。笨蛋也能想象得到,有些尸袋送进火化炉时,里面可能多了一具尸体。

"他请我帮忙。我的内应找法医谈了一下,我处理好了。"

"你处理了什么?"

"验尸报告。"

哈珀取得了这份报告并列入我们的背景资料,我读了。意外死亡。死因是从楼梯滚落对脊髓造成重创,导致瞬间死亡。

我没有逼吉米,只是默默等他自己说出来。

"其实报告里缺了点东西,跟死因无关。简·阿韦利诺的小腿上有个印记,是咬痕。很小,跟小孩的嘴巴差不多大。"

我脑中闪现出一幅画面,令我不禁用力闭紧双眼。那个画面感觉像一记重拳,我感到痛,但不是肉体上的痛。我看到的是第一分局审讯室里的索菲亚,她嘴唇和脸颊上沾着血,手腕上有个咬痕。我甩开那个念头,打了个冷战,告诉自己那完全是两码事,那跟咬别人不一样,而且她只是因为没有刀片可用才咬自己的。她手臂上的那些疤证明了这一点。况且还有齿印专家,他说法兰克·阿韦利诺胸口的印记符合亚历山德拉的齿印。

我开始怀疑简·阿韦利诺是否真的是意外死亡。

"老天,你认为亚历山德或索菲亚咬了自己的母亲,害她跌下楼梯摔断脖子吗?"

吉米脸色一沉。

"不是,没人能判断她是失足还是被推落的。法医说咬痕是之后才造成的。"

"死亡之后？"

"这些对你都没有帮助，因为法兰克始终没查出究竟发生了什么事。葬礼后的第二个月，他就把两个女孩都送去寄宿学校了。你能怪他吗？在两个女儿住校期间，他给她们都安排了心理医生，那些医生也一直向法兰克汇报进展。其中一个心理医生告诉他，咬人的举动可能是发现母亲死亡的创伤反应，也许她只是想弄醒母亲之类的狗屁。"吉米翻了个白眼。

"你不认为是这样？"

"法兰克跟我说简心肠很硬，对小孩很严格，你知道吧？法兰克很强悍，但他爱两个女儿。不过简嘛，我只见过一面，我不喜欢她。她冷冰冰的。法兰克说她会打小孩，也会咬她们。我老爸的拳头很重，但我爱他，我从来没对他动过手。他是我的老爹。其中一个女孩就跟她们的老妈一样强悍又冷血。"

"家暴会留下伤痕，毁掉一个人的人生。"

"没这么单纯，这也是一种病态，灵魂生病了。我只能这么说。我可没见过哪个小女孩发现妈妈死在楼梯上，结果跑去咬一口她的尸体。你现在还会去教会吗？"

我摇头。

"我每个星期日都去。我跟罗尼神父说了这件事，他说法兰克家里住着一个恶魔，其中一个女孩很邪恶。"

"我对神父的想法没什么信心。"我说。

吉米倾身向前。他再度开口时，话声轻如耳语，仿佛他生怕被某个人或某个东西听见似的："我以前做过不少会让你吐出来的事，在法兰克家发生的事却另当别论。其中一个女孩咬了一口死去的母亲，那才不是脑子不正常的小女孩会做的事——那就是邪恶。"

**00:27**

## 凯特

中央大街法院的会谈室既寒冷又不舒适。亚历山德拉穿着利落的黑色长裤套装，外套内搭配的是白色丝质上衣。她微微发抖，凯特不确定是因为冷，还是因为一小时内就要展开的庭审。

布洛赫穿的是深蓝色休闲西装外套、蓝色衬衫和卡其裤，这已经是布洛赫为陪审团特地正式打扮过的了。她看起来够专业，又保有适度的舒适性。凯特当初建议布洛赫上法庭时穿套装，她没回答，作为一种合理的妥协，凯特接受了她这身穿着。

凯特将裙摆往下拉，盖住膝盖，然后读起她对陪审团作开场陈述的笔记来。这段话她已准备了将近一星期——对着镜子练习。她将陈述的长度由 1 个小时 10 分钟删减到只剩 10 分钟。这番演说谈及证据的重点何在，强调应以假设无罪为前提，并为控诉索菲亚的理由打下基础。

亚历山德拉与凯特之间搁着一张刮痕累累的旧桌子，亚历山德拉用手指敲打着桌面。这几周以来，亚历山德拉越来越紧张，她的焦虑与日俱增。这似乎很正常。只要凯特能管好自己的担忧和焦虑不让客户察觉，亚历山德拉就不至于垮下去。

凯特将笔记推开，注意力放到客户身上。

"你真的吓坏了，这完全正常。害怕也没有关系，要是你很冷静，我才会担心呢。你只要撑过接下来的几天就好,就这样。还记得我跟你说过的话吗?"

亚历山德拉点点头,说:"好,我会试试看。"

她的手指安静下来,不再乱动。她深吸一口气,整个人立刻呈现出近似平静的状态。

凯特跟亚历山德拉说过,如果她很紧张就扭动脚趾,没人会看出她在做这个动作。这是凯特在法学院学到的对抗焦虑的小技巧。证人、被告,甚至律师,都会不由自主地感到紧张,这无法避免,但有方法应对。刻意扭动脚趾能让焦虑有个发泄口。没人看得到你的动作,因此你能维持冷静自信的表象。

"我吃两颗我的药好了,应该可以缓解一些焦虑。"亚历山德拉说。她从泡壳包装中剥出两颗药,服水吞下。那是低剂量的抗焦虑药,亚历山德拉每天都会吃一颗。凯特觉得在谋杀案审判的第一天服下双倍剂量似乎不失为一个好主意。

凯特后方传来敲门声。布洛赫离开墙壁,松开交叉起的手臂。她将门打开一条缝,朝外窥视。这次凯特和布洛赫奇迹式地避开了记者和写手,他们通常会像大啖尸体的食腐鸟一样围绕着这类案件。

"是德雷尔。"布洛赫说。

凯特站起身,跟着她走向走廊。

"天啊,怎么了?是坏事吗?"亚历山德拉问。她冷静的伪装烟消云散。她绷紧肩膀,举起双手,像是要挡住攻击。

"相信我,没事的。在这里等着,我马上回来。"凯特说。

德雷尔站在走廊中,身后还有三名助理检察官。他们都是瘦弱的年轻男子,看起来至少比检察官年轻 5 岁。未来的德雷尔,凯特心想。

德雷尔手中拿着一本装订的文件,塑胶封面上写着"追加证据开示"的字样。

"这是什么？"凯特问，"别告诉我这是几个月前就该给我的东西，否则我会向法官提出通知——我们都还没开始，你就已经给了我很充分的上诉理由了。"

"我们可以私下谈吗？"德雷尔问。

凯特瞄了一下德雷尔身后的年轻人，说："布洛赫要留下。"

"可以。"德雷尔说。他走向前，他的随行人员便随之解散。他递出文件的态度好像它有毒。凯特不久前才收过传票，不敢随便接受不知道内容的文件。

"这是什么？"凯特问。

"弗林要求我们对法兰克·阿韦利诺进行毒物筛检，我们检测了血液和器官，而这是检验结果。我并没有义务与你分享这份结果，但我觉得你和弗林起码该公平竞争。"

凯特接过文件，快速翻到结论。

"什么是氟哌啶醇？"她问。法兰克·阿韦利诺的肝脏、脑部和血液中都找到了这种物质的残迹。

"这你得自己搞清楚。我们现在正在搜索法兰克名下的房产，搜查哪里有那种东西。你真正应该琢磨的是，为什么我们没想到的事，弗林却想到要去验，还有为什么阿韦利诺体内会有这东西。布鲁克斯小姐，要我猜的话，这两个答案对你的客户来说都不是好事。"

德雷尔走了，凯特将报告递给布洛赫。

布洛赫快速翻页，读了结论，不到一分钟就把文件还给凯特。凯特已趁这时间用手机上的 Google 网站搜寻氟哌啶醇的学术类文章——任何比维基百科更可靠的资料来源。

"你不用查了，"布洛赫说，"那是一种镇静剂。我以前有个女朋友在贝城的疗养院工作,她说自己主要的工作就是清理大便。贝城那间疗养院的人喜欢让患者乖顺听话,在他们的燕麦粥里加一些液态氟哌啶醇就能达到目的。"

"可这是一种抗精神病药物。天啊,他们喂给老人吃?"

"以前在贝城是这样没错。"她说。

"现在没有了?"

"我听说以后就没有了。我曾经去找过那间疗养院的经理,而他们储备的氟哌啶醇大部分都在半夜时不小心倒进排水管了。同一天晚上,那个经理被破掉的地毯绊倒,狠狠摔了一跤,两条手臂都骨折了。"

凯特提醒自己,她多么庆幸布洛赫是她的朋友。她绝对不想与布洛赫为敌。

"法兰克·阿韦利诺为什么要吃这个药?他的医疗纪录里没提到啊。"凯特不解地说。这句话里有什么因素让她深思,好像整件案子有某个灾难性的关键点,而她几乎要发现它了。布洛赫比她快了一步。

"也许法兰克不知道自己在吃这个药。"布洛赫说。


凯特一回来,趴在桌上的亚历山德拉立刻就抬起头来。

"他要干吗?"亚历山德拉问。

凯特挥舞文件,然后让它戏剧化地落在桌上。

"这是一份毒理学报告,它说你父亲遇害时,体内有大量的某种药物——氟哌啶醇。你听说过吗?"

亚历山德拉放松肩膀,表情也变了。凯特回来前她紧绷又忧虑,现在看起来却截然不同。她的嘴唇像是表示坚决地抿着,眼中隐隐燃着火光,她说:"我确实听过,我很多年前就知道它了。我妹妹小时候吃过这种药。"

## 00:28

## 艾迪

我在中央大街法院设法找到一间闻起来不像《现代启示录》中马龙·白兰度的裤子的男厕。我打开水龙头几秒后,开始往脸上泼冷水,然后望向洗手台上方有裂痕的镜子。

是时候按下开关了。

身为庭审律师,你是某些人的依靠。很多人。在庭审中,有一个人将整个人生交付在你手里,你不能让自己的破事出来捣乱,你得想办法屏蔽掉那些事,让自己把工作做好。你的小孩生病了——按下开关;银行刚没收你的房子——按下开关;你生病、沮丧、酗酒,还有股黑暗的悲伤在侵蚀你的骨髓——按下那该死的开关。

你必须想办法把那些破事通通关在门外,摆脱它,把注意力放在牌局里。如果你做不到,那你将永远不会原谅自己,你的客户更是绝对不会原谅你。

我鼓起双颊,拿纸巾把脸擦干,然后按下开关。

这是庭审的第一天。我的首要任务是中止它——把法官踢出这个案子,将听证会延后几个月。我需要些时间厘清思绪。这是一着险棋,但我必须除掉这个法官。

我进入法庭时迟到了。

法庭设置成合并审判的布局。检方席在左边,德雷尔和他的亲信已将座位坐满。右边有两张被告席，以将近 2 米的间距并列。哈利与索菲亚坐在第一张桌子那里。我们那一桌有两张空椅，一张是我的，一张是哈珀的。我要求保留这个空座位，哈利同意了。凯特·布鲁克斯、她的调查员布洛赫、亚历山德拉坐在另外那张被告席上。

三张桌子都朝向法官席，陪审团的座位则在被告席右侧。在法庭左侧，也就是证人席旁边，架起了一面大型投影幕布，现在它一片空白。我坐到客户身旁。她伸出手，我轻轻握住。这是我所能做出最具安抚意味的动作了。

"你看起来不太好。"索菲亚说。

"我没事。别担心，我只是在很努力地研究你的案子。"

她的嘴唇漾开一抹假笑，又很快噘起嘴，然后换成索菲亚轻捏我的手要我安心。我没望向凯特或德雷尔，牌局已经开始，我不需要任何事让我分心。我的脑袋感觉像灌满水泥，要是我不刻意把它抬高，它会掉下来把桌上砸成两半。

"全体起立。"书记官说。斯通法官大步走进法庭，黑袍像某种肉食性黑鸟的翅膀一样在他后方鼓起。他皱着脸，鼻子和嘴唇都恶狠狠地对准我和哈利。

原本旁听席上坐满了民众和新闻记者，现在这些法庭内的男男女女都立正站好，听从书记官的指示站起来向可敬的斯通法官致意。

索菲亚站起来了。检方团队也是。亚历山德拉·阿韦利诺、凯特和布洛赫都是。他们一直站着，等法官走到他的宝座，将袍子压向肚子，然后微微欠身。法官进入和离开法庭时全体起立，是一种尊重的表现。

哈利和我的屁股却黏在座位上，连该死的 1 厘米都没抬起来。

斯通注意到了。他看我的眼神仿佛我是地球上最卑贱的人渣，他甚至不屑轻视我。

他坐下，目光像要刺穿我。我们后方传来衣物摩擦的沙沙声以及旁听席的座椅嘎吱声，还有被告和检方团队入座时椅子刮过拼花地板发出的唧唧声。

"弗林先生，你的腿有毛病吗？"斯通问。

我慢吞吞地站起来，抬头挺胸地说："完全没有，法官大人。"

"福特先生，那你呢？"

"两条腿都处于绝佳的生理状态，法官大人。"哈利说。

"是吗。那好吧，看来我得让律师公会的纪律委员会处理这件事了。"

"身为卸任法官，我正好是纪律委员会的主席之一。"哈利说，"你要现在把申诉书写给我，还是一会儿发电子邮件？其实都没什么差别啦。"

"我觉得他应该现在就写，只要他手边有蜡笔。"我说。

法官尽可能缓慢而优雅地站起身来。他站在那里，脸色由灰转粉，然后又转为近似红色。

"我从未如此……"他气到说不出话来，颤抖的嘴角冒出带有泡泡的白色唾沫。

我瞥向哈利，他回看我。

奏效了。

"法官大人！"德雷尔叫道，"或许这些事可以另外再找时间处理？当前还有比弗林先生藐视法庭更迫切的事情。我们可不想给他提供弹药，让他对你提出毫无根据的预设立场主张。"

该死。

哈利叹气。

差点就成功了。

我们原本计划让斯通爆发，他的压力阀很脆弱，所有种族歧视者和偏执狂都是如此。只要他对哈利或我骂一个字，我们就立刻提出申请，以预设立场为由要求斯通自动退出此项审判。他会驳回申请，我们会有机会立刻上诉，而上诉会成功的。没有哪个上诉法官会冒险让被告接受可能有预设立场的法官审判，因为若是被告被定罪，他们会直接回到更高一级的上诉法庭，而他们抱怨的对象将不光是最初的法官，还会加上让审判继续进行的上诉法官。如果要求更换承审法官的申请获准，斯通以外的任何法官都会选择分开审判，让索菲亚拥有公平的机会。

德雷尔看穿了我们的招数，在四分卫把球送出去之前就撂倒了他。该死，德雷尔的脑袋真灵光，我绝对不会再低估他了。

斯通法官恍然大悟地眯起眼睛，意识到德雷尔在提醒他。虽然慢了半拍，但斯通还是懂了。他坐下来，说道："如果再有忤逆性的突发状况或戏剧化的情节，我会向高等法院法官提起，等审判结束后他再来处理你们。听清楚了吗？"

哈利和我都点头。

我小声向索菲亚解释，我们原本企图换掉这个法官并分开审判，但没有成功。本来希望就不大，她也明白，我们只能尽力而为。她知道这么做的风险，我们觉得值得赌一把，毕竟对索菲亚来说，合并审判的风险更大。

至少现在斯通会把我们主张他预设立场的风险放在心上了。他会对被告表现出公正的态度，以免落人口实。我们讨不到便宜，但斯通会在作出任何陈述时都很小心地不对我们的客户带有偏见，或许在我交互诘问时还会多给我一点操作空间。这一步棋没有任何损失。斯通从来就不是我们的盟友，如果斯通法官跟你一个鼻孔出气，你可能需要好好反省自己。

"陪审团管理人，带陪审团进入法庭吧。该让这场审判开始了。"法官说。

我们右侧有扇门打开了，陪审团被领了进来。上星期我们挑完陪审员后，我对陪审团还算是满意。他们看起来是各项条件相当不同的一群人，而且不带偏见的程度已超乎我的期望。有男有女；有的信教，有的不信；他们的背景、职业和人种都很广泛。我并不在乎任何人的背景，他们都是美国公民。他们是普通人，现在却背负着庞大的重担。他们这群人将决定这个案子的结果，我只能确保他们最终能作出正确的决定。

德雷尔站起来做自我介绍。他比平常打扮得更正经，看起来拘谨而朴素。灰色西装、白色衬衫、深色领带，看起来像一名公务员。

"各位陪审员，"他开口，"感谢你们为这个法庭效劳。在这个案件结束时，我会请求法官让各位余生都免于再担任陪审员的义务。这个案件势必将影响各位，你们将在这间法庭内看到一些让你们做噩梦的影像，你们再也不是原本的自己，因为接下来几天，你们将直视邪恶。你们面前有两个女人，她们是姐妹，请看看她们。"

我从眼角余光看到哈利倾身向前，观察起各位陪审员来。我也试着把注意力放到他们的脸上，我想知道有没有谁在特别盯着某一名被告看。目前为止，大部分的人倾向于注意索菲亚。她姐姐穿着衬托小麦色肌肤的黑色商务套装，金发向后扎起，看起来就是自信又专业的女人。我原本打算让哈珀在今天之前，带索菲亚去买出庭穿的衣服。我知道索菲亚自己是不会主动做这种事的，她对自己的外表没自信，我看得出她很在意前臂上密密麻麻的疤痕。结果哈珀不在了，我也忘记跟索菲亚讨论她出庭要穿什么了。没按下开关就是会这样。索菲亚穿着黑色长裤以及黑色长袖毛衣，一头黑发衬得皮肤格外苍白。亚历山德拉看起来像是刚去巴黎开完一场成果丰硕的商业会议，然后直接搭私人飞机前来这里；索菲亚看起来则像刚参加完匿名戒酒会的聚会。

"检方将把证据展示给各位看，那些证据把这两个女人和她们父亲的残忍凶杀案联系起来，而她们的父亲正是本市一位重要的守护者与公仆，前纽约市市长法兰克·阿韦利诺。现在，仔细看看这两个女人吧，她们冷酷地谋杀了法兰克·阿韦利诺，她们的亲生父亲。"

德雷尔让这句话悬住，陪审团花了点时间去评估两名被告。从陪审员的表情看，他们似乎不太满意——尤其是对索菲亚。

"这对姐妹指控对方杀害父亲，她们会试图质疑检方的证据，但此案的证据是不会说谎的。根据我们的鉴识人员以及犯罪现场专家的调查结果来看，两个女人都与凶杀案有关系。我们会将那些证据呈现在各位面前，交由你们去评估、选择，作出裁决。"

陪审员们对这个案子还很陌生，他们还未听说任何证据，还未被专家弄得很厌烦或很困惑，还未开始担心这案子何时才会结束，他们何时能回归正常的工作与生活。每个陪审员都全神贯注地听德雷尔说话，而他也充分地利用每一秒。

"去年10月5日，有人从厨房的砧板上拿起一把刀。那是一把30厘米长、用精钢制成的料理刀，用途是为家人准备餐点，我们任何人家里都可能有这种刀。结果这把刀出现在卧室中，上面沾满了血。刀子上找到两名被告的指纹。检方愿意接受，指纹可能是在与凶案无关的情况下沾在刀子上的，不过也或许有关。这就需要由各位来作出判断了。明确的事实是，那把刀被带到楼上法兰克·阿韦利诺的卧室中，然后其中一或两名被告对他做了这种事。"

他退到检方席,投影幕布上闪现出一幅画面。

陪审团不应该说话,他们必须保持安静。但这个陪审团看着荧幕时不再沉默了。有一个陪审员是从事居家设计的中年女性,她捂住嘴发出一声哀号,然后又遮住眼睛。咒骂、惊呼,有一个陪审员甚至小声尖叫,但我分不出是哪一个。

荧幕上是一幅炼狱图。

法兰克·阿韦利诺仰躺在血淋淋的床上。他的上衣被扯开,衣服破破烂烂,好像一头野熊用两只前脚撕扯过他。他已经没有脸了,只剩一团组织和暴露在外的骨头和牙齿。他的眼睛也没了,眼窝里只有看起来像暗红色台球的东西。

"两名被告的衣服上都有被害者的血。同样的,这可能是由于其中一人在黑暗的房间里碰了他,或是试着叫醒他,并没有发现他已经死了。由各位来决定是否接受这种解释。其中一或两名被告杀害了这个男人。这个案子最后应该至少将其中一名被告定罪,将两人都定罪也是有可能的,证明亚历山德拉·阿韦利诺和索菲亚·阿韦利诺有罪的证据相当明确。"

他停顿了一下,指着照片,用花哨的手势为他的演说作了总结。

"我知道有些人没有宗教信仰,在这个法庭上,那不重要。"德雷尔说,"但我想大胆地问问各位,有谁能看着法兰克·阿韦利诺,还说得出你不相信世上有邪恶存在?各位女士先生,那个邪恶之人就在这个房间里,跟你们在一起。别让邪恶横行无忌。"

**00:29**

## 凯特

凯特在她的笔记本上用蓝笔写下笔记。

*德雷尔属于哗众取宠的类型，他会利用这起犯罪中的暴力元素来达到目的，他在挑起陪审团的情绪。利用这一点。*

她站起身，看着斯通法官向陪审团介绍她是亚历山德拉·阿韦利诺的律师。她练了千百遍的演说得推翻了。她边听德雷尔说话边决定放弃原有的说辞——她必须另辟蹊径，而且她想扭转检方施加的劣势。

凯特从桌子后面走出来，默默来到律师席。律师席位于法庭的中央，相当于洋基体育场的投手丘。她双手手指交错，让手臂自然垂放。她面向陪审团，等了一会儿。

然后她转向法官，说："法官大人，恕我直言，我认为陪审团暂时已经看够那张照片了。"

斯通朝德雷尔挥了一下食指，一个助理检察官便关掉了投影仪，让幕布恢复空白。有些陪审员如释重负的表情让人看了很欣慰。凯特想要快速站到能对陪审团发言的位置，并确保是她为他们解除了幕布上的噩梦。

德雷尔希望那个影像烙印在每个陪审员的视网膜上，但他让画面留在场中太久，结果凯特转而让它对自己有利。这是她的招数。德雷尔朝她击来的每一球，她要么把它打到场外，要么直接击向艾迪的客户。

"各位陪审员,我叫凯特·布鲁克斯,我很荣幸担任亚历山德拉·阿韦利诺的辩护律师。"

凯特停顿,看向亚历山德拉。刚才那张照片让她的客户泪流满面,但亚历山德拉仍抬头挺胸地坐着,只是用手帕轻拭泪水。凯特暂时没说话,她要让陪审团看到她客户的悲痛,尽量感受,就像他们刚才沉浸在检方那张血腥照片的冲击中。

"各位在此案中将听到许多间接性的证据。我的客户在她父亲遇害时正好在屋内,她发现尸体时惊慌地报警,并且躲进洗手间,害怕妹妹也会杀害她。这些都是无须我证明的事实,她的报案电话文字纪录都写得很清楚了。在她报案前,她发现父亲倒在床上,浑身血淋淋又支离破碎,她曾想救父亲。亚历山德拉并不邪恶,她也是受害者。"

她停顿,看了一圈陪审团,发现有些人在点头。情况比她的预期要好。她得结束了,见好就收。

"亚历山德拉在成长过程中,一再失去至爱。她在一连串的不幸事件中,先是失去母亲,后来又失去继母。现在她父亲也不在了,我的客户认为她已经没有家人了。她的妹妹已经不算是家人了,她的妹妹夺走了亚历山德拉的一切。各位女士先生,这个房间里有一个凶手,凶手拥有复杂的精神病史,也有明文纪录的持刀、自残、吸毒与犯罪的历史。凶手正在接受审判,凶手就是索菲亚·阿韦利诺。我的客户是受害者,你们有责任判她无罪,并且将她的妹妹送到永远无法再伤人的地方。"

凯特再次停顿,注意到陪审团给她的微笑、颔首和关注。成败的关键就在跟陪审团打好关系,而她已经有了个很好的开始。

她瞥向布洛赫,看到好友坐在那里,满脸都是毫不掩饰的崇拜。凯特走回座位。

布洛赫凑过来说:"你太强了。"

亚历山德拉小声说"谢谢",然后泪汪汪地拥抱凯特。

陪审团将她们的一举一动都看在眼里,然后他们转向索菲亚·阿韦利诺以及艾迪·弗林,眼神似乎带着轻蔑。

## 00:30

### 艾迪

我从未在起身进行开场陈述时,看到陪审团如此充满敌意。

他们没再看我,而是盯着索菲亚。她看起来像马路中央的兔子,汽车大灯朝它直冲而来,而这只兔子僵在原地发抖,等着被碾成肉饼。

我跟她说别担心,哈利也拍拍她的手背。她两手交叠放在桌面上,手指在颤抖。哈利稳住她,其实他的真正用意是用掌心盖住她的手。索菲亚的焦虑也可以解读为恐惧,这种恐惧源于某人做了可怕的事,而刚刚东窗事发了。

我没站在法庭的律师席上。凯特刚才重创了我们,而且陪审团显然喜欢她,我不想给陪审团在心里比较我们两人的机会,于是我直接走到陪审团面前,直到离第一排不到1米才停住。我双手插进口袋,思考要说什么。

我准备了一篇讲词,但现在它在我脑中显得平庸,我不能用它,我得想出新的内容。凯特借了德雷尔的东风,德雷尔提出的每一项论据,凯特都会把矛头指向索菲亚。这场仗可不好打。陪审团听到了关于这个案件的一个说法,目前他们对自己听到的说法很满意。

我的说法必须跟她不一样，而且必须更有力。

谁说的故事最好听，谁就赢了。

我清了清喉咙，不疾不徐地与某些陪审员进行眼神交流。这是我前几天挑选的陪审员，总共有七个女性，五个男性，候补陪审员一男一女。陪审团中的女性大部分都比索菲亚年长至少10岁，全都有工作，清洁员、货车司机、厨师、酒店女服务员、咖啡店经理、退休教师。比索菲亚年轻一岁左右的女性陪审员是纽约大学的学生，至少她与我对望时没有藐视的意味。这位陪审员还没拿定主意。

男性里则有工人、电话推销员、网页设计师，以及两个同样一边在连锁餐厅端盘子、一边等待斯皮尔伯格先生来电的未来演员。

我很想模仿凯特选择的防守策略，不论她和德雷尔拿什么攻击我，我都丢回给他们。尽管凯特初出茅庐，却是天生的好手。或许她是比德雷尔更强大的对手。

现在，我望向亚历山德拉，陪审团跟随我的视线。为了救索菲亚，我应该毁掉亚历山德拉，这份工作要求我这么做。如果陪审团相信亚历山德拉，索菲亚就有麻烦了。更重要的是，我相信我的客户，那表示亚历山德拉就是凶手，我应该竭尽全力摧毁她。

无辜者应该获得自由，犯罪者应该受到惩罚。在合并审判中，这些都成了空谈。唯一的对手是检察官——他们背负着巨大压力，要在合理怀疑面前，仍证明被告有罪。要是你忘了这一点，跑去攻击另一名被告，对方会反击，于是你们在陪审团面前互相厮杀，而陪审团势必会认为你们双方都在说谎。与此同时，检察官能够跷起二郎腿，偶尔丢一颗皮球让你们去争抢或是互踢。

如果跟凯特·布鲁克斯斗，我就只能等着输掉这个案子了。我相信索菲亚的清白，而此刻我唯一在乎的是让她获判无罪。为了达到这个目的,我得尽可能把注意力集中在德雷尔身上,别去管亚历山德拉。

亚历山德拉擦了擦红肿的双眼。她穿着商务套装,指甲保养得宜,做一次头发要500美金,看起来就是典型的成功又迷人的曼哈顿社交名媛。她不像杀人凶手,她看起来很紧张。她伸出一只手,我看到她触摸桌子,食指在木材纹理上画出小小的同心圆。我猜这个举动是出于不安。我回头瞥向索菲亚,再次看到一个痛苦不堪的年轻女子,努力勉强自己撑下去。

我不能同时做检察官与辩护律师的工作,那不是我的本性。

"陪审团的各位女士先生,我在本案中代表索菲亚·阿韦利诺。同亚历山德拉一样,她也失去了父亲。我不会对你们说凶手就在这个房间里,那样太武断了。能够为这案子下决定的人只有你们。你们每个人都将听到和看到这场审判中的证据,然后你们将决定裁决结果。我不需要向你们证明亚历山德拉是凶手,也不需要证明我的客户是清白的,而本案中无论是布鲁克斯小姐或是德雷尔先生,任何人若不同意我这个说法,嗯,那他们就错了。

"检方有责任证明他们控诉的根据,可是你们猜怎么样?检察官不会告诉你们是谁杀了法兰克·阿韦利诺。德雷尔先生提出的证据将指出凶手可能是两名被告的任一人,而他会交由你们决定。各位陪审员,我认为这不太对吧。你们不能替检察官选择啊。他或许会说两个女人合力犯下谋杀案,但若是如此,她们又为何互相指控,还报了警?"

我暂停下来,向前跨了一步,离陪审团更近些。发挥作用了。我问了他们一个问题,而尽管我不抱期望,有些人真的在思考。我需要他们思考,需要他们质疑一切,而不是盲目地接收其他律师喂给他们的信息。

"这好像说不通吧?"

两名陪审员摇头。

"或许在场的其中一个女人确实杀了法兰克·阿韦利诺,但检察官不会告诉你们是哪一个。只要有可能,他希望两名被告都被定罪。但我想你们都知道那是不可能的。而如果检方无法排除一切合理怀疑,证明是谁杀了法兰克·阿韦利诺,那么,女士们先生们,你们就必须做一件事——你们必须作出无罪裁决。

"在这个案件中,我只会请求你们做两件事:认真听取证据;以及假如到了审判尾声时,你们并不确定是谁杀了法兰克·阿韦利诺,你们必须判两名被告都无罪,因为检方的起诉理由是不足的。谢谢你们,我知道我能依靠各位。"

我坐下来,状态比刚站起来时好多了。有些陪审员会思考并好好评估这个案子,我所能要求的也不过如此。

索菲亚凑过来,眼中冒出新的泪水,脸上带着坚决的表情,她说:"亚历山德拉杀了我爸,我要你确保她会付出代价,别用这种方式打官司。"

"索菲亚,我在努力救你的命,让我把工作做好。"

她眨眼,泪水落在摊放在桌上的文件上。

"他是我爸,而她杀了他。她得付出代价。"

00:31

## 凯特

艾迪的开场陈述出乎凯特的意料。她本来很笃定他会在法庭中央丢下重磅炸弹,也准备好看着他炸开她的防线。

结果他没有。

他并没有冲着亚历山德拉来。这是风险很高的策略,却很聪明。这个策略依靠的是陪审团认真看待他们发的誓,决定既然他们无法选出亚历山德拉和索菲亚谁才是真凶,他们就得作出无罪裁决。严格说来,这样的论点很稳固。

布洛赫小声说:"他很牛,不过那绝对没用的。"

"为什么?"凯特问。

"陪审团看到那张法兰克的照片了,如果他们相信姐妹之一干出了这种事,他们肯定要让某人付出代价,否则他们不会甘心走出这间法庭的。"

凯特点头,然后她看到德雷尔站起身,传唤他的第一个证人出场。

"布莱特·索姆斯警探。"德雷尔说。

凯特快速翻着笔记本,寻找她用粉红色便利贴标记的笔记。她在找这部分内容时,听到索姆斯走向前。她认出凶案当晚曾见过他,当她在警局跟亚历山德拉初次见面时。当时这位警探穿着非常可怕的黄色衬衫,那件衬衫丑到让人想忘都忘不掉。就是那么糟。

索姆斯很高,55岁左右,花白的头发紧贴头皮。黄色衬衫今天休假,不过代班的衬衫也没好到哪儿去。他穿着深蓝色西装和绿色衬衫,搭配蓝白条纹领带,整体组合相当古怪,凯特不禁怀疑他是不是色盲。索姆斯举起《圣经》时,凯特注意到索姆斯左手无名指有一圈凹痕:他最近才拿掉原本戴着的婚戒。这就难怪了——没有哪个老婆会让老公以这身打扮走出家门。

索姆斯发过誓之后,斯通法官请他坐下,又花了点时间确保警探有水可以润喉以及不缺任何东西,让他在证人席上能待得舒舒服服的。

为了让证人进入状态，德雷尔先问了些简单的问题，包括警探从业多久了，资历如何。他是职业警察，从业十五年以来大半时间都待在重案组。这不是他第一次参加牛仔竞技。

"警探，警方一开始是怎么知道有这起罪行的？"德雷尔问。

"两名被告都用手机打了911报案电话。"索姆斯说。他发言时刻意转向陪审团，对着他们回答。他没有微笑，甚至没向陪审团展现出友善。他给凯特的感觉是一个很有荣誉感的警察，来这里只是尽自己的职责，把事实说出来。他是检察官梦寐以求的证人。

"法官大人，为求谨慎，我想现在应该播放报案电话的内容给陪审团听。"

"我同意，警探，你不反对吧？"法官问。

凯特从未见过如此偏袒警察的法官。哪怕你在律师资格考拿到再好的成绩，哪怕你把每部判例法和先例都背得滚瓜烂熟，哪怕你高分通过每场模拟审判的考验，都无法对这种事做好心理准备。即使你的论点在事实面与法律面都完全精确，碰上有预设立场的法官，你仍然可能输掉官司。这就是现实世界。

德雷尔向助理之一比了个手势，凯特放下笔，听着扩音器响起，第一段录音开始播放。

是亚历山德拉。

布洛赫打开一个档案，跟着文字稿边听边读。亚历山德拉吞了吞口水，闭上眼睛，听着自己的声音，听到贯穿每个字的恐惧犹如流经岩床的厚厚金脉。

陪审团也在听，凯特仔细观察。他们完全沉浸在录音里。

录音戏剧化地结束了，接线员与亚历山德拉的通话断开了，不知道她出了什么事。

"请接着播第二通电话。"德雷尔说。

这是索菲亚的通话,比亚历山德拉几乎晚了一分钟打进911紧急报案中心。在凯特听来,索菲亚嗓音中的颤抖相当真实。若要她评断这两通电话,她认为索菲亚听起来更害怕。

布洛赫合起通话文字档的档案,交叉起手臂靠向椅背。她肯定也作出了同样的结论。

索菲亚听起来更真实。

凯特并不怀疑她客户当时的恐惧是否真实,这只代表索菲亚很擅长假装而已。

"索姆斯警探,你是否受到纽约市警局特勤小组指派,到现场进行调查?"

"是的。"索姆斯说,"特勤小组控制住了房屋及现场的状况。由于两名住户身上都有血,而且两人都表示对方犯下了谋杀案,特勤小组警官便决定拘留两人。我抵达现场时,两名被告都被逮捕,警官也向她们宣读过权利,于是我跟两人都谈了一下。"

凯特的笔原本一直在纸页上移动,记下索姆斯警探提出的证词,现在她的笔突然停住。

先前索姆斯从未揭露过在现场与被告的对话内容,他的书面证词里也没有。这是全新的证据。她快速瞥了艾迪一眼,看到他绷紧下巴,下巴边缘的肌肉皱起。他也没防到有这一手。

两人都不知道接下来会发生什么事。

"你先跟谁谈的?"德雷尔问道。

"我先跟亚历山德拉·阿韦利诺谈的。"

"她说了什么?"

索姆斯转开头、在对陪审团说出答案之前,短暂地瞄了凯特一眼。

凯特当下就知道大事不妙。

"我可以参考我的笔记吗？"索姆斯问。

法官和德雷尔点点头。索姆斯伸手从外套口袋里拿出笔记本。凯特没有收到这本笔记的复印件，她也不认为艾迪看过。

"亚历山德拉说——逮捕那个贱货。她杀了我爸。她会杀了我的。我记下了这些话，然后我才跟索菲亚·阿韦利诺谈的。"

"索菲亚·阿韦利诺说了什么？"

"她说——你得逮捕亚历山德拉，这是她干的。她很邪恶，她毁了我的生活。"

德雷尔点头。

这并不像凯特以为的那么糟。这些指控算是互相抵消了——不过这只是暂时的想法。

"我们继续讨论犯罪现场之前，我注意到你在现场与两名被告交谈时，亚历山德拉·阿韦利诺和索菲亚·阿韦利诺都没有询问她们父亲的状况。你有跟她们任何一人说他已经死了吗？"

"我没有。"

"而就你所知，不论在现场或在警局接受侦讯时，索菲亚·阿韦利诺或亚历山德拉·阿韦利诺是否曾在任何一刻，关心过她们父亲目前的健康状况？"

"没有，先生，她们没有。我猜她们已经知道了，因为——"

"反对，"凯特说，"这位警探的猜测不算是证据，他并不是在提供专家证词。"

凯特已经弯下膝盖准备坐回去，她的反对很清楚、精准且百分百正确，结果她却听到斯通法官说："反对无效。"

凯特又站起来，"法官大人，证人是在臆测——"

"布鲁克斯小姐，"斯通说，"我知道你对法庭的程序并不是十分熟悉，但你提出的反对已经被我驳回了。这是位经验非常丰富的重案组警探，在他长久而卓越的职业生涯中，他势必已亲历数百个重大犯罪现场，与现场数千名当事人谈过话。如果他愿意就此事提供意见，本庭愿意倾听。"

凯特感觉自己像 5 岁小孩。知道规则是什么，与期望真实世界中的法官会遵守规则，似乎是截然不同的两码事。她得很快从教训中学到这一点。

"抱歉，警探，你能复述你的回答吗？"德雷尔问。

"好的，根据我的经验，每当我们与被害者的家属谈话时，他们都只想知道被害者是否还活着。不管被害者看起来伤得有多重，这都是他们关心的第一件事。他们不放弃渺小的希望，希望所爱之人仍然能撑过来。在这个案子里，她们两人都没问法兰克是否还活着，这很不寻常，极为不寻常。我认为那是因为她们都知道他已经死了。"

"在那两通报案电话中，她们说的是她们的父亲被攻击了，并没有说他死了，对吗？"

"对。她们应该也知道每一通报案电话都有录音。"

"她们在报案时有要求急救人员到场吗？"

"有，两人都要求派救护车。"

"然而警方与救护车赶到后，她们却没问起父亲的状况，这是为什么？"

"她们知道他已经死了。"索姆斯说。

"你认为她们为什么知道他死了？"

"其中一个原因是她们用 30 厘米长的刀子刺进了他的两只眼睛里，这样就会知道了。"

凯特提出反对,法官点点头。

"我们换下一问好了。请把编号 E.3.8 的照片展示在幕布上。"德雷尔说。幕布马上如他所愿,被如恐怖片一般的画面填满了。那是法兰克·阿韦利诺躺在床上被摧残过的尸体照片,不过跟之前那张相比,镜头拉得较远一些。

"警探,你能为我们描述这个现场吗?"

"这是一间位于三楼的主卧,地址是死者在富兰克林街的家中。照片是从卧室门口拍摄的。巡警抵达时,这个房间没有开灯,他们看到床边地毯上的深色污渍时便把灯打开了。房间里可以看到很多枚鞋印,其中一枚是雅各布斯巡警留下的,他穿的是纽约市警局配发的靴子,鞋底纹路很清楚,所以在这类犯罪现场我们可以轻易认出它。雅各布斯巡警在被害者身上确认有无脉搏,发现被害者的脉搏已经停止。床周围其他组血脚印则属于亚历山德拉·阿韦利诺和索菲亚·阿韦利诺。"

陪审团的注意力全部集中在索姆斯身上,只有两三个人会偶尔快速地瞥一眼照片。

"你可以描述一下你抵达时,法兰克·阿韦利诺的尸体的状态吗?"

索姆斯清了一下喉咙,啜饮了一口水,然后才开口。仿佛他要先让自己镇定下来,才能面对接下来的事。

"我跟我的搭档伊塞亚·泰勒警探已经共事五年了,这期间我们也见过不少大场面,但从没见过这种事。泰勒看到尸体后不得不离开房间。现场的血腥味以及尸体的气味非常重,这我们倒是习以为常,但我们并不习惯看到被害者身上有这么大量的伤口。一开始我以为被害者被猎枪从近距离往身体中心射击。等我靠近之后,才发现那不是枪伤。那些是用长刀造成的独立伤口。多数是刺伤，我数到 40 刀左右时就数不下去了。也有些是用刀子划伤的。正如各位所见，被害者的鼻子被削去了一部分，喉咙以及……"

索姆斯停止说话，垂下目光，然后抬起眼皮继续说。

"……以及胸骨上都有平行的割伤。两个眼眶都被刺伤，眼球受到重创而造成严重的前房积血。在我看来，这些刀伤随便哪一刀都可能是致命伤。然而凶手仍在持续毁坏尸体。在调查过程中，我们发现两处伤口特别重要。"

"哪两处呢？"

"胸口的一处刺伤，我看到伤口内伸出一根长头发。还有被害者胸部的一个齿印。"

"先跟我们说说那个刺伤吧。"德雷尔说。

"我用镊子小心地夹起了那根头发，犯罪现场鉴识人员在旁边看着并拍照存证。那根头发深深卡在伤口里，从头发末端 5 厘米都染着血就看得出来。那根头发已放入证物袋密封起来，交由相关单位进一步进行检验。"

"那齿印呢？"

"拍照后交由专家分析。"

德雷尔翻着他桌上的笔记。

"以你作为纽约市警局重案组警探的身份，你认为这些伤口是由一个人造成的吗？"

"这是无法判断的。可能只有一个攻击者，也可能有两三人。从外观上看，攻击者用的是同一把刀，也就是我们在床边的地上找到的那把刀。"

"是这把刀吗？"德雷尔举起装在塑料袋里的料理刀。

"就是它。"

"最后一个问题：被害者身上有没有防御性伤口？有没有迹象表明他曾与攻击者扭打，或试着自卫？"

索姆斯转头对着陪审团说："没有。在用利刃攻击的案件中，我们有时会在当事人手上或前臂上看到伤口，但这名被害人身上完全没有。在他能采取防御动作前，他就已经遭到了突袭，或许已经受了致命伤。"

"谢谢你，索姆斯警探。"

凯特迅速离开座位。有很多证据她不需要现在就去质疑，但有些她不能放它过关，必须立刻处理。

"警探，你在笔记本里写下亚历山德拉·阿韦利诺和索菲亚·阿韦利诺在现场的陈述，然而你在书面证词里却没提到这些，为什么呢？"

"我的书面证词呈现的是我的调查过程，而两名被告的陈述在她们被登记接受拘留时，就已经纳入纪录了。既然那些陈述已经精确地纪录在中央拘留所，我就不需要在书面证词里提起。"

凯特一口气堵在胸口。她提问时搞砸了，问得太笼统了。她要求对方给个解释，结果她得到了，陪审团却听得一头雾水。她本来可以处理得更好的。她仔细思考下一个问题，在脑中构思，然后才开口。

"看着法兰克·阿韦利诺的那张照片，对深爱他的人而言，难道法兰克已经死了的事实不是显而易见的吗？"她问。

"这我不敢说。"索姆斯说。

"警探，他看起来已经死了，不是吗？"

"他看起来身受重伤，没人能光用看到的就断言那些伤要了他的命。在报案电话中，两名被告都要求派急救人员到场。"索姆斯一板一眼地说。

"我的客户及索菲亚·阿韦利诺都曾接近他并触碰他,她们是否可能在那时候就发现了他已经死亡的事实?"

"是有这个可能,但为什么后来她们报案时又要找急救人员到场呢?这不合理吧。"

"如果她们抱着他,认为他因伤势过重而死,那就能解释亚历山德拉为什么没问你她父亲死了没有,不是吗?"

"也许吧。"

"就是这样,对不对?"凯特逼他给出更理想的答复。

"这是一种解释,但我不接受。"索姆斯说。

凯特觉得她顶多只能从他这里得到这样的回答了。

"另一种解释是你的客户知道法兰克已经死了,因为她花了些时间把他切成碎片。"索姆斯说。

凯特点点头。她走回被告席的途中,看到两三个陪审员好奇地望着亚历山德拉。那是惊奇中带着鄙夷的眼神,索姆斯害她失去了一些陪审员。这场仗将比她想象中的还要难打。

## 00:32

### 艾迪

我在想,要不干脆放弃问索姆斯问题得了。他刚才的证词有杀伤力,但不算太强。凯特已尽全力减轻损害了,可惜她第一个提问不够严谨。这不能怪她,对待某些证人,你就是需要把牵绳扯得特别紧,然而你必须问完第一个问题才能知道对方是不是这一类证人。久经沙场能为你带来一些优势,不过凯特的表现比我第一次在谋杀案庭审中的要好多了。

我站起身,觉得我得再摇一摇这棵树,看看会不会落下什么东西来。

"索姆斯警探,被告在现场对你作出这些陈述时,我想她们两人都已经被逮捕,也已被宣读米兰达权利了,是吗?"

"当然。"索姆斯说。

即使这不是事实,当你这么问,纽约的每个警察都必定会给出肯定的答复。没有哪个警察会承认,有嫌疑人尚未被告知他们有权利保持沉默,就说出重要信息。如果没对嫌疑人宣读权利,嫌疑人作出的陈述大部分都不会被接受作为呈堂证供。索姆斯绝不会承认在嫌疑人尚未听到米兰达权利时就和她们交谈了。

"你确定你在现场与两位被告谈话之前,她们都已经被正式逮捕,且听到过米兰达权利的内容?"

"我百分之百确定。"他带着一种满意的态度回答道。他是挂着得意的笑容对陪审团给出这个肯定的答案的,但他不知道,他刚才也等于将自己的心脏装在盘子里奉献给我。我还不急着从他手里抢过盘子,我得静候最佳时机。

"索姆斯警探,你认为被告在现场做的陈述很重要,是吗?"

"是的。"

"我猜也是。你似乎暗示,由于亚历山德拉和索菲亚没有问你她们的父亲是否还活着,就表示她们杀了他?"

"这是符合逻辑的结论。"

"我们在此先提醒自己:检方声称他们握有对两名被告都不利的证据。如果有一名被告在犯罪现场对你作出了重要的陈述,嗯,这对检方来说不是很关键的证据吗？"

"是。"

"你在现场用笔记本写下这份陈述时，就知道这是重要证据了，不是吗？"

"应该吧。"

"既然它这么关键，你却没想到要将其纳入你的书面证词，或是把你的笔记本复印件交给检方，当作证据开示分享给辩方团队？"

"我把所有相关信息都交给地方检察官办公室了。"

"但不包括你笔记本相关页面的复印件？"

他停顿。

如果他撒谎，回答"有包括"，那他就可能会损害检方的信誉；如果他说实话，他就完全不知道我打算把他引入什么样的暗巷里。

"我一定是漏看我的笔记了。我好像没有把复印件交给地方检察官办公室。"

"你好像没有给？前纽约市市长陈尸于自己的卧室，被切割得残破不全，你拘留了两名嫌疑人，根据你的说法，她们两人都作出了重要的陈述，而你好像没交出那些陈述的笔记？你要么是交了，要么没交，到底是哪个？"

索姆斯清了下喉咙，努力恢复几分镇定，然后望着陪审团说："我没有交。"

轮到我按暂停键了，让陪审团吸收这句话。这是个次要的重点，不过我想放着，让它先默默啃会儿桌脚，一会儿再来处理。

"索姆斯警探，你没有能力执行基本的调查工作吗？"

他回答时不再费心望着陪审团，而是带点火气地直接冲着我回话。

"我的纪录自可证明。我的部门在本市，或者说其他任何城市，是凶杀案破案率最高的部门之一。"

"那么身为经验丰富又才华出众的调查员,你应该不会犯下未将重要信息交给地方检察官办公室这么基本的错误吧?"

"我猜……"

"警探,两名被告在现场作的陈述根本不重要,对不对?"

"谁说不重要。亚历山德拉和索菲亚没问她们父亲是否还活着,是因为她们都知道他已经死了,因为她们'确保'他'死透'了。"

"两名被告都没问她们父亲是否还活着,还有另一种原因,不是吗?"

"我想不到还有什么原因,我当了这么多年的重案组警探,从没遇到过这种事。"

"在这之前,你证实了被告在现场接受问话之前,她们曾听过米兰达权利,你还记得吗?"

"我记得,我确定,我们向她们宣读过权利了。"

"嫌疑人只有在被正式逮捕后,才会被宣读权利,对吗?"

"对。"索姆斯说,这些问题让他开始厌烦了。

我从检方的证据开示里取出一页文件,递给书记官。

"请看这份文件,这是逮捕纪录。负责逮捕的警官是雅各布斯巡警?"

"对。"索姆斯说。

"两名被告是因同一罪名遭到逮捕的?"

"对。"索姆斯说,现在他知道我想干吗了。

该击倒他了。

"根据这份纪录,雅各布斯巡警是以谋杀罪名逮捕两名被告的,也许她们就是从那时知道她们的父亲已经死了。"

索姆斯吞了口口水,喉结不受控制地上下滚动。

"除非发现了尸体,否则你不可能因谋杀罪逮捕她们,是吧?"

他没回答。什么回答都是多余的。

"警探,对这两名被告不利的证据少得可怜。你和检方为了建构论据,不惜紧抓着薄弱的希望,真实情况是不是这样?"

索姆斯清了下喉咙,抿了一口水,凑向麦克风说:"不是的,先生。"

索姆斯从法兰克·阿韦利诺胸部的伤口深处取出那根头发。毛发及纤维专家还有泰勒警探对此会有更多话要说,但我只需要先彻底解决掉索姆斯。

"警探,你作证说你从被害者胸部一处伤口里取出一根头发。你并不是毛发及纤维分析专家,对吗?"

"我不是,先生,这部分我们已委托给山德勒教授负责。"

"好的。没有别的问题了。"

德雷尔并没有试着修补任何损害,不过他也无能为力了。在我看来,地方检察官确实是狗急跳墙地抓住每一丝倾向于显示有罪的证据——只要能被歪曲成对检方有利的事情,都会不分青红皂白地往我们这里扔过来。

"检方传唤伊塞亚·泰勒警探。"德雷尔说。

索姆斯走下证人席,只跟泰勒交换了一个眼神。他的眼神在警告泰勒:当心了。泰勒比索姆斯要年轻得多,也更急躁鲁莽,聪明的律师能够更轻松地引导他掉入陷阱。

泰勒穿着一身黑衣:衬衫、领带、西装、皮鞋,很适合这个场合。他宣誓后在证人席安坐下来。

"泰勒警探,你负责执行被害者与其家人的相关调查工作?"德雷尔问。

"是的,"泰勒说,"我的搭档和我各自承担一部分这个案子的工作。在凶案当夜,也就是星期六凌晨,我接到一位名叫迈克·莫迪恩的律师来电。他对我说,他跟被害者事先约好,要在星期一讨论修改被害者遗嘱的事。"

"你是否取得被害者遗嘱的副本?"

"是的。遗嘱执行人为哈尔·科恩。科恩先生是被害者的竞选总干事及友人,他提供了一份最后版本的遗嘱复印件给我,在档案中标记为第6号证物。"

问答中断了一会儿,因为陪审团这下有理由打开面前的文件,翻到正确的证物并开始阅读。

"这份遗嘱是五年前立下的,对吗?"德雷尔问。他在引导证人,但我没有提出反对。这对我们没有什么伤害,而且他等于在加快进度。

"没错,这份遗嘱是2014年在莫迪恩先生的事务所订立的。"

"警探,这份遗嘱有什么效力呢?"

"遗嘱留下总额100万美金的慈善捐款,死者遗产的剩余部分则平分给两个女儿——亚历山德拉·阿韦利诺和索菲亚·阿韦利诺。"

"你当时能够查明法兰克·阿韦利诺的遗产总值有多少吗?"

"是的,科恩先生曾因税务因素而收到这方面的估价,遗产总额为4900万美金。扣掉应付税额以及捐款部分,剩下的遗产总额为4400万美金。"

我们后方人群里有人吹了声口哨以表示赞叹。法官肯定没听见,因为他并没有告诫旁听席的人。这个数字引起不少人耳语、嘟哝和吸气,甚至包括几个陪审员。对任何人来说,这都是一大笔钱。

"好,我们从莫迪恩先生的来电知道死者想要修改遗嘱,并且已约好在星期一上午和莫迪恩先生见面讨论此事。你知道遗嘱将如何修改吗？"

"我不确定。不过我们有理由相信，死者遇害时受到了不正当的影响。"

"你说不正当的影响是指什么？"

"法兰克·阿韦利诺在不知情的情况下被人下药了。由该类药物的类型研判，我们认为下药的目的是设法掌控阿韦利诺先生以及他的财富。"

陪审员纷纷往前倾身。这时我忍不住望向索菲亚，她一手捂住张开的嘴，转头用受伤又痛苦的眼神凝视着姐姐。我们已经告诉她这项假设，以及毒理学报告的结果了。然而听自己的律师说是一回事，在公开法庭上听到它被列入纪录，又是另一回事。

亚历山德拉垂着头，哭得肩膀一起一伏。

德雷尔不疾不徐地带领泰勒讲了一遍毒理学的报告结果，并解释给陪审团听。氟哌啶醇是一种抗精神病药物，若是施用的剂量正确，能让服药者变得温顺、言听计从、易于掌控。

"警探，你说被害者被人下药，可是你的根据是什么？法兰克·阿韦利诺会不会是自己要吃这种药的？"

"我不这么认为。根据他的医疗纪录，医生并没有开这种药给他。此外，从他遇害前数个月开始，他便因为出现类似早期失智症的症状而向家庭医生求诊。这也可能源自阿韦利诺先生体内的药物造成了失智症的症状。医生建议12月时做磁振造影检查，但阿韦利诺先生没能活到那个时候。"

"如果有人在不知情的情况下服用了氟哌啶醇，你觉得可能是怎么回事？"德雷尔问。

"某人想控制法兰克·阿韦利诺。譬如说,那人可能想说服他在授权书上签字。"

一股寒意漫过我全身。德雷尔想把这件事带往我没料到的方向。我在检方的档案中翻到某一页关于证物的内容,又仔细看了看那个文件。德雷尔一直在慢慢累积这个切入点的进度,而泰勒刚才把门又开大了一点,方便他进去。德雷尔指示陪审团与证人翻到我在看的这一页。

"警探,228号这份证物文件是什么?"

"这是一份于9月15日执行的授权书,它授予阿韦利诺先生指定的代理人处理他所有的财产及事务的权力。"

"那么被指定成为阿韦利诺先生代理人的是哪些人呢?"

泰勒缓慢且谨慎地说:"是哈尔·科恩先生以及亚历山德拉·阿韦利诺小姐。"

圈套

法兰克·阿书利语

日记，2018年9月15日

  我已经不知道要相信什么了。要么我快疯了，不然就是有人想杀我。

  某方面来说，我倒希望是有人找了杀手取我性命。这总比我快失去理智要好。我能应付杀手，吉米可以处理。

  今天早上我跟吉米聊了一下，他说我有被害妄想症。没人敢雇人暗杀我，也没有哪帮人马会动抢劫我的歪脑筋，我可是吉米的老朋友，那种破事不可能发生。

  我是个上了年纪的老糊涂。我确信他错了，于是我雇了一个私家侦探，负责留意有谁在跟踪我。哈尔觉得这是在浪费时间和金钱，但我感觉安心了一些。私家侦探是个姓贝德福德的大块头，他说我根本不会见到他。确实，从他两周前开始工作以来，我都没见过他。这对我没有帮助，我觉得他搞不好根本没在盯着我，也许他在家看电视，把我当成另一个有被害妄想症的笨蛋。但我知道，我看到机车骑士盯着我了。

  后来我走出餐厅时，站在人行道上，发现鞋带松了。我蹲下去，结果天杀的，我蹲了起码有10分钟，怎么也想不起来该如何系鞋带。我就单膝跪在地上，双手拎着鞋带，盯着我的棕色皮鞋，直到眼泪落在皮革鞋头上。

  我把鞋带塞进皮鞋两侧，搭出租车回家了。

晚上10点

今晚我不饿，只帮自己做了个三明治。

索菲亚昨天煮的汤还在冰箱里，亚历山德拉让熟食店送来的炖菜放在汤旁边。我做了个花生酱果酱三明治，倒了杯牛奶，边吃边看新闻。今晚感觉好一些了，几天以来，我的头脑第一次比较清醒。

私家侦探公司打电话来，我跟他们说贝德福德都没有联系过我，不管是打电话或发信息都没有。不，我不知道他在哪儿——老天，他跟我强调过我不会看到他。明天早上他们要派新的人员来。

贝德福德失踪了，新闻报道了警方呼吁民众提供消息的事。

我现在躺在床上，睡不着，头痛个不停。而且有种不祥的预感。我打给亚历山德拉，留了语音信息。打给索菲亚，她接了，说她明天会来看我。

**00:33**

## 她

  尽管在生理上和心理上都已做好了准备，但当她看到父亲血淋淋的尸体照片被放大投映在巨幅幕布上时，她还是感到极度的震撼。她从未保留过杀戮后的纪念品，没有任何东西能用来回味那些极乐时刻。看到照片让她下腹部有一股暖意，心脏也雀跃起来。

  她几乎能尝到他血肉的滋味。

  她快受不了了。她试着在心里回想那首歌，歌曲节奏能消除在她体内奔腾的亢奋。这时她注意到自己右手摸着桌子，食指抠进桌面被上千个边缘镶着金属的沉重档案夹刮出的凹槽里。她赶紧抽回手放在腿上。

  今天进展得还算顺利，跟她预期中的差不多。泰勒警探作证时夸大了氟哌啶醇的效果，这种药并不会使人完全顺从，某方面来说，它反而让爸爸更难搞了——但他终究还是签了授权书。用几个月时间在他食物里下毒以及朝他耳朵灌输有毒的言词，就能让他对她的姐妹产生反感。到时候她会说服他修改遗嘱，然后用轻度过量的剂量送他上路。药物本身不会致命，不过若是剂量够高，呼吸系统就会停止运作，或是在过程中导致心脏衰竭。她爸爸都这个年纪了，若是呼吸衰竭或心脏病发，法医和病理学家也不会深究。

  问题就出在她低估了她爸爸。

  如果她更注意他一些，就不必执行这些计划了。她心底莫名地觉得，爸爸早就知道了她的真面目。他看到了妈妈腿上的咬痕，结果设法掩盖了那件事。又或许某种程度上，他刻意不想弄清楚她到底是什么样的人。她的本性会吓坏任何一对父母。他从未直接问过她什么，但是她们的母亲死后，他无法跟任何一个女儿住在一起。

他把她们送走。她觉得妈妈死后那几年，法兰克怪罪她们两个人。他知道其中一人咬了简，但他绝口不提，或许是因为觉得丢脸。等到她高中毕业时，法兰克看起来已经忘了这件事，或至少是暂时放下了他的疑虑。

四年前，她喂法兰克的第二任妻子希瑟吃下三瓶奥施康定，那时他就应该知道一切都未曾改变，他的女儿本性难改。希瑟有她自己的问题，药物成瘾是其中最大的一个。他能轻易接受不小心服药过量的说法——警察局也是。

希瑟倒是不愿意接受，一开始抵死不从。

她先是打电话到家里，得知法兰克出远门了，希瑟会一个人在家喝酒，配的几颗药则是乐趣的一部分。等希瑟已醉到拿不住酒杯时，她喝下的伏特加与苏打水里仍未加进足够的奥施康定药粉。到了某个阶段，她不得不强压住希瑟，把橡皮漏斗硬塞进希瑟的喉咙，将一瓶掺了奥施康定的夏布利白酒灌入她的胃中。

她陪在旁边看着希瑟默默死去，然后清除自己当天晚上曾出现在屋子里的所有痕迹，再将希瑟留在那里，等隔周爸爸回家时才发现。那股气味在房子里萦绕了好一段时间，因为希瑟是在盛夏时节死的。办完葬礼，法兰克还得聘请一支昂贵的净化环境技术团队，来去除希瑟腐败尸体的气味。

希瑟的葬礼就是她上一回与自己的姐妹长时间共处的场合了。她们分别站在敞开的坟坑两侧，爸爸站在她们之间，也就是坟坑的前端。他低着头，泪水滴在希瑟的棺木上。她的姐妹没有看她，她的姐妹把所有的事都怪在她的头上。她怀疑其实自己的姐妹在偷偷嫉妒她。

她握有权力。她愿意不择手段，这赋予了她权力。她的姐妹很软弱，一向如此。从她们很小的时候起，她的姐妹就被牵着鼻子走。只要答应给她一颗糖果，或一本书，她的姐妹就会百依百顺，即使叫她做坏事她也照做不误。差别在于，当她的姐妹闯祸被妈妈逮到时，她会一直哭一直哭。

妈妈死在楼梯上那天，她的姐妹也在哭，在她看来，她的姐妹从那之后就不曾停止哭泣。某些行为是无从宽恕的，它们会玷污灵魂。那天她把牙齿咬进妈妈皮肤时，就醒悟到了这个道理。妈妈没有喊痛，没有畏缩，没有躲开。一部分的她觉得妈妈也许还活着，也许妈妈某部分的大脑还未因脊髓断裂而完全失灵，那块大脑让妈妈尚有意识，能够感觉到小牙齿刺破皮肤的疼痛。她知道这个可能性很低，但好奇妈妈有没有感觉所带来的战栗，让这个行为变得更重要、更具意义。

她听着律师们先后与索姆斯警探和泰勒警探唇枪舌剑。

那都不重要。

她的姐妹会被定罪，而她会逍遥法外。

这是毫无疑问的。

她的思绪消散了，令她回到法庭内。她低头看，自己的手指又在抚摸桌子了。她将双手夹在大腿间，然后抬起头。

她不知道有没有人注意她，不过那不重要。

她的姐妹的命运已经注定。

不久后，她和爸爸的财富之间将没有任何阻碍。

全部的财富。然而重点倒也不是那些钱，而是不让她的姐妹拿到那些钱。金钱也是权力。她的姐妹是唯一知道她真实本性的人，一定要用这种方式才行：她们两人一起上法庭受审。谋杀姐妹和爸爸会引起太多疑问，即使她将他们的死布置成意外。况且那样一来，乐趣何在？听到爸爸和亲爱的姐妹出车祸死亡，是能带来某种慰藉，但绝对没有愉悦感。

爸爸被杀害，她的姐妹背上杀害他的罪名并失去继承权，这才是最完美的。她会获得金钱——也就是权力。法兰克终于要为多年来忽视她、将她丢在冰冷的寄宿学校、放任妈妈打她咬她……付出代价了。法兰克·阿韦利诺死有余辜。

她的姐妹也活该成为替罪羊。

## 00:34

### 凯特

泰勒的证词所发挥的作用，犹如翻斗车一般狠狠撞向凯特。

泰勒警探断言法兰克·阿韦利诺被人下药，是因为某人想掌控他的事务与金钱。接着他又证实最近有一份对亚历山德拉和哈尔·科恩有利的授权书被执行了。

这看起来太糟了。看起来亚历山德拉靠着给父亲下药，为自己争取到父亲的信任。离他的财富更近了一步。

德雷尔没再问别的问题，他坐下了。

他让泰勒的证词的言外之意飘浮在法庭内，犹如一股难闻的气味。那股气体会像薄雾般笼罩着陪审团，熏臭他们的衣物，以及主观意见。

凯特能感觉到潮水已溺向亚历山德拉，她需要吹走这团怀疑，立刻就要，不然它会污染陪审团，让他们质疑她的客户。她得做点什么，不论是什么，她都得立刻行动。

她将座位猛地往后推,椅脚刮过拼花地板,像是什么动物吠了一声。她鞋跟并拢,奋力支撑住上半身,双手按在木椅扶手上,准备好挺身站起,但她的脑中一片空白。

她平生从未像准备这场审判般努力准备过什么事。她背下书面证词的每个字,对每份文件都烂熟到能直接说出它在资料夹中的第几页。但今天出现的毒理学报告是一记出乎意料的曲线球,突然间,那份档案、她的策略、她准备的交互诘问问题,一切都不再熟悉、熟练,而是变得陌生。

那份授权书是原本就在档案中的文件,在这一刻之前,它并没有什么意义,感觉并不重要。可是当它与证据搭配在一起,证明在授权书执行的那段期间,法兰克·阿韦利诺其实遭人下药并达到顺从的效果——嗯,那就让所有事都有了新的审视角度。她的客户签过的一份平凡无奇的法律文件,现在看起来居心叵测。整个庭审卷宗现在都成了未知领域,每份文件都可能是定时炸弹,等着在她面前爆炸。

她即将站起来。所有眼睛都盯着她。

等她站起来时,她必须提出一个问题。一个好问题,能够浇熄正在陪审团间如野火般肆虐的揣测。可问题是:她一个问题也没有,她的脑子里一片空白。

汗水像血一样从她皮肤渗出,仿佛她是颗被沉重的静默挤压的水蜜桃。即使她真想出一个问题,现在她也没把握自己在能大声问出口之前,不会先被恐慌给勒死。

一只强有力的手握住她的手腕,她转过头看去。布洛赫握着她,把她拉近一点说悄悄话。

"争取一点时间,要求短暂延期。我这里有新信息。"布洛赫说,并将手机的屏幕倾向凯特。屏幕上的信息写着:"已将两个新档案分享至多宝箱。"

凯特赶在自己忘掉要说什么之前，匆匆站起身。

"法官大人，辩方请求短暂延期。"

斯通懒洋洋地望向陪审团，然后看着他们后方墙上的时钟。

"看来我们已度过了漫长的一天。明天上午10点，各位女士先生。"他说完站了起来。整个法庭的人都起立目送法官退庭，艾迪和哈利的屁股还是一直黏在座位上。凯特几乎能感觉到法官走回办公室时，朝那两人投掷的不屑眼神。

"你查到了什么？"凯特问。

"我也不知道，还不确定。"布洛赫说，"或许没什么，也可能是锁定法兰克·阿韦利诺凶手的新线索。"

把亚历山德拉交给一辆在优步上打的出租车花了5分钟。凯特和布洛赫已经迫不及待地想回到凯特的公寓了，因此她们在拉斐特街的科尔特咖啡馆找了个安静的角落，坐下来点了杯咖啡。布洛赫另外点了份肉丸潜艇堡，凯特则点了份鸡肉沙拉配薯条。

打从早上她们拿到毒理学报告开始，布洛赫就没闲下来过。她一直与纽约的几个执法机关和多家警察分局保持着良好的关系，她读完毒理学结果后10分钟便放出了消息。话一下子就传开了：布洛赫需要帮忙，于是全纽约最优秀又腾得出手的高手都动了起来。虽然布洛赫现在是私家侦探，而且还在为辩护律师效力，但这对他们来说并不重要。她的名号响当当，她父亲也曾是如此。纽约市警察会照顾自己人。她请他们查询过去一年内所发生过的有药店或药品批发商遭抢劫的案件。

多宝箱内的第一个档案即搜寻结果。

值得注意的抢劫案共有37件，大部分抢的是药店，不过有两件抢的是药品批发商，还有一件抢的是货车。

这些抢劫案中，以氟哌啶醇为主要战利品或部分战利品的，一件都没有。

"关于抢劫案没有结果。"布洛赫说。

"毒贩呢？"凯特问。

"没用，氟哌啶醇并不是娱乐性用药，它不会让人亢奋，也不会让人迷乱。严格来说，它并不是镇静剂，更像是一拳把你揍昏，会把你搞得晕头转向，让人变成一坨疑神疑鬼的果冻。"

"可是我还以为黑市什么药都能买到。"

"如果找对药剂师就能轻易买到那种药，那黑市就不需要再提供了。只要递出一张假处方笺和500美金，你就能嗑到饱。"

布洛赫用力一滑屏幕关掉那个文件，然后打开第二个档案。档案里有一封电子邮件和视频。

"联邦调查局的暴力罪犯逮捕计划查到一个结果，"布洛赫说，"看来纽约市警局把这当作仇恨犯罪行为来侦办。上个月有一名印度裔药剂师以及收银员被杀了，这里有视频。"

感谢上帝，这个视频没有声音。这里是公开营业的咖啡店，四周都是顾客。它看起来像是大型连锁药店的监视器画面，凯特认出了柜台上的商标。有个穿黑色摩托车骑行服、戴安全帽的人走进店里，移动到镜头之外，然后若无其事地走到柜台的药剂师面前，拿斧头砍他的脑袋。凯特畏缩着别开目光，无声地说："天啊。"

她睁开眼，发现邻桌的老太太对她投以异样的眼神。

"你看那里。"布洛赫指着屏幕说。

布洛赫手指在屏幕上一转，将视频倒回去，然后重播。收银员看到药剂师的惨状时便逃向了前门。然而前门纹风不动，于是收银员一头撞上玻璃，把玻璃都撞裂了。她被门弹回来，倒在地上。黑衣人几秒内就来到她身边，用斧头往她脖子后方连砍两下。然后那人移向右边墙壁，离开了镜头，接着门开了，那人离去。

看到暴力行为的后果是一回事，看着它在眼前发生又是另一回事，即使只是通过比较大的手机屏幕观看。

"我不认为这有什么用。"凯特摇头说，"这大概跟我们的案子一点关系也没有，我看不出有任何关系。"

布洛赫转过头，读着电子邮件，又看了一遍与视频附在一起的文字。

"这很重要，我觉得这可能是杀死法兰克的凶手。"布洛赫说。

"怎么会？"凯特又摇了摇头，这次是不可置信，"你为何这么认为？"

"我得再多查探一番，但这里面有鬼，我感觉得到。你有没有看到她是怎么移动的？"布洛赫问。

"她？"

"她。那是个女人，从骨盆看得出来，一个很自信的女人。这不是针对种族的犯罪。首先，对方没有喷漆涂鸦，也没留下信息。凶残又脑残到会出手杀人的种族歧视者，总是会想留下某个团体或邪教的信息。

"而且她杀了收银员。收银员是白人。

"民族第一、三K党或叫得出名号的随便哪个白人至上主义团体，都不会在意杀掉碍事的白人。但以这案子来说，凶手没有非杀她不可的理由。她是计划好要杀收银员的。你看……"

视频开始播放，这次凯特更仔细地看那个人。现在她很明白地看出那是个女人了。那个人一进到店里，马上就离开了监控摄像头。

"那里。她走进来做的第一件事是锁住自动门。所以等收银员看到她对药剂师做了什么而冲向门口时，门没有如预期那样打开。她原本可以留收银员活口的，但她没有。她没从药店拿走任何东西，现金、药品都没碰。凶手用的是利刃，而斧头是这桩罪行的完美工具，重到能造成严重伤害，又轻到能挥动自如以及随身携带。"

"为什么不用枪呢？"

"枪会留下子弹，而子弹可以追踪。而且枪声很吵，会引来很多人的注意。这是个专业的杀手，真正的行家。入行一阵子后，他们会想靠近目标、好像有个人恩怨似的。这个女人……"布洛赫指着屏幕上定格的黑衣人影像，"这个女人杀过人，她甚至没从药剂师柜台跑到收银台，而是用走的。好整以暇，毫不慌乱。如果说……"

"如果说怎样？"

布洛赫研究屏幕良久，说："我觉得她很享受这种杀戮行为。"

女服务生送来淋满意大利红酱的肉丸潜艇堡，凯特的沙拉配薯条紧接着上桌。凯特推开盘子，她的胃口已经消失得无影无踪。布洛赫拿起潜艇堡大口咬下去，酱汁从她嘴角淌下，她用纸巾擦掉。

"你不是饿了吗？"布洛赫说。

凯特对她秀出中指，布洛赫咧嘴一笑。

"我还是看不出这跟阿韦利诺案有什么关系。"凯特说。

"嗯，是有可能没关系。我得确认一下这家店氟哌啶醇的销售纪录和库存报告，还要查查药剂师的背景，他才是凶手的主要目标。要先确定这不是因为他开错药之类的事情被报复，我很怀疑是这样，不过我还是想先排除这个可能。倒是有另一件跟我们案子相关的事。"

凯特耐心等待。

布洛赫又咬了一口潜艇堡，吞下肚，擦嘴后说："你还记得几星期前——提出申请那天吗？我们看到一个机车骑士，穿得一身黑，是个女的。她超了我们的车，然后闯黄灯，就在前面那个路口。"

"拜托，那没什么吧，只是巧合。"

布洛赫用舌头弄出卡在齿缝里的肉渣。她喝了一大口咖啡，靠向椅背，说："那天之后我又见过她两三次，黑色皮衣、黑色安全帽，配上深色护目镜。我昨晚还看到她了呢。"

"在哪儿？"

"你公寓的马路对面。"

凯特僵住了，嘴巴张开，然后哈哈大笑起来。

"差点被你给唬住了。拜托，布洛赫，你想太多了吧。为什么有人要监视我们？"

布洛赫看起来并不像在开玩笑，她放下潜艇堡，要凯特搞清楚状况。

"如果我正在为我犯的谋杀案受审，我也会盯着律师，双方的律师。确保没人想通来龙去脉，要是有人接近真相——杀。"

凯特想了一下，问："你该不会觉得，这案子跟艾迪·弗林的调查员出事有关吧？"

"我不确定，但就算是，我也不意外。"

对话默默地结束了，布洛赫继续吃潜艇堡，凯特勉强吃了几根薯条。吃完后她们一起回到中央大街。现在天色已暗，没有风，但气温已低到冰冷，而且仍在迅速下降。布洛赫的车停在伦纳德街，现在该回到凯特的公寓，认真准备明天的审判了。

她们经过"霍根路"时，凯特看到德雷尔带着一群助理站在大楼外，边喝咖啡边抽烟。他们弓着背缩在大衣里，呼出来的气在冷空气里凝成白雾。他们看到凯特和布洛赫走近,原本的对话便稀稀落落地打住。凯特没向德雷尔打招呼,只是低着头从他们旁边经过。她们一走远,凯特就听到德雷尔嘟哝了句什么,换来众人嘲弄的笑声。她毫不怀疑他们嘲笑的对象是她们两人。

布洛赫看起来丝毫不受影响。

她们在通往伦纳德街的人行横道前停下,布洛赫按了过马路的按钮。这一段中央大街是单行道——所有车流都从她们左侧往右开。一辆货车飞速经过,然后是几辆小客车。凯特看到斑马线对面有个身怀六甲的女人,红色大衣包住鼓胀的肚皮。女人保护似的一手按着肚子,有些孕妇觉得这个动作能给她们带来慰藉。凯特看了面露微笑:这孩子尚未出生就已经被爱了呢。有个穿着克什米尔大衣的灰发男人走过来站在孕妇旁边,男人气呼呼地又按了一下过马路的按钮,仿佛交通信号系统只为他一人服务。

一辆车停在凯特面前的停车线上,这辆车里侧车道的一辆公交车也停住了。变红灯了,凯特和布洛赫开始过马路。

那个孕妇和灰发男人也是。

凯特和布洛赫从那辆车前经过,还没走到公交车前面,周围的大楼间开始回荡起一个声响,在柏油路面振动,最后终于落入凯特的胸腔。那个噪声越来越大——音量飙升到极限——凯特突然间知道那是什么声音了。

那是尖锐的机械哀鸣,伴随着油门的低吼。

一条强健的手臂猛地伸在凯特胸前,将她拦住。布洛赫在公交车前急刹住脚步。凯特望向布洛赫,然后她听到自己正前方传来爆炸般的声响。

某个深色的东西从公交车旁射了过去,孕妇尖叫一声往后跌坐在地，抱着肚子，两腿岔开。灰发男人则往前倒，先是双膝跪下，然后整张脸趴下去。他并没有伸出手臂撑地，因此他的鼻子撞上柏油路时发出带有水声的碎裂声。凯特张开嘴，却没有发出声音。她仍听到了那个吼声，于是看向右侧，看到一辆摩托车，骑士穿得一身黑，那辆摩托车骑上人行道，然后直接钻进了集池公园。

拦住她的手臂挪开了，布洛赫奔向摩托车。凯特望回面前的场景。公交车门打开，司机下车，直接赶到仍在尖叫的孕妇身边。凯特上前察看面朝下趴着的男人的情况。

"天啊，你还好吗？出了什么事？"她跪在地上说，双手颤抖，心脏狂跳。她碰了一下男人的肩膀，男人身下漫开一片深色血液，她往后缩。

她身后传来一些迅速接近的脚步声，突然间凯特就被围住了。她被一个嫌她碍事的西装男推开，不由自主地侧躺到地上。她抬头看，发现那是德雷尔和他的助理们。其中一人将灰发男人翻过身，接着他们都惊慌地叫嚷起来。

只见灰发男人的喉咙伸出一支刀柄，睁开的双眼已失去生命的光彩，面庞血肉模糊，鼻子扭成奇怪的角度，在跌倒时往右侧压扁贴着脸颊。凯特的胃在翻搅，她捂住嘴，挣扎着坐起来。

布洛赫赶回来，蹲在凯特身边。

"机车骑士逃走了。"布洛赫说。

有一个助理检察官起身去救助孕妇，试着劝她冷静下来，这样对胎儿也比较好。有个凯特不认识的人在跟急救人员打电话。

德雷尔对着凯特说："这是我的证人，我们正在等他来办公室提供书面证词。"

"他是谁？"凯特问。

"他叫哈尔·科恩。"

**00:35**

## 她

时间点掌握得恰到好处。

她花了很多功夫,不过是值得的。她知道 5 点以前哈尔·科恩都见不到德雷尔,因为德雷尔会和她一起待在法庭内。德雷尔想亲自为哈尔纪录书面证词,他将是检方的关键证人。

哈尔对她来说还有别的用处。他已完成使命,而她连一分钱都不必给他。

哈尔发现并交给德雷尔的东西很有趣。即使没有哈尔,德雷尔也能随心所欲地拿那项证据做文章。少了哈尔,它的冲击力会变小,变得较不重要,但仍然堪用。

杀死哈尔得抓准毫厘不差的时机。她有 4 秒的空档,事实证明那已绰绰有余。她离开法院后搭出租车去她的车库,穿上皮衣,然后去哈尔办公室外等他出来,事先已打过匿名电话确定他仍在办公室里。等他步行离开后,她便跟着他穿过四个街区来到霍根路的地方检察官办公室。在中央大街干掉他是完美的下手地点。

红灯时她让摩托车减速,等看到哈尔开始过马路,就让后轮猛转、冲出去、抽出刀子,飞掠过哈尔身边时用刀尖对准他。摩托车的速度替她完成工作。刀子嵌进骨头时,一股冲击波沿着她的手臂往上蹿。

这次,她没有失手。

不需要留下来确认哈尔是否真的死了——她知道这是致命的一击。她擦过了那个孕妇,幸好力道够轻,摩托车不至于倾倒。摩托车摇晃了一下,但她迅速调正,用燃烧轮胎皮的速度横越马路,穿过集池公园来到怀特街上。

没过几分钟,她就出现在几个街区之外了,她利用纽约这一区少数的几条巷子避开了最近的五个交通摄像头,然后进入一栋十层楼高的立体停车场。她将摩托车停进棕色面包车的后面,然后将面包车开出停车场。那些监控摄像头都在找一辆装着假车牌的黑色摩托车,而不是破旧的面包车。

冒险是值得的。哈尔死了。

她的姐妹一点都不知道法庭内将刮起什么样的风暴。

## 00:36

### 艾迪

哈利把两个手肘撑在膝盖上,打量着克拉伦斯。小狗在主人的注目礼下怔怔地坐着,尾巴摇来摇去。

"如果有人给法兰克下药,掌控了他的帝国,迫使他听话,还能够逍遥法外,又为什么非得杀了他不可呢?"哈利问。

克拉伦斯舔了一圈嘴巴,身体往前,四肢趴地,并将鼻子塞到哈利手臂底下,把他的手臂顶开。哈利顺着朋友的意抚摸它身上的毛,似乎陷入了沉思状态。

克拉伦斯回答不出哈利的疑问,我也是。

"我们不能假设任何事情,"我说,"法兰克是遭到缓慢下毒及控制没错,但我们无法确定下毒的跟最后杀他的是同一个女儿。"

"确实,不过那样才最合理。我猜想法兰克发现是谁在给他下药,于是通知迈克·莫迪恩要把犯人从遗嘱中删掉。那逼得下毒者出手了——那个人别无选择，只能在法兰克修改遗嘱前先杀了他。"

"那也解释了凶手为什么得在他星期一与律师见面前便采取极端作为。警方一直没找到迈克·莫迪恩，这有点奇怪，你不觉得吗？"

"我认为非常可疑，有件事我很确定，那就是莫迪恩这种律师绝不会随便抛下原本的生活改名换姓，除非他们担心要去坐牢。"

"我跟他的事务所确认过了，迈克的身世背景都很正常，没有人打算告他。他已经离婚了，而且据事务所的人所知，他也没有新的约会对象。他就这么消失了。感觉大有问题啊，哈利。"

"跟阿韦利诺姐妹扯上关系的人，似乎死了一大堆。她们的母亲、继母，现在又加上法兰克。也许亚历山德拉也杀了莫迪恩？"

"你仍然认为索菲亚是清白的吗？"我问。

哈利站起来，将克拉伦斯的牵绳勾到它的项圈上，然后边挺起腰边发出哼哼唉唉的声音。哈利已经是一把老骨头了。

"我一开始是有些疑虑，不过我相信你的判断。我跟她相处得越久，越觉得她只是个生错了家庭、长歪的孩子。她需要帮助，她需要她的父亲。我无法想象索菲亚会伤害任何人，至于亚历山德拉嘛——倒是比较容易有画面。"哈利说。

"怎么说？"

"犯下这桩案子的人势必有觉悟自己会被逮住。要杀自己的父亲，绝不能让屋子里有另一个证人，没人会这么做。即使你当下气到失去理智——那也愚蠢到了极点，除非你把证人也杀了。我想不通为什么两个女人都还活着，其中一人可是骗子兼凶手啊。索菲亚反复无常，但亚历山德拉给我的印象是能够做出精密计算行动的人。这个案子中有许多不合常理之处，除非有我们看不出的另一层真相。总之，今晚我是无法再想通什么事了。再见,我和我的朋友要回家睡觉了。"

哈利和克拉伦斯刚过 11 点时就离开了我的办公室。我又看了一遍庭审卷宗,等我抬头看表时,发现已经快 12 点了。我该睡觉了。

想到躺在里屋那张行军床上,就让我难以忍受。今晚不行。我每次闭上眼睛都会看到哈珀的脸。现在已经过了悲痛的阶段,变成别的情绪。我为她狠狠哭了好几个星期,感觉像在流血。仿佛我某部分受了伤,伤口让我越来越虚弱,但我不知道该怎么治好它。失去她的痛苦渐渐被愧疚取代。说不清这种转变是什么时候发生的,不过我仍深刻感受到了。我已经因为担心家人受伤,而失去或该说推开了自己的家人。艾米三年前曾被黑帮掳走,要不是有"帽子"吉米,我绝对救不回她。那件事改变了我的婚姻。克莉丝汀和艾米受到的最大威胁就是我的工作,以及我的工作引来的坏人。一部分的我为了家人的安全而与她们切割,现在我付出代价了,我是个周末老爸,承受着周末老爸的各种困扰与忧虑。

哈珀之死也与我有关系吗?要是她没遇见我,她是否还能活着?

这是我想问自己的问题,但我害怕这个问题的答案。

我再度播放视频,这是今天的第五遍。

视频中是我们:哈利、哈珀和我在法兰克·阿韦利诺家。我们拍照,小声提出理论以免录像人员把声音录进去。这是哈珀做的最后几件事之一,这是她最后的身影。

我扭开威士忌瓶盖,倒了超大一杯,靠向椅背看视频,笔记本电脑就放在面前的书桌上。我仔细研究她的每个动作。我从未注意到她是如此的优雅,我知道她很美,但这是另一回事。她移动的方式仿佛她不是人类,却同时又比我们任何人更有人性。从她的笑容就能看到她的内心。

警方认为哈珀的凶杀案是一桩失控的抢劫案。那一阵子经常发生入室抢劫案，不过话说回来，这种事什么时候都会有，在那一区本来就屡见不鲜。也许是我的罪恶感在作祟，也许是悲伤过度，总之我有种挥之不去的感觉：这事归根结底要算在我头上。每当我有这种感觉，我便试着理性思考，告诉自己我想听的话，说那不可能真的与阿韦利诺案有关，因为没有理由拿她当目标。如果有人因为这个案子杀了哈珀，我还真是百思不得其解。为什么锁定了哈珀？为什么不是我？

是我就好了。

砰。

是我就好了。

砰。

是。砰。我。砰。就。砰。

听到碎裂声时我停下了动作，不知道裂的是桌子还是我的手。我低头看，桌子角落的木头跟我的指节都裂开了。我去浴室贴了个创可贴，然后回到座位上。哈珀的倩影在屏幕上冻结。

我轻轻把头垂向桌面，放在手背上。我想入睡，但我知道我办不到。

凶手从她卧室的五斗柜里拿走了一些现金。也许凶手考虑过带走她的项链，但想想又作罢。然后凶手砸烂了她的手机。

她遇害当晚的画面将永远纠缠我。我看到她门厅地板上的血，血中躺着断掉的项链，小小的金色十字架在链子中间。我还需要想起别的事情，重要的事情。我用力闭紧眼睛。

那里，我看到了。在我的脑中像噩梦一般展开。

从哈珀的门厅再往里走有一组通往厨房的法式格状玻璃门，她的笔记本电脑掀开放在厨房桌子上。我进屋时就看到了，不过一开始并没有放在心上，因为我忙着注意地上的血迹。

凶手拿走了现金，留下了项链，砸烂了手机，但没碰笔记本电脑。

我猛地抬头看向视频，从头又播了一次。哈珀的死才不是因为抢劫案，她身上没有防卫性伤口，凶手一踏进房屋就刺死了她。对方若是来抢劫的，那部手机可以卖100美金，而那个笔记本电脑至少可以卖500美金。

这不是抢劫，只是布置成了抢劫。

索菲亚手上有这个视频，亚历山德拉也是。

莫非哈珀看到了什么？我们其他人都没看到的东西，能够暗示凶手身份的东西。

莫非凶手发现了这一点？

我点击鼠标，让视频开始播放。

看完之后，我扫描了阿韦利诺案件的大部分资料，开始写一封电子邮件，然后将扫描档和视频附在邮件中，寄出。

这个世界上有一个人，我敢放心地让她看这个。也许她能看出我看不出来的东西。

00:38

**凯特**

这栋位于新泽西州艾奇沃特的房子感觉既熟悉又新鲜。凯特还记得以前布洛赫的爸爸在这个房子的每个角落都摆满圣诞灯饰，直到复活节才肯收起来。凯特每次见到他，他都面带微笑，口袋里总是准备

265

好糖果和笑话，没有一次例外。直到他被纽约市警局开除，一切都改变了。

现在房间四周散落的不是灯饰，而是布洛赫挂起的小灯串。她说这让她想起父亲，况且屋内也没有足够的插座能提供充分的照明，若是在头顶装一颗灯泡又太刺眼。布洛赫喜欢这些灯串，凯特说她也喜欢。

吃剩的特大号比萨放在外带盒里，放在布洛赫的餐桌中央，已经冷掉了。比萨旁边是阿韦利诺案的庭审卷宗。凯特又打开一罐零卡可乐，布洛赫撬开麦格黑啤酒的瓶盖。她们用新开的饮料互敬，没说干杯，只是各自牛饮了一口，然后靠向椅背。

"你还好吧？"布洛赫问。

凯特花了点时间才找到确切的语言来回答。"我从没见到过别人死去，我忘不掉那个声音，当他的脸砸在马路上……"

"我会再详查药店凶杀案。女性机车骑士，穿得一身黑，深色护目镜。可能是同一个人。"

"你觉得那是索菲亚吗？"凯特问。

布洛赫摇头，"老实说我不知道，这是全新的局面。我不认为亚历山德拉是杀手，要是我错了我会大吃一惊，但我并不是百分百肯定。我打给她时，她说她从法庭直接回家了。我没办法验证她的说辞，我们也无从得知科恩被杀时索菲亚在什么地方。"

最后这段话让室内被沉重的静默笼罩。气温似乎骤降下来。既然本案证人哈尔·科恩被视为目标，表示他势必握有能指认真凶的信息。布洛赫和凯特都不知道会是什么信息。这天的事件让凯特心神不宁，她今晚要待在布洛赫家，除了钻研案情之外，也想试着睡一会儿。她在这里比较有安全感。

"我的睡眠时间很短,"布洛赫说,"如果你想睡的话,客房已经准备好了。"

"没关系,我大概也不会睡很久。"

自从哈尔·科恩遇害,还有布洛赫透露那个黑衣人曾出现在她的公寓外后,凯特就判定人多比较安全。应该说只要多出来的那个人是布洛赫就好。不需要否认,她在布洛赫身边就是有安全感。前门上方的两根钉子上挂着一把12口径的泵动式霰弹枪,布洛赫要伸长手才能取下它,不过确实是拿得到的。厨房餐台上的番茄酱旁边放着一把布洛赫的私人手枪,是玛格南500。在这之前,比萨尚未送来时,凯特曾掂过这把枪的重量,不禁纳闷布洛赫是怎么随身携带它一整天的。这把玛格南的弹膛里可以装五发子弹,每一发子弹的大小都犹如打火机,要价2.5美金。

不管你有哪一类的烦恼,只要你带着这把枪,大概都只需要花2.5美金就能解决。

"这么大的枪是做什么的啊?"凯特当时问道。

"野生动物管理员会带在身上,这是少数能挡住熊的手枪。"

"我们的中央公园里没什么熊啊。"

"用来射人效果也很好。"

凯特用双手拿起枪,很谨慎地避免碰到扳机。

"别怕,你得真的使出全力扣那玩意儿,它才会发射子弹。"

"你究竟怎么取得这种枪的使用执照的啊?还是在纽约?"

布洛赫从凯特手里取走那把枪,放回桌面。

"谁说我有执照?"

现在胃里装满比萨的凯特瞥向那把枪,一股不安扩散开来。要是她们遭到攻击,布洛赫手边有这把枪是好事。但是另一方面,凯特知道她一点都不希望布洛赫使用它。

"说真的,你为什么要使用火力这么强的武器?"凯特问。

布洛赫隔了半晌才回答,她喜欢三思而后言,仿佛她能动用的词汇量有限,用完就没了。布洛赫从不谈自己的心情或恐惧的事物。随着她们相处的时间越来越长,布洛赫正在慢慢敞开心房。

"好一阵子之前,我穿着防弹背心时中了两枪,我被吓到了。我辞去警职时买了这把玛格南。我让自己增重了3.6公斤的肌肉,才终于能稳稳地发射这把枪,不过很值得。有时候你就只有开一枪的机会。有了这把枪,我就只需要对准目标开一枪就够了。"

凯特还想追根究底,询问这种吓人的经验对好友造成了什么样的影响,确认好友没事后,问她想不想聊聊感受。但是从布洛赫的表情能看出来,她就只能获得这些信息了。布洛赫盯着书架,那上面只有一本书的封面是朝外放的,那是一本小说:J·T·勒博的《失真》①。

凯特瞥着桌子上的审判文件,说:"我明天可能会有机会毁掉检方的论证。"

"你有问题要问泰勒?"

"两个。我早上得跟亚历山德拉谈一谈。"

"你真的认为她是清白的吗?"

凯特喝完仅剩的可乐,捏扁罐子,丢到比萨盒的盖子里。

"对。我认为她妹妹可能想陷害她。"

"这种陷害法还真是奇怪——让自己也因谋杀罪受审。"布洛赫说。

"我有种感觉:我们还没看到这场审判的所有好戏。亚历山德拉是无辜的,我感觉得出来。"

---

① 《失真》其实是本书作者史蒂夫·卡瓦纳的作品。J·T·勒博(J. T. LeBeau)是书中真实身份成谜的小说作家。

00:38

## 艾迪

收到电子邮件时"叮"的一声通知音使我惊醒。

我又趴在桌上睡着了。我看向屏幕。现在刚过早上5点。通知信息写着："凯特·布鲁克斯发来新消息。"

电子邮件中说昨天傍晚时分,哈尔·科恩被杀害了。看起来是名身穿黑色皮衣的女性机车骑士在人行横道从他身旁骑过去时,拿刀插进了他的脖子。信息中就只写到这里。邮件还附了一个压缩文件,我将它点开,里面只有一个视频。

视频填满屏幕,是某间药店的监视器画面。有个穿黑衣、戴摩托车安全帽的人走进店里。我看到凶残的双尸谋杀案在屏幕中上演。黑衣人走出商店时我按下停止键,然后奔到浴室干呕。后来我的胃恢复稳定,但愤怒没有平息。我冲了个澡,穿上干净衬衫、打上领带,在电子邮件底端找到了她的号码,于是给她打电话。

她几乎立刻就接听了。

"我们得见个面。我们的客户不能知道我们谈过,这得保密。"

"来我办公室吧。"她说。

半小时后,我将我的福特野马停在一栋名为"莱克星顿村庄"的公寓大楼外面,但叫它"菲茨帕特里克父子建设公司的拆除工程"似乎更贴切一点。大门洞开,跟它旁边墙上的巨大裂缝一样。一进门就能闻到不新鲜的蔬菜味,我很讶异唯一的电梯还能用。我搭电梯到凯特那层楼。这层楼的走廊闻起来并没有更清新一些,地毯很脏,墙壁被更多大型裂缝撑开。这里应该被列为危楼才对。凯特打开公寓门,已经穿好出庭的服装了,不过发尾还湿湿的。

"请进。抱歉屋里很乱,我昨晚去朋友家过的夜,还没时间整理。"她说。

她穿着阿迪达斯 Superstar 运动鞋来搭配套装。进门后,这间公寓让我想起自己在曼哈顿的第一个住处。它比大部分的坟墓都小,厨房、卧室和起居室乱七八糟地塞进同一个空间,没怎么事先规划过,拥挤又不舒适。光是我们两人就让屋子感觉人满为患。

"很抱歉我说让你来我办公室。我是居家办公。"凯特心虚地说。

"没关系,我是住在办公室,所以我们半斤八两。"

凯特的笑声很随和,她似乎暂时放松了,不再难为情。她把我带向唯一的凳子,凳子前放着她所谓的"早餐吧台",也就是用杂物垫高的福米加板。我坐下来,面向小小的厨房区。凯特忙着煮咖啡。她拿出两个马克杯,没有征询我的意愿。她是自己想喝,而她不打算独饮。

咖啡机开始咕噜作响,她倒咖啡。她用上面写着"拉文克劳学院"的马克杯喝了一口咖啡,然后给了我印有哈利·波特图案的杯子。

咖啡很香,我向她道谢,仔细看了看杯子。那个小巫师的图案已经褪色,像是进过太多次洗碗机。

"我是《哈利·波特》的粉丝,告我啊。"她说。

"不,这很好啊,我女儿很爱这套书。"

"聪明的小孩,她几岁了?"

"14 岁。"

"这个年龄有点麻烦。"凯特说。

"对大多数人而言,青春期都烂透了,她会撑过去的。你呢?第一场庭审应付得还好吗?"

凯特点点头,喝了口咖啡,然后放下杯子说:"累死人了,这一点我没有料到。我一走出法庭就发现我好累好累，真的有种被榨干的感觉。"

"会习惯的，肾上腺素会帮助你度过前六场庭审，当然除了肾上腺素还有恐惧。到最后，你的身体和脑袋都会适应撑完一场庭审需要耗费的能量。你做得很好。"

我停顿，让她消化一下赞美，然后说："昨天科恩出了什么事？"

"等德雷尔过来我才知道他是谁，德雷尔本来在'霍根路'外面等科恩。我们当时在过马路，突然有一辆摩托车从旁边冲过去。骑士往科恩脖子捅了一刀。我简直不敢相信。事后我跟警方谈话，录了口供，布洛赫也是。警方认为这可能是抢劫未遂，我跟他说不可能，速度太快了。机车骑士什么话也没说，直接就刺了他。"

"你觉得有人在除掉我们案子中可能的证人？"

"不，我认为是索菲亚在除掉证人。"

"等一下，警方并没有查到索菲亚头上啊。如果她有嫌疑，就会被逮捕了。亚历山德拉呢？她有被逮捕或审问吗？"

"没有。如果不是纽约市警局办事不力，就是德雷尔在从中授意。这是他的大案子，无论如何都稳赢不输。也许他不想因为不相干的事让警察拘捕被告，影响到审判的进行。"

还挺有道理的。德雷尔大概心想至少有一名被告会遭到定罪，在那之后被告就跑不掉了，有的是机会到牢里拷问被告科恩遇害的事。

"凶手是个穿黑色皮衣、戴深色护目镜、骑摩托车的女人。你看视频了吗？"凯特问。

"看了。我还确认了画面中的时间和日期戳记，后来在《纽约邮报》找到一篇报道，一名药剂师及一名收银员在他们位于哈伯曼的店里被杀害，没有财物损失。报道称这是一起针对种族的谋杀，而白人收银员只是必须灭口的目击证人。"

"那间药店是曼哈顿方圆 80 公里内，前五大氟哌啶醇的供应商。在法兰克·阿韦利诺死前数个月，他们此款药品的销量激增。他们每个月都要进货，我不禁猜想有人曾来扫光了他们的库存。美国正面临鸦片类药物泛滥的危机，有很多药剂师只要价格谈妥就愿意行个方便。在我说的这段高峰期之前，他们要九到十八个月才需要向上游厂商订一次氟哌啶醇。"

"你是怎么查到这些信息的？"

"我的调查员——布洛赫。"

我把喉咙里的紧绷感用力咽下去。我时不时地会突然撞见跟哈珀类似的人、事、物，这时会有种自己被球棒击中的感觉。我咳了一声，花了很大力气控制住嗓音，竭力不流露出太多情绪。

"她听起来很厉害。"

"确实是。也许没有你已故的朋友那么优秀。抱歉……"

"没关系，我需要专注在审判上，这是唯一支撑我活下去的动力。"

我们都沉默了一会儿，我在心里按下开关。回到赌局中。

"你真的认为那个黑衣人是阿韦利诺姐妹之一？她为了掩盖行踪而杀死了药剂师与科恩？"我问。

"我认为必然是如此。"凯特说。

我停顿，思索这句话，同时喝光咖啡。凯特替我再次倒满。

"你对迈克·莫迪恩有什么了解？"我问。

"不多。他是遗嘱及认证律师，专门从事遗产财富管理。他协助死者将金钱转交给遗属，并尽可能压低扣除的税金金额。他说他不知道法兰克想怎么修改遗嘱，然后他就跑没影了。也许正带着一个 21 岁的排球运动员在马里布度过中年危机吧。"凯特说。

"迈克·莫迪恩去年的税前收入是250万美金。他借由某种有创意的会计手法，在苏黎世一间银行存了他以为国税局没发现的500万美金，而在他销声匿迹后，他的皮夹里还有一打正在使用的信用卡。他在目前的事务所已经担任八年合伙人了，在那之前他当了十五年的受雇律师，好不容易才熬出头赚大钱。"

"你怎么会对莫迪恩的事了如指掌？"

"我有认真做功课。如果他有偷偷赚外快，他总得找地方藏起来。他经手案件的所有银行纪录都受到了审查，看起来他并没有捞客户的油水。我就是不相信他会放弃拼了老命才争取到的职位。"

凯特低下头，似乎有某种画面闪过她眼前。也许是她从利维、伯纳德与格罗夫联合事务所闪电辞职的那一刻吧。我觉得她在重新思考这个决定到底对不对。无论如何，她很快就回过神来。

"你认为莫迪恩被解雇了，所以跑去躲起来了？"凯特问。

"不是。"

"那是什么？你不认为他跑了，也不觉得他被解雇了，那……"

凯特露出恍然大悟的表情。

"你认为他死了，对吧？"

"我相当确定。我认为莫迪恩对于法兰克为什么想修改遗嘱有基本概念，若非如此，就是凶手不知道法兰克究竟对莫迪恩说了什么，索性把他除掉——以防万一。"

我把我的理论说给凯特听，告诉她希瑟与简·阿韦利诺之死、其中的疑点、简大腿上有死后才留下的齿印。

"我觉得自己受到监视了，有人在纪录我的一举一动。那个人应该就是凶手。不论我们之中谁的客户杀了法兰克，都不是第一次杀人。她杀了她的母亲、继母、药剂师、收银员、哈尔·科恩、法兰克、迈克·莫迪恩。我认为她可能也杀了哈珀,但这件事我真的不确定。也许还有我们根本不知道的人。这一切都有关联,我们其中一人正在替一个极度危险的女人辩护。我觉得那个人可能是你。"我说。

"等一下,我的客户?你的客户才是有严重精神问题的妹妹哎。而且关于你提到的这么多凶杀案……我觉得可能有点危言耸听。"凯特说,"我们没有证据——"

"我们当然没有,正是因为'没有'证据,她们现在才不必为那些谋杀案受审。但那不表示我错了。而且就算索菲亚以前有过心理疾病,也并不等于她就会杀人。这些谋杀案需要具备某种程度的技巧、策划与时机控制能力,我觉得索菲亚根本做不到。"

"嗯,亚历山德拉不是杀人犯。昨天我亲眼看到一个人死掉,你觉得如果我有任何一丝怀疑,觉得凶手可能是亚历山德拉,我还会继续接这案子吗?"

"我觉得你对你的客户并没有十成把握。"

"嗯,我有啊,九成九吧。你呢?你总不可能百分之百确定你的客户是清白的。"

她问到我了。我相信索菲亚,至于那是否因为我"想要"相信她,我就不确定了。我的心与我的脑子都在告诉我:索菲亚不是凶手。

"我的脑海深处总是会保留一丝怀疑的空间,就这样而已。"

"我也是啊,我不能肯定,但我已尽可能坚定地相信亚历山德拉是无辜的了。我为她赌上了我的事业呢。"

"我们得记住一件事:我们其中一人确实在为无辜者奋战。我看目前就先静观其变好了。我觉得凶手之所以上法庭,是因为她认为这是必要之举。"

"什么?"

"这事可是攸关将近5000万美金。德雷尔是怎么说的？税后4400万美金？这么大一笔钱，怎么可能不是杀人主因。4400万不光是钱——也是权力。我想凶手知道她会获判无罪，她知道你或我会设法让她脱罪。"

"太荒谬了，这样的决定未免太冒险了，获判无罪的概率大概只有百分之五十吧。"

"目前是这样没错，而且我们要让现状维持下去。"

"什么？"

我停顿，思考起来。"应该有某样东西我们还没看到，在不久后会出现某个证人或证物，发挥倾斜天秤的作用。有一张类似大富翁游戏中'出狱许可证'的东西已经为我们准备好了。等我们看到它，就知道凶手是谁了。"

凯特打了个冷战，说："你认为她们其中一人打从一开始就计划好了这一切？"

"我认为她的计划是下药让法兰克服从，结果没有起作用，或是法兰克察觉她的计划，想要修改遗嘱，于是她只好改变方案。想要确保你能继承4400万美金的遗产，又不用和姐妹分享，最好的方法是什么？"

"让姐妹因为杀死遗产赠予人而被定罪。"凯特说，"'凶手规则'禁止杀人犯继承被害者的遗产。如果你获判无罪，就不能再接受审判，否则会构成双重追诉①。所以说，我们其中一人属于计划的一部分？"

"也许不是一部分，我觉得重点不在我们身上，而是证据或证词，某个我们还没看到的东西。如果那个关键证据出现，我们就得再商量

---

① 类似我国法律之"一事不再理"原则。

了。听着,我从没问过另一个律师这个问题,大部分时候也根本不需要问,但我现在非问不可。你真心认为亚历山德拉是清白的?凭良心说,别说什么废话。"

"我相信她。那你呢?你认为索菲亚是清白的吗?"

我点头,说:"不然我是不会接这个案子的。"

"该死。"凯特说。

"这件事我们不能对德雷尔提起半个字,对任何人都不能提。我们得互相信任。"我说,"即将有状况发生——证人或证物,证实姐妹中的一人有罪,或是无罪。我的预感就是这样。等我们看到那张'出狱许可证'出现,就知道它是假的,是另外那个人栽赃的了。我认为其中一人杀了法兰克,而且不但坚定地要让自己的姐妹背黑锅,还会确保自己能无罪脱身。"

凯特伸出手。

"可是如果我们看到这张'出狱许可证',要怎么处理它呢?"

"我们就放下武器。如果我看到是索菲亚打出的这张牌,我会掀了她的案子。"

"你的意思是你就不干了?"

"不是,我的意思是我会确保她被定罪。我不会再替她辩护,还会在避免被取消律师资格的前提下,尽我所能地毁掉她的辩词。"

凯特望着天花板,双手沿着喉咙往下滑过,然后才开口:"我母亲牺牲了一切,好让我在顶尖事务所当个优秀的律师。现在我却被那间事务所控告。我为这个案子赌上我的人生,帮助杀人凶手脱罪或是被取消律师资格都不是我的计划。"

"我不知道你被告了,你早该告诉我的。你找律师了吗?"我问。

"没有,请不起。"

"我们先把这场审判搞定了。如果你需要,我或许帮得上忙。"说着,我打开皮夹。我在里面放了某样东西,以备不时之需。现在,我将它拿出来,递给凯特。

"这是什么?"

"这是我在利维皮夹里找到的卡片。"我说,"我不知道它是什么,它不属于我听过的任何服务机构或公司,还挺神秘的。也许它有什么蹊跷,也许根本没什么。老实告诉你,自从你接手这个案子后,我就完全没管它了。本来想说哪天可能需要利维的把柄,而这个似乎派得上用场。"

凯特接过卡片时,我说:"昨晚我给一个朋友寄了封电子邮件,她是联邦调查局的分析师,我想知道她对这个案子的看法。一会儿我会打给她,如果有什么收获,我再跟你说。现在的状况已经不该受到律师及客户间的保密义务约束了,我们其中一人已沦为凶手赛局中的棋子。"

凯特点点头,在手里翻转卡片,仔细研究。

"真奇怪,我从没见过这样的卡片。"她说。

"对啊。利维这种人有很多秘密,也许这是其中之一,也可能不是。只要答应我一件事就好。"我说。

"什么事?"

"如果你发现这是能攻击利维的子弹,一定要把它射出去。"

## 00:39

## 凯特

泰勒警探坐上证人席,这次凯特有备而来。她站起身,面前的桌上放着一本笔记本。凯特浏览笔记最后一眼,然后抬起头,直视泰勒的眼睛。他跟昨天一样满脸傲慢,而凯特的责任就是让他换一副表情。

"泰勒警探,在凶案发生后,被害者的家是否经过了搜查?"

"我想是的。"

"据你所知,屋内没有找到氟哌啶醇?"

"对。"

"纽约市警局也搜查了我客户的公寓,也没有找到氟哌啶醇,对吗?"

"对。"

"所以,并没有找到我的客户与那种药物有关系的证据?"

泰勒哼了一声,眨眨眼,说:"我们认为——"

凯特打断他,"警探,你并不是以专家证人的身份坐在这里的,你怎么认为并不重要。请回答问题:并没有实质证据证明我的客户与被害者体内找到的药物有关,是不是?"

"的确没有实质性的证据。然而,你的客户有机会将那个物质放进被害者的食物里。"

"那你在被害者家里找到掺有氟哌啶醇的食物了吗?"凯特问,努力保持语气平稳。她并不确定这个问题的答案,但她猜想若是地方检察官找到下过药的食物,事前就会写成报告并给她一份。

"据我所知没有。"

"所以还是一样,没有证据证明我的客户与这种药有关系?"

"没有实质性的证据,但是有法兰克医疗纪录中讨论到的症状,还有他死时在体内验出的药物。"泰勒说。

"在鉴识方面,该药物与我的客户也找不到关系?"

"对。"他不情愿地说。

凯特点点头,她尽力了,把泰勒拴得很紧。她有点想乘胜追击,再问一个问题,但想了想决定还是算了。现在只要一个问题出现漏洞,就可能前功尽弃,于是凯特向证人道谢后坐下。

亚历山德拉小声说:"谢谢你。"凯特点点头。她已经不知道该怎么看待亚历山德拉了。她向她道谢是因为她是清白的,抑或是因为凯特在帮她甩掉谋杀罪这件事上表现得可圈可点?

凯特打了个冷战,拿起圆珠笔。她不认为艾迪会问任何问题,而他也确实没问。该换下一个证人上场了。

德雷尔站起身说道:"检方传唤巴里·山德勒教授。"

凯特能够轻松地呼吸了。山德勒是毛发及纤维专家,他并没有提出任何牵涉到亚历山德拉的证据。她读了山德勒的报告,很好奇艾迪将如何应对。她回想起山德勒报告的细节时,原本悄悄爬进脑中的疑虑似乎又消散了。如果山德勒是对的,那索菲亚几乎就肯定有罪了。她完全无法想象有谁能挑战山德勒的证词,不过这项证据早就曝光了,所以它并不是今天早上她和艾迪所讨论的那张"出狱许可证"。

一只手擦过她的手臂,是亚历山德拉的,她正盯着走向证人席的山德勒。凯特对客户微笑,轻拍她的手背。

她对这个案子感到比较乐观了。她很笃定自己站在正确的一方。

亚历山德拉是清白的,一定是。

**圈套**

## 00:40

## 艾迪

  山德勒教授是那种不像教授的教授，至少我没见过这一种。首先，他不老，没有稀疏飘飞的白发，没有云朵般浓密的白色眉毛，没穿开襟毛衣、灯芯绒长裤、爷爷款的宽头皮鞋。

  他看起来不超过50岁，乌黑的波浪状头发应该是用了某种定型液，没留络腮胡或小胡子，皮肤白皙到像是走到梅森-迪克逊线[1]以南就会被灼伤，身着剪裁新颖的蓝色条纹西装，里面搭配昂贵的蓝色丝质衬衫，以及紫色丝质领带。这身奢侈的西装很适合他的窄下巴、高颧骨和栗棕色眼睛，他看起来更像高级时尚杂志里的男模。

  几个女陪审员看到山德勒教授时坐直了一些。他曾在纽约市警局鉴识科学实验室工作，后来到业界当私人顾问，独立接案，这样能赚更多的钱。

  他宣誓后在法官许可下入座，德雷尔带领他细数漫长的学术成就和工作经验。遇到每道提问，山德勒都点点头，简单回答一声"对"。他自带一股权威，低沉的嗓音微微沙哑，使他说的每个字都犹如真理。德雷尔用山德勒的辉煌资历惊艳陪审团后，便切入正题。

  "教授，在本案中你收到了一些毛发及纤维样本以进行分析，或许你能先为我们说明这些样本的细节，我们再来讨论你检测的结果？"

---

[1] 梅森—迪克逊线（Mason-Dixon line）原本是美国宾夕法尼亚州与马里兰州之间的分界线，于1763—1767年由查尔斯·梅森（Charles Mason）和杰里迈亚·迪克逊（Jeremiah Dixon）共同勘定，以解决殖民地的领土争端。到了南北战争期间，此线成为北方的自由州与南方的蓄奴州之间的界线。

"好的。"山德勒说,他调整好座椅角度,方便望着陪审团。"我从地方检察官办公室那里收到了三个要测试的样本。第一个是一根头发,其中一部分曾嵌在被害者的伤口内。第二个是亚历山德拉·阿韦利诺的头发样本,第三个是索菲亚·阿韦利诺的头发样本。我将后两者称为对照样本,因为我知道它们的来源。"

"那第一个样本呢?1号样本?"

"我要分析这根头发,并与对照样本比较。"

"在我们开始前,你能不能先跟我们说些关于人类毛发的知识?"

"可以。大部分人的身上都有几千根毛发,头皮上的每根毛发都是长在一颗毛囊里,毛囊里也有一个毛根。我所检验的三个样本都不包括毛根。不幸的是,我手边能用的只有毛干,而毛干并不是人体的活组织,不含有DNA。然而发丝仍然具备某些特征,这是我能够检验的。"

"教授,那请问是什么样的特征呢?"

他的目光没有抽离陪审团,熟练而从容地秀出他的表演。

"各位女士先生,请想象一个圆形的枪靶。"山德勒说。他说到"圆形"二字时,用手指画出一个大圆来强调他的重点。

"这个枪靶上唯一的东西,就是正中间的靶心。毛发内部长得就像这样。毛发外层是表皮鳞片,这层鳞片是有排列模式的。在毛发外层与靶心之间有皮质,皮质内黑色素的多寡决定了发色。再来是靶心——它称为髓质,也可能有特定模式与特殊结构。当我对某根毛发进行比对时,我会用显微镜去观察上面提到的种种特征。"

"你的测试结果如何?"

"1号样本,也就是用来比对的原始样本,与被告索菲亚·阿韦利诺提供的头发样本有明显相同的特征。"

德雷尔再度停顿，让陪审团吸收这个信息。

"你能否更具体地说明你是怎么得出这个结论的？"

"可以。这两个样本的形态特征完全一样，它们的表皮鳞片都呈现叠盖模式，此外其色素沉着也相同。两个样本的髓质有相近的直径大小、相同的连续模式和相同的空泡结构。根据我的鉴识检验，唯一的结论就是在被害者身上找到的头发，很可能来自索菲亚·阿韦利诺。"

"我想提醒陪审团，这根头发其实嵌在被害者身上多处刀伤的其中一处里面。教授，这能给你提供什么样的信息？"

"陪审团的女士先生，我是科学家，我奉行逻辑以及已确立的科学原则。根据洛卡德交换原理，当两个人互相接触时，必定会产生某些物质的转移。由于索菲亚·阿韦利诺的头发是被推进伤口的，且可想而知是被刀子推进去的，这根头发转移的时间点应该很接近凶案发生的时间，或就在那当下。"

"谢谢你，教授。"

我瞥向左侧，看到索菲亚紧抿着嘴唇在摇头。听到别人胡扯些与你有关的事，还是当着你的面说的，那感觉太难受了。她皱起额头，赶在泪水涌出前抹眼睛，想要遏止住泪水、用意志力叫它别冒出来。

哈利轻拍她的手臂，然后越过她背后向我示意。

"我要去接我们的朋友了，等你准备好就给我发信息。"哈利说。

我朝他比大拇指，哈利走出法庭。

我转头，发现德雷尔已经坐回座位。有个叩击声吸引了我的注意，我看到斯通法官用指尖戳着他的手表表面，眼睛直视着我。

"很抱歉，法官大人。"我边说边站起来。

我的文件夹底下压着五个牛皮纸信封袋，我拿起它们，绕过被告席的桌子。我递了一个信封袋给德雷尔、一个给凯特，另外三个给法官的书记官。

"法官大人，山德勒教授是检方名单上诸多证人之一，到此刻之前，我并不知道山德勒教授是否真的会被传唤作证，所以我没有将这份报告交给二位同僚以及庭上。这是重要证据，我在交互诘问这位证人时可能会用到。"

斯通不肯接过书记官递给他的一个信封袋，只是用过大的音量"悄声"说："把那玩意儿给我拿开。"

他意识到自己说太大声了，于是假装咳了一声，然后说："不管那是什么，都该在数周前就拿出来。我不打算认可这项证据。"

"法官大人，在适当时机未能认可证据，将构成预设立场的申诉理由。"

我能看到他的两耳向后一贴，额头上的纹路消失了。斯通最不愿意发生的事，莫过于这个案子被终止，而他到目前为止的决定都被另一个法官仔细审查。

"好吧，如果你说得出我为什么应该允许这位证人、你的共同被告以及地方检察官办公室被你的资料突袭，我就让你用。"

"我可以先处理一些概括性问题。"我说。

斯通朝我挥挥手，叫我加快动作。

"山德勒教授，早安。"

"早安，弗林先生。"

他很有礼貌，也很专业，泰然自若。他在职业生涯中已为将近二十件备受瞩目的案子作证，而他的研究发现或证词在上诉法院遭到推翻的纪录为0。他的嘴角勾出淡淡的笑意。

我瞥向我放在被告席桌上的手机，我已打好一条信息准备发给哈利，只要我按下发送键，他就会带着骑兵冲进来。哈利旁边的空座位把一团黑雾送进我的脑袋。她应该在这里的,哈珀应该还活着的。

我闭了一下眼睛,只是为了按下开关。

当我再睁开眼时,发现山德勒的表情变了,他看起来似乎有点同情我。他一定以为我只是只彻头彻尾的三脚猫,正努力想出一个像样的问题。

"教授,在我们继续下去之前,我要给你一个机会,让你能向陪审团收回证词。我要你向陪审团解释,你刚才夸大了你的发现,而且你的报告与分析都有根本上的瑕疵。我给你 10 秒钟。"

## 00:41

## 艾迪

我在心里倒数 10 秒。

我的目光始终紧盯着山德勒不放,而他也不曾移开视线。

他已经犯下了天大的错误,那就是被我卷入了战斗。现在对山德勒来说,陪审团不再重要了,他不会再凝视他们,不会再慎重地解释、颔首、比手势。他的注意力全在我身上,这正是我想要的。这样更容易激怒他,让他的嘴巴动得比大脑更快。

"有很多被定罪的案件,都是因为毛发及纤维分析师提出不可靠的专家证词而遭到推翻,是不是这样,教授?"

"这我不清楚,我没有任何一件案子被推翻,律师。"

"联邦调查局原本在重新审查 3000 个他们的毛发及纤维分析师参与作证、后来定罪成功的案件,直到当前的政府中止这项调查。在被命令中止调查前，他们已设法复查了将近2000个案件，发现其中百分之九十的毛发及纤维分析和证词都有瑕疵。你是否赞同，就总体而言，毛发及纤维分析在根本上就是有瑕疵的？"

"我不赞同。我说过了，我的案子没有任何一件被成功上诉过。"

"是联邦调查局的毛发及纤维分析师为你提供了最初的培训，对吗？"

山德勒在座位上转过身，倾身向前，说："对，那是我最初接受的训练。我要重申，我能为我提供的每个测试和分析结果负责。从来没有任何一项被成功推翻过。"

"我再问清楚一点，你是说你愿意为你给过的每一项毛发分析意见负责？"

这次他转而朝着陪审团，说："对，我愿意为每一项意见负责。"

"你听过'确认偏误'这个概念吗？"

"我对这概念熟悉得很。我的实验方式并没有任何偏误的情况存在。"

"我来为陪审团解释一下，当专家拿到数量很少的样本来进行比对，譬如说只有两三个样本好了，就很容易产生确认偏误。你在那些样本里寻找相似之处，对不对？"

"还有相异之处。"

"没有毛发及纤维数据库这种东西，对吧？"

"没有。"

"所以，检方问你某根毛发纤维是否符合某个嫌疑人的时候，你就只是比对了两个样本，而并没有在广大人口的毛发样本里搜寻。"

"的确。但如果这两个样本不相符，我会如实说出来。既然它们的特征确实相符，我也很乐意证实。"

我等了一下子，让山德勒感觉自在一些。我希望他自认反驳得很漂亮。

"在毛发及纤维分析中,有可能同一个人头皮上取下来的两根头发,却拥有不同的形态特征,对吗?"

"是有这个可能,但可能性不高。"

"但这是有可能的。如果是这样的情况,你用显微镜看那两根头发,是否可能认为它们来自两个人身上?也就是说,你无法很肯定地比对出同一个人身上两根头发的关系?"

"如我所说,这是极为罕见但不无可能的情况。"

我转而朝向法官,"法官大人,我希望你能认可信封袋中的辩方毛发分析报告。请将一个信封袋交给证人好吗?"

德雷尔马上反对。他气急败坏地向法官说理,而他的助理则打开了我刚才给他们的信封袋。

"法官大人,如果被告取得他们自己的专家证人报告,应该通知我们才对,让我们的专家证人有时间研究。这是突袭。"

"弗林先生,我很慎重地在考虑这项反对。你的毛发及纤维专家是谁?"

"他名叫巴里·山德勒教授。"我说。

整个法庭陷入沉默,只能听见撕开信封袋的声音。我趁德雷尔还没回过神,提出了我的主张。

"我并不是要突袭这位证人,因为信封袋里的报告正是这位证人准备及撰写的。他怎么可能被自己的报告突袭呢?这份报告内的发现与他为检方做的分析没有关联——这是独立案件,与他的可信度有关。"

斯通法官快速翻阅报告,检察官和山德勒也在做同样的动作。

"我准许你继续。我总不能排除检察官自己的证人所做的报告,哪怕我认为这一切没有任何关系。"斯通说。

"让证人和陪审团先把报告看完，很短，只有两页。"

其中一个信封袋装着给陪审团的复印件，文件快速发给各位陪审员，他们开始阅读。等所有人都读完了，我看到他们面露困惑之色。

"山德勒教授，这份报告显示，哈珀私人调查公司委托你检验两个毛发及纤维样本。一个样本的标识为 F1，另一个为 CD，对吗？"

山德勒隔了一会儿才回答。他紧张地左顾右盼，生怕自己随时被陷阱吞没。

"这分析是我做的没错。"

"而你发现的结果是这两个样本很可能相符？"

"对。"

"你今天的证词是说，被害者伤口取出的毛发及纤维很可能符合我的客户？"

"对。"

"稍早前你已经向陪审团确认过，你敢为你所有报告的正确性负责？"

"对。"

我按下手机信息的发送键。

"你在仅仅六周前为哈珀私人调查公司准备的报告中，确认 F1 及 CD 样本很可能相符。我现在可以告诉你，F1 毛发样本取自我身上，那是我的头发。这会改变你的看法吗？"

"不会，完全不会。CD 样本势必也取自你身上。"他说。

"其实并不是。这位才是 CD。"

我向后退一步，指向法庭后方的门，哈利走进来。山德勒两手按着椅子扶手将自己撑起，好越过旁听席的人群头顶看清状况。当他看到哈利时，他坐了回去，露出得意的笑容。

"那是不可能的。恕我直言，显微镜分析能看出高加索裔毛发和非裔美国人毛发有明显的差异。CD 样本并非取自这位先生。"他指着哈利说。

哈利抵达过道尽头，站到法庭的律师席上，证人、法官和陪审团能把他看个一清二楚。他听到山德勒刚才说的话，难掩脸上的笑容。

"你说得对，山德勒教授。CD 样本并非取自福特先生，而是来自它的身上。"

山德勒张大嘴巴，因为我指着坐在主人身边的克拉伦斯·丹诺，它用长舌头舔了一圈嘴巴，然后睨着山德勒，清脆地吠了一声。

"教授，你愿意为每个案件的分析结果负责，然而你却分不出我的头发和这只狗肚子上的毛有什么不同。现在你想修改证词了吗？"

"太过分了！"山德勒叫道。他站起来，用颤抖的手指指着我，又叫又骂。我很确定，要是我离得近一点，他会动手揍我。

现场哄堂大笑，陪审团看山德勒的眼神仿佛他刚长出第二颗头。斯通法官用拳头猛敲笔记本。

"把那只畜生赶出去。"斯通大叫。

哈利用一句妙答赢了这一局："法官大人，你指的是哪一只？克拉伦斯还是山德勒教授？"

00:42

**凯特**

凯特从没见过这种场面。

斯通法官要大家休息一下,吃个午餐,然后便清空了法庭。艾迪并没有把地方检察官的专家大卸八块,他只是让专家自己把自己大卸八块。换作是凯特,她绝不会把狗带进法庭,她才没这个狗胆。陪审团喜欢这出好戏,当艾迪和哈利要离开法庭时,凯特知道她的优势已走到了极限。她原本希望山德勒教授的证词能在索菲亚·阿韦利诺的背上画一个靶心。

现在鹿死谁手完全是未定之数。下一个证人或许可能瞬间改变全局。

她们在法庭的楼上找到一个安静的房间,将亚历山德拉安置在里面,远离媒体,还为她准备了沙拉和矿泉水。凯特和布洛赫则往下走了两层楼,边交谈边穿过走廊。两人都不饿,凯特也不希望被任何人听到她们的对话,尤其是她的客户。

"这下什么都可能发生了,"凯特说,"你还是有信心我们站对边了吗?"

"你是辩护律师哎。"布洛赫说。

"什么意思?"

"根本不应该有所谓对的一边,你把工作做好就是了。"

"你明知道这是鬼话。你了解我的为人,而且要是你不相信亚历山德拉,你也不会在这里。"

"这是没错啦。"布洛赫说。

凯特有时候觉得好友真让人气恼。凯特现在只想听布洛赫的安抚,说她仍然在做正确的事,亚历山德拉是清白的,她们会打赢这场官司。她希望被这些话淹没,让它吃掉她的疑虑,把疑虑冲走。

她们边走边讨论对付齿印专家的策略,他名叫彼得·鲍曼。没有任何州立或联邦执法机关能分析齿印,他们必须聘请获得认可的专家。

鲍曼是齿印界的第一把交椅,他已和执法机关合作多年,是经验老到的专家证人,虽然他使用的并不算是最先进的方法。凯特知道检察官会根据两项标准挑选专家:他们在所属领域的资历与专业程度,以及或许更重要的另一项——他们承受交互诘问的能力。即使地方检察官找来全国最厉害的齿印分析师,若是那专家一坐上证人席,就像遇热的好时巧克力棒一样变得软趴趴的,那也是白搭。

午休的一小时很快就过去了,布洛赫和凯特都没吃东西。凯特只喝了一杯贩卖机卖的咖啡,或者该说是号称咖啡的东西。转眼间她又回到法庭中。检方没打算再诘问山德勒教授,德雷尔知道这个证人已经废了。你的证人被棘手的问题攻击得体无完肤就已经够糟了,可若是你的证人被沦为笑柄,那就是惨上加惨了。凯特觉得艾迪即使不把哈利的狗牵进法庭也能达到相同的目的,但狗狗使得陪审团嘲笑山德勒,一旦发生这种事,游戏就结束了。

彼得·鲍曼长得跟凯特想象中的不一样。她以为他会比较像山德勒教授,是个高富帅。结果鲍曼是个矮冬瓜,顶多 150 厘米高。他的胡子刮得很干净,头顶上一根毛也没有,眉毛颜色淡到凯特几乎看不出他有眉毛。他经过法庭前方的被告席走向证人席时,凯特闻到鲍曼身上飘出一股不寻常的体味。那个味道倒不算难闻,融合了做齿模的塑土、漂白水和肉桂的气味。他闻起来有点像牙医的诊疗室,凯特觉得既诡异又有点安心。她好奇自己是否散发着墨水和纸张的气味。

鲍曼拒绝以《圣经》发誓,而是保证自己会说实话,绝无虚假。检察官比较喜欢他们的专家以《圣经》发誓,对信基督教的专家证人而言,这不成问题,但无神论专家就不开心了。检方觉得这么做会给陪审团带来较好的印象,而若是他们的专家当众排斥《圣经》,可能会得罪一些基督徒陪审员。有些科学家对这件事很反感,说他们分明半点信仰都没有,却要按着《圣经》发誓,打一开始就感觉自己有作伪证之嫌。

这个陪审团似乎并不在意鲍曼不肯以《圣经》发誓。他穿着粉蓝色西装、白衬衫配荧光绿丝质领带。凯特觉得那领带让她分心,感觉可以用它来引导飞机降落。

"鲍曼先生,请你向陪审团说明你的专业领域好吗?"德雷尔说。

令人讶异的是,鲍曼并没有直视陪审团,他甚至没转头看他们一眼。他的目光锁定在凯特后方墙壁上的一个点上,回答问题时露出恍惚疏离的眼神。

"我是法医齿科学家,德克萨斯大学圣安东尼奥分校的研究员,也是美国法医牙科学与齿印比对齿科学协会的会员。我从超过三十五年前便开始检验齿印,在全美超过 15 个州提供专家证词。"鲍曼说,每个音节都带着浓浓的德州腔。鲍曼念到"齿科学"这个词时一字一顿,仿佛这个词太长了,没办法用德州腔顺畅发音,必须花很大力气才能说出口。

"你是否检验了被害者身上的齿印?"德雷尔问。

"对。法医在被害者左胸发现了一个看起来像是齿印的痕迹。齿印总共有七种,我辨认出的这一种称为'切口式齿印'。它是牙齿造成的皮肤穿孔,与'撕裂式齿印'不同,因为并没有皮肤被扯掉。它也不是'加工式齿印',那表示有一块肉被咬掉。这是单纯的穿刺伤。我辨识出八个穿孔,排成圆弧形,符合前牙留下的齿印。"

说到这里,鲍曼指着对面的幕布,于是德雷尔的助理按下遥控器按钮,为陪审团展示出一幅彩色图片。

"我在检验被害者时拍了这张照片。如各位所见,这是该齿印的实际尺寸近照。它的形状呈椭圆形,穿刺伤的轮廓很清楚。皮肤底下有些出血，是牙齿咬下去时夹住皮肉、向中心挤压造成的。"

"你如何对这个齿印进行分析工作的？"

"我测量齿印的尺寸，然后用实际尺寸的照片比对量得的数据，以确保两者相符。后来我拿到本案两名被告的齿印样本，我用齿印制作了两个主模型，再用这些模型进行分析，来比对齿印。"

"你怎么能确定那些模型能精准地代表真实齿印呢？"

"那些模型做得很完美，我使用的是市面上所有齿颚矫正治疗都在用的模子，它很精确。"

"你做好主模型后，又做了什么步骤？"德雷尔问。

"我测量了尺寸，并用两个模型模拟出齿印。我量了犬齿到犬齿间的距离、门牙宽度，以及门牙的旋转角度。我比对醋酸纤维齿模的测量数据与实际尺寸的照片，发现照片与其中一个主模型相符。该主模型模拟出的齿印也完全符合被害者身上的齿印模式。"

"那是哪一个主模型呢？"

"2号主模型，也就是从亚历山德拉·阿韦利诺身上取得的模型。"

"根据你的测试与分析，你在调查、比对完齿印与被告的牙齿后，是否能作出相关结论？如果可以，结论是什么？"

鲍曼清了清喉咙，倾身向前说："被告亚历山德拉·阿韦利诺咬了她父亲的胸膛一口，力道足以穿透他的皮肤。这是我的结论。"

原本一直默默坐着听鲍曼用柔和南方绅士腔说话的陪审团，现在望向了亚历山德拉。有些人面露反感，少数人显得很失望。

"我没有别的问题了。布鲁克斯小姐可能有一些问题要问，所以请留在座位上，鲍曼先生。"

**00:43**

## 凯特

凯特放下笔记，起身绕过被告席的桌子，好离鲍曼近一点。他眉头紧蹙，但仍保持彬彬有礼的微笑。那是一种高高在上的表情。

"鲍曼先生，你说你是美国法医牙科学与齿印比对齿科学协会的会员？"

"是的，女士。"

"美国至少还有另外三个法医齿科学的相关组织，包括法医牙科局、美国法医齿科委员会、国际法医齿科及口腔学组织。你并不是这些组织的会员？"

"不是，女士。"

"为什么呢？"

鲍曼大声呼出一口气，仿佛这是在浪费他的时间。

"嗯，我加入的组织将总部设在休斯敦，离我只有两三个小时的车程。最主要的是它对我来说比较方便。"

"我刚才提到的另外三个组织在过去几年来试图制定出齿印检验与比对的标准鉴识指导原则，而你加入的组织并没有这么做，对吗？"

"那些组织设在纽约或加州，而且我们不怎么认同它们的做法。我们有自己的一套方式。"

凯特停顿，朝陪审团扬起一眉。纽约人不太喜欢别人明目张胆地贬低他们的城市或他们的市民。凯特停顿了很长时间，时间久到足以让陪审团对鲍曼感到不满，然后才继续说。

"所以，譬如说，你们并不会用电脑建构嫌疑人牙齿的3D影像？"

"不会。"

"你们也没有标准化的评分系统,可以为相似度分级?"

"没有,女士。"

"你们只是比对了嫌疑人的齿列以及被害人身上的齿印。你们并没有……譬如说,用十个左右的齿模去制造出一排模拟齿印,就像警方让受害者指认犯人时的做法,而这也是法医牙科局建议的方式?"

"我没有这么做。"

"你是什么时候被找来进行齿印分析的?"

"我星期六接到电话,星期日乘坐飞机出发,当天晚上就对尸体进行了检验。"

"你是在哪里检验尸体的?"

"停尸房。"

"那么也就是说你并没有把伤口的变形放在心上?"

"我认为伤口有一定程度的变形,但它并不影响我的发现或测量结果。"

"我们还是来厘清一下我说的变形是什么好了。人类的皮肤是非常有弹性的,它能伸展、收缩、肿胀、皱起,对吗?"

"对。"

"当尸体被搬动时,皮肤势必被施加了一些力量。尸体从犯罪现场被抬起装进尸袋,送到市立停尸房,之后必然又从尸袋中被抬到检验台上。"

"应该吧。"

"尸体被抬起来的时候,通常搬运者会将双手伸到尸体手臂底下,也就是腋窝处?尸体两侧各有一人,还有一人抬腿?"

"我猜想情况正是如你所言。"

"皮肤受到拉扯时，若是本来就有某个部位破皮了，这个动作可能使得皮肤被撕裂得更厉害，是不是？"

鲍曼沉吟半晌，说："有这个可能。"

"很有可能，对吗？"

"有可能。"

"有鉴于你的测量数据都精确到零点几毫米，你所测量的伤口是否完全有可能在搬动尸体的过程中被拉大？"

"有这个可能，任何可能都存在。"

"你检查被害者时，应该已经有尸僵现象了，那会让皮肤变紧，因此撑大所有穿刺伤口，对吗？"

"应该吧。"

"我刚才提到的齿科组织之一，表示当尸体出现尸僵时，或是尸体被移动过，就无法再进行准确的齿印比对了，这难道不对吗？"

"女士，我觉得好像在回答同样的问题。我已经跟你说过我使用的不是那一套方法了。"

"鲍曼先生，这难道不正是齿印比对的部分问题所在吗？亦即没有公认的比对标准？"

"我不这么认为。比对的准确度取决于我的专业能力。"

凯特花了点时间停下来思考。她来到了抉择点，接下来事情有可能急转直下。她可以停住，利用她已经取得的回答，也可以把所有武器都丢向鲍曼。她回头瞥了一眼，看向布洛赫。她双手捧着下巴，闭上眼睛点点头。

跟他拼了。

"鲍曼先生，美国没有齿印数据库，对吗？"

"据我所知，没有。"

"所以，你不能拿被害者身上的齿印去跟任何一组牙齿比对，就只能跟本案的两个主模型比对？"

"我干吗要拿那个齿印去跟纽约市的所有人进行比对？我能看出也能测量出它们的相似之处，我不需要拿它跟普罗大众进行比对。"

"我们都有同样类型的前齿，除非少了一颗牙或有一颗牙受损，对吗？"

"是的。前齿包括中门齿、侧门齿和犬齿，在上颌弓和下颌弓各有两颗这三种牙齿，总共十二颗牙。每一颗我都检验过，并且与齿印进行了比对。某人每颗牙的间距都与另一个人相同的概率……嗯，我甚至计算不出来，概率实在是太低了。"

"一般牙科的目标，就是维持牙齿及牙龈健康，还有确保齿列整齐一致，是吗？"

鲍曼的脸开始变红。血色迅速扩散到他的头皮，使他看起来像一颗愤怒的西红柿。

"不一定都是以整齐一致为目标的。"

"如果某人戴上矫正牙套，肯定就是以整齐一致为目标了吧？"

他低吼："没错。"

"你刚才提到普罗大众中有人的齿印与亚历山德拉·阿韦利诺相同的概率，是用'每颗牙齿与另一颗牙齿的相对位置都独一无二'为前提来计算的，对吗？"

"这个前提必然是对的。"

"若是如同亚历山德拉·阿韦利诺这样，曾为了调整牙齿位置而戴了十二个月的矫正牙套，这个前提就有待商榷了。她戴牙套是为了让牙齿看起来更整齐一致。"

"我不知道她戴过牙套。"

"知道以后会改变你的结果吗?"

鲍曼摇头,"应该不会,不太会。"

"了解。而别的法医齿科学家都根本不会尝试去比对这个案子中的齿印,因为尸僵以及尸体移动过的关系,这一点并不会让你对自己的发现有所怀疑?"

"不会,女士。"

"关于你用主模型模拟齿印这部分,你是用什么材料模拟被害者的齿印的?"凯特问,其实她已经知道答案了,她只是想让陪审团听到。

"猪皮。这是我们在符合道德标准下所能使用的最相近的材料。"

"你认为猪皮能跟尸僵状态的人体相提并论?"

"我们没有更好的材料。"

"总结来说,你的分析没能纳入伤口产生后齿印外观发生的各种变化的可能性,你也无法作出我客户的齿印确实独一无二的结论。"

"好像是如此,女士。"

凯特转身背对着证人,一边走回座位一边观察陪审团。有些人在对鲍曼摇头,其他人要么没被凯特说服,要么没被鲍曼说服——他们看起来似乎不置可否。很难判断这次的交互诘问究竟顺不顺利,不过至少她扭转了几名陪审员的想法。她交互诘问的目的是降低伤害,仅此而已。从这个角度来看,她认为算是成功的。

德雷尔不甘心让两位专家证人都败下阵来,又花了10分钟努力修补鲍曼的证词,但凯特已造成够大的伤害。那几个陪审员仍然用怀疑的目光看着鲍曼。

那就够了。

鲍曼走下证人席时,朝凯特的方向做出"贱货"二字的嘴形。起初她很错愕,后来她仔细盯着鲍曼的脸。他经过她桌子时还用嘴形说

了别的话。

他说这句话时并不是看着凯特,也不是看着布洛赫。

不,他骂的是亚历山德拉。亚历山德拉无法直视鲍曼,她回避着他的目光,因此没看到他对她说:"杀人的贱货。"

凯特考虑提出申诉,向法官强调这件事,要求他管束鲍曼。不过她又不希望陪审团知道鲍曼是怎么称呼亚历山德拉的。

也许鲍曼对自己的狗屁科学深信不疑,凯特心想。

接着她脑中浮现出另一个念头:会不会鲍曼才是对的?

## 00:44

### 艾迪

由于凯特用两倍速打趴了齿印专家,斯通法官允许德雷尔在今天下午传唤最后一个证人出场。我认为凯特着实给了那个光头德州佬一点颜色瞧瞧,比他那张脸上的红晕还漂亮。

德雷尔在和他的团队商议时,我趁机观察陪审团。有些人仍被鲍曼的证据弄得头昏脑涨,我觉得有七个人看起来一头雾水,剩下五个则不接受德雷尔的齿印专家的说法。德雷尔很可能找了半打齿印专家来看被害者身上的印记,而比较有名望的专家知道尸体曾被移动过之后,大部分都回绝了这个案子。

总是会有一个专家,只要能拿到酬劳,就愿意在任何主观认定式的报告上签下名字。驱动美国法律系统内鉴识科学的不是科学,而是金钱与想要让被告定罪的决心。有钱能使鬼推磨。

"今天我还有最后一位证人。"德雷尔说,"我们本来打算传唤哈尔·科恩,他是被害者的多年好友及同事。不幸的是,昨天科恩先生在前往我办公室的途中,遭人刺杀致死。警方仍在追缉犯人。警方认为这可能是一起失控的抢劫未遂案,也可能另有犯案动机。"

"警方有没有审讯过本案的两名被告呢?"法官问。

"没有,"德雷尔说,"这场审判太重要了,不该受到任何潜在因素的干扰。我相信等审判结束后,纽约市警局会对被告进行审讯,确认她们的行踪。"

在庭审中,你的五感全都处于高度敏感状态。你随时准备好判读证人和陪审团的肢体语言,倾听与评估每个人说的每个字。这就像连续走7个小时的钢索,只要有一瞬间恍神,你的客户就会掉进深谷。德雷尔回答那个问题时,我感觉室内出现某种变化。发生了某件事。

索菲亚。

她双手交握在桌子底下,手指互扣,两手紧紧相压,用力到手臂都在颤抖。她神情恍惚,眼中含泪,身体微乎其微地前后摇晃。她就像是在等待刽子手一般。

我瞥向远处,看到亚历山德拉在座位上坐立难安,左腿紧张地上下弹动。

她们两人都认识哈尔·科恩。今天早上我已告诉索菲亚科恩遇害的事,她看起来悲伤又困惑,或许可以说是震惊吧。我很好奇亚历山德拉知道消息时有什么反应。此时此刻,当他的名字被提起时,其中一人应该很难过,另一人则是在努力掩饰自己杀了他的事实。

"法官大人,"德雷尔说,"尽管我本来希望传唤科恩先生,现在我得比预期中提早传唤另一位证人。我需要一点时间。"

"你需要多久?"斯通法官问。

"顶多一小时。"

"休庭一小时。"斯通法官说。书记官喊道:"全体起立。"哈利的屁股往座位下滑了几厘米,我则靠向椅背并交叉起手臂。哈利和我先前已声明立场,现在必须坚守原则。

我瞥过去,看到凯特担忧地望着我。

我鲜少碰上这样的庭审。我完全不知道德雷尔藏了什么证人。

也不知道接下来会发生什么事。

斯通会让德雷尔予取予求,放任他进行各种突袭。那都没关系。斯通和德雷尔一样想让人定罪。

我们把索菲亚带到一个安静的房间里,把她安置好。这场庭审虽然进展快速,但仍然让人元气大伤。索菲亚眼周淡淡的纹路变深变长,现在还冒出了黑眼圈。她的手指颤抖着,声音既喘又忽高忽低,仿佛她体内有什么东西时不时就会摇晃她一下。

"我认为我们现在跟亚历山德拉差不多是势均力敌。我不知道检方准备了什么招数,不过我们见招拆招就是了。你做得很好,你挺过来了。我只需要你再撑一两天,一切就结束了。"我说。

她点点头,说:"我不确定我还能承受多少。跟她待在同一个空间里,天啊,让我想起好多不堪回首的往事,我已经好久没想起那些事了。还有她对爸爸下的毒手……"

哈利一只手在她的肩上用力握了一下。她抬起手压住哈利的手背,然后将脸颊贴过去。她泪水原本就快溃堤,结果一闭眼就流了出来。泪珠一颗颗滴到哈利的手指上。

"不会有事的。"哈利说。

我们默默坐着。她试着振作起来。在这段寂静的时光里,我自己拦阻的痛苦之河也有冲破水坝的危机。我是可以按下开关,可是悲伤与愧疚永远都在。我的脑子底部有一股压力。我知道今天开完庭后，晚上的某个时刻水坝就会破开。另一个无眠的夜，另一个捶墙的夜。我深吸一口气，硬是把水坝关了起来。我一会儿再处理它。

"是谁杀了哈尔·科恩？会是亚历山德拉吗？"她问。

"我们也不知道。"我说。

我们一直待在房间，直到德雷尔的某个助理检察官找到我们，过来敲门。

"德雷尔先生想跟你见个面。"那个助理说。

索菲亚坚持她没事，好说歹说才让哈利愿意单独留下她，我们两人都沿着走廊去找德雷尔，他坐在黄色墙面旁的长椅上等我们。黄漆沿着墙上一道裂缝剥落，有些碎屑掉在德雷尔完美无瑕的西装一侧的肩上，但他还没发现。

我坐到他旁边。哈利站着，交叉起手臂。

"就算你要求法官扒光衣服，在法庭中央跟你一起翩翩起舞，他也会答应的。"我说。

德雷尔咧嘴苦笑，露出洁白的小牙齿。

"众所周知，法官和我私交甚笃。我有东西要给你。我拿给你时你会很生气，不过我用我的职业身份向你保证，我直到现在才有立场把这个拿出来。"

德雷尔另一侧的长椅上放着一小沓文件，顶多有 100 页。那些纸张正面朝下，因此经过的人不会看到文件的标题。

"这是哈尔·科恩拿来的，我三天前才看到，这些是复印件。最上面的文件是西尔维娅·萨格拉达写的报告，它是合法文件，我要将它当作证据，并传唤萨格拉达作证。"

我接过文件，看都没看就交给了哈利。

"说真的,这东西你压了多久?"我问。

"我三天前才看到。我确定它是真的才把它拿给你。萨格拉达女士说它是真实的。本来哈尔·科恩要作证说明他是怎么拿到这个的,但现在说这些都没用了,他人都不在了,对吧?"

"艾迪——"

"哈利,你等一下。"我说,"德雷尔,你以为我会相信你满嘴的屁话吗?这就是突袭。在谋杀案庭审中这样做是很不道德的。"

"说得好像你不是等到开始交互诘问检方的证人时,才突然拿出你自己的毛发及纤维报告一样。"德雷尔说。

说罢,他站起身,又接着说:"我跟你说实话好了。科恩好几天前就把这个送到我办公室了,我得确定它是真的才能把它递交出去。如果它是个骗局,我就不会用它,我们也不会有这段对话了。做好准备吧,10 分钟后我就要传唤西尔维娅·萨格拉达上证人席了。"

我们站起来,面向彼此。我比他高一点,不过德雷尔站得很直,在努力追上我的身高。他目光紧盯着我,用力一伸手臂让衬衫袖口露出来,挺出胸膛,嘴角弯成类似咆哮的表情。要是我不够了解他,我会很肯定地以为他想干架。

我低头看他的鞋,发现他踮着脚。

"如果你想吓唬我,你的暇步士皮鞋可能要装一下增高鞋垫,老兄。"

"我不喜欢你,弗林先生。"

"我也不是你的粉丝。你为了仕途顺利以及在法庭上讨点便宜,就刻意拉拢一个右派的种族歧视法官,你真让我作呕。"

德雷尔突然发出嘲弄的笑声。

"这案子我不需要斯通也能赢。我偷偷告诉你好了,我很庆幸我没用测谎这一招，你客户的结果不太明确。我猜那条排除测谎专家的判例法仍然有效吧。但这项证据会让你的客户入土为安，她就是凶手。我认为她姐姐也有涉案，我认为她们两人合力杀了他。也许我没办法证明，不过至少我能把你的客户关到她该待的地方——监狱。"

他越过我肩膀望着哈利，说："祝你阅读愉快。"

## 00:45

### 凯特

凯特和布洛赫花了不到 5 分钟看完了西尔维娅·萨格拉达的报告，然后快速翻阅附在后面的复印件。布洛赫一言不发。凯特想问她问题，布洛赫却只是摇摇头。她还在消化这些信息，现在就问问题未免有些操之过急。但凯特看懂了布洛赫的眼神，这就是她们在等的那项关键证据。她已经将她与弗林的对话内容都告诉布洛赫了，说他们之间有个杀手在游走，杀害证人、操控案件，还置入了一项万无一失的证据来让自己获判无罪、让自己的姐妹被定罪。

凯特向亚历山德拉解释了这个报告，看到亚历山德拉的眼中亮起光彩。

"我就知道，我就知道会发生这种事。哦，上帝，谢谢你。"亚历山德拉说，双手手指交错，头微微后倾，望着天花板。亚历山德拉很确定，这项新证据会让索菲亚因谋杀罪被关进牢里。

"这是你的'出狱许可证'。"凯特说。

"这是真相，"亚历山德拉说，"法庭终于要听到真相了。"

布洛赫摇摇头。

她们回到法庭，穿着高跟鞋的亚历山德拉几乎在蹦蹦跳跳，脸上焕发出新的希望。凯特觉得好想吐，她的胃里有股紧绷感，一直蔓延到喉咙。她的评估是错误的，她竟然在为凶手辩护。凯特将喉头蓄积的胆汁用力咽下去。她告诉自己，她早该想到为凶手辩护的人是她才对。艾迪·弗林身经百战，哪会让自己被客户耍了。她们在被告席就位，等候开庭。法官回来了，德雷尔说他要传唤一位新的证人：西尔维娅·萨格拉达。艾迪起身反对，但斯通挥手打发了他。他会允许新证人上场，也会试着评估证据是否可用。

凯特感觉像是被困在一辆高速行驶的车上。她两条手臂僵硬地伸着，方向盘狂乱地左右转动，不受控制，她一只脚将油门踩平，车子则偏向了一堵坚实的砖墙。她睁开眼，深吸一口气。

她和弗林讨论过对策。凯特不能参与到陷害无辜的女人，并让凶手逍遥法外的事件当中。当她跟弗林达成这个协议时，她压根没想过亚历山德拉会是在棋盘上调兵遣将的那个凶手。凯特不能成为共犯，她不会再做任何协助客户脱罪的事了。如果她试着解雇自己的客户，那就只会让状况更加棘手。法官大概不会让她拍拍屁股离开谋杀案庭审现场。即使法官让她中途退出庭审，问题也不会被解决。她能做的就只有确保自己不会成为将无辜的索菲亚·阿韦利诺冠上谋杀罪的武器。

法庭内一片死寂。她感觉布洛赫在用手肘顶她的肋骨。她抬起头，布洛赫指了指法官。

"布鲁克斯小姐，"斯通法官说，"希望你的魂魄还与我们同在。我问你，你的客户是否就此事作出指示？我想你并不反对让这位证人作证？"

凯特根本不必转头,用眼角余光就看到亚历山德拉在摇头,还小声地说:"不,完全不反对。"

"是的,法官大人,我的客户这次并不反对。"凯特说。

"很好,请继续吧,德雷尔先生。"斯通说。

"谢谢法官大人。检方传唤西尔维娅·萨格拉达博士。"

身穿灰色长裤套装的娇小女人走上前,高跟鞋咚咚地踩过地板,一头长发在天花板灯光下黑得发亮。她宣誓时,凯特发现她比自己想象中的要年轻,而且有股灵秀之气。她说话颇具权威感,很笃定。萨格拉达博士发言时,你会相信那是真的。

"博士,关于你的头衔,我们先为陪审团说清楚一点好了。你并不是医学博士,对吗?"

"我拥有墨西哥大学文书鉴定及比对鉴识学的博士学位。我目前在纽约大学就职。"

"我的办公室给你寄了一份案件摘要,请告诉陪审团案件摘要中包含哪些内容。"

"一份备忘录,一份法兰克·阿韦利诺的毒理学报告,几份我们已知从法兰克·阿韦利诺那里取得的信件,还有这个。"她边说边举高某样东西。

凯特看到萨格拉达手里的是一本黑色小册子。

"这是法兰克·阿韦利诺在生前最后几个月里写的日记。"萨格拉达说。

法庭内的人群窃窃私语。这是新进展,这是极为关键的新证据。

"几天前,地方检察官办公室取得了这本日记。提供者是哈尔·科恩,他在搜寻被害者的个人文件时发现了它。在此声明,他并没能有机会发表评论或是出席这场审判,来针对这本日记的真实性提出他的意见。但你能否告诉我们，这确实是法兰克·阿韦利诺的日记。"

"我的意见是：没错，这是法兰克·阿韦利诺的日记。"

人们在座位上挪移，向前倾，急于听这段证词。听起来就像有支军队准备开始行军。噪声从凯特身后的旁听席开始，犹如野火在蔓延。

"法庭内请保持肃静。"斯通法官说。

"博士，借由你刚才提及的我们给你提供的资料，你是怎么鉴定日记的呢？"

"我先针对对照样本，也就是已知属于法兰克·阿韦利诺的笔迹样本，去进行鉴识鉴定，然后再跟日记中的笔迹比对。"

"结果如何？"

萨格拉达回答前，拿起证人席的冷水壶往塑胶杯里倒了些水，喝了一口。她放下杯子，望向陪审团。

"对照样本的质量都很好，包括一些信件、一些签名，这给了我一个能建立起被害者笔迹的良好比对基准。接着我参考了已知因素。读了毒理学报告后，我知道被害者体内有氟哌啶醇，这符合我在日记的笔迹中观察到的一些状况。日记中某些段落非常明确地吻合被害者的笔迹，有些段落则不符合。后者看起来像是写作者受到药物或酒精影响，虽然风格相同，持笔的手却显然握得不牢且难以控制。不过我的看法是，那仍是相同的笔迹。"

"博士，我想问清楚一点，关于日记作者的身份，你的结论是什么？"

"以我的专业意见，这本日记是法兰克·阿韦利诺写的。"她说。

"你有多肯定？"

"就这个案子而言，因为有药物影响，我只能说凭我的专业判断，日记作者是法兰克·阿韦利诺。在字母形态、语法和句子结构的排列、建构、模式方面，都有足够的一致性，从而让我得出这个结论。"

"谢谢。可以请你念出日记中的最后一个纪录吗？应该是10月2日的纪录，就在凶案发生的两天前。"

凯特紧盯着陪审团。她已经读过那个纪录了，她想看看陪审团会有什么反应。

"10月2日。"萨格拉达开始念，"我知道这阵子发生什么事了，她一直在我食物里下毒，我今天晚上看到她了。她拿一个白色瓶子往汤里倒了什么东西，然后把瓶子藏在她的包包里。她以为我没看见。我敢说她也在我的水果奶昔里放了那东西。我要修改遗嘱，然后我要报警。我才没疯，也没病。都是她。我问她在我的汤里放了什么，她说我产生了幻觉。我得赶紧采取行动，所以没有逼问她。天啊，我从没想过背叛我的人会是她……"

萨格拉达放下笔记本，抬起头。最后一句话她不需要看着念。她已经背起来了。

"竟然是索菲亚。"

有人爆发出一声哀号。凯特转头看到索菲亚站了起来，艾迪拦着她。她指着证人尖叫，满面通红，头发黏在脸上，然后又指着亚历山德拉大叫。

"不，这全是谎言。是亚历山德拉，她才是凶手！我是清白的！"

亚历山德拉无动于衷地坐在凯特身旁，不理会索菲亚。这场庭审进行到现在，凯特还是第一次看到她的客户坐在被告席时，处于放松、近乎平静的状态，于是凯特立刻就知道，这本日记就是艾迪预言的东西了。这就是亚历山德拉的"出狱许可证"，一项诬陷无辜女人的证据。凯特绝不参与这个勾当。她不能在法庭内直接反驳自己的客户，她得相信艾迪，相信他会想出办法，而自己顶多只能避免妨碍他。这就是她担任首席律师的第一个案子,她职业生涯里的第一场谋杀案庭审。现在,凯特却一心只希望自己输掉官司。

## 00:46

## 艾迪

"我们知道日记是假的,只是得想办法证明。"我说。

索菲亚脸上一块块的红斑看起来很醒目,眼皮以及眼周的皮肤都肿了起来。她一整天都在抖个不停。我打给一个朋友,帮索菲亚弄来可以让她恢复稳定的东西。

地西泮药片让她平静了一点,不再处于高度紧绷状态。至少她现在能谈话了,她可以比较轻松地呼吸,不再被惊慌扼住。

索菲亚回头望向她的公寓内,哈利正在拉起她的遮光帘,检查门锁,确保这个地方很安全。"艾迪,直接告诉我吧——我要去坐牢了吗?"她问。

"没有。"我说。然而现在,这句话听起来像是在睁眼说瞎话。"你不会有事的。放一部你最爱的黑白老电影来看吧,点个外卖。哈利和我今晚要工作,我们得专心。如果我们一直担心你,可就没办法好好工作了。"

索菲亚松开门,向前冲来。她环抱我的腰,头靠在我的胸前。她的举动出乎我的意料,一时间我不知所措。不过我很快反应过来,搂住她,轻拍她的背,告诉她一切都会顺利解决。

她松开手,向我道谢。哈利走出公寓来到走廊。

"别担心,亲爱的,这家伙是我见过的最厉害的庭审律师。他是没我强,他也并不完美,不过他是有两把刷子的。"哈利说。

"如果我是你见过的最厉害的庭审律师,又怎么会输给你?"我问。

"欸,我可没见过我自己啊。谁能跟自己见面?"

在一秒间,短暂的一秒间,索菲亚听着我和哈利抬杠而露出微笑。

"谢谢你们。"她说完便关上了门。

我跟着哈利走向电梯。待进了电梯,趁门还没关上前,我问他:"你全都拿了吗?"

"我拿了料理刀,还有浴室里的一包剃刀。"

他掀开外套。索菲亚的料理刀藏在他的内侧口袋里。

"我们已经尽力了,她会没事的。我们只需要想想该怎么打赢这场官司。"哈利说。

第二大道熟食店已经不在第二大道上了。自从2006年房东和店老板没谈妥后,这家餐馆就搬到了东33街与第三大道交叉口处,纽约人也跟着他们转移了阵地。亚伯·莱博沃是落脚纽约的移民,在东10街的一家熟食店从杂工一路爬到柜台服务员的职位,最后于1954年开了自己的店。亚伯热爱美食、每个人以及纽约市,每个人也都爱亚伯。1996年他在带着餐厅赚得的现金前往银行的途中被杀害。纽约为他哀悼,他的家人接管了生意。

一开始我是跟着爸妈来的,那时我还是小孩子。当亚伯把一个比我头还大的熏牛肉三明治放在我面前,还愿意花时间跟我家人聊天、认识我们时,我就知道我将成为这里的忠实顾客。

我上到二楼,哈利在后侧角落订了一个雅座。我抵达时,凯特、布洛赫和哈利都已入座,雅座旁还有一张空椅,留给第五位客人,她

还没来。我坐到哈利旁边,凯特和布洛赫坐在我们对面。

"很遗憾,凯特。"我说,"我们早料到会这样了,换作是我也会大受打击。但我们已经讨论过了,亚历山德拉想诬陷索菲亚,那本日记对陪审团来说就像颗炸弹。"

她低着头,默默啃着一碗薯条。布洛赫点了咖啡,哈利在喝啤酒。气氛相当凝重,所有人都感受到压力。

"我实在不觉得是亚历山德拉,"凯特说,"但没有别的可能了,这件事只有她会得利。我观察过陪审团,他们完全被西尔维娅·萨格拉达说服了,她说的每个字他们都相信。你真该看看他们是用什么眼神看索菲亚的,充满憎恨。天啊,我也很遗憾。你的客户是无辜的,我不能参与把她关进监狱……我只是……"

凯特手肘支在桌面上,用手指按揉太阳穴。她太惨了。她放弃事务所的职业生涯出来自立门户,来为她以为是清白的女人辩护。现在情况却发生了翻天覆地的改变,她的第一个案子竟然成了噩梦,她是杀人凶手的律师。我知道凯特是不会纵容凶手无罪开释的,不论这会付出多大的代价。她现在在这里,表示她能尽她所能地帮助我们。她尚未被那一套伦理规范所麻痹,而律师们要靠那套伦理规范保持理智以及免于牢狱之灾——你不该深究客户是否清白,你不该问客户是否有罪,你该做什么就做什么,让陪审团去定夺。律师整天都在面对这个问题:你明知道那人有罪,为什么还能替他辩护?我们的工作要求我们别管有罪无罪,绝对别让自己质疑客户的清白问题,我们只需要替他们力辩到底。这就是我们的工作。

狗屁不通。我们只有这么骗自己,晚上才能睡得着。凯特还未学会将良心放在一边,现在是缺乏经验救了她。她还没去过门的另一侧。那扇门让你关闭直觉,即使你的客户有罪,你也会使命必达。我曾穿过那扇门，而我的余生都将努力修补这个错误。

"我觉得你们两个说得都很对。"哈利说，"这桩谋杀案实在是机关算尽、故布疑阵，而且有太多能说出真相的人都死了或是失踪了。这不是巧合，绝对不是。那本日记是亚历山德拉写的，她杀了那些人。"

凯特向后靠，闭着眼睛摇摇头。

"我不能让她逃掉。我得逮住她，凯特。我越想越怀疑哈珀的死跟这个案子有关系。"我说。

桌边的椅子被拉开，在地上刮出嘎吱一声。佩吉·德莱尼坐了下来。我为凯特和布洛赫介绍她。

"佩吉是联邦调查局探员，但别因此对她有成见。她已看过这个案子的档案与视频了，我请她帮忙制作犯罪侧写。"我说。

"我还没完成。"佩吉说，"我也不确定能派上多少用场。我最晚明天可以给你，但我现在可以先说明一部分。首先，我相信我们面对的是连环杀人犯，而这就是制作犯罪侧写所遭遇的第一个问题。"

"我以为联邦调查局已经把犯罪侧写提升为一门精细的艺术了。"哈利说。

"还没有，目前局里产生了某种分歧。我们使用的杀手类型的定义、类别和子类别都已经用了超过 40 年，我认为我们需要全面翻新整个程序。"

"为什么？"哈利问。

"因为我们用的是最简单的基准线，我们一向把重点摆在制作出每位执法人员都看得懂的犯罪侧写上。但现实从来就没那么单纯过。这个案子的难度更高，因为我们缺乏针对女性连环杀人犯的研究。就连我们针对连环杀人犯的子类型和类别，都是以着眼于男性的研究为基础。这几十年来，女性连环杀人犯都被忽略了。连环杀人犯中约有百分之十五到二十是女性，但她们只占研究资料的百分之三左右。

"就连我们用来追踪及辨识连环凶杀案的做法，也没有发挥应有的作用。辖区警察若想在我们的暴力罪犯逮捕计划数据库里输入一个凶案细节，就必须填一份写有150道问题的表格。要正确填完得花2个小时，你觉得警察会有2个小时的闲工夫帮我们做研究吗？"

布洛赫倾身向前，但没说话。除了点头致意以外，她从头到尾什么话都没说，不过我看得出她没漏听一个字。

"结果就是联邦调查局会告诉你，美国大约有50个连环杀人犯在逃。真实数字可能更接近2000个。就统计而言，这表示目前有300到400个女性连环杀人犯仍在作案。我们完全不清楚她们的身份，或是她们犯案的模式。"

"天啊，"哈利说，"那这个案子呢？"

服务生送来各式各样的三明治以及拼盘，我们默默地等他上完餐点。

"那你觉得呢？是亚历山德拉还是索菲亚？我不想用我的意见让你有先入为主的想法，我只需要听听这场审判局外人的观点。"我说。

"阿韦利诺姐妹谁才是凶手？这是很难回答的问题。她俩谁都不符合典型的侧写类型。两人都因为母亲之死而经历了重大的童年创伤。那起死亡有疑点，你告诉我的齿印一事也耐人寻味。两个女孩都在母亲死后被父亲送走，各自在不同的学校生活。然而……"

"什么？"我问，"我们需要你作个决定，德莱尼。我们觉得这场审判被操控了。"

德莱尼咬了一口三明治，用餐巾纸擦嘴，仔细思考。我仿佛看到她脑中的齿轮在转动。

"大部分连环杀人犯并没有心理疾病。"她说。

"怎么可能。"哈利说。

"他们很多人是俗称心理变态的人格障碍者，但那并不是一种心理疾病。如果是的话，世界500强企业里的董事长有一半都要进精神病院。大部分连环杀人犯都能正常生活，他们其实会学着融入社会。针对连环杀人犯的第一本重要著作是克莱克利的《理智的面具》。该书是1941年出版的，他们认为假如你做了疯狂的事，就表示你是疯子。现在这个观念改变了。拿你们这两个女孩来说吧，索菲亚的自残行为不怎么符合侧写。人们会出于各种理由自残，但这是让我排除她的其中一个因素。"

"硬要选一个的话——谁是凶手？"凯特问。

"亚历山德拉。"德莱尼说。

哈利告诉了她日记的事，还有它现在成为审判中的证据后，我们是怎么想的。

"这招很聪明。那本日记会很大程度地影响陪审团的想法。如果日记指向下毒者为索菲亚，而这凶案与审判又都是计划好的，看起来也确实如此，那么就没错了。亚历山德拉将日记本伪造得足够逼真，足以让妹妹被定罪，自己则获判无罪。她倒也不必是伪造大师——因为药物的关系，法兰克的笔迹本来就变得疲软无力。这个做法太聪明了。"

"那我们现在该怎么办？我们不能让她得逞。"我说。

"如果我让她上证人席，你能交互诘问她吗？"凯特问。

"那你等于故意出卖客户。你也不能给她做伪证的机会，万一她说服陪审团不是她干的怎么办？她都成功骗到你们两个了。如果我传唤索菲亚出场，结果德雷尔把她修理得很惨，情况可能会变得更糟。"我说。

我们沉默地坐了一会儿,沉浸在思绪中。

"不要传唤被告出场,"布洛赫说,"问题出在日记上,我们要让陪审团看出它是假的。检方所有的精力都用来证明它是'真的',我不认为他们有时间考虑它的内容是否'精确'。"

除了若无其事边吃薯条边听朋友讲话的凯特以外,哈利、德莱尼和我都目瞪口呆。打从我们坐下后,布洛赫这才第一次发言。我猜若非真有重要的话要说,她是不会开金口的。

"见鬼,这正是我们该做的事。"我说。

布洛赫不吭声。

"哎呦,她还真是点到为止。"哈利说。他直视着凯特,问:"她经常这样吗?"

凯特将汽水凑到嘴边,犹豫了一下,说:"欢迎来到我的世界。"

00:47

## 艾迪

西尔维娅·萨格拉达的高跟鞋踩在地板上的声音犹如滴答作响的时针在倒数我交互诘问的时间。我又熬了一夜没睡,这次是在挑灯夜战。我已准备好在今天上午扳倒萨格拉达了,我该做的都做了,该打的电话也都打了。

然而我并没有准备好,我并不感觉自己胸有成竹。

萨格拉达在证人席就座,开始给自己倒水。

"艾迪……"哈利小声说。

他开始低声说话，但我充耳不闻。我不是在想日记、萨格拉达、索菲亚或亚历山德拉，这些念头已在我的脑袋里塞了一整晚，今天早上我唯一想到的人是哈珀。自从她死后，我每天晚上都是想着她度过的，而昨夜感觉像是背叛她了。现在她占据了我所有的心神。我试着按下开关，可是没有用。

"请记住，你仍受誓言约束，萨格拉达小姐。"斯通法官说，"弗林先生，你有问题要问这位证人吗？"

我有，但我一个问不出来。这种痛苦的感觉就像被那种老式的深海潜水装裹住，有铜制头盔与气泡形面镜、装了铅块的靴子与加上重物的腰带。这种痛苦保护着我，让我与世界隔绝；它也重重地压住我，把我往下拖。

"艾迪，上场吧。这是为了哈珀。"哈利说。

我站起来，决定不再隐藏这份痛苦，反而要善于利用它。

"萨格拉达博士，你是否同意：与你拥有相同专业的其他人士，在鉴定完这本日记后，对日记作者的身份可能作出与你不同的结论？"

"我同意。我们只是负责提供自己的意见，我明白其他人也许会有不同的意见。"

第一步完成了。

"你同意你对日记作者身份的解读可能会有瑕疵吗？"

"这是可能的。我不认为有，但确实有这个可能。"

她很小心地避免自己被逼到墙角。要是我在接下来的20分钟内推翻了她的意见，她需要留一条后路来保住自己的专业信誉。这点很聪明。此外，这也让陪审团对萨格拉达的信誉多了几分信心——她陈述的是诚实的看法，而她也以开放的心态看待其他的可能性。这反而使得她的证词更为有力。我得小心处理。

"你的意见建立在字母形态上——也可以说是风格？还有语法和句子结构，对吗？"

"对，原则上是。"

"不过日记里的笔迹并不完全符合法兰克·阿韦利诺已知的笔迹样本，对吗？"

她移开视线，直接对着陪审团解释。

"笔迹可能会随着时间和情境而改变。整本日记的笔迹都是相似的，有些段落的相似度较高。在这里已知的改变原因是被害者在写日记期间曾遭到下药。"

"熟悉被害者笔迹的人，知道被害者说话习惯的人，就能相当贴切地模仿出死者的笔迹，不是吗？"

"要看那个人的技巧如何。对，我想那是可能的。"

"日记中的第一个纪录，日期标记为去年的8月31日。我稍微念一点开篇的内容好了：'我讨厌写这鬼玩意儿，从来没写过。我可不是想出回忆录的那种人。要说起不可告人的事，我橱柜里藏的骷髅多到能装满一座墓园呢——甚至是两座。是医生叫我写这个的，只是写给我自己看的，还有古德曼医生也会看……若不是我的前列腺有问题，就是我的大脑有问题。哈尔·科恩终于说服我去看看这两科的医生了。我现在在吃治疗前列腺的药，大脑则得写这鬼玩意儿。医生问了我一些问题，我回答了，他说我好得很。可是为了让他高兴，他要我写下我的想法以及我注意到的任何症状。过几个月他会再看看我。'我想这么说应该没问题：这本日记是在被害者的神经科医生古德曼医生的建议下写的，因为他想取得病患的症状概述？"

"这个说法应该颇为正确。医生大概想在进行脑部扫描前，先确认这些症状是压力引起的还是另有原因。我猜医生担心这可能是失智症的初期阶段。"

"应该是这样没错。你拿到了被害者的医疗纪录，对吗？"

"对，我想知道被害者是否在接受某方面的治疗，因而可能影响了他的精细动作技能，并进而改变了笔迹。"

我俯向被告席的桌子，从面前那沓文件中拿起一页纸，然后走向证人。

"这是法兰克·阿韦利诺医疗纪录的一部分，是被害者的神经科医生古德曼医生的诊断报告。上面纪录了血压和生命体征的测量值，以及身体检查的结果。最后一个手写纪录写着'RV 3/12 DY'，你看到页面最底下写着这些字了吗？"

"我看到了。"

"我原本不太确定这些缩写的意义。我想'RV 3/12'是说三个月后复查？"

"对，没错。这符合被害者在日记里写的内容。"

"至于'DY'，我着实困惑了一阵子，但你是否愿意勉为其难接受，它可能是日记（diary）的简写？"

"我不只是勉为其难接受，我赞同它就是。古德曼医生很可能记下他想在三个月后看看法兰克的日记写得如何。当然，日记中该笔纪录的字母形态和句子结构也确实符合被害者的比对样本。"

"谢谢。日记的下一个纪录是去年9月5日写的。我再次念一小段：'我并没有神志不清。今天我吃完早餐走出吉米的餐厅，她就在马路对面。两天以来，我已经见到她两次了。她一踩油门就骑走了，哈尔正好从餐厅前门走出来。他说他没注意到她。也许哈尔的脑子快要坏掉了。我马上打给迈克·莫迪恩，叫他雇用哈尔推荐的私家侦探。'这一段是否符合被害者的字母形态和句子结构呢？"

萨格拉达点头,"是。"

"下一个纪录是9月15日,我再念一小段:'索菲亚昨天煮的汤还在冰箱里,亚历山德拉让熟食店送来的炖菜放在汤旁边。我做了个花生酱果酱三明治,倒了杯牛奶,边吃边看新闻。今晚感觉好一些了,几天以来,我的头脑第一次比较清醒。私家侦探公司打电话来,我跟他们说贝德福德都没有联系过我,不管是打电话或发信息都没有。不,我不知道他在哪儿——老天,他跟我强调过我不会看到他。明天早上他们要派新的人员来。贝德福德失踪了,新闻报道了警方呼吁民众提供消息的事。'这一段符合被害者的字母形态和句子结构吗?"

"符合。"萨格拉达说。

我等了一会儿。我在这些问题里埋了炸药,在我按下引爆器之前,我想先看看有谁会被爆炸波及。

亚历山德拉的右手握住左拳,两只手肘都支在桌子上,下巴抵着指关节。我看到她的贝齿紧咬住下唇,眉头紧锁,不知是专注还是忧虑,也许两者皆有吧。以前常听到一种说法,凶案被害者眼里会留有凶手的影像。那是古老的迷信,然而当我望进亚历山德拉的眼睛时,我看到她眼角微红,仿佛她的目光仍染着鲜血。

索菲亚的表情十分柔和。她双手放在面前的桌子上,手指伸直,像是想探触到什么东西——也许是真相吧。或是慈悲。我在索菲亚身上看不到凶手的形象,我能看到的只是一个被害者。她在其他人手里遭受了太多苦难。我猜她过去伤得太重,那种痛苦几乎令她怀念。它成了一种慰藉,或至少能提醒她自己还活着,还会痛,还会流血。有些被害者会被"失去"的痛苦给毁灭。那种痛苦会夺走他们的一切:味觉、嗅觉、爱、安全感、理智。悲伤是可恶的盗贼,除非有人关住它,不然它就会偷光所有东西。索菲亚看起来已经无法再承受失去的痛苦了。她知道那本日记是送她被判终身监禁的单程票,我得把它撕毁。"

我转头看向萨格拉达。

"你已相当公允地表示,你的观点主要建立在个人意见上,而对日记作者的意见可能因人而异。如果有新的信息质疑这本日记的真实性,你愿意改变意见吗？"

文件鉴定分析并不真的像用木盆里的指骨来占卜一样不着边际,却也不算差了十万八千里远。萨格拉达仔细考虑要怎么回答,然后说:"要取决于是什么样的新信息。"

"如果新信息能揭露,这本日记完全是为了这场庭审而写的呢？"

"我不太懂。"萨格拉达说。

"我换个说法好了:这本日记是伪造的。"

有时候在法庭内说出的一句话,效果犹如一道突如其来的寒风。每个人都坐直了一点,扬起眉毛,互相交换讶异的眼神,仿佛他们马上要打开爆米花欣赏表演了。这是歌剧序曲最后几段激昂的和弦,幕布即将升起。

"我已经就笔迹提出我的意见了。"萨格拉达说。

"我说的不是笔迹,我说的是日记的内容。日记第一个纪录的日期是8月31日,提到被害者刚看过医生,必须为医疗目的写这本日记。而根据医疗纪录,该次就诊日期是9月1日,这个纪录上方还写了一行字:8月31日——DNA。DNA是'未报到'(Did Not Attend)的简写,阿韦利诺先生错过了原本的预约日,重约了隔天再看诊,也就是9月1日。日记上把这次看诊的日期记错了,纪录成8月31日。也许写下这个纪录的人知道他那天约了诊,却没发现法兰克错过了预约,是隔天才去的。"

萨格拉达望着德雷尔,没回话。

"日记中9月5日的纪录提到被害者在吉米的餐厅吃早餐,这是被害者每天早晨都会做的事。然而,由于附近发生瓦斯外泄的意外,那间餐厅在9月5日暂停营业了。日记中没提到瓦斯外泄,也没说去了别处吃早餐。只有当天根本没去过现场的人才会省略这些细节,理所当然地以为法兰克就是在吉米的餐厅吃的早餐。日记中9月15日的纪录提到私家侦探贝德福德失踪了,说新闻也报道了,然而这起事件首次登上新闻媒体是在9月18日。萨格拉达博士,这本日记的作者是某个知道法兰克·阿韦利诺大致动态的人,但并不是法兰克·阿韦利诺本人。"

"我制作报告时没有这项信息,我并没有核查日记的内容是否正确。"

"对,你没有。如果你制作报告时具备这项信息,我想你的意见可能会更全面。"

她犹豫着。我给了她一条出路,不至于影响她的专业判断力。如果她聪明的话就会接受。

"验证日记内的信息正确与否是执法机关的工作,不是我负责的。得知这项新信息后,我无法再坚持自己先前的意见是对的。在这项新信息的帮助下,我必须质疑这本日记的作者身份。"

陪审团中有几人倒吸一口气或是低声咕哝起来。他们原本毫无疑问地锁定了本案的被告之一,现在又被剥夺了这份笃定。这下两名被告是有罪或无罪就跟先前一样扑朔迷离了。直到我提出下一个问题。

"地方检察官办公室是通过哈尔·科恩取得的这本日记,而科恩先生现在已经身亡。我们对科恩先生的财务活动做了些调查。若我告诉你,有人最近汇了100万美金到科恩先生的账户,你会很惊讶吗?"

"我不知道这件事。"

"它是由亚历山德拉·阿韦利诺名下的账户汇过去的。这下我们不禁要问了：写一本假日记指出索菲亚·阿韦利诺是给被害者下毒的人，到底对谁有好处？"

"抗议！"德雷尔叫道，"与本案无关且要求证人臆测。"

"法官大人，这位是获准提供个人看法的专家证人。"

"我允许你问这问题，但证人要小心回答。"斯通说。

萨格拉达可要小心了，这场交互诘问可能会损害到她的专业度。她并未获得充分的时间以好好检查这本日记，纽约市警局也并没有查验它的正确性。她若想全身而退，不在个人纪录上留下任何污点，唯一的选择就是背弃检方和警方。

"我再问一次：伪造这本日记对谁有好处？"

"嗯，显然是亚历山德拉·阿韦利诺。她极有可能是这本日记的写作者。日记将矛头指向她妹妹，而我相信这本日记应该是假的，她可能是给了科恩先生那笔钱，让他把日记交给警方。"

陪审团的 12 颗头都转了过去，控诉般地望着亚历山德拉·阿韦利诺。我坐下来，让他们尽情地瞪着那个杀了自己父亲的女人。

**00:48**

### 凯特

凯特无法默不作声地坐在客户面前，而不去设法降低萨格拉达的证词造成的伤害。布洛赫已经告诉她那 100 万美金的事了，但她们并未向亚历山德拉提起。看起来亚历山德拉是在贿赂哈尔·科恩，而科恩之所以被杀，要么是因为他想拿到更多的钱，要么是因为他打算向警方吐露事实。无论是哪个原因，亚历山德拉都有杀他的潜在动机。

现在亚历山德拉的辩词面临瓦解。凯特很怀疑自己还能做些什么来止血，但若她连试都不试，亚历山德拉会起疑，她得做点什么。亚历山德拉正低喃道"不、不、不"，她的手臂和腿又开始颤抖了。她从包包取出一颗药丸，没喝水就硬吞下去。这似乎没什么用。凯特至少要演演戏才行。

"萨格拉达博士，你可能没听到之前所有证人的证词内容，我想提醒你，泰勒警探已证实，警方对被害者住宅以及我客户的公寓进行完鉴识检验后，没有找到任何氟哌啶醇存在的迹象，完全没有。你接受这一点吗？"

"我接受。"

"而我现在说你并不能肯定地知道究竟是谁写了这本日记，这个说法公平吗？"

"我想是公平的。被害者可能写了日记的一部分，或全部，或完全没写。"

凯特已经尽力了，她坐下来。德雷尔没有再次诘问，检方结案了。弗林站起来，向庭上表示被告没有证人要传唤。

被告最不愿意发生的事莫过于承受交互诘问的酷刑，如果他们足够聪明，就可以避免承受这种酷刑。如果被告不作证，就表示他们没有机会告诉陪审团他们没有犯案，不过另一方面，这样的主张也不会被检察官当众摧毁。

"我想要作证。"亚历山德拉说。

今天一开庭时，凯特就刻意把椅子挪得离亚历山德拉远了几厘米，她觉得自己需要保持距离。亚历山德拉犯下了多起杀人案，是个操控及杀害父亲，还嫁祸给妹妹的心理变态，且为了确保自己不被定罪而夺去了更多的人命。凯特希望审判尽快结束，不止如此，她还希望自己的客户被定罪，被关在监狱很久很久。

"我觉得这不是明智的做法，你可能因为试图贿赂证人而面临更多的罪名。那是怎么回事？你没跟我们说过科恩的事。"

亚历山德拉哭了起来，凯特心想她好像有个开关似的，眼泪和歇斯底里说来就来。

"我要他说实话啊。他说他会去找索菲亚要钱，谁给他钱，他就帮谁，看看要说日记是真的还是假的。我、我、我真的真的很抱歉，他叫我不要告诉律师。"

"现在是检方要负责证明他们的论据，如果德雷尔在交互诘问中毁了你，你等于是在替他省事。而且假如你把刚才的说法告诉庭上，你绝对会面临更多的罪名。我们就交给陪审团决定吧。"

"你确定？"亚历山德拉问。

"我确定。我认为你上台作证的弊端超过你的想象，一定会很难看，而且会给德雷尔提供优势——你是他唯一有机会当面指控的被告，也是他唯一有机会攻击的对象。"

凯特看到客户在思考，算计中伴随着恐惧。5秒，10秒。亚历山德拉咬着湿湿的嘴唇，望向陪审团。有两个陪审员直接瞪了回来。凯特努力分辨这些眼神，他们是在看着心目中的无辜者，还是在等着惩罚杀人凶手？要凯特猜的话，她觉得他们看亚历山德拉的目光，就像10岁小孩看着笼子里的老虎：有一点着迷，背后却涌动着强烈的认知，知道这头猛兽会杀人。

"好吧，既然你认为这样比较好，我就接受你的建议。我相信你，我不作证。"

凯特向庭上确认她也不传唤任何证人。

"嗯,那就只剩结案陈词了。德雷尔先生……"

检察官起身走向陪审团,慢条斯理,胜券在握且充满自信。凯特知道他闻得到室内的血腥味,他现在要攻击了。

"这场庭审进行到这里,我们得知了一些新的事情。"德雷尔开口,"我们知道亚历山德拉·阿韦利诺和索菲亚·阿韦利诺的口袋够深,能帮自己买到厉害的辩护律师,这是毋庸置疑的。"

德雷尔的面部肌肉将他的嘴唇扯开,状似一般人脸上的微笑,但凯特从未见过德雷尔微笑。这个笑容出现在检察官脸上,假得就像在看腹语师的木偶下巴上下移动。德雷尔是个称职的检察官,策略稳固、聪明、无情、坚决。但在这一刻,凯特看到的是他欠缺的东西:人性。他跟陪审团没有建立起融洽的关系,应该说根本没有任何联系。她猜想德雷尔自己也明白这个弱点,或是以前曾有人为他点了出来,所以他很迫切地想在这方面下功夫。

他想当个开心果,结果自己的脸差点像开心果一样从中间裂开。

德雷尔看起来令人发毛。

"但这些昂贵的辩护律师是无法阻挡通往真相的道路的。有一个真相、一个事实、一个绝对的事情,这个法庭内没有任何人去挑战它,而它也是你们该考虑的关键:法兰克·阿韦利诺死时,他的两个女儿都在他的豪宅里。急救人员赶到他身边时,他尸骨未寒。其中一名被告杀了他,或是两人都有动手。不过现在在你们面前的被告,至少其中有一名是凶手。"他说,先指着亚历山德拉,又指着索菲亚。

"索菲亚·阿韦利诺选择不作证,亚历山德拉·阿韦利诺也是。这是她们的权利。她们的沉默表示你们没有机会听她们说她们没杀自己的父亲,她们各自借着律师之口否认了罪行。但既然各位没有机会听被告的说法,那么你们就得运用判断力,评估对她们不利的证据与证词。这些可是多得很……"

他巨细靡遗地重述警方与专家的证词,并表示辩护律师对证据的质疑或许有理,但陪审团也可能判定那只是法庭内的诡辩。

"各位陪审员,我请求你们裁定两名被告都有罪。如果你们认为其中一人的罪名尚有疑虑,那就不要轻易将她定罪,但至少其中有一人是凶手,这点一定不会错。也许是亚历山德拉,因为她试着收买证人,还伪造了父亲的日记;也可能是索菲亚,因为在她父亲胸口的刀伤里找到了她的头发。我们检方代表人民,请你们考虑她们都有杀害父亲的动机和机会,而鉴识证据也将两姐妹都与这起可怕的罪行联系在了一起。谢谢。"

艾迪站起身,手里拿着六页纸。这是篇已经写好,并准备念出来的演讲稿。凯特认为内容应该很有胆识,以无罪推定为主题激励人心,并提及我们司法系统与宪法的基础。她心想艾迪大概几天前就开始写他的演讲稿,并随着证据累积而添加及修改内容。完成之后,他会像她一样对着镜子练习、精修,雕琢每个字词,直到演说完美无瑕,清楚有力地传达出信息。

陪审团默默等待着。艾迪把那些纸抛在被告席桌子上,任由它们散开。

"我不需要念我的演讲稿,我甚至不需要跟你们谈本案的证据,我知道你们一直都很专心,所以我就不浪费你们的时间了。请作正确的决定吧,判索菲亚·阿韦利诺无罪。"

说完,他就坐下了。

如果他手上有麦克风,他肯定会往桌上一丢。

"布鲁克斯小姐,"斯通法官说,"你有没有什么话要跟陪审团说？"

凯特吞了吞口水，看着自己写的演讲稿，然后将它翻过去，正面朝下放到桌上。她站起身，拉平上衣，绕过桌子走到陪审团前方。

"我的客户……"她说完便僵住了。

我的客户杀了她父亲、她父亲的朋友哈尔·科恩、一个药剂师、一个收银员，可能还有迈克·莫迪恩，也许还包括她的母亲和继母，以及不知道多少人。

该怎么担任已知有罪者的律师？该怎么站在那里告诉陪审团那个人是清白的？为什么她第一场庭审就遇上了这种事？这些问题在她脑中乱滚，就像圆形转桶中的宾果球。

"各位陪审员，我在这场庭审开始前就写好了结案陈词，那是我学习到的做法。庭审开始前，我为客户准备了辩词，我知道自己要强调哪些重点，也知道本案会讨论哪些议题。我写演讲稿时，心里想着这些重点，我想要提醒你们这些重点。像是鉴识证据并不可靠、检方的论据有哪些漏洞、共同被告有什么谋杀动机……"

她再次停顿，让静默笼罩在室内。有两个陪审员坐直了一点，他们在认真听。他们不知道她想表达什么。

凯特自己也不知道。

"但我现在不打算这么做了。我想你们都已有定见，都已经充分理解了证据。我要请你们秉持公正、不带偏见，作出我的客户应得的裁决。"

凯特并没有告诉陪审团她的客户应得的是什么样的裁决。她完成了结案陈词，而她没有对她律师生涯中的第一个陪审团说谎。

她站得很直，抬头挺胸地回到被告席。她问心无愧。

至少在裁决结果出炉前是如此。

## 00:49

## 艾迪

身为庭审律师，有一句话每每听到或看到，总会让我特别胆战心惊。现在，这句话就在我的手机屏幕上，跟我大眼瞪小眼。它是我几秒钟前收到的信息。

他们回来了。

陪审团才离开法庭 48 分钟。

48 分钟其实可以做很多事。

可是有一件事是无法在 48 分钟内办到的，那就是针对纽约市有史以来最错综复杂的谋杀案庭审作出公平而不偏颇的裁决。那是不可能的。大概是陪审团有什么疑问要提出来，我心想，并不是作出裁决了。

不可能是。

但的确是。我内心深处知道是如此。我扔掉咖啡，转身走回法院。

我从挂在法院大楼外旗杆上那面飘飞的破旧褪色的星条旗下走过，渡鸦向我提出抗议。

已经死了很多人了。也许在事情结束之前，还会有人死去。我小时候住在布鲁克林区一间寒碜的小房子里，当时母亲告诉我世上没有怪物。我小时候读过怪物和巫婆从父母身边抓走小孩，将他们带进森林的故事，母亲说那都只是童话。世上没有怪物，她说。

她错了。

刑事法院大楼的电梯很老旧，慢得让人抓狂。我搭乘电梯到了我要去的楼层，出电梯沿着走廊走到法庭，跟着大家进门。我走到被告席，在我的客户旁边坐下。

陪审团鱼贯而入，窸窸窣窣的说话声安静下来。

他们已经将书面资料交给书记官了，那是他们在陪审团室里就准备好的文件。我的客户说了什么，但我没听清楚。我听不清楚，血液奔流的声音塞满我的耳道。

我相当擅长判断陪审团会倾向哪一边，我看得出来。而且我每一次都是对的。

这是我第一次说不准裁决结果会如何，我陷得太深了。在我心里，我觉得是五五分。裁决结果的概率简直可以用掷硬币来比拟，50%。我知道我希望有什么结果，现在我知道凶手是谁了，我只是不确定陪审团是否看得清真相，我摸不透这个陪审团。

书记官站起来，对着陪审团主席发言。陪审团主席是个高大的男人，身穿格纹衬衫，有双做粗活的手。

"就这些事项，你们是否全体达成共识并作出裁决？"书记官问道。

"是的。"陪审团主席说。

书记官说："就索菲亚·阿韦利诺公诉案，你们裁定被告有罪还是无罪？"

陪审团主席直视前方，这不是个好兆头，通常如果陪审团要判无罪，他们会看着被告——他们等着看清白的被告露出如释重负的表情。

这就是司法成功的要诀：它是一种权力。

我垂下头，不敢看。哈利握住我的肩膀，我从他的力道中能感觉出他有多紧张。

法庭内鸦雀无声，连呼吸声都听不见，犹如身处墓穴之中。我毛骨悚然，深恐索菲亚将被埋葬于此。

陪审团主席清了下喉咙，再开口时仿佛是从屋顶上喊叫，听起来像从我头顶远处传来。

"无罪。"

一股低沉的声响在逐渐累积。索菲亚抓住我的手臂大叫一声，听起来既像人类也像动物。那声低吼糅合了痛苦与安心，犹如当事者肉里的一根刺被拔了出来。

"就亚历山德拉·阿韦利诺公诉案，你们裁定被告有罪还是无罪？"

这次没有停顿，没有任何迟疑。

"有罪。"

现在喧闹声怎么也压不住了。亚历山德拉喉中发出的声音与索菲亚相反，没有安心，只有痛苦和愤怒。她的双手从身侧迅速扬起，凯特试着安抚她。

根本没办法让这间法庭安静下来，旁听席议论纷纷，斯通法官只能跟凯特说他改日再决定她客户的刑期，然后就解散陪审团、撤销了亚历山德拉的保释令，并宣布休庭。

德雷尔仍在朝空气挥拳，带着恶狠狠的满意笑容看着法警拿着手铐走向亚历山德拉。她向后缩，嚷道："不不不，他们搞错了，是我妹妹才对！"

他们把她压住，上铐，然后带走了。凯特跟在后面。他们通过侧门离开之前,凯特转身看向我,对我比了个大拇指。凯特的心情一定很复杂,她一直以来都在为有罪的姐姐说话,她也知道。然而,现在她做了对的事。

一只大手拍在我的背上。

"我们做到了,艾迪。我们逮到她了。"哈利说。

"我真不知道这个陪审团打算怎么做,完全没把握。"

"从你揭发日记是假的以后,就不会有别的结果了。"他说。

"真的吗?我感觉不到。我就是算不准结果会是什么,这个案子让我在中途的某个时刻迷失了自我。"

"你很久没有好好睡上一觉了,我很惊讶你还能站着。没关系,你总不可能每次都算得那么准。去休息吧。"他说。

他吸了吸鼻子,跟着索菲亚走,她已淹没在人群里。记者在对她吼着各种问题,噪声和相机闪光灯乱成一团。德雷尔也被记者包围着,他露出那副可憎的胜利者表情,表达对他团队的感谢。

我推挤着突破人群外围,低着头走向门口。结束了,凶手被羁押了,索菲亚自由了。世界上如果真有正义,也鲜少反映在裁决结果中。正义无关乎对与错,人都会犯错,无论是罪犯还是陪审员。裁决结果经常有瑕疵,因为人本身就有瑕疵。这次的裁决是正确的,我离开法院时抬头凝视星条旗,感觉也许这面旗子的状态其实恰到好处。我需要回我的办公室去。

我想睡到明年。

## 00:50

## 艾迪

裁决结果出炉后不到 1 小时,我已回到办公室的里屋,闭着眼躺在行军床上,空空的胃里有两指深的威士忌在晃动,眼皮合得死紧。

我的身体想要得到睡眠,我的大脑也是。我从未感到如此疲惫。接连数月夜里失眠、白天耗神,终于压垮了我。

可是我睡不着。

我满脑子都是哈珀。杀她的凶手仍逍遥法外。亚历山德拉可能杀了哈珀,我很难抗拒这个想法,可是除了哈珀在调查索菲亚的案子之外,亚历山德拉与这起凶案扯不上任何关系。也许哈珀去富兰克林街的房屋时看到了什么线索,因而亚历山德拉必须将她灭口,我却看不出那是什么线索。我只有一些理论,而且全都不着边际。

思绪在我的脑袋里撞来撞去,我几乎听得到它们在咚咚作响。

我坐了起来。

我真的听到了咚咚声。

有人在敲我办公室的大门。

我穿上 T 恤和牛仔裤,走进办公室。外侧那道门是毛玻璃,我看得出门外有人。我拉开书桌抽屉,拿了一副黄铜指虎戴在右手上。如果门外的人不是哈利或凯特,我会先把对方打晕,一会儿再问问题。哈珀就是因为打开大门而死的。

又是一阵咚咚响,这不只是单纯的敲门而已,门外的人似乎来者不善。

我吸了一口气,跨向前,右手臂摆好出拳姿势,然后猛地拉开门。

不是哈利，也不是凯特。

但我没有把那人揍晕。

门外的人穿着灰色紧身牛仔裤、黑靴子、深色花衬衫，外头搭的是蓝色休闲西装外套。布洛赫没有打招呼，她什么话也没说。她瞪着地板，仿佛视线能穿透它看到底下的混凝土和金属。她沉浸在思绪里，也因别的事而失魂落魄。她看起来像是要传递噩耗，——说你的亲戚出了车祸之类的。不论是什么事，她都难以启齿。我想说点什么，但我觉得要是我开口，她可能会用其中一只马丁靴踹我的脸。这时我想起布洛赫惜字如金，于是推想我应该冒着被靴子踹的风险，好歹先打破僵局。

"布洛赫，你还好吧？"我问。

她没动，脸部肌肉没有一丝抽搐，没看我。她只是说："不太好。"

"怎么了？是凯特出事了吗？她还好吗？"

"她不知道我来，还不知道。我可以进去吗？"

"当然可以。"我边说边退开。我脱掉指虎，让它落在桌上。

虽然我请她坐下了，但布洛赫并没有坐下。我说要帮她倒杯喝的，她也摇头。

"好吧，你得给我点提示。我明白出了某种状况，跟我说吧。"

"到头来，这一切都太简单了。"布洛赫说。

有时候只需要一句话，就能改变你看事情的角度。我感觉这案子某部分像一扇关闭的门，而布洛赫刚才将它推开了 1 厘米。

我早该知道陪审团会将亚历山德拉定罪，判索菲亚无罪。哈利就很确定，唯一看不出这结果的人只有我。现在我知道为什么了，我从布洛赫的表情看得出来。我不只是疲惫，我还有疑问。我对所有的事都不确定，那股疑虑使我没有锚点。我在水面上乱漂，被名为悲伤的迷雾包围着。而我并没有全神贯注。这个案子的鉴识证据靠不住,毛发及纤维专家还有齿印专家都不值得信赖。就算德雷尔设法影响了他们的报告内容,让他能同时指控两名被告,我也不意外。到头来那都不重要,因为陪审团没有听取任何一位专家的意见。

"有两件事让我耿耿于怀。"布洛赫说。

她停顿了一下。谈话对她而言并不容易,她得先做好心理建设。太阳最后的余晖透过对面布满污垢的窗户洒进来,她望着在光束中飘浮的尘埃微粒。

"我想日记有一部分是真的。法兰克发现是谁在给他下毒,于是准备修改遗嘱,而这就是他被谋杀的原因。氟哌啶醇是液态的,装在白色大瓶子里。警方怎么会一点残迹都没找到?法兰克又怎么会没注意到她把那东西加进了他的食物中?"

"嗯,也许她很小心?"我试探着问。

"为什么她喂他吃了好几个月,他都没看到过半次?她也没弄洒过半滴,但他还是察觉到了?"

"也许她非常小心?"我又问。

"这是我在意的第二件事。这几乎是完美的犯罪,她真的很谨慎。杀死证人,处心积虑地计划一切,然而她却马虎到在假日记里写错了三个细节。"布洛赫说。

我脑中的那扇门豁然洞开。我们面面相觑。证明那本日记是假的实在太容易了。这个念头犹如一副手铐,将我们的眼神与心思牢牢扣在一起。

布洛赫说的这寥寥数语已足以颠覆我的世界。有时候你从完全错误的角度看事情,会导致你对真相视而不见。

"你和我在想同一件事吗?"我问。

333

她没回答，只是朝我迅速瞥了一眼，然后又望着地板。

"我们还是不知道哈珀为什么会被杀。我已经反复看了无数次在富兰克林街检查现场的视频，我觉得或许是她在那栋屋子里看到什么对姐妹之一不利的线索，并拍照存证了。也许她当时根本没发觉那是线索，但她留下照片了。或许我错了，我也没有她的手机照片可以确认，但她只可能因为这样才使得她成为杀死法兰克的凶手的目标。哈珀比我聪明，人品也比我好，我必须为她查出真相。

"马上就要天黑了，我想再去富兰克林街的屋子里瞧一瞧。"她说，"你想一起去吗？"

我想。我想亲自看看，但在做这件事之前，我得先确认行动方针，需要证实一些事。我对氟哌啶醇有个想法，得去查清楚。

"你带哈利一起去吧，要是被警方发现，有个前资深法官同行会有点帮助，纽约市没有哪个警察不知道哈利·福特是谁。你要告诉凯特这件事吗？"

"先不要。"布洛赫说。

"那等你离开富兰克林街再跟她说，不然她会想跟你一起去。要是她被逮到擅闯民宅，她的律师生涯还没开始就会结束了。"

布洛赫点点头，又问道："你要跟我们来吗？"

"我不能去，我还有更重要的事要做。"

"是什么？"

"我要打给一个老朋友，然后买份报纸去医院。"

"你还好吗？"布洛赫问。

"我有事得很。"

## 00:51

## 哈利

从布洛赫位于艾奇沃特的住处开到富兰克林街只花了 1 个小时，但哈利已经后悔自己开车了。有柔软车顶的二十年老敞篷车并不是寒冷夜晚开长途的理想交通工具。天空下起小雪，车顶的裂缝开始往哈利左大腿上不停地滴水。以哈利的年纪，他对寒冷比大部分人更敏感。他的围巾和长大衣紧紧地裹在身上，衣领竖起，戴着手套，可他仍在瑟瑟发抖。

车内的对话也一样毫无温度。布洛赫希望哈利来开车，她必须专心思考一些事。哈利当时没有反对，可现在他却希望自己当初没答应。

从上路到现在，哈利从布洛赫口中听到的话不超过 12 个字：她的地址，他们抵达她家时她说"在这儿等"，之后她回到车上时说"走吧"。就这些了。现在再开几分钟，就到富兰克林街了。

"别停在房子外面。开过去，停在下一条街上。"布洛赫说。

他们从法兰克·阿韦利诺被残忍屠杀的房屋外驶过。房屋内一片漆黑，和夜晚一样冷。哈利遵照她的吩咐，停在一个路口外。

"还是车外比较温暖。"哈利踏上人行道时说道。布洛赫从憋得要命的绿色小跑车里钻出，伸展背部，低头睥睨这辆车。

"这是一辆经典的车。"哈利说。

"烂得很经典。"布洛赫边说边从前座拿起一个袋子。

他们顶着小雪走向房屋。街上没什么人，富兰克林街上除了偶尔经过的车辆外，更是一个人也没有。哈利从大衣口袋里拿出一顶针织帽，将它戴在头上，尽可能地往下拉，以盖住耳朵。布洛赫似乎不怕冷，就算她觉得冷，也没表现出来。

她戴上绿色皮手套，拉开袋子，同时走向房屋大门。她从袋子里取出某样东西，跨上三级门阶，站在门前，装作用冻僵的手笨拙摸找钥匙的模样。哈利站在她身后，尽可能挡住路过车辆的视线，并听着类似小型钻孔机发出的嗡嗡声。

他们在大门前只待了30秒，哈利便听到门锁打开了，门板向内推开。

两人并未交谈，只是跨进屋内。布洛赫在哈利身后把门带上。

她给了他一支跟圆珠笔差不多大的小手电筒，说："别往窗户的方向照。"

"你不觉得等你们提出上诉后，德雷尔就会让你和凯特回来检查现场吗？"哈利问。

"那要等多久？"她反问。

与其说这是个问句，不如说它成功结束了话题。严格来说，这是非法闯入，他倒也不是第一次违法就是了。跟艾迪·弗林当朋友，还想要循规蹈矩，这个难度高得出人意料。艾迪迟早会带所有人偏离正道——当然是出于正当理由。

幸好屋内很温暖。这房子有定时暖气，以防止管线结冰而爆裂。他跟着布洛赫走进厨房。这里与他上次来时不一样了，但哈利一开始搞不懂是哪里不一样。布洛赫慢慢拉开冰箱门，只拉开了几厘米，她不想让厨房充满光线。她把头凑向冰箱门缝，哈利把头探过来察看。冰箱内空无一物，他们连隔板都带走了。这时候他才恍悟是哪里改变了。他上次来的时候，有些装着玻璃门的橱柜后面放着水晶葡萄酒杯、高球杯和威士忌酒杯，现在那些雕花玻璃门后什么也没有。哈利拉开一个抽屉，里面没有餐具。

快速检查一遍厨房后,哈利发现所有马克杯、咖啡杯、玻璃杯、碗、盘子、平底锅、刀叉都被带回去检验了。任何能用来吃喝或烹饪的器具都不见了。他们甚至将洗碗机都拔出来带走了。

"结果那些东西上连半点氟哌啶醇都没检验到。"哈利嘟哝。

布洛赫一言不发,只是往楼上走。她要跟视频中的哈珀走同样的路线,看同样的东西,试着查出她到底看到了什么。

哈利叹口气,跟着她爬上顶楼,到法兰克·阿韦利诺的卧室里。

卧室的双开门敞着,布洛赫站在门口,用手电筒照着房间内。她的目光跟着光束缓缓扫动,先是看地板,然后看遍每个角落。她跨出一步,再一步,手电筒慢慢移动,她的注意力保持着绝对的专注。

"看到什么了吗?"哈利问。

布洛赫没回答,哈利甚至不确定她有没有听到。哈利走进房间,在布洛赫身后保持着安全的距离,不想侵入她手电筒的光束范围。地板很结实,不论踩在什么位置都不会嘎吱作响。哈利的手电筒一直往地上照,当布洛赫走向床铺,将注意力集中在染血的床垫上时,哈利走向了卧室内附的洗手间。大部分的血都被床垫吸进去了,地上没什么血。地上铺着又厚又软的浅色地毯,血迹很醒目,只有一些飞溅的血珠,没有蓄积的血泊。两个女人衣服上都沾上了大量的血渍,她们说是因为抱着父亲,想确认他是否还活着才沾到的。很难证明这种说法是假话。哈利看过照片,在这卧室里接触到法兰克·阿韦利诺的人,势必都会搞得满身是血。

室内有个床边桌,上面没有书,只有一盏台灯和一些纸巾。房间另一侧摆着五斗柜,看起来完全未受影响。五斗柜上放着一面镜子,飞溅的血迹并没有喷得这么远。哈利将手电筒指向天花板。那里什么也没有,没有血迹。除了床上方的墙上有几条血痕之外,墙壁上也几乎没有血迹。

布洛赫不慌不忙地凑近血渍,那是屋子里仅剩的真正的实质证据。哈珀当初也花了时间做这件事。哈利在一旁看着,然而过了一会儿之后,他实在看不出布洛赫到底在找什么。他关掉手电筒,打开附属洗手间的门走进去。洗手间内没有窗户,哈利关上门后打开电灯。这里面没有淋浴间,只有马桶和小小的洗手台,搞不好是用壁橱改建而成的。法兰克的卧室隔壁另有一间豪华的大浴室,里面有按摩浴缸以及大到能容纳一整支篮球队的淋浴间。

寒冷与年龄的综合因素使得哈利需要上厕所。他掀起马桶坐垫,叼住一只手套的指尖部位,这时他听到了某个声音。他整个人僵住了,一股寒意掠过皮肤。

"哈利!"喊声再度传来。

是布洛赫。

"这里面没有窗户,我得开灯上厕所。抱歉,我年纪大了。"

"哈利!"她又喊了一声,这次语气更加急迫。

"怎么了?"

"出来一下。"布洛赫说。

哈利转了180度,往前跨了两步。他朝门把手伸出手,握住它,慢慢转动。金属把手转动时发出摩擦声。

"停。"布洛赫说。

"什么?"

"你在转门把手吗?"

"对啊。别担心,是机械在嘎吱作响,这只是我弄出来的声音。"

虽然哈利很喜欢凯特,但他对布洛赫并不是很有好感。她沉默寡言,个性就和他背后的马桶一样"鲜明"。然而,他知道她很聪明,该说话时就会说话，而对她说出口的话就不能要求太高了。如果哈利要进行一个案子，他会希望与布洛赫合作，但他知道自己不会想邀她在工作完后一起喝杯啤酒。他年事已高，自认无法承受太多场与布洛赫的交谈。

他慢慢转动门把手。整个转开以后，门把手停住，哈利关掉电灯，打开门。他走出来，看到布洛赫盯着他，表情很古怪。

"我知道哈珀为什么会被杀了。"她说。

哈利的嘴唇在动，甚至在发出声音，但那不是话语。他只是无意识地嘟囔，直到稍微恢复过来，能够控制自己的舌头。

"你、你、你什么？"

布洛赫张开嘴唇，深吸一口气，准备告诉他当他在厕所里时，她有什么发现，但她没机会开始。她突然瞪大眼睛，两人都站着不动。

有个声响。

是关门的声音。

是大门。金属相碰的关门声，以及钥匙串丢在大理石厨房台面上时发出的刺耳声音。有人在楼下。

布洛赫将食指抵在唇上。哈利僵立着，短浅地呼吸，紧盯着布洛赫的眼睛。如果楼下是警察，他们的麻烦就大了。如果是索菲亚，那他们很难自圆其说。

"到床底下，快。别出声。"布洛赫悄声说。

哈利趴跪在地，然后整个人卧倒。床底够高，他将身体挪进去。布洛赫从另一侧爬进来。他们能看到卧室敞开的门，走廊上没开灯，还没有。他们被困在这上面了。布洛赫拿出手机，开始打字。

## 00:52

## 艾迪

在西奈山医院的私人病房里,有个我从未见过的男人正躺在床上沉睡着。他面色安详,头上和脸颊上仍缠着绷带。他的右腿打了石膏,用吊带架高,看起来并不怎么影响他,不过这很难说。他右手臂也打了石膏,横放在他的大肚腩上。

我推开他私人病房的门,在门口等着他看见我。他似乎不认得我。我已经盯着他看了几分钟,我确定自己没见过他。

"你是谁啊?"他问。

他的肤色白得像死人,跟他垂死般的沙哑嗓音很搭。他的嘴唇火红而又干裂。

我没回答他,而是走进房间,好看得更仔细些。

"你是医生吗?"他问。

另一个人进到病房。"帽子"吉米在床边坐下。

"你感觉怎么样?"吉米问。

"不错。好多了。"男人说。

"托尼,这位是艾迪·弗林,他是我的好兄弟。艾迪,这是小托尼·P,就是我跟你说过的那个人。他过马路时被车撞了。"

"幸会,"我说,"我想问你几个跟你车祸有关的问题。"

"你是律师?我、我、我不想告任何人,我没看到车牌号码,我不知道是谁撞的我。"

他的脸上渗出汗珠,没受伤的那只手在微微颤抖。他很紧张,虽然他没有道理紧张。

"据我所知，你把车停在吉米的餐厅附近。当时是大清早，你正要去上班。你刚下车，就有一辆摩托车直接撞上你，把你夹在摩托车和车门间。你是这么告诉吉米的，对吧？"我问。

"是的，是的。我下车前大概忘了先看一下后视镜，这只能怪我自己。"

吉米看着我，我点头。

"根据一些目击者的叙述，那个机车骑士几乎把你的车门整个撞掉，然后还用脚蹬地把摩托车退回来，再用前轮压你的头？我听起来不像意外啊。"

"我不知道发生什么事了，我不记得了。我记忆中最后一幕就是走下车。"托尼说。

"你那辆车是新买的？"

他咽了一口口水，说："是的，是的，全新的。我收到一笔赌金，10万美金。我正觉得时来运转，就发生了这种破事。"

他抬起没受伤的手臂，仿佛要提醒我们他身受重伤的事实。

"撞碎了我该死的头骨啊。我不知道，我想我下车前应该先看看的。"

"我请吉米找他的组头们聊了聊，还有在曼哈顿所有经营赌场的庄家，问他们有谁在过去半年内付了10万美金赌金。你猜他们怎么说的？"我问。

"我不知道，我是说我……"

"认识你的组头说你下了很多注，但并没有赢过。而且去年他们没向任何人付过六位数的赌金。"

"听着——"他开口。

"告诉他实话，"吉米说，"如果你撒谎，我会知道，然后我会生气。"

"我没撒谎。"托尼说。

脑子正常的人都不会对"帽子"吉米撒谎,尤其是如果你在替吉米工作,做这种事等于拿到了通往哈德逊河底的单程票。我需要这家伙如实招来。

"托尼,这件事你只有一条出路,"我说,"那就是跟我说实话。我告诉你我是怎么想的,如果我说中了,你就说对,如果我说错了,你就说不对,懂吗?现在只有说实话才救得了你。"

"我——"

"闭上嘴,专心听。你是个快餐厨师,你已经在吉米的餐厅工作两年了。之前吉米有个叫法兰克·阿韦利诺的朋友每天都会到餐厅吃早餐,他会在店里边喝咖啡边跟一些人会面,然后才开始一天的生活。到目前为止我说得都对吗?"

他现在在发抖。他眨去眼中的汗水,点点头。

"很好,那我接着说。法兰克·阿韦利诺被下毒了,应该说是被下了好几个月的药。结果警察在他家没找到任何毒药的残留痕迹,连一滴都没有,我想,也许那种毒药从没进过他家。我想也许有人付钱要你每天把毒药加进法兰克的早餐蛋里,我想那人给了你10万美金。你乖乖完成任务,可是后来给你钱的人却担心了,担心也许10万美金不足以堵住你的嘴,所以那个人就试着让你永远都开不了口。目前我说的都对吗?"

"那不是毒药。我对天发誓,她说那就是药,是药。她说他在家不肯乖乖吃药,所以让我偷偷加在他的鸡蛋和腊肠里……"

吉米抹了抹脸,低下头,气恼地呼出一大口气。

"帮忙在别人食物里加药,就给你10万美金小费,还真是出手阔绰啊。"我说。

"我发誓——"

"闭嘴。"吉米说。

我原本拿着一份《纽约时报》贴在腿边,现在我把它举到托尼面前,将头版头条正对着他。

"你见过那个女人,那个给你钱、给你氟哌啶醇,后来又想杀你的女人。她的照片在头版头条上。"我说。

头版头条上有两张照片,这场审判已抓住了读者耸人听闻的想象力,报纸下半页是亚历山德拉和索菲亚昨天走出法庭时的照片。特写。呈现出她们面临个人的噩梦时,那股沉重的坚决。

"是哪一个?"我问。

他闭上眼。托尼陷入了难以自拔的大麻烦中,现在他不得不付出相应的代价。

"当时她想刺我的脸,但她失手了,还弄掉了刀子,它一定是滑到我的车底了。然后她就用摩托车压我的头,她疯了。"他说。

"嘿,托尼。"吉米说,"我知道你可能怕死这位女士了,毕竟她差点宰了你。不过你看,她又不在这儿,你不用再怕她了。你应该怕我才对,因为我会宰了你。你懂吗?"

托尼睁开眼,点头如捣蒜,然后把一根手指戳在报纸上。我探出身去看他指的是谁。

"你确定?"我问。

"我确定。就是她。"

现在我得救托尼·P。

"吉米,托尼要作证说他替她弄到了氟哌啶醇,且收到了丰厚的报酬。他还要说在她父亲被谋杀后,她问他氟哌啶醇是从哪儿弄来的,而他告诉她是在哈伯曼一家药店里买的。然后他要说她想在街上杀了他。托尼,你会配合吧?"

"你怎么说我怎么做就是了。"

"因为如果你跟警察说实话,作证说你在吉米的餐厅里给客人下毒,会损害到吉米的生意。可如果你完全不作证的话,吉米又没有理由留下你的命了。所以,你会听我的,对吧?"

"我会听你的,我发誓。"

我留下报纸,向吉米道谢,接着冲向门口。

"别杀他,我需要他。"

"条子来找他谈的时候,他还会有呼吸的。在那之后,谁知道他还能呼吸多久呢?"吉米说。

## 00:53

### 艾迪

富兰克林街那栋房子看起来平静无波。有辆旧面包车停在屋外,我从面包车的后窗往里瞧,看到车内堆了一些箱子,还有另一样东西。我在夜风中站了一会儿,侧耳倾听。这座城市难得安静一回,只有远方的车流声。

我走向房屋。大门没锁。尽管如此,我仍敲了门,一边进屋一边高声打招呼。

门厅的边桌上亮着一盏桌灯。我再次呼喊,向前移动,直到看见厨房和客厅。

索菲亚站在半明半暗的客厅里，桌上另一盏桌灯的光芒映在她的眼中，让她的双目仿佛在燃烧。

"艾迪，你怎么会来这里？"她问。

她面前的茶几上放着一面棋盘，棋子摆放的位置像是一局棋赛正进行到关键时刻。

"我来看看你好不好。"

"你怎么知道我在这里？"

"你公寓没人应门。这栋房子现在应该归你了，我想你也许在这里。我看到外面有辆面包车，你要搬过来了吗？"

"我想着可以把一些东西拿到这里来。我想找点事情做。"她说。

"那是你的棋盘吗？我是不是打扰你下棋了？这里还有别人吗？"我问。

"这里没有别人。对，这是我的棋盘。这是我姐姐的棋局，是我们小时候开始下，但始终没下完的那盘棋。"

她伸手往前挪动了一个骑士。

"现在下完了，"她说，"我赢了。"

灯光似乎在她眼底深处移动，让她双眼发亮，犹如月光下跟踪猎物的掠食者。那个畏缩、温顺的索菲亚消失了。她的姐姐正等着因为谋杀法兰克被判刑，而索菲亚洗脱了罪名。她高枕无忧，全身焕发出自信的光芒。

"你绝对是赢了。"我点着头说，"你一定真的恨透了亚历山德拉。"

"早在她杀死爸爸之前很久，我就开始恨她了。她把妈妈推下楼梯时，夺走了我的一切。"索菲亚说，"那是一场意外，一场愚蠢的意外，她不是故意要杀死她的。我并不是因为亚历山德拉夺走了我们的母亲而生气，而是这件事太早发生了。我恨妈妈，我希望有朝一日能在下棋时打败妈妈。我想要长大后让妈妈知道我比她强，也比亚历山德拉强。我想伤害妈妈，结果她剥夺了我的机会。妈妈死了我就伤不了她了，虽然我有试过。后来爸爸把我们送走了，我也失去了他。她应该为她做的事活在地狱里。"

索菲亚有了剧烈的转变，无论是外貌还是态度都截然不同。我感觉自己第一次真正地看见她，所有事都开始有迹可循了。她与亚历山德拉之间深仇大恨的真正原因，现在也变得明朗。当她说她试过在母亲死后伤害她，我完全知道她指的是什么。亚历山德拉在楼梯顶端推简，害她摔下来，但简死后咬她的人是索菲亚。

索菲亚甩甩头，像是大梦初醒。"你要喝咖啡吗？"

"好啊，谢谢。事情有些新进展，我想过来告诉你。"

她带我到厨房，把剩下的灯都打开了。台面上有一台新的咖啡机，才刚从纸盒里拿出来，纸盒还在旁边。她告诉我，法兰克从不喝咖啡，他晚年比较爱喝茶。她在水箱里装水，插上插头，填入新鲜的咖啡粉，然后启动让它滤煮。

"凶手总是会失误的。"我说。

"你发现了一个失误？"索菲亚用平稳而好奇的语气问。

"我发现了两个失误。她留下了一个证人的活口，那人可以指认她。"

她打开橱柜，开始寻找马克杯。一个都没有。

"他们把马克杯都带走了。"她说。她又打开更多橱柜，什么都找不到。

"我猜咖啡是喝不成了。"我说。

"看来是这样没错。抱歉，你刚才说证人怎么了？"她绕过厨房中央的小型早餐桌，站在离我只有1米左右的地方。虽然屋子里很温暖，但她仍穿着长大衣和靴子。

"她付钱让那个人在法兰克的食物里下药,那个人以前在吉米的餐厅里工作过。"

"我的天啊!他跟你说了什么?"

"他现在正在跟警方谈。他说他是收了钱才做这件事的。"

她低头盯着地砖,消化着这项信息。

"我还是不敢相信她这么做了,她是我的姐姐啊。"索菲亚说。

"这不是她唯一的失误。"

"真的吗?"

"是啊,但你不用担心,真的。现在都结束了,索菲亚,你已经没有危险了。我只是想来一趟,确保你没事,剩下的交给警方就可以了。"

"你确定你不想去吃点东西吗?或者我们也可以待在这里点个外卖?"

"我确定。"我边说边走向她,"我很庆幸事情结束了,我好担心若是你被定罪,你在狱中会撑不下去。你可以把这件事放下了。我知道这需要时间,但你能做到的。你现在是大富翁了,你拥有了一切。"

她张开双臂朝我走来,我迎向她,与她相拥。刚才我让大门开着,现在我花了一点时间仔细听着。我听到远处有警笛声传来。

"谢谢。"她说。

我轻拍她手臂,我们松开对方。

"我该走了。"我边说边向后退。

咖啡机开始咕嘟咕嘟地吹起号角,宣告它已经煮好了。

"另一个失误是什么?你说你发现了两个?当然我只是好奇才问的。"

我听到一辆车停在屋外,发出了微弱的刹车声。"911 报案电话。"

我说。

"怎么说?"

"嗯,人在夺取性命后,情绪会相当激动,出现肾上腺素飙升,血脉偾张之类的情况。在那种情况下是很容易犯错的。是这样,当她打电话报案时,她说她知道自己的姐妹在洗手间里,因为她看到门底下有脚的影子。大约20分钟前,我收到了来自朋友的信息。原来从你父亲的卧室里根本看不到关上的洗手间门底下有没有脚或腿的影子,即使门内有人正在转动门把手都看不到。所以,她怎么会知道她的姐妹在里面呢?"

索菲亚表情骤变,原本亲切满足的表情瞬间转化成别的神态。她眯起眼睛,嘴唇紧绷在牙齿上。

"在报案电话中说这些话的人不是亚历山德拉。"她说,朝我跨出一步。

"我知道。你知道亚历山德拉在洗手间里,是因为你看着她进去,然后你才打给911的。哈珀拍了一张洗手间关着门且开着灯的照片,要是我们仔细研究那张照片,就会发现门底下根本透不出灯光,所以你才趁哈珀还没细看照片前就杀了她。小托尼·P也没指认你姐姐,他指认的是你。"

我退后,说:"你们可以逮捕她了。"

泰勒警探绕过墙角走进厨房,后面跟着索姆斯。

"索菲亚·阿韦利诺,我是纽约市警察。马上转过身,双手放在台面上。"泰勒说。

我后退一步等着。

索菲亚摇头,冷静地说:"少胡扯了,全是狗屁。我已经在我爸的谋杀案中获判无罪了,你们不能再让我受审——那会变成双重追诉。"

"女士，转过身并将双手放在台面上，现在就做。"泰勒说，作势去拿腰间的枪。

索菲亚双手举高，慢慢转身，将手放在台面上。

泰勒放开枪，走向索菲亚说："我得给你搜身，你身上有任何武器吗？"

"没有。"

泰勒伸出双臂，按在索菲亚肩上。他开始隔着她的大衣探触，双手顺着背部往下搜寻隐藏的刀具。他一边搜身一边向索菲亚宣读权利。

"我现在因为你涉嫌谋杀阿夫扎尔·贾特、佩妮·莱特曼、哈尔·科恩以及伊丽莎白·哈珀而逮捕你，你有权保持沉默——"

"这简直是鬼话连篇，根本没有证据将我跟这些谋杀案联系在一起，一项证据都没有。某个嗑了药的快餐厨师说的话根本不算数，你们什么都没有。"

"我们有这个。"泰勒边说边从索菲亚大衣口袋里取出某个闪亮的物品。

那是个挂在廉价金链子上的金色十字架，十字架上还有血迹。那是哈珀的血。至少在30秒前我把链子放进索菲亚口袋时，上面的血还在。

"不。"她看到泰勒手里的链子时说。

索姆斯保持距离，他很乐意让较年轻的搭档负责大部分的体力活。他转向我说："谢谢。"

"不用谢我，"我说，"只要遵守你的诺言，一切都会好的。还有外面的面包车，后车厢里有些搬家纸箱，不过里面还有另一样东西：一辆黑色摩托车。"

泰勒后退一步，另一只手伸进大衣口袋，想找个证物袋来装链子。

索姆斯转向我正准备说些什么，嘴巴已经张开，但还来不及说话，就听到了一声可怕的脆响。

听起来不像任何一种枪声，甚至也不像油箱爆炸的声音。听起来湿润又中空。

泰勒转而朝向我们，现在他背对着索菲亚。他整张脸几乎都不见了。有东西溅到我脸颊上，热的东西，很烫的东西。

索菲亚丢下咖啡机水箱的握柄，那是咖啡壶仅剩的部分了，其他的玻璃都砸进了泰勒的脸。她在抛开握柄的同时顺势跪地，用力一扯泰勒的外套，然后快速爬到餐桌另一侧。

我转头看向索姆斯，他正慌乱地抹着脸。他被泼到的滚烫液体一定比我更多。

另一声脆响，这次真的是枪声。

索姆斯向后倒去。我低头俯下身体。我看到的第一个画面是一把枪掉在地上，接着是索姆斯。他腹部中弹，正大量失血。他刚才想拔枪，却把枪弄掉了。距离太远，我够不到。

脚步声。

我抬起头，看到索菲亚握着泰勒的枪，枪口对准我。

"艾莉克萨，播放我的爱歌。"她说。

厨房某处蓦然响起嘶嘶作响的电子语音，听起来很冰冷。"正在播放埃尔维斯·卡斯特罗的《她》。"

音乐响起，索菲亚微笑起来。

**00:54**

## 她

  索菲亚瞥向索姆斯,他快要失血过多而死了,他身下已积了一摊深色的血,腹部也是鲜血淋漓。索菲亚还闻到了一股难闻的气味,也许子弹撕裂了他的一部分肠子,让胆汁渗进伤口。索姆斯活不了多久了,不需要担心他。

  她继续拿枪对准艾迪,眼睛望向泰勒。他的脸颊上插着一片长长的碎玻璃,脖子插着另一片,躺在地上抽搐。

  艾迪·弗林仰躺在地上,被她手里的点45手枪指着。

  "你差点就逃掉了,索菲亚。要不是你杀了哈尔·科恩,我们也不会发现你和药店凶案有关系。他为什么非死不可?"

  她歪着头,微笑。弗林太聪明了,而这对他没有好处。她需要他这种律师。他是纽约市数一数二的律师,而他只为他相信无辜的人辩护。对她来说他是完美人选,她要靠他发现日记是伪造的。索菲亚很小心地模仿法兰克的笔迹,但又没模仿到一模一样,保留的差异足以让人怀疑日记究竟是谁写的。在日记中纳入隐藏的不正确细节有点冒险,不过她必须冒这个险。唯有这样才能证明日记是真凶所写。只有犯罪者才会为了嫁祸给别人而写一本假日记,这是审判中的关键证据,而她现在仍引以为豪。

  "哈尔·科恩很像我爸,以及这座城市的很多男人。他们都靠别人的苦难赚钱。我需要借哈尔之手找到日记,我在警方搜查过房子之后,把日记藏在法兰克的私人文件里。我希望哈尔找到它,因为他一定会想从中牟利。他的贪欲可想而知。他将日记交给检察官,然后试着敲诈。他打算看谁给的钱多，就作出对谁有利的证词，日记是真的或假的他都无所谓。我本来就没准备给钱，我希望他交出日记，然后亚历山德拉给他钱，要他作证说日记是真的。接着，等你在法庭内揭穿日记是假的时，看起来就会是哈尔和亚历山德拉从头到尾都在合伙骗人了。尤其是她还给了他钱。我不能让哈尔出现在法庭内，说我也有意贿赂他，那可不成。他已经把日记给了检察官，也收了亚历山德拉的钱，他的任务已经达成了。"

弗林向后退，用脚和手肘朝走廊移动。索菲亚跟过去，枪口始终对准他。她的刀子在客厅的背包里。血腥味，手中武器的触感，都让她沉醉。她用枪比了一下，示意他继续移动。

这次她要用刀子。

她想体会刀子刺进他肉里时的感觉。

## 00:55

### 艾迪

她用枪示意我继续退，往客厅的方向移动。这不是我第一次被枪指着，但我感觉她并不想开枪。她喜欢近身肉搏。她脸上露出我不太能理解的表情，她并不慌张，甚至没有加重呼吸的力道。

她在享受这件事，每一秒。她耍了我，但我不是唯一上当的人。索菲亚·阿韦利诺是个怪物，她一辈子都戴着面具生活。现在她成为自己一向渴求的角色了：胜利者。她父亲的钱全部归她所有，亚历山德拉也被毁了。她报复了她认为对不起她的人，做这件事带来的权力感几乎在她体内阵阵搏动。

"继续移动。"她说。我在厨房和客厅之间的走廊上,几乎已挪到正中间。

"知道自己快要死了的感觉怎么样?"她问。

我没说话,只是继续挪动身体。

"哈珀死得太快了,我很想像当初对爸爸那样切割她,但看起来会太可疑。你会死得很慢的,艾迪。"

我应该害怕才对,恐惧能像子弹一样让身体停止运作。但我不害怕,而是满腔怒火。我想跳起身,夺过那把枪,抵住她的下巴,把它放在那里,让索菲亚有时间思考死亡,然后再扣下扳机。

房屋内播放的歌曲进入高潮,索菲亚随着每个音符变得越来越兴奋。"你想杀我对不对?"她说,"因为我对哈珀做的事?嗯,那是办不到的,你不会杀了我的,艾迪。"

"要是哈珀还活着,肯定会更早逮到你。"我说,"你对她做的事罪该万死,但你说得对,我不会杀你,"我停止移动,大喊,"但她会。"

索菲亚的眼睛瞪大,眼里映出火光,然后她就不见了。震耳欲聋的巨响填满走廊。我大叫,但我的声音被那声巨响盖了过去。有东西爆炸了。前一秒索菲亚还居高临下地站在我面前,下一秒她已趴在1.5米外的走廊上。她失去了枪,手臂底下漫开一大摊血。我抬起头,看到布洛赫站在走廊的另一头,手里拿着一把超大的银色手枪。哈利站在她身后。

我拿出手机拨打了911。

## 00:56

## 艾迪

### （一个月后）

"我好像在哪里见过你？"热狗摊老板问。

"我是个律师。"我说。

"对哦，你帮杀了法兰克·阿韦利诺的女孩辩护。"

"那已经是过去式了。"

"她开除你了？"

"不，是我开除她了。"

"你的热狗堡要加什么配料？"

"辣椒酱、奶酪、墨西哥辣椒——有什么加什么。"我说。

他递给我一份用塑胶拖盘装着的巨大热狗。我给了他10美金，跟他说不用找了。这几周来，他不是第一个认出我的人。我没能看穿索菲亚的真面目，她竟成功骗过了我、哈利和……哈珀，这仍令我心痛难耐。她唤起我的同情，而对面具后的怪物视而不见。要是我尽早发现，也许哈珀还在。

那天晚上，急救人员将索姆斯、泰勒和索菲亚分别抬上救护车时，我打给凯特，告诉了她一切。她在电话另一头哭了，她表现出的如释重负对我造成了更大的震撼。凯特对亚历山德拉的看法一直以来都是对的。

"我早该听你的，你一开始就作出了正确的决定。"

"你被骗了，艾迪。不只是你，索菲亚骗过了所有人。这不是你的错。"

"别担心我了，去把你的客户弄出监狱吧。"

索姆斯和泰勒都大难不死，亚历山德拉·阿韦利诺则成为本州有史以来第一个尚未被判刑，就成功翻案的被告。

索菲亚面临多项谋杀罪名。她想以精神失常为由提出无罪辩护，但不会成功。她确实有心理疾病，可是那都不会促使她杀人，也不能作为她打心底散发的邪恶的借口。肩膀中的那一枪并未要了她的命，但她失去了一条手臂。或许这是在为法兰克伸张正义——由于避免双重追诉的缘故，杀他的凶手永远不会受到审判。对索菲亚而言，没什么差别，她的余生都将在痛苦以及牢狱中度过。等她知道亚历山德拉将继承法兰克的遗产后，她的痛苦会成倍增加。

我过了马路，穿过玻璃门，进入利维、伯纳德与格罗夫联合事务所设址的办公大楼。接待员告诉我正确楼层，我走过去搭乘电梯。电梯边有两个西装男在等着护送我，我认出其中一人是斯科特，利维宠爱的男孩。进了电梯，斯科特皱起鼻子，嫌恶地瞪着我的热狗。

"抱歉，不能分给你吃。"我说。

电梯门开了，我被带进一间用玻璃墙围起的会议室中。房间中央有张长桌，事务所的三位合伙人坐在长桌的一侧。约翰·伯纳德七十几岁，打理得很体面，身穿量身定做的条纹西装。马修·格罗夫稍微年轻一点，也更白皙，如果这些人还能更白的话。利维年纪最小，坐在中间。他们两侧有一群安保人员和律师护驾。我已听说了布洛赫与利维的小冲突，我喜欢布洛赫。

凯特和布洛赫坐在面向敌军的位置。凯特正对着利维，布洛赫在她左边。我坐进凯特右边的空椅子中。利维和他的合伙人后方是辽阔的曼哈顿天际线。

凯特面前放着掀开的笔记本电脑，布洛赫脚边有个纸箱。围坐桌

圈套

边的律师手边都备有平板电脑、笔记本或一沓厚厚的法律文件,三位合伙人也是。

我把我的辣味热狗放在面前,问布洛赫和凯特要不要尝尝。凯特婉拒了,布洛赫只是摇摇头。

"这是一场无损权益[①]的协商,将讨论利维、伯纳德与格罗夫联合事务所以及凯特·布鲁克斯之间的纠纷。在我们开始之前,有没有人要提问?"利维问。

"有。"我说,"可以给我一支叉子吗?我没料到这个热狗吃起来这么狼狈。"

利维扫了一眼我的午餐,然后看着我说:"我们等了你10分钟,在被告的律师到场之前,我们无法开始协商。我希望除了廉价的垃圾食物之外,你还能为我们带来其他的贡献。"

"哦,我不是凯特的律师。"我说。

"什么?"

"不需要,她靠自己就够了。她用不到我。"说完,我咬了一口热狗。辣味十足,好吃极了。

"弗林先生,那你来做什么?"伯纳德问。他的嗓音听起来像是从橡木衣柜的深处传出来的。

"我只是来看戏的,我绝对不会错过这个。"我说。

"好吧,在此纪录,我们可以忽略弗林先生了。布鲁克斯小姐,我已和两位合伙人谈过了,我们达成的共识是230万美金。这是我们的底线。你抢了我的客户,也就等于抢了我们的律师费,我们要讨回这笔钱,还有你的律师执照。这是你最后的机会。"

---

[①] 无损权益(without prejudice)为法律用语,指的是若协商失败,必须走正式法律途径,则先前协商过程中发表的陈述不得用作不利于当事人的呈堂证据。

凯特拿出我从利维皮夹摸走的黑色塑胶卡片，放在桌上。

"我有另一项提案。"她说。

利维的脸露出很诡异的表情，像是他看到有只鬼在他的草坪脱下裤子拉屎。

凯特拿起卡片，按了一下侧面。卡片侧面弹出一个小小的金属连接头，看起来像微型 USB 头。

"这张卡片是利维先生的东西。"她边说边将它插上笔记本电脑。

"不。"利维大叫。听起来不像是在否认，而是在恳求，恳求她大发慈悲。

"这张卡片的作用是某种电子入口，能连到暗网的一个网站。"她说。

她将笔记本电脑屏幕转过去时，我瞄了一眼那个网站。我没看到网站的名称，但我看到了整排的照片。其中一张有点像凯特，她正弯下腰。照片是从背后拍的，可能是用有照相功能的手机。还有其他更不堪入目的照片，有些是从桌底偷拍的，相机斜斜向上拍摄裙底风光。也有一些是凯特在换衣服或是上厕所的照片。利维一定在整间办公室都装了针孔摄影机，包括桌子底下、女厕……以及谁知道还有什么别的地方。我突然间胃口尽失。

"这些是我的照片，是利维先生偷拍后上传到这个网站的，而这个网站的名称是：我想强奸的同事。"

"天啊，西奥多！"伯纳德惊叹。

西奥多·利维垂下头，他的脸开始转为通红。

"利维先生能够观看其他有权有势的男人给他们的女员工拍下的照片，有些甚至是裸照，照片中也有看起来并未经过对方同意的性行为，我敢肯定这是一笔可观的年费。网站使用者甚至可以给这些女性以及照片评分。我发现我的地址也被公布在这个网站上了。我会撤销我的性骚扰反诉，你们也要撤销违约起诉和——"

"凯特，"伯纳德打断了她，"你什么都不用说了，我们会撤销告诉。你也撤销告诉，并签一份保密协议。我们会付你100万美金的赔偿金，这事就算结束了，好吗？你可以关掉电脑了吗？"

"不好意思，伯纳德先生，我还没讲完。我不会签什么保密协议。这是限时提案：我们各自撤销告诉，利维先生辞职，你们发新闻稿说利维、伯纳德与格罗夫联合事务所一直有性骚扰问题，但你们现在要找专业的人力资源团队来解决问题。就这样。"

"听着，布鲁克斯小姐，不可否认你是名优秀的律师，但你回绝100万美金的行为简直太愚蠢了——"

"不签保密协议，我应该表述得很清楚。这种屁事已经在关上的门后上演太久了，除非你们处理问题，否则还会持续下去。"凯特说。

"200万。"格罗夫说。

凯特摇头。

"这是限时提案，"凯特重申，"你们如果不接受，这个提案就会随着我走出会议室而失效。我会带着这张卡片直接去找《纽约客》杂志。"

"该死，"伯纳德说，"就答应她吧，她要什么都给她。"

"你们不能——"利维抗议道，但伯纳德不让他发言："这事没你说话的份，西奥多。我有预感，今天下班前你就会被扫地出门。"

"一言为定，这个案子就这么解决吧。"格罗夫说。

"等一下。"利维说，但他们不理他。

"谢谢。"凯特说。

伯纳德和格罗夫都转头朝向利维，开始痛骂他，不是骂他这么变态，而是怪他被逮到了小辫子。他想说什么，但他们根本不听。

"哦，还有一件事。"凯特说。

布洛赫弯腰抱起脚边的纸箱放到桌上。

"这是什么？"伯纳德问。

凯特打开纸箱，开始往外拿出一捆捆的法律文件。

"这些是代表利维、伯纳德与格罗夫联合事务所共 14 名律师及秘书提出的诉讼案，原告都是女性，她们都被利维先生偷拍了照片，我们已截图存证。由于这些女性的薪资与同职位的男同事有极大差距，你们拖欠她们薪水，再加上性骚扰的赔偿金，计算下来，我建议和解金额就定为 200 万美金好了。"

"200 万？这我们办得到。"格罗夫说。

"每个人 200 万。"凯特说。

伯纳德咬牙切齿地说："你刚才说总共有多少人？"

"14 个人。"

"我们要检查一下文件，仔细验证这些索赔内容。这部分我们会在这周末前回复你。"伯纳德说。

"没问题。要是等到星期五还没消息，价格就会提高。"

"等一下。"利维说，他不愿再默默挨骂了，他的事业完蛋了，现在他迫切地想要自救，"我哪儿也不去，我们可以打赢这些官司。那张卡片是她从我这里偷走的，她不能在法庭上使用！"

"其实呢，西奥多，是我偷的。"我说，"你要向警方报案，说你的变态通行证失窃了吗？"

利维的嘴巴像鱼一样一开一合。

"我谅你也不敢。"

才过了不到 1 个小时，凯特案子的文书工作就都搞定了，她颇有把握自己能从每位律师的新索赔金额中抽取至少 20% 的佣金。今天对她而言是一个美好的发薪日。

哈利牵着克拉伦斯在大楼外等我们。今天的天气好极了，明亮、晴朗而寒冷。

"为什么我有预感，等案子都结束了，赔偿金也入账了，那张卡片就会莫名地跑到纽约市警局的手上？"我问。

"我可不清楚，"凯特说，"这种事经常发生。布洛赫绝对不会把它放进一个没有标记的信封中，寄给性犯罪防治组。"

我弯腰拍拍克拉伦斯的头。我现在越来越喜欢它了。

"你知道吗，那栋大楼的十四楼现在空出一个职位了。"哈利说。

我转身仰望玻璃大楼。

"算了吧，"凯特说，"那里有太多不堪回首的记忆了。不过这是否意味着你已经考虑过我的提议了呢？"

"有是有，"我说，"但我身边的人会受伤，凯特。哈珀被杀了，都是我的错。她在做我的案子，而我没发现索菲亚·阿韦利诺有问题。我误信了她，害哈珀丢了性命。我不能再让你——"

"她知道有风险，艾迪，这不是你的错。"凯特说。

"哈珀爱你。"哈利说。

"我早该知道的。我被索菲亚骗得团团转。"我说。

"你哪里能知道呢，"凯特说，"索菲亚把所有人玩弄于股掌之间。坏就坏在我们处于对立的两方，要是我们一开始就合作，这种事也不会发生。"

"凯特说得对。你单打独斗太久了，艾迪，该有个新的开始了，新的事务所。"哈利说。

"拜托，我得去找德雷尔，说服他撤销对亚历山德拉的告诉，不追究她付钱要哈尔·科恩替她作证的事。我想顺便跟他说我有新工作了,说我们现在是一个团队了。"

"你觉得他会撤销告诉吗?"我问。

"我还挺有把握的。索姆斯和泰勒会带着伤出席,他们说会尽力帮忙游说他,我想应该会成功的。拜托——我们是合伙人了吗?你有名气和客户名单,所以你七我三应该OK吧?"

"不行,"我说,"如果我们要合伙,那就得五五分才行。"

我们握手表示一言为定。在这一刻,一间新的事务所诞生了:弗林与布鲁克斯律师事务所。我们有顾问,有调查员,甚至还有办公室犬。现在我们只需要一间真正的办公室和一部室内电话。

还有一些好运。

下午3点左右时,我将哈利、凯特和布洛赫留在一间酒吧里,先行离开。亚历山德拉因试图妨碍司法公正而被判缓刑一年,所以我们去酒吧庆祝凯特又一次胜利,以及新事务所的创立。哈利本来就很喜欢凯特,现在也对布洛赫渐生好感。两个女人都很爱克拉伦斯。他们的笑声一直伴随我到街上。我刚才只喝了百事可乐和水而已,现在我没有喝酒的欲望。我想也许这次终于可以永久地戒除酒瘾了。

我坐上车,并不明确地知道要开去哪里,方向盘仿佛自动把我带到了目的地。我抵达墓地时,太阳已西斜。我垂着头,双脚自然而然地走到哈珀的墓前。我坐在墓旁的湿草地上,头靠着冰冷的墓碑,没过几秒钟,就感觉自己恍惚地睡着了。